AF177261

Kontaktadresse nach EU-Produktsicherheitsverordnung:
produktsicherheit@fischerverlage.de

Es beginnt im Studentenwohnheim der New York University. Dort sind Matt und Grace zunächst Zimmernachbarn, dann beste Freunde und schließlich ein Liebespaar. Sie studiert Musik und spielt Cello, er studiert Fotografie und bekommt nach seinem Abschluss die Chance seines Lebens: das Angebot, für National Geographic nach Südamerika zu reisen. Keiner von beiden traut sich selbst und dem anderen seine Gefühle einzugestehen, keiner will dem anderen bei der Zukunftsplanung im Weg stehen. So verlieren sich die beiden aus den Augen.

15 Jahre später sieht Matt eine Frau in der U-Bahn und erkennt zu spät, dass es Grace ist – seine erste große Liebe, die Frau, die er seitdem nicht vergessen kann. Er wünscht sich nichts mehr, als sie wiederzufinden. Wird ihre Liebe eine zweite Chance bekommen?

Renée Carlino lebt mit ihrem Mann, ihren zwei Söhnen und ihrer Hündin June in Südkalifornien. Wenn sie nicht mit ihren Jungs am Strand spielt oder an ihrem nächsten Buch arbeitet, verbringt sie ihre Zeit gerne damit zu lesen, auf Konzerte zu gehen oder dunkle Schokolade zu essen.

Weitere Informationen finden Sie auf www.fischerverlage.de

RENÉE CARLINO

Denkst du manchmal noch an mich?

Aus dem Amerikanischen
von Annette Hahn

FISCHER Taschenbuch

2. Auflage

© 2023 S. Fischer Verlag GmbH,
Hedderichstr. 114, 60596 Frankfurt am Main

Originalausgabe © 2015 by Renée Carlino
All rights reserved including the right of reproduction in whole
or in part in any form. This edition published by arrangement
with the original publisher, Atria Books,
a division of Simon & Schuster, Inc., New York

Printed in Germany
ISBN 978-3-596-29628-6

Für Sam und Tony,
mit denen ich gesegnet bin

Das Leben läuft nicht rückwärts,
noch verweilt es im Gestern.
– KHALIL GIBRAN

Erster Satz
(Grave, ma accelerando)

NEULICH

Denkst du manchmal noch an mich?

MATT   Das Leben lief mit rasender Geschwindigkeit an mir vorbei, während ich die Füße hochlegte, jede Veränderung verweigerte und die Welt im Allgemeinen – insbesondere alles, was Sinn oder Belang zu haben drohte – ignorierte. Neumodisches lehnte ich kategorisch ab. Ich verabscheute Emojis, das Wort »Selbstironie« und Kunden, die an der Supermarktkasse mit ihren Handys telefonierten. Ganz zu schweigen von der allgegenwärtigen Wohnviertel-Gentrifizierung. Mein Büro war im Umkreis von einem Kilometer von einundzwanzig Starbucks umgeben. Tonstudios, Fotolabore und Schallplattenläden starben aus, und ihre ausgehöhlten Kadaver wurden zu *Cupcake Shops* oder *Blow Dry Bars*. Auf MTV gab's keine Musikvideos mehr, in den Kneipen war Rauchen verboten. Ich erkannte New York nicht wieder.

Über all das dachte ich nach, während ich in meiner Zweimal-zwei-Meter-Bürozelle bei *National Geographic* am Schreibtisch saß. Allerdings fühlte es sich weder »national« noch »geographic« an, seit ich vor ein paar Jahren zu diesem Schreibtischjob gewechselt hatte. Nach den Reisen durch die große weite Welt, auf denen ich alles gesehen hatte, fiel ich in ein tiefes, dunkles Loch. Ich lag der Stadt, die ich liebte, quasi in den Armen, und dennoch waren wir wie Fremde. Ohne zu wissen, warum, hielt ich noch immer an der Vergangenheit fest.

Scott schlug mir auf den Rücken. »Hey, Kumpel. Mittagessen in Brooklyn?«

»Warum so weit?« Ich fummelte gerade am Akku meines Handys herum.

»Da gibt's eine Pizzeria, die ich dir unbedingt zeigen muss, *Ciccio's*. Schon davon gehört?«

»An der Fifth Avenue kriegen wir auch gute Pizza.«

»Nein, Matt, du musst *die* ausprobieren. Die ist phänomenal.«

»Was genau ist dort phänomenal: die Pizza oder die Bedienung?« Seit meiner Scheidung vor ein paar Jahren hegte Scott – mein Boss, mein Freund und ein eingefleischter Junggeselle – die Hoffnung, ich könnte ihn als Wingman bei seinen Beutezügen unterstützen. Ihm etwas auszureden war schier unmöglich, vor allem, wenn es um Frauen und Essen ging.

»Erwischt. Du musst dir diese Frau ansehen. Wir lassen es als Arbeitsessen laufen, und ich stelle es der Firma in Rechnung.« Scott war der Typ Mann, der nur Frauen im Kopf hatte.

»Ich bin mir sicher, das fällt in irgendeiner Weise unter sexuelle Belästigung.«

Scott lehnte sich gegen die halbhohe Trennwand. Er hatte ein hübsches Gesicht mit freundlichem Dauerlächeln, war aber ansonsten absolut durchschnittlich. Wenn er einem eine Woche lang nicht begegnete, wusste man nicht mehr, wie er aussah.

»Wir nehmen die U-Bahn.«

»Hey, Jungs!« An einem Kaffeebecher nippend, schlenderte meine Exfrau vorbei.

Ich beachtete sie nicht weiter. »Hey, Liz«, sagte Scott, und während sie sich entfernte, starrte er auf ihren Arsch. »Ist es blöd für dich, mit ihr und Brad zusammenzuarbeiten?«, erkundigte er sich.

»Ich habe schon immer mit ihr und Brad zusammengearbeitet.«

»Ja, aber früher war sie deine Frau und jetzt ist sie Brads.«

»Das ist mir ehrlich gesagt völlig egal.« Ich stand auf und nahm meine Jacke.

»Ein gutes Zeichen. Ich glaube dir. Daher weiß ich auch, dass du zu Abenteuern bereit bist.« Diese Art von Kommentaren ignorierte ich zumeist.

»Ich muss erst noch einen neuen Akku kaufen.« Ich wedelte mit meinem Handy.

»Was ist das denn?«

»Ein Handy. So was hast du sicher schon mal gesehen.«

»Der alte Knochen? Das ist kein Handy, Matt, das ist eine Antiquität. Schenk es einem Museum, und kauf dir endlich ein Smartphone!«

Auf dem Weg nach draußen begegneten wir Kitty, der jungen Kollegin mit dem Kaffeewagen. »Guten Tag, die Herren.«

Ich lächelte. »Hallo, Kitty.« Sie wurde rot.

Scott schwieg, bis wir in den Fahrstuhl stiegen. »Die solltest du dir schnappen, Mann. Die steht total auf dich.«

»Die ist doch noch ein Kind.«

»Sie hat das College abgeschlossen. Ich habe sie eingestellt.«

»Danke, nicht mein Typ. Ich mein, bitte, Scott: Sie heißt *Kitty!*«

»Jetzt bist du gemein.« Stellvertretend für Kitty tat er beleidigt.

»Bin ich gar nicht. Warum hält es eigentlich jeder für seine Mission, mich zu verkuppeln? Mir geht's gut.«

»Die Uhr tickt.«

»Bei Männern ticken keine Uhren.«

»Du bist sechsunddreißig.«

»Das ist noch jung.«

»Nicht im Vergleich zu Kitty.«

Die Fahrstuhltüren glitten auf, und wir traten in die Lobby. An der hinteren Wand prangte die riesige Vergrößerung eines meiner Fotos.

»Sieh dir das an, Matt? Das macht die Frauen an.«

»Das ist ein irakisches Kind mit einer Maschinenpistole!«

»Der Pulitzer-Preis, den du dafür gekriegt hast, meine ich, nicht das Foto.« Er verschränkte die Arme. »Das war ein gutes Jahr für dich.«

»Ja, war es. Zumindest beruflich.«

»Du solltest das zu deinem Vorteil nutzen. Aufgrund dieses Fotos bist du einigermaßen berühmt. *Mir* hat es schon geholfen.«

»Wie das denn?«

»Es könnte sein, dass ich mir mal deinen Namen geborgt habe ... Für ein oder, äh, zwei Nächte.«

Ich musste lachen. »Du bist unmöglich!«

»Kitty steht auf dich. Ehrlich, du solltest dieser Sahneschnitte geben, was sie will. Es gibt da so Gerüchte ...«

»Ein Grund mehr, mich von ihr fernzuhalten.«

»Nein, *gute* Gerüchte. Dass sie wild ist. Wild und heiß.«

»Und das ist gut, weil ...?«

Wir verließen das Gebäude und steuerten auf die Station zu, um die U-Bahn nach Brooklyn zu erwischen. Um diese Uhrzeit ist Midtown Manhattan sowieso schon chronisch überfüllt, aber jetzt kam noch hinzu, dass der Winter bald vorbei war. Die

Sonne, die ihr Licht in die tiefen Straßenschluchten schickte, lockte noch mehr Leute ins Freie. Ich schlängelte mich durch die Menschenmassen, Scott an meinen Fersen.

Unten vor den Drehkreuzen stand eine alte Frau, die Geige spielte. Sie trug schmutzige Kleider, und das Haar hing ihr in grauen, verfilzten Zotteln vom Kopf. An ihrem Bogen schlingerten abgerissene Haare hin und her wie wogende Gräser, aber sie spielte fehlerlos Brahms. Als ich ihr fünf Dollar in den Kasten warf, lächelte sie. Kopfschüttelnd zog Scott mich weiter.

»Ich will doch nur, dass du glücklich und produktiv bleibst, Matt.«

Ich zog meine Metro-Card durch den Schlitz. »Dann gib mir einfach eine Gehaltserhöhung.«

Der Bahnsteig war überfüllt. Gerade fuhr eine Bahn ein, doch wir wurden von einer Gruppe beiseitegeschoben, die sich nach vorn drängelte. Ungerührt ließ Scott sich überholen und starrte auf eine Frau, die direkt an der Bahnsteigkante stand und uns den Rücken zuwandte. Sie wippte auf den Füßen vor und zurück, als würde sie auf der durchgezogenen gelben Linie am Rand des Bahnsteigs balancieren. Irgendetwas an ihr war besonders.

Scott knuffte mir den Ellbogen in die Seite, ließ seine Augenbrauen tanzen und formte lautlos die Worte »scharfe Braut«. Am liebsten hätte ich ihm eine reingehauen.

Je länger ich die Frau betrachtete, desto mehr fühlte ich mich zu ihr hingezogen. Sie trug ihre blonden Haare zu einem dicken Zopf geflochten, der ihr bis zur Mitte des Rückens reichte. Ihre Hände waren in den Taschen ihres schwarzen Mantels vergraben, und ich hatte den Eindruck, dass sie sich zum Klang der Geige, der von den Wänden des Bahnsteigs hallte, wie ein Kind versonnen hin- und herwiegte.

Als die U-Bahn endlich anhielt, ließ sie die Leute an sich vorbeiziehen und stieg erst in letzter Sekunde ein. Scott und ich rückten währenddessen an die gelbe Linie vor, wo wir auf die nächste, weniger überfüllte Bahn warten wollten. In dem Moment, als die Türen sich schlossen, drehte sie sich um. Unsere Blicke trafen sich.

Ich blinzelte. *Heilige Scheiße.* »Grace?«

Sie legte eine Hand auf die Scheibe und formte lautlos das Wort »Matt?«, doch der Zug fuhr bereits an.

Ohne nachzudenken, rannte ich los. Wie ein Bekloppter rannte ich mit ausgestreckten Armen bis zum Ende des Bahnsteigs, ohne sie aus den Augen zu lassen, und beschwor dabei innerlich den Zugführer, auf der Stelle anzuhalten. Doch als ich nicht mehr weiterkonnte, musste ich dem Zug nachsehen, wie er ins Dunkel verschwand.

Als Scott mich eingeholt hatte, blickte er mich verwundert an. »Whoa, Mann! Was war das denn jetzt? Du siehst aus, als hättest du einen Geist gesehen.«

»Keinen Geist. Grace.«

»Wer ist Grace?«

Ich war immer noch wie betäubt und starrte in die Dunkelheit, die sie verschluckt hatte. »Ein Mädchen, das ich mal kannte.«

»So was wie die erste große Liebe?«

»So in der Art.«

»So eine hatte ich auch. Janie Bowers, das erste Mädchen, das mir einen geblasen hat.«

Ich überhörte seinen Kommentar. Alles, woran ich denken konnte, war Grace.

Scott fuhr fort: »Sie war Cheerleaderin. Hing immer mit

unserem Lacrosse-Team herum. Alle nannten sie ›die Therapeutin‹, keine Ahnung, warum. Ich dachte, nach dem Blowjob wird sie meine Freundin.«

»Häh? Nein, so war es bei uns nicht«, sagte ich. »Grace und ich waren auf dem College zusammen, bevor ich Elizabeth kennenlernte.«

»Ach, *so!* Na ja, sie sah gut aus. Vielleicht solltest du dich wieder mit ihr in Verbindung setzen.«

»Ja, vielleicht«, erwiderte ich, dachte aber gleichzeitig, dass sie mit hundertprozentiger Sicherheit kein Single mehr war.

Ich ließ mir von Brody, einem siebzehnjährigen Handy-Verkäufer, das neueste iPhone aufschwatzen. Es kostete tatsächlich acht Dollar pro Monat weniger, ein neues Handy zu besitzen. Nichts auf dieser Welt ergab mehr Sinn. Beim Unterzeichnen des Vertrags war ich noch immer nicht ganz bei mir, weil das Bild von Grace in diesem Zug, der in die Dunkelheit entschwunden war, mir seit dem Verlassen der U-Bahn als Dauerschleife durch den Kopf spukte.

Beim Pizzaessen erklärte mir Scott, wie man *Angry Birds* spielte. Er hielt es für einen ersten Schritt auf dem Weg zur Überwindung meiner Technikphobie. Die Frau, die Scott zu sehen gehofft hatte, war nicht da, also verdrückten wir unsere Pizza und kehrten ins Büro zurück.

Sobald ich wieder in meiner Zelle saß, googelte ich Grace' Namen in jeder erdenklichen Kombination und Reihenfolge, jedoch ohne Erfolg. Wie war das möglich? Wie konnte sie ein Leben führen, ohne dass es Spuren im Internet gab?

Ich dachte daran, was mit uns passiert war. Daran, wie sie in der U-Bahn ausgesehen hatte – immer noch so hübsch wie in meiner Erinnerung, aber anders. Niemand hätte Grace je als »süß« bezeichnet. Auch wenn sie zierlich war, war sie mit ihrer dichten blonden Mähne und den großen grünen Augen eher bemerkenswert als süß. Unter diesen Augen hatten jetzt Schatten gelegen, und ihre Gesichtszüge hatten ein wenig härter gewirkt. Selbst nach diesem kurzen Blick auf sie meinte ich gespürt zu haben, dass sie nicht mehr der überschäumend fröhlich-freie Mensch von damals war. Ich wurde ganz unruhig bei der Vorstellung, wie ihr Leben jetzt wohl aussehen mochte.

Aus dem Pausenraum am anderen Ende des Ganges erklangen Glückwünsche. Als ich dort hinging, bekam ich gerade noch das Ende der Ankündigung meiner Exfrau mit, dass sie schwanger sei. Schon kurz nach meiner Scheidung war mir bewusst geworden, dass alle anderen um mich herum ihr Leben weiterlebten. Nur ich blieb stehen, verharrte auf dem Bahnsteig, sah Zug um Zug vorbeifahren und wünschte, ich wüsste, in welchen ich einsteigen sollte. Elizabeth hatte bereits den nächsten Zug genommen, sie gründete eine neue Familie, während ich still in meine erbärmliche Bürokabine zurückschlich in der Hoffnung, dass niemand mich gesehen hatte. Sie und auch die Nachricht ihrer Schwangerschaft waren mir gleichgültig. Ich fühlte mich wie taub, aus Pflichtgefühl schrieb ich ihr dennoch eine E-Mail.

Elizabeth,
meinen Glückwunsch. Ich freue mich für Dich. Ich weiß,
wie sehr Du Dir ein Kind gewünscht hast.
Viele Grüße, Matt.

Zwei Minuten später hörte ich das Pling einer eingehenden E-Mail.

Viele Grüße? Ist das Dein Ernst? Nach über einem Jahrzehnt gemeinsamer Zeit kannst Du mir nicht einmal mehr »Liebe Grüße« senden?

Ich antwortete nicht. Ich war in Eile. Ich musste zurück zur U-Bahn.

Fünf Tage später

MATT An jedem der folgenden Tage fuhr ich in der Mittagspause die verdammte U-Bahn von Midtown nach Brooklyn, in der Hoffnung, Grace wiederzusehen. Jedoch ohne Erfolg.

Stattdessen musste ich Elizabeth und Brad dabei zusehen, wie sie freudestrahlend die Glückwünsche der Kollegen zum erwarteten Nachwuchs sowie zu Brads Beförderung entgegennahmen, die kurz nach der Bekanntmachung erfolgt war.

Für mich lief es auf der Arbeit schlecht. Drei Monate zuvor hatte ich einen Antrag gestellt, wieder in den Außendienst geschickt zu werden, ich hatte darum gebeten, erneut mit einer Filmcrew von *National Geographic* nach Südamerika reisen zu dürfen – New York war einfach nicht mehr dasselbe. Sein Zauber war für mich verflogen. Der Regenwald am Amazonas mit all seinen exotischen Krankheiten erschien mir weitaus verlockender, als hier die Anweisungen meiner Exfrau und ihres ach so tollen Ehemanns entgegenzunehmen. Doch bisher hatte sich nichts getan. Mein Antrag lag weiterhin in einem Stapel auf Scotts Schreibtisch.

Einen halbleeren Pappbecher in der Hand, stand ich im Pausenraum neben dem Wasserspender, starrte auf die leere Wand und dachte über mein Leben nach. Ich ging die gemeinsamen Jahre mit Elizabeth geistig durch und fragte mich, wie und warum alles den Bach runtergegangen war.

»Was machst du da, Mann?«, ertönte Scotts Stimme von der Tür.

Ich drehte mich um. »Nachdenken.«

»Ja, du wirkst schon ein bisschen schlauer.«

»Tatsächlich denke ich darüber nach, wie es dazu gekommen ist, dass ich mit sechsunddreißig als geschiedener Mann in dieser Bürozellenhölle landen konnte.«

Scott ging zur Kaffeemaschine, goss einen Becher voll und lehnte sich gegen die Theke. »Du warst ein Workaholic?«, schlug er vor.

»Das ist nicht der Grund, warum Elizabeth mich betrogen hat. Brad arbeitet noch mehr als ich. Verdammt nochmal, Elizabeth selbst arbeitet mehr als ich.«

»Warum hältst du dich mit der Vergangenheit auf? Sieh dich an. Du bist groß. Du hast Haare. Und womöglich«, er wedelte mit der Hand vor meinem Bauch herum, »hast du sogar Bauchmuskeln.«

»Begutachtest du mich etwa?«

»Für einen so gutbehaarten Kopf würde ich meine Großmutter verkaufen.«

Scott gehörte zu den Männern, die schon mit Anfang zwanzig eine Glatze bekommen hatten. Seitdem trug er einen Meister-Proper-kahlen Schädel.

»Wie nennen Frauen dieses Ding da?« Er zeigte auf meinen Hinterkopf.

»Einen Dutt?«

»Nein, da gibt's doch bestimmt einen anderen Ausdruck, der sexy klingt. Frauen lieben diese hippen Dinger.«

»Sie nennen ihn Männer-Dutt.«

Er musterte mich. »Herrgott nochmal, Matt, du bist ein freier Mann. Warum durchstreifst du nicht mal wieder die Savanne und gehst auf Beutezug? Ich kann gar nicht mit ansehen, wie du hier rumhängst und Trübsal bläst. Ich dachte, du wärst über Elizabeth hinweg.«

Ich schloss die Tür des Pausenraums. »Das bin ich. Ich bin schon lange über sie hinweg. Es fällt mir schwer, mich überhaupt zu erinnern, dass ich mal in sie verliebt war. Ich hatte mich wohl in eine Phantasie hineingesteigert, als ich mit ihr herumgereist bin und Fotos geschossen habe. Trotzdem hat immer irgendwas gefehlt. Vielleicht hab ich tatsächlich zu viel gearbeitet. Ich meine, der Job war alles, worüber wir geredet haben, was wir gemeinsam hatten. Und jetzt sieh dir an, wo ich gelandet bin.«

»Was ist mit der Frau aus der U-Bahn?«

»Was soll mit ihr sein?«

»Ich weiß nicht. Ich dachte, du würdest versuchen, Kontakt zu ihr aufzunehmen.«

»Ja, vielleicht. Aber das ist leichter gesagt als getan.«

»Du musst einfach mal stöbern. Nutz die sozialen Netzwerke.«

Würde ich Grace dort finden? Ich war hin- und hergerissen zwischen dem Wunsch, alles Erdenkliche zu tun, um sie ausfindig zu machen, und dem Gefühl, dass es ohnehin sinnlos wäre. Bestimmt war sie mit jemandem zusammen. Mit jemandem verheiratet. Jemandem, der besser war als ich. Ich hatte keine Lust, mir vor Augen führen zu lassen, dass ich in meinem Leben immer noch nichts vorzuweisen hatte.

»Und überhaupt, wenn du dir so viele Sorgen um mein Wohl machst, warum hast du meinen Antrag dann nicht angenommen?«, wollte ich wissen.

Er runzelte die Stirn. Als ich die tiefe Falte zwischen seinen Augenbrauen sah, fiel mir ein, dass Scott und ich im selben Alter waren … und er wurde alt. »Ich meinte nicht die richtige Savanne, Mann. Weglaufen wird deine Probleme nicht lösen.«

»Bist du jetzt mein Therapeut?«

»Nein, ich bin dein Freund. Weißt du noch, wie du mich um diesen Schreibtischjob gebeten hast?«

Ich öffnete die Tür. »Denk einfach drüber nach. Bitte, Scott.«

Als ich ging, rief er mir nach: »Du verfolgst das Falsche, Matt. Es wird dich nicht glücklich machen.«

Er hatte recht, das musste ich zugeben – aber nicht laut. Ich dachte, wenn ich nur wieder einen Preis gewinnen und Anerkennung für meine Arbeit bekommen könnte, würde es die Leere füllen, die mich von innen auffraß. Aber unterschwellig wusste ich natürlich, dass das nicht die Lösung war.

Nach der Arbeit setzte ich mich auf eine Bank direkt vor unserem Gebäude. Ich beobachtete, wie Horden von Menschen auf dem Nachhauseweg die übervollen Gehwege entlanghasteten. Ich überlegte, ob ich den Grad der Einsamkeit einer Person daran erkennen könnte, wie sehr sie in Eile war. Niemand, auf den zu Hause jemanden wartete, würde nach einem Zehnstundenarbeitstag auf einer Bank sitzen und Leute beobachten.

Ich hatte meine alte Pentax noch wie zu Collegezeiten immer in der Tasche, sie aber schon seit Jahren nicht mehr benutzt. Jetzt zog ich sie hervor und fing an, Fotos von den Menschen zu schießen, die die Treppe zur U-Bahn-Station hinauf- und hinuntereilten, die auf Busse warteten, die Taxis herbeiriefen. Ich hoffte, *sie* wieder vor die Linse zu bekommen, so wie vor vielen Jahren. Ihre lebensfrohe Ausstrahlung. Die Art und Weise, wie sie allein durch ihre Ausdruckskraft Farbe in ein Schwarzweiß-foto zauberte.

All die Jahre über hatte ich immer wieder an Grace gedacht. Der Geruch von süßen Pfannkuchen am Abend etwa, oder der Klang eines Cellos in der Grand Central Station oder an einem warmen Tag im Washington Square Park, transportierten mich geradewegs zurück in das eine Jahr am College. Das Jahr, das ich damit verbracht hatte, mich jeden Tag ein Stück mehr in sie zu verlieben.

Jetzt fiel es mir schwer, in New York noch Schönheit zu erkennen. Gut, viel von dem früheren Schmutz im East Village war verschwunden, überall war es sauberer und grüner, doch die Energie, die ich damals im Studium wahrgenommen hatte, war damit ebenfalls dahin. Jedenfalls für mich.

Die Zeit verstrich, das Leben ging weiter, Orte und Menschen veränderten sich. Fünfzehn Jahre waren zu lang, als dass man sich an ein paar herzzerreißende Momente aus College-zeiten klammern sollte. Und dennoch konnte ich Grace nach diesem Wiedersehen in der U-Bahn einfach nicht vergessen.

Fünf Wochen später

MATT   »Matt, ich rede mit dir.«

Ich richtete mich auf und sah Elizabeth, die über die Trennwand meiner Bürozelle spähte. »Hm?«

»Ich habe dich gefragt, ob du mit uns zu Mittag essen und dabei die neuen Bilder durchgehen willst.«

»Wer ist wir?«

»Scott, Brad und ich.«

»Nein.«

»Matt …«, sagte sie drohend. »Du *musst* mitkommen.«

»Ich bin beschäftigt.« Ich löste gerade das Sudoku auf der Papiertüte des Delikatessenladens, in dem ich immer meine Truthahnsandwiches kaufte. »Und ich esse gerade. Siehst du das nicht?«

»Eigentlich sollst du im Pausenraum essen. Ich rieche die Zwiebeln bis ans andere Ende des Ganges.«

»Ja, weil du schwanger bist«, brummte ich mit vollem Mund.

Sie schnaubte kurz, drehte sich um und ging leise fluchend davon.

Eine Minute später tauchte Scott auf. »Wir müssen diese Folien durchgehen, Kumpel.«

23

»Kann ich nicht einfach mal in Ruhe essen? Ach, und hast du über meinen Antrag nachgedacht?«

Er grinste. »Ach, und hast du schon die Frau aus der U-Bahn kontaktiert?«

»Ich bin einen Monat lang jeden Tag nach Brooklyn gefahren und habe sie nicht gesehen. Was soll ich machen?«

Es stimmte, ich hatte nach Grace gesucht. Ich war nach der Arbeit zu all unseren alten Plätzen im East Village gegangen; ich hatte mich sogar vor dem Senior House herumgedrückt, dem alten Studentenwohnheim der NYU, in dem wir gewohnt hatten. Nichts.

»Hmm.« Er kratzte sich das Kinn. »Mit all der Technik, die es inzwischen gibt, musst du sie doch irgendwie finden können. Vielleicht hat sie eine Suchanzeige aufgegeben? Hast du in diese Richtung schon geforscht?« Er kam in meine Kabine. »Komm, lass mich da mal ran.«

Ich stand auf. Scott setzte sich vor meinen PC, rief die Seite *Craigslist* auf und navigierte zum Unterpunkt »Verpasste Gelegenheiten«.

»Das benutzt man, wenn man irgendwo jemanden sieht und eine gewisse Verbindung spürt, aber nicht weiß, wie man sie oder ihn erreichen soll. Man hinterlässt hier eine Nachricht und hofft, dass der andere sie liest.«

»Warum fragt man in dem gewissen Moment nicht einfach nach der Telefonnummer?«

»Das ist eine dieser neuen Sensible-Männer-Sachen. Wenn man zum Beispiel nicht den Mut hat, jemanden anzusprechen, aber trotzdem ein Kribbeln gespürt hat. Wenn es der Frau genauso ging, dann liest sie es vielleicht und antwortet. Alles völlig schmerzfrei und ungefährlich. Du beschreibst einfach, wann und wo es war, was du anhattest und andere relevante Infos, damit der andere dich erkennt.«

Mit kritischem Blick starrte ich auf den Bildschirm. Ich hielt das für eine blöde Idee. »Ja, aber ich kenne Grace ja schon und hätte direkt hallo gesagt, wenn der Zug nur ein paar Sekunden später abgefahren wäre.«

Er schwang im Drehstuhl herum und sah mich an. »Pass auf: Du wirst sie in der U-Bahn nicht finden, keine Chance. Du musst daher andere Wege der Kontaktaufnahme in Betracht ziehen.«

»Also gut, ich lese sie mal durch. Wobei ich ziemlich sicher bin, dass, wenn sie mich finden wollte, sie kein Problem damit hätte. Mein Name hat sich nicht geändert, und ich arbeite noch immer bei derselben Firma.«

»Man kann nie wissen. Versuch es einfach.«

Den Rest des Nachmittags verbrachte ich also mit dem Lesen von Nachrichten wie: *Ich habe Dich im Park gesehen, Du hast eine hellblaue Jacke getragen. Wir haben uns immer wieder verstohlen angeschaut. Wenn ich Dir gefallen habe, ruf mich an.* Oder: *Wohin bist Du neulich im SaGalls verschwunden? Du wolltest einen Cherry Drop Martini, dann warst Du plötzlich weg. Ich dachte, Du wärst an mir interessiert.* Und das Übliche: *Ich will versaute Dinge mit Dir machen. Ich dachte, Du willst es auch, als Du im* ClubForty *vor mir rumgetanzt bist und Dich an mir gerieben hast. Ruf mich an.*

Von Grace war nichts dabei, da war ich mir relativ sicher, und auch dass kein Mensch unter vierzig diese Seite nutzte. Dann allerdings las ich einen Eintrag mit der Überschrift »Gedicht für Margaret«:

Einmal gab's ein du und ich
Wir waren Liebende

Wir waren Freunde
Bevor alles anders wurde
Bevor wir Fremde wurden
Denkst du manchmal noch an mich?
– Joe

Ich konnte mir keine Zwanzigjährigen namens Joe und Margaret vorstellen, die in dieser Art über die Vergangenheit sprachen. Auf eigenartige Weise war hier genau das formuliert, was ich für Grace empfand, und einen Moment lang überlegte ich, ob sie es wohl geschrieben hatte. Ich rief die Nummer an. Ein Mann hob ab.

»Hallo, ist da Joe?«, fragte ich geradeheraus.

»Nee, aber Sie sind schon der dritte, der hier anruft und das fragt. Dieser Joe scheint ein beliebter Typ zu sein, aber er wohnt hier nicht.«

»Na, dann Entschuldigung.«

Ich legte auf. Plötzlich wurde alles dunkel mit Ausnahme der Leuchtstoffröhre über meinem Büroabteil. Vom Eingang her rief Scott: »Ich lass das für dich an, Matt! Viel Erfolg, Mann!« Er wusste genau, was ich vorhatte. Entweder würde Grace den Eintrag finden oder eben nicht. Aber wie es auch ausgehen würde, ich musste es versuchen – und wenn es dabei nur um meinen Seelenfrieden ging.

An den Grünäugigen Schwan:
Wir lernten uns fast auf den Tag genau vor fünfzehn Jahren
kennen, als ich im Studentenwohnheim das Zimmer neben
Dir bezog.

*Du hast es als »Blitzfreundschaft« bezeichnet. Ich möchte
gern glauben, dass es mehr war.*

*Was uns damals antrieb, war Musik (Du warst besessen
von Jeff Buckley) und Fotografie (ich konnte nicht aufhören,
Bilder von Dir zu schießen). Woran ich mich am meisten
erinnere: mit Dir im Washington Square Park rumzuhängen
und all die verrückten Sachen, die wir machten, um an Geld
zu kommen. In jenem Jahr lernte ich mehr über mich selbst
als in jedem anderen danach.*

*Trotzdem war dann alles irgendwie vorbei. Im Sommer nach
unserem Abschluss, als ich für* National Geographic *nach
Südamerika ging, verloren wir uns aus den Augen. Nach
meiner Rückkehr warst Du weg. Erst vor einem Monat sah
ich Dich wieder. Es war ein Mittwoch. Du balanciertest auf
der gelben Linie, die auf dem Bahnsteig verläuft, während
Du auf die U-Bahn Richtung Brooklyn wartetest. Ich
erkannte Dich zu spät, und dann warst Du verschwunden.
Schon wieder. Du hast meinen Namen gerufen, das konnte
ich an Deinen Lippen sehen. Ich habe mir mit aller Kraft gewünscht, der Zug möge anhalten, damit ich Dir hallo sagen
könnte.*

*Nach dieser Begegnung kamen all die Gefühle und Erinne-
rungen wieder in mir hoch, und ich habe den Großteil des
letzten Monats damit verbracht, mir vorzustellen, wie Du
jetzt wohl lebst. Vielleicht ist es total verrückt, aber hättest
Du Lust auf ein Wiedersehen?*

M

(212)-555-3004

Zweiter Satz
(Vivace e giocoso)

VOR FÜNFZEHN JAHREN

Als ich dich kennenlernte

MATT Der Tag, an dem wir uns im Studentenwohnheim der New York University zum ersten Mal begegneten, war ein Samstag. Sie saß in der Gemeinschaftsecke meines Stockwerks und las eine Zeitschrift, während ich meinen neunzehn Jahre alten Massivholzschreibtisch aus dem Fahrstuhl in den Flur hievte. Es war das einzige Stück Zuhause, das meine Mutter aus Kalifornien hatte verschiffen lassen, abgesehen von meiner Kameraausrüstung, einem Koffer voll Kleidung und einer Kiste mit Krimskrams.

Als sie in meine Richtung schaute, hielt ich verlegen inne und hoffte, sie würde an mir und meinen ungelenken Transportversuchen vorbeisehen.

Aber nein.

Sie blickte mir geradewegs in die Augen, legte den Kopf schief und runzelte die Stirn, als wollte sie sich an meinen Namen erinnern. Wir waren uns noch nie begegnet, da war ich sicher. Ein Gesicht wie das ihre konnte man nicht vergessen.

Den Schreibtisch auf den Knien balancierend, verharrte ich wie versteinert, während sie mich musterte. Sie hatte große, strahlend grüne Mandelaugen, aus denen überschäumende

Lebensenergie leuchtete und einen schmalen zarten Hals. Ihre Lippen bewegten sich, doch ich hörte kein Wort; das Einzige, woran ich denken konnte, war, wie unglaublich schön sie aussah. Ihre Augenbrauen waren dunkler als ihr beinah weißblondes Haar, und bei ihrer zarten glatten Haut stellte ich mir sofort vor, wie süß sie schmecken würde.

»Hey, du!«

»Hm?« Ich fuhr zusammen.

»Ob ich dir helfen soll, hab ich gefragt.« Sie lächelte mitfühlend und deutete auf den Schreibtisch.

»Sicher. Gern. Danke.«

Ohne zu zögern, legte sie die Zeitschrift beiseite, packte den Schreibtisch am hinteren Ende und lief rückwärts los, während ich versuchte, mit ihr Schritt zu halten.

»Ich heiße übrigens Grace.«

»Freut mich, dich kennenzulernen«, erwiderte ich keuchend. Der Name passte zu ihr. *Anmut.*

»Hast du auch einen Namen?«

»Noch eins«, keuchte ich und reckte das Kinn vor.

»Noch eins? Das scheint mir kein besonders glücklicher Einfall, und er wirft die Frage auf, was deine Eltern wohl verleitet hat, dich so zu nennen.« Sie grinste.

Ich lachte nervös. Sie war umwerfend schön, aber irgendwie auch seltsam. »Ich meinte, wir müssen noch ein Zimmer weiter.«

»Das weiß ich doch. Ich warte aber immer noch auf deinen Namen.«

»Matt.«

»Also gut, Matt noch eins«, sagte sie, als sie vor meiner Zimmertür stehen blieb. »Was ist dein Hauptfach?«

»Fotografie.«

»Ah, dann kennen wir uns von der Kunstakademie?«

»Nein. Das ist mein erstes Jahr.«

Sie schien verwirrt. Offenbar erinnerte ich sie an jemanden. Ich hoffte nur, es war jemand, den sie mochte. Wir setzten den Schreibtisch ab, und ich schob mich an ihr vorbei zur Tür. Mit gesenktem Kopf murmelte ich in Richtung meiner Vans: »Ich hab von der USC hierher gewechselt.«

»Wirklich? Ich war noch nie in Kalifornien! Und, hey, ich kann nicht fassen, dass du eine private Nobel-Uni gegen dieses abgewrackte Altersheim hier eintauschst!«

»War einfach nicht meine Szene.« Ich hatte die Tür aufgeschlossen, sie aber noch nicht geöffnet. Nun drehte ich mich um und lehnte mich dagegen. Unsere Blicke ruhten ein paar Sekunden länger als nötig aufeinander, dann sahen wir beide zur Seite. »Ich musste mal für eine Weile aus Kalifornien raus.« Ich wusste vor Nervosität nicht, was ich sagen sollte, aber ich wollte nicht, dass sie wieder ging. »Willst du mit reinkommen, während ich mein Zeug auspacke?«

»Gern.«

Sie klemmte die Tür mit einem Stapel Bücher fest und half mir, den Schreibtisch in die Ecke zu bugsieren. Dann setzte sie sich darauf und kreuzte die Beine, als wollte sie meditieren. Ich sah mich in meinem Zimmer um. Es war mit dem Standard-Wohnheim-Mobiliar ausgestattet: ein extralanges breites Metallbett, ein Schreibtisch, den ich für meine Fotosachen benutzen konnte, ein leeres Bücherregal sowie als Extra eine alte Stereoanlage, die mein Vormieter zurückgelassen hatte. In meiner mitgebrachten Umzugskiste hatte ich ein paar meiner liebsten Schallplatten, Bücher, CDs und Fotos. Meine besten

Arbeiten von der USC waren in einer Ledermappe verstaut. Grace griff sie sich und blätterte darin. Durch zwei hohe schmale Fenster fiel helles Sonnenlicht ins Zimmer und beleuchtete ihr Gesicht. Es sah perfekt aus und wirkte, als würde sie selbst das Licht ausstrahlen.

»Wow, das hier ist klasse! Ist das deine Freundin?« Sie hielt das Bild eines sehr hübschen Mädchens mit schalkhaft glitzernden Augen hoch, das ich nackt fotografiert hatte.

»Nein, sie war nicht meine Freundin. Nur eine gute Bekannte.« Das stimmte aber nur halb, da sie, kurz bevor ich abdrückte, Willst du mich ficken?, geflüstert hatte, während ihr – und mein – Freund uns aus einiger Entfernung stumm beobachtete. Wie ich schon sagte: die USC war nicht meine Szene.

»Oh«, sagte sie leise. »Jedenfalls ist es ein tolles Foto.«

»Danke. Das Licht hier drin ist übrigens phantastisch. Vielleicht kann ich ja auch ein paar Fotos von dir schießen?«

Ich sah, wie sie schluckte. Ihre Augen weiteten sich, und mir wurde bewusst, dass sie dachte, ich wolle sie nackt fotografieren. »Äh, angezogen, natürlich.«

Sie entspannte sich wieder. »Na klar, sehr gern.« Sie starrte weiter auf das Foto. »Aber ich glaube, ich könnte mich auch so wie sie fotografieren lassen.« Sie sah mich an. »Vielleicht irgendwann mal, wenn wir uns besser kennen. Natürlich nur um der Kunst willen.« Sie grinste.

Ich versuchte krampfhaft, sie mir nicht nackt vorzustellen. »Klar, nur um der Kunst willen.« Sie trug ein weißes Männeroberhemd mit hochgerollten Ärmeln, dessen obere zwei Knöpfe offen standen. Ich betrachtete ihre pinken Zehennägel, dann das Stück Haut, das durch ein Loch im Knie ihrer Jeans schimmerte. Sie fing an, ihr langes blondes Haar über der Schulter zu einem Zopf zu flechten. Ich konnte den Blick einfach nicht von ihr lösen und beobachtete fasziniert jede Bewegung. Sie merkte es, doch anstatt etwas dazu zu sagen, lächelte sie nur.

»Warum hast du das hier als Altersheim bezeichnet?«, erkundigte ich mich, während ich mich umdrehte, um meine Kiste auszupacken. Ich musste mich ablenken, damit ich sie nicht ständig anstarrte.

»Weil es hier einfach stinklangweilig ist. Im Ernst, ich bin erst eine Woche hier und hab schon das Gefühl, meine Seele würde vertrocknen.«

Ich lachte über die Dramatik. »So schlimm?«

»Seit meinem Einzug hab ich noch kein einziges Mal richtig Cello gespielt, weil ich Angst habe, dass jemand sich beschwert. Ach, übrigens, du musst sagen, wenn ich dir mal zu laut spiele. Klopf dann einfach an die Wand oder so etwas.«

»Was meinst du?«

»Ich wohne gleich nebenan. Die Übungsräume sind ewig weit weg, also werde ich wohl meistens hier üben. Ich hab Musik als Hauptfach.«

»Das ist ja toll. Ich würde dich gern mal spielen hören.« Ich konnte nicht fassen, dass sie direkt neben mir wohnte.

»Gern, jederzeit. Also … nicht viele Studenten im letzten Jahr wollen in ein Wohnheim. Was ist bei dir der Grund?«

»Ich konnte mir nichts anderes leisten.« Mir fiel auf, dass sie einen runden Anstecker mit den griechischen Symbolen einer Studentenverbindung trug. »Und was ist mit dir? Warum wohnst du nicht in einem der WG-Häuser der Studentenverbindung?«

Sie deutete auf den Anstecker. »Ach, du meinst deswegen? Das ist nur eine Fälschung. Also nein, es ist keine Fälschung …

Den habe ich geklaut. Ich wohne hier, weil ich bettelarm bin. Alles andere ist zu teuer. Meine Eltern können noch nicht mal die Studiengebühren zahlen, und ich kann keinen richtigen Job annehmen, weil ich so viel auf meinem Instrument üben muss. Ich geh daher häufig zu der kostenlosen Essensausgabe der Studentenverbindung an der Fourteenth Street.« Sie reckte eine Faust in die Luft. »Pi Beta Phi – verhungern werd ich nie!«

Sie war einfach der Wahnsinn. »Dass es mit dir hier langweilig wird, kann ich mir nicht vorstellen.«

»Besten Dank.« Aus dem Augenwinkel sah ich, dass sie rot wurde. »Die Lernerei liegt mir nicht besonders, aber sobald das Semester beginnt und alle wieder in der Stadt sind, werden meine Musikerfreunde kommen und die Stimmung ein bisschen anheben. Hier war es bisher ziemlich ruhig. Die meisten der Bewohner bleiben wohl lieber für sich. Das fällt mir besonders auf, weil ich den Sommer über mit ein paar Leuten in einer etwas runtergekommenen WG gehaust hab, da war immer was los.«

»Warum warst du den Sommer über nicht zu Hause?«

»Kein Platz. Das Haus meiner Eltern ist sehr klein, und ich habe drei jüngere Schwestern und einen Bruder, die alle noch zu Hause wohnen.« Sie hüpfte vom Schreibtisch und durchquerte den Raum, um die Sachen zu begutachten, die ich ausgepackt und auf dem Boden gestapelt hatte. »Das ist nicht wahr!« Staunend hielt sie *Grace* von Jeff Buckley hoch. »Er ist praktisch der Grund, weshalb ich überhaupt zur NYU gegangen bin!«

»Er ist genial. Hast du ihn mal spielen sehen?«

»Nein, das wär mein Traum. Ich hab gehört, er lebt jetzt in Memphis. Ich bin den ganzen Weg von Arizona nach New York gereist und die ersten drei Monate permanent durchs East

Village gestreift, um ihn zu suchen, weil ich seine Musik so geil finde. Dann erzählte mir jemand, er wäre schon vor langer Zeit aus New York weggezogen. So ein Scheiß! Aber *Grace* höre ich immer noch jeden Tag. Es ist meine musikalische Bibel. Ich bilde mir ein, er hätte das Album nach mir benannt.« Sie lachte leise. »Weißt du was? Du siehst ihm ziemlich ähnlich.«

»Ehrlich?«

»Ja, du hast mehr Haare, aber ihr habt beide diese dunklen, tiefliegenden Augen. Und auch das kantige Kinn ist fast gleich.«

Ich fuhr mir mit dem Handrücken übers Kinn und zuckte verlegen zusammen. »Ich muss mich rasieren.«

»Nein, das gefällt mir. Steht dir gut. Du bist auch so schmal wie er, aber doch ein bisschen größer, glaube ich. Wie groß bist du?«

»Eins fünfundachtzig.«

Sie nickte. »Ja, ich glaube, er ist kleiner.«

Ich sank aufs Bett, ließ mich nach hinten fallen, verschränkte die Arme hinter dem Kopf und musterte sie amüsiert. Sie hielt meine Ausgabe des *Portable Beat Reader* hoch. »Wow! Wir sind wahrhaftig Seelenverwandte. Sag mir, dass da auch was von Kenneth Rexroth drin ist.«

»Da steht ganz sicher was von Rexroth drin. Gib mir doch mal die CD da.« Ich deutete auf *Ten* von Pearl Jam.

»Ich muss in einer Minute anfangen zu üben, aber könntest du vorher noch *Release* spielen? Das ist mein Lieblingssong auf diesem Album.«

»Klar. Wenn ich dich dabei fotografieren darf.«

»Okay.« Sie zuckte mit den Schultern. »Was soll ich machen?«

»Einfach irgendwas. Sei ganz natürlich.«

Ich legte die CD ein, und sie bewegte sich zur Musik durch

den Raum, wirbelte herum und summte. Schnell griff ich nach meiner Kamera und fing an, Fotos zu schießen.

Irgendwann blieb sie stehen und starrte direkt in die Linse. »Seh ich blöd aus?«

»Nein«, erwiderte ich, während ich weiter auf den Auslöser drückte. »Du siehst hübsch aus.«

Sie lächelte verlegen, dann ließ sie sich wie ein kleines Kind in die Hocke auf den Boden sinken, um einen Knopf aufzuheben. Ich schoss weiter Foto um Foto.

»Jemand hat einen Knopf verloren«, murmelte sie im Singsang. Dabei blickte sie nach oben, direkt in die Kamera, und kniff ihre durchdringend grünen Augen zusammen.

Ich drückte den Auslöser.

Sie erhob sich, streckte die Hand vor und präsentierte mir den Knopf. »Bitte sehr.« Dann hielt sie inne und sah zur Decke. »Gott, ich liebe diesen Song! Jetzt bin ich in der richtigen Stimmung zum Üben. Vielen Dank, Matt, ich mach mich jetzt besser vom Acker. Es war wirklich nett, dich kennenzulernen. Vielleicht können wir ja mal was zusammen unternehmen?«

»Ja. Wir laufen uns sicher wieder über den Weg.«

»Du wirst mich kaum meiden können. Ich wohne schließlich neben dir, du erinnerst dich?«

Sie tanzte aus der Tür, und einen Moment später, gerade als Eddie Vedder die letzten Zeilen sang, hörte ich die tiefen Klänge eines Cellos durch die dünne Wohnheimwand dringen. Sie spielte *Release*. Ich schob das Bett durchs Zimmer an die gegenüberliegende Wand, die Grace und mich verband.

Dort schlief ich zu den Klängen ihrer Celloübungen, die bis tief in die Nacht andauerten, ein.

Am folgenden Morgen verputzte ich zum Frühstück einen alten, aufgeweichten Müsliriegel und schob die übrigen drei Möbelstücke meines winzigen Zimmers so lange hin und her, bis ich mich in meinem neuen beengten Zuhause einigermaßen wohl fühlte. Dabei entdeckte ich am Boden der leeren Schublade meines kalifornischen Schreibtischs eine gelbe Haftnotiz. *Nicht vergessen: Mom anrufen!* stand darauf – in der Handschrift meiner Mutter. Dafür liebte ich sie.

Im Erdgeschoss fand ich ein Münztelefon. Ein Mädchen mit Jogginghose und Sonnenbrille hielt den Hörer ans Ohr gepresst.

»Ich kann ohne dich nicht leben, Bobbie«, klagte sie und wischte sich die Tränen von den Wangen. Schniefend zeigte sie auf eine Schachtel Taschentücher. »He, du! Gibst du mir die mal rüber?«

Ich nahm die Box vom Beistelltisch neben der abgewetzten Couch, die das Aroma alter Kartoffelchips verströmte, und gab sie ihr. »Brauchst du noch lange?«

»Ist das dein Ernst?« Sie schob die Sonnenbrille auf die Nasenspitze und starrte mich darüber hinweg an.

»Ich muss meine Mom anrufen.« Ich klang erbärmlich. Noch erbärmlicher als dieses Mädchen.

»Bobbie, ich muss Schluss machen, weil so ein Typ hier seine Mami anrufen will. Ich melde mich in einer Viertelstunde wieder, okay? Ja, irgend so ein Typ.« Sie musterte mich von oben bis unten. »Trägt ein T-Shirt von Radiohead. Ja … Koteletten … ziemlich mager …«

Ich hob die Hände und sah sie mit großen Augen an, wie um zu sagen: *Hey, was ist dein Problem?*

»Okay, Bobbie … Hab dich ganz doll lieb … Bye … Nein, du legst auf … nein, du zuerst.«

»Na, komm schon«, drängte ich.

Sie stand auf und hängte den Hörer ein. »Bitte schön, deins.«

»Danke.«

Sie verdrehte die Augen.

»Hab dich ganz doll lie-hieb«, rief ich ihr nach, als sie sich trollte.

Dann holte ich meine Telefonkarte aus dem Portemonnaie und wählte die Nummer meiner Mutter. »Hallo?«

»Hi, Mom.«

»Matthias, mein Schatz, wie geht es dir?«

»Gut. Gerade habe ich mein Zimmer fertig eingerichtet.«

»Hast du deinen Dad schon angerufen?«

Ich verzog das Gesicht. Ich hatte vor allem deshalb an die NYU gewechselt, um ein ganzes Land Abstand zwischen mich und die Enttäuschung meines Vaters zu bringen. Denn auch nach all den Fotografie-Preisen, die ich im College gewonnen hatte, war er noch immer davon überzeugt, ich hätte in diesem Metier keine Zukunft.

»Bisher noch nicht.«

»Dann fühle ich mich aber geehrt«, erwiderte sie feierlich. »Wie ist es denn so im Wohnheim? Hast du das Fotolabor schon inspiziert?« Meine Mom war die Einzige, die mich bei meinen Plänen unterstützte; sie ließ sich auch gern von mir fotografieren. Als ich klein war, schenkte sie mir die alte Ciro-Flex ihres Vaters, die meine Leidenschaft für Fotografie überhaupt erst ausgelöst hatte. Mit zehn Jahren fotografierte ich alles und jeden, der nicht schnell genug flüchten konnte.

»Das Wohnheim ist ganz okay, und das Labor ist klasse.«

»Hast du schon jemanden kennengelernt?«

»Ja, ein Mädchen. Grace.«

»Ahh …«

»Nichts Ahh! Wir sind nur Zimmernachbarn. Ich habe sie gestern getroffen und mich ein wenig mit ihr unterhalten.«

Das Hab-dich-Lieb-Mädchen kam zurück. Sie sank aufs Sofa, ließ sich mit einer dramatischen Bewegung rückwärts über die Rücklehne sinken und starrte mich aus umgedrehter Perspektive an. Ihr Gesicht so verkehrt herum zu sehen, irritierte mich.

»Studiert sie auch etwas Künstlerisches?«

»Ja, Musik. Sie war sehr nett. Sehr freundlich.«

»Das ist schön.« Im Hintergrund hörte ich Geschirr klappern und Wasser plätschern. Wäre meine Mutter immer noch mit meinem Dad verheiratet, dann müsste sie nicht eigenhändig Geschirr spülen. Mein Vater war ein erfolgreicher Anwalt in der Unterhaltungsbranche, und meine Mom gab für ein mickriges Gehalt Kunstunterricht an einer Privatschule. Als ich vierzehn war, ließen sie sich scheiden, und während mein Vater gleich darauf wieder heiratete, blieb meine Mutter allein. Und obwohl ihr gemütlicher kleiner Bungalow in Pasadena sich weitaus mehr wie ein Zuhause anfühlte, entschied ich mich dennoch, bei meinem Vater und meiner Stiefmutter zu leben. Dort war für meinen älteren Bruder und mich einfach mehr Platz gewesen.

»Hat Alexander dir gesagt, dass er Monica einen Antrag gemacht hat?«

»Tatsächlich? Wann?«

»Ein paar Tage vor deiner Abreise. Ich dachte, du wüsstest inzwischen Bescheid.«

Mein Bruder und ich redeten kaum noch miteinander, vor allem nicht über Monica, die früher einmal meine Freundin gewesen war. Er trat in die Fußstapfen meines Vaters und stand kurz vor seiner Zulassung als Rechtsanwalt in Kalifornien. Mich hielt er für einen Versager.

»Schön für ihn«, meinte ich.

»Ja, sie passen gut zusammen.« Sie schwieg einen Moment. »Du wirst sicher auch jemanden finden, Matt.«

Ich lachte. »Mom! Wer hat denn gesagt, dass ich überhaupt suche?«

»Und übertreib's nicht mit den Kneipenbesuchen, okay?«

»Bevor ich volljährig war, bin ich öfter durch die Kneipen gezogen als heute.« Das Hab-dich-lieb-Mädchen verdrehte die Augen. »Ich muss jetzt Schluss machen, Mom.«

»Gut, mein Schatz. Ruf mich bald wieder an, ja? Ich will mehr über diese Grace hören.«

»Okay. Hab dich gaaaanz doll lieb!« Ich zwinkerte dem Mädchen auf dem Sofa zu, das mich böse anstierte.

Meine Mom lachte. »Ich hab dich auch doll lieb, mein Sohn.«

Blitzfreundschaft

MATT   Die nächste Stunden verbrachte ich damit, meine Fotomappe zu überarbeiten. Ich wusste, irgendwann würde ich rausgehen und Kontakte knüpfen müssen, aber fürs Erste hoffte ich nur, eine bestimmte Person wiederzusehen, entweder beim Kommen oder Gehen. Keine Ahnung, wie offensichtlich meine Absichten waren, indem ich meine Tür einen Spaltbreit offen ließ, aber das war mir egal – vor allem, als ich endlich irgendwann ihre Stimme aus dem Hausflur hörte.

»Klopf-klopf.« Ich wollte mir noch schnell ein Hemd überziehen, doch ehe ich dazu kam, schob sie die Tür schon mit dem Zeigefinger auf.

»Ups, 'tschuldigung.«

»Kein Problem.« Ich schwang die Tür ganz zurück und lächelte. »Hallo, Nachbarin.«

Sie lehnte sich gegen den Türrahmen und ließ ihren Blick über meinen Oberkörper bis zum Bund meiner Jeans wandern, der über den oberen Rand meiner Boxershorts gerutscht war, dann weiter zu meinen schwarzen Stiefeln.

»Ich mag deine … Stiefel.« Sie sah mir wieder in die Augen. Ihr Mund war leicht geöffnet.

»Danke. Willst du reinkommen?«

Sie schüttelte den Kopf. »Eigentlich wollte ich dich fragen, ob du mit mir Mittagessen gehst. Kostenlos«, fügte sie schnell hinzu, und ehe ich Zeit hatte zu antworten, sagte sie: »Die *zahlen* dir sogar etwas.«

»Und was genau ist das für ein Lokal, das einen fürs Mittagessen auch noch bezahlt?« Skeptisch zog ich eine Augenbraue hoch.

Sie lachte. »Vertrau mir einfach. Komm, zieh dir ein T-Shirt über, und los geht's!«

Ich fuhr mir mit der Hand durchs Haar, das mir gerade in alle Richtungen vom Kopf abstand. Wieder musterte Grace meinen Oberkörper. Auch wenn ich nur schwer den Blick von ihrem hübschen, herzförmigen Gesicht lösen konnte, fiel mir auf, dass ihr übriger Körper, vor allem ihre Hände und Finger, ständig in Bewegung waren. Heute trug sie ein schwarzes Kleid mit aufgedruckten Blumen, eine Strumpfhose und kurze schwarze Stiefel, auf deren Sohlen sie vor und zurück wippte. Sie erinnerte mich an einen Kolibri – offenbar gehörte sie zu den Menschen, die niemals stillhalten konnten.

»Gib mir eine Minute«, bat ich. »Ich brauche einen Gürtel.« Ich durchwühlte einen Haufen Klamotten auf dem Boden, konnte aber keinen finden. Mittlerweile hing mir die Jeans schon fast bis zu den Knien.

Grace ließ sich neben mir aufs Bett plumpsen. »Einen Gürtel?«

»Ja, ich kann ihn nicht finden.«

Sie sprang wieder auf, marschierte zum Schuhstapel neben dem Kleiderschrank und zog aus einem meiner Chucks den Schnürsenkel heraus. Dasselbe machte sie bei einem meiner Vans und knotete dann die Enden zusammen. »So sollte es gehen.«

Ich nahm den Schnürsenkelgürtel entgegen und zog ihn durch die Schlaufen meiner Jeans.

»Danke sehr.«

»Kein Problem.«

Als ich mein schwarzes Ramones-T-Shirt überstreifte, nickte sie anerkennend. »Gefällt mir. Bist du jetzt fertig?«

»Ja, es kann losgehen.«

Wir liefen die drei Stockwerke hinunter, und Grace schob die gläsernen Eingangstüren auf. Sie trat vor mir ins Freie, breitete die Arme aus und blickte zum Himmel. »Was für ein geiler Tag!« Dann drehte sie sich um und nahm meine Hand. »Hier entlang, komm mit!«

»Muss ich irgendwelche Bedenken haben? Wie weit ist es überhaupt?«

»Ungefähr sechs Häuserblocks. Und nein, du musst keinerlei Bedenken haben. Es wird dir guttun. Deinem Herzen wird es guttun, deinem Portemonnaie wird es guttun, und deinem Bäuchlein wird es guttun.«

Ich kannte keinen Menschen über zwölf, der freiwillig »Bäuchlein« sagte, und musste grinsen. Wir gingen nebeneinanderher und spürten die Wärme, die vom Gehweg abstrahlte.

»Ich habe dich gestern Abend spielen hören«, sagte ich.

Verunsichert sah sie zu mir auf. »War ich zu laut?«

»Überhaupt nicht.«

»Meine Freundin Tati war noch da und hat mit mir geübt. Sie spielt Geige. Ich hoffe, wir haben dich nicht wachgehalten.«

»Es hat mir gut gefallen, Grace«, erwiderte ich ernsthaft. »Wo hast du gelernt, so zu spielen?«

»Ich habe es mir selbst beigebracht. Als ich neun war, kam

meine Mom mit einem Cello von einem Garagenflohmarkt nach Hause. Wir hatten nicht viel Geld, wie du ja mittlerweile weißt. Ein Cello hat keine Bundstege wie eine Gitarre, also muss man sein Gehör gut schulen. Ich habe einfach eine Million Lieder gehört und versucht, den Klang nachzuspielen. Danach bekam ich eine gebrauchte Gitarre und, als ich zwölf war, ein ramponiertes Klavier. Auf der Highschool verfasste mein Musiklehrer dann ein Wahnsinns-Empfehlungsschreiben für mich. So bin ich hier gelandet. Das letzte Jahr hab ich allerdings ganz schön kämpfen müssen, und ich war nicht sicher, ob ich wirklich bleiben soll.«

»Wieso?«

»Abgesehen vom Highschool-Orchester hatte ich keinen formellen Unterricht, und hier herrscht totales Konkurrenzdenken. Ich versuche eigentlich nur, gut genug zu werden, um als Studiomusikerin arbeiten zu können.«

»Was für Musik spielst du am liebsten?«

»Ich spiele alles. Rock 'n' Roll gefällt mir sehr, aber ich mag auch klassische Sachen. Und obwohl so ein Cello transporttechnisch echt die Katastrophe ist, liebe ich es. Mir gefällt, dass der Klang sowohl rau als auch sanft sein kann. Wenn ich die Saiten ohne Bogen einfach nur zupfe, erinnert mich das immer ans Steineflitschen, und dann hab ich unweigerlich dieses Bild von flachen Kieselsteinen vor Augen, die übers glatte Wasser hüpfen.« Ich blieb stehen. Sie ging noch ein paar Schritte weiter, dann drehte sie sich um. »Was?«

»Das hast du wunderschön gesagt, Grace. So hab ich noch nie über Musik nachgedacht.«

Sie seufzte. »Ich wünschte nur, meine Leidenschaft würde wettmachen, was mir an musikalischer Vorbildung fehlt.«

»In der Kunst gibt es kein Richtig oder Falsch. Das sagt zumindest meine Mom immer.«

Ich registrierte ein leichtes Nicken, dann deutete sie zur Straße. »Komm mit, wir müssen rüber.«

Ich kannte mich in New York überhaupt nicht aus und war bisher nicht mal U-Bahn gefahren, doch mit Grace an meiner Seite empfand ich die große Stadt sehr viel weniger einschüchternd.

»Hast du eigentlich einen Freund?«

Sie blickte starr geradeaus, zögerte aber keine Sekunde. »Nein. Ich will keinen.«

»Also nur beiläufigen Sex?« Ich grinste.

Sie wurde rot. »Eine echte Lady schweigt. Was ist mit dir?«

»Ich hatte nach der Highschool zwei Jahre lang eine Freundin, aber es war nichts Ernstes. Sie ist jetzt mit meinem Bruder verlobt – meine Erfolgsbilanz ist also ziemlich mies.«

»Ist das ein Scherz?«

»Nein.«

»Und fühlst du dich dabei nicht komisch? Was ist passiert?«

»Keine Woche, nachdem ich mein Hauptfach verkündet hatte, servierte sie mich ab. Genau wie mein Vater.« Das Letzte murmelte ich nur halblaut vor mich hin.

»Und vorher war bei euch alles super?«

»Monica und mein Dad sind Partner in derselben Kanzlei. Wir wurden einander quasi versprochen. Am Anfang mochte ich sie auch ganz gern, aber ich habe nie über eine gemeinsame Zukunft nachgedacht. Im Grunde hatten wir sehr unterschiedliche Interessen. Sie wollte, dass ich Jura studiere, aber das ist nicht mein Ding. Es war das Beste, getrennte Wege zu gehen, und kurze Zeit später war sie mit meinem Bruder verbandelt.

Ich habe nie mit ihm darüber geredet. Ich hätte eine Menge blöder und beleidigender Sachen sagen können, aber ich wollte mich nicht auf sein Niveau hinabbegeben. Er kann sie gern behalten.«

»Hattest du Liebeskummer?«

»Überhaupt nicht. Ich schätze, das sagt schon alles. Das Schwierigste für mich ist, über diese ganze blöde Sache nicht zu lachen, wenn ich die beiden sehe. Das ist einer der Gründe, weshalb ich aus L. A. weg musste. Mein Bruder hat sein Jurastudium gerade beendet und reibt es mir bei jeder passenden und unpassenden Gelegenheit unter die Nase. Und ich muss mich ständig zurückhalten, um ihn nicht darauf hinzuweisen, dass ich seine Frau gevögelt habe.«

»Oh.« Einen Moment lang wirkte Grace schockiert, und ihre Wangen färbten sich tiefrot.

Wir liefen eine Weile schweigend weiter, und ich schalt mich innerlich, dass ich so unsensibel gewesen war. Da blieb Grace plötzlich stehen und deutete auf ein Schild. »Wir sind da.«

»Wir essen im *New York Plasma Center* zu Mittag?«

»Jep. Also, der Deal lautet folgendermaßen: Beim ersten Mal geht nur eine Vollblutspende. Sieh zu, dass du so viele von den Gratisbrezeln und -müsliriegeln isst, wie du schaffst, und auch jede Menge Saft trinkst. Dann kannst du mir bei meiner Thrombozytenspende Gesellschaft leisten.«

»Äh … Moment mal. Wie bitte?«

»Eine Thrombozytenspende kann bis zu eineinhalb Stunden dauern, währenddessen haben wir richtig Zeit zum Futtern. Dann kriegst du fünfundzwanzig Kröten und ich fünfzig.«

Ich versuchte zu verarbeiten, was sie mir gerade erzählt hatte, doch als sie anfing zu lachen, musste ich auch lachen.

»Du hältst mich für verrückt, hm?«

»Nein, ich halte das für eine grandiose Idee. Du bist ein Genie.«

Sie stieß mir spielerisch den Ellbogen in die Seite. »Na, dann los!«

Im Gebäude der Blutbank wurde Grace von den Mitarbeitern hinter der Empfangstheke herzlich gegrüßt, während wir uns in die Schlange einreihten.

»Kommst du oft hierher?«

»Der Spruch ist so was von abgegriffen, Matt! Du musst dir schon was Neues einfallen lassen.«

»Ich steh total auf Mädchen mit großen Blutplättchen.«

»Schon besser. Jetzt hast du mich. Und du hast Glück, denn ich steh total auf Jungen mit dem Namen Matthew.«

»Tatsächlich heiße ich Matthias.«

»Echt wahr?« Sie legte den Kopf schief. »Den Namen habe ich noch nie gehört. Stammt der aus der Bibel?«

»Jep. Er bedeutet göttlich.«

»Wie jetzt?«

»Nein, im Ernst. Er bedeutet … göttliches Geschlecht.« Sie brauchte eine Sekunde, um zu begreifen, was ich da sagte. Ich versuchte krampfhaft, nicht zu grinsen.

Dann formte sie mit ihren Lippen ein perfektes O. »Du bist ja so …« Sie schüttelte den Kopf, packte meine Hand und zog mich zur Anmeldetheke.

»Was? Was bin ich?«

»Schamlos!« Sie wandte sich an die Rezeptionistin. »Hallo, Jane. Das ist mein Freund Matthias. Er hat exzellentes Blut und würde gerne was davon verkaufen.«

»Dann ist er hier ja goldrichtig.« Sie zog ein paar Formulare unter der Theke hervor. »Wie heißt du noch mal mit Nachnamen, Grace?«, fragte sie, während sie in einer Akte blätterte.

»Starr.«

»Richtig. Wie konnte ich das nur vergessen? Und Sie leisten heute eine Vollblutspende, Matthias?«

»Ja. Und ich heiße Matthias William Shore, falls Sie meinen vollen Namen brauchen.«

Grace sah mich von der Seite an. »Also dann, Matthias William Shore: Ich heiße Graceland Marie Starr. Erfreut, Ihre Bekanntschaft zu machen.« Sie streckte die Hand aus, damit ich sie schüttelte.

Ich gab ihr stattdessen einen Handkuss. »Das Vergnügen liegt ganz auf meiner Seite. So, so … Graceland?«

Sie wurde rot. »Meine Eltern sind Elvis-Fans.«

»Ein hübscher Name für eine hübsche Lady.«

Die Frau hinter der Theke setzte unserem Geplänkel ein Ende. »Nur Blut, Grace, oder Thrombozyten?«

»Heute würde ich gern meine wahnsinnig üppigen Thrombozyten anbieten.« Sie lehnte sich gegen mich und flüsterte mir ins Ohr: »Macht dich das an?«

Ich lachte. Sie konnte ungemein kess sein, aber dahinter verbarg sich auch eine sehr scheue, schüchterne Seite. Irgendetwas an ihr weckte in mir den Wunsch, sie von allen ihren Seiten kennenzulernen.

Nachdem die Formulare ausgefüllt und die Voruntersuchungen abgeschlossen waren, brachte man uns in einen großen Raum, in dem bereits zehn anderen Leuten Blut abgenommen wurde. Wir suchten zwei Liegen aus, die einander gegenüberstanden. Grace beobachtete, wie eine Schwester mir die Nadel in die Armbeuge stach. Sie selbst wurde an ein Gerät angeschlossen, das aus dem einen Arm Blut entnahm, die Blut-plättchen extrahierte und das Plasma dann wieder in ihren anderen Arm zurückpumpte. Während mein eigenes Blut in einen Plastikbeutel lief, aß ich eine Brezel nach der anderen. Grace hielt ihren Saft hoch und rief: »Prost!«

Plötzlich wurde mir schwindelig, ein bisschen so, als wäre ich betrunken. Ich sah alles nur noch verschwommen. »Das beste Rendezvous aller Zeiten«, lallte ich und hob mein Saft-päckchen ebenfalls nach oben.

Sie grinste, doch ihr Blick wirkte leicht besorgt. »Wer hat denn was von Rendezvous gesagt?« Ich zuckte träge mit den Schultern. »Komm, wir machen einen Deal: Wenn du das hier schaffst, ohne umzukippen, schenk ich dir ein echtes Rendez-vous«, hörte ich noch, bevor mir schwarz vor Augen wurde.

Riechsalz funktioniert ganz offenbar. Als ich die Augen öff-nete, stand über mir eine Krankenschwester, die aussah wie Julia Roberts in dem Film *Pizza Pizza*. Ihre buschigen Augenbrauen stießen in der Mitte fast zusammen, und ihre dunkle Mähne wippte beim Sprechen auf und ab. »Alles wieder gut, Schätz-chen?«

Ich nickte. »Ich glaub schon. Warum stehen Sie auf dem Kopf?«

Sie schmunzelte. »Man kann die Liege kippen, so dass Ihre Füße höher liegen als Ihr Herz, falls Sie ohnmächtig werden.«

Ich war noch immer ganz benommen. »Sie sind ein Engel. Sie haben mich gerettet.«

»Gern geschehen.« Die Schwester schmunzelte.

Ich sah zu Grace hinüber, die ziemlich schlapp wirkte.

»Alles okay?«, wollte sie wissen. Ich nickte.

Nachdem sie die Nadel aus meinem Arm entfernt und mich

mit Süßigkeiten vollgestopft hatte, half mir die Schwester beim Aufstehen. »Sie können so lange bleiben, bis Sie sich besser fühlen«, versicherte sie mir.

»Mir geht's schon wieder ganz gut. Ich setze mich zu meiner Freundin.«

Ich schlurfte zu Grace hinüber, die mittlerweile blass und müde aussah. Als ich mich neben sie auf den Stuhl setzte, bemerkte ich Gänsehaut an ihren Armen und Beinen. Und während sie auf der schräggestellten Liege immer weiter nach unten gesackt war, war ihr das Kleid bis zur Hälfte der Oberschenkel hochgerutscht.

Sie bemerkte meinen Blick und schob ihr Kleid diskret nach unten.

»Hey«, sagte ich und begutachtete die Maschine hinter ihr, die mit den Schläuchen und Schaltern aussah, wie von Willy Wonka für seine Schokoladenfabrik konstruiert.

»Selber hey«, entgegnete sie leise.

»Ist alles in Ordnung?«

»Ja, mir ist nur kalt, und ich bin müde.« Sie schloss die Augen. Ich stand auf und rieb ihr die Oberarme.

Sie öffnete die Augen einen winzigen Spalt, lächelte und flüsterte: »Danke, Matt.«

Als die Schwester vorbeikam, sprach ich sie an. »Entschuldigen Sie bitte, aber meine Freundin friert und wirkt ziemlich benommen.«

»Das ist ganz normal. Ich hole ihr gleich eine Decke.« Sie deutete auf einen Stuhl in der Nähe.

Noch ehe sich die Schwester umdrehen konnte, holte ich die Decke, breitete sie aus und stopfte sie rundum fest, so dass Grace wie in einen Kokon eingewickelt dalag.

»Perfekt«, sagte ich. »Ein Grace-Burrito.«

Sie lachte leise und schloss erneut die Augen.

Ich setzte mich wieder hin und musterte meine neue Freundin. Sie war kaum geschminkt, wenn überhaupt, hatte lange Wimpern und makellos reine Haut, und sie duftete nach Flieder und Babypuder. Obwohl ich sie erst kurz kannte, war mir aufgefallen, dass Grace trotz des Draufgängertums, mit dem sie die Welt um sich herum eroberte, auch eine sehr zerbrechliche Seite hatte, eine fast kindliche Unschuld. Das verrieten manchmal ihr scheuer Blick und ihre schüchternen Gesten.

Ich sah mich um und entdeckte einige Leute, die wie Obdachlose aussahen, sowie einen offenkundig betrunkenen Mann in einer Ecke, der sich beschwerte, dass in dem Süßigkeitenkorb die Oreo-Kekse aufgegessen waren.

Erschöpft lehnte ich mich zurück, schloss die Augen und fiel zum pumpenden Geräusch des Zellseparators in dösigen Halbschlaf. Ich fragte mich, wie oft Grace sich auf diese Weise wohl schon fünfzig Dollar verdient hatte.

Ich weiß nicht, wie viel Zeit vergangen war, als ich eine zarte Berührung an der Schulter spürte. »Matty, komm, lass uns gehen.« Ich öffnete die Augen und sah Grace, die mit rosigen Wangen und breitem Grinsen vor mir stand. Sie reichte mir fünfundzwanzig Dollar. »Prima, oder?« Sie wirkte wieder normal und selbstsicher. »Soll ich dir helfen?« Sie streckte mir eine Hand entgegen.

»Nein danke.« Ich stand auf. »Ich fühle mich wie neu geboren.« Ich wedelte mit den Dollarscheinen. »Wie ein neugeborener Millionär.«

»Du siehst eher aus, als würden dir genau fünfundzwanzig Dollar zur Million fehlen.«

Eine Haarsträhne war ihr aus dem Haarband gerutscht. Ich streckte meine Hand aus, um sie ihr hinters Ohr zu schieben, doch sie zuckte zurück. »Ich wollte nur ...«

»Oh, entschuldige.« Sie lehnte sich vor und ließ mich das Haar zurückschieben.

»Die riechst gut«, sagte ich. Sie war nur wenige Zentimeter von meinem Gesicht entfernt und sah zu mir auf. Ihr Blick fiel auf meine Lippen. Ich fuhr mit der Zunge darüber und näherte mich ihr noch ein Stück.

Sie drehte den Kopf zur Seite. »Bereit zum Aufbruch?«

Ich fühlte mich nicht abgewiesen. Eher war meine Neugier auf dieses Mädchen noch heftiger entfacht.

»Es scheinen eine Menge Junkies herzukommen«, sagte ich, als wir draußen waren. »Meinst du, die verwenden deren Blut tatsächlich?«

»Ich weiß nicht. Darüber hab ich noch gar nicht nachgedacht.«

Die Sonne stand hoch am Himmel, Vögel zwitscherten, und Grace stand reglos und mit gesenktem Kopf da und beobachtete eine Ameisenkolonne, die auf eine Mülltonne zumarschierte.

»Wozu hast du jetzt Lust?«, wollte ich wissen.

Sie sah auf. »Sollen wir ein bisschen Gras besorgen und im Washington Square Park abhängen?«

Ich lachte. »Ich dachte schon, du fragst mich nie!«

»Dann komm, du Junkie!« Sie packte meine Hand, und wir liefen los. Am Ende des nächsten Häuserblocks versuchte sie, ihre Hand wieder wegzuziehen, doch ich hielt sie fest.

»Du hast ganz schön kleine Hände«, sagte ich.

Während wir an der Ecke auf die Ampel warteten, entwand

sie mir dennoch ihre Hand und hielt sie hoch. »Ja, aber sie sind knochig und hässlich.«

»Mir gefallen sie.« Als es grün wurde, nahm ich ihre Hand erneut. »Komm mit, mein Gerippe!«

»Ha-ha.«

Den restlichen Weg über ließ sie mich ihre Hand jedoch halten.

Im Wohnheim schnappte ich mir meinen Fotoapparat, und Grace holte eine Decke und den mickrigsten Joint, den ich je gesehen hatte. Als wir an der Empfangstheke vorbeikamen, rief uns Daria, die Tutorin des Wohnheims, zurück. »Wo wollt ihr zwei denn hin?«

»In den Park«, antwortete Grace. »Und was machst du hier unten?«

Daria schob sich den letzten Rest eines Fischstäbchens in den Mund. »Heute ziehen jede Menge Leute ein, und da ich sowieso dauernd um Rat gefragt werde, kann ich gleich hier sitzen bleiben. Übrigens wollte ich sowieso mit dir sprechen, Grace. Dein Cello ist Nachts ganz schön laut. In den Ferien ist das ja in Ordnung gegangen, aber jetzt …«

»Mir macht es nichts aus, und ich wohne direkt neben ihr«, unterbrach ich sie.

Grace sah mich an und schüttelte den Kopf. »Nein, Matt, ist schon gut. Ich mach leiser, Daria.«

Wir verließen das Gebäude. »Daria sieht fast wie ein Mann aus, oder? Wie David Bowie.«

Grace schnitt eine Grimasse. »Ja, aber David Bowie sieht wie eine Frau aus.«

»Stimmt auch wieder. Vielleicht solltest du ein paar Songs von Bowie lernen, um sie glücklich zu machen.«

»Ja, vielleicht sollte ich das.«

Im Park breitete sie die Decke unter einer hohen Platane aus, nahm Platz und lehnte sich mit dem Rücken gegen den Baumstamm. Ich legte mich daneben auf den Bauch und beobachtete, wie sie den Joint anzündete und tief inhalierte. Dann reichte sie ihn an mich weiter. »Glaubst du, wir könnten hier draußen erwischt werden?«, erkundigte ich mich.

»Ach was ... Ich komme ständig hierher.«

»Allein?«

»Ein paar Musikstudenten hängen hier öfter mal rum.« Sie nahm einen tiefen Zug, sah dann abrupt auf und hustete. »Oh, Mist!«

»Was ist?« Ich drehte mich um und sah einen Mann Anfang bis Mitte dreißig auf uns zukommen. Er trug eine Khakihose und hatte eine Stirnglatze. »Wer ist das?« Ich schnappte den Joint und drückte ihn im Gras aus.

»Das ist Dan – ich meine, Professor Pornsake. Einer meiner Musiklehrer.«

»Und du nennst ihn Dan?«

»Er hat darum gebeten. Ich glaube, ihm gefällt sein Nachname nicht.«

»Verständlich.«

Nervös fegte sie mit der Hand ein paar Grashalme vom Schoß und setzte sich aufrecht. Ich rollte auf die Seite, stützte den Kopf in die Hand und sah Grace ins Gesicht. Nach nur zwei Zügen war sie schon vollkommen high. Sie kniff die Augen zu schmalen Schlitzen zusammen und grinste albern.

Ich musste lachen. »O mein Gott, du bist ja völlig stoned.«

Sie bemühte sich um ein ernstes Gesicht. »Wer behauptet das?«, fragte sie mit ernster Stimme. Dann konnten wir nicht mehr an uns halten und brachen in hysterisches Gelächter aus.

»Grace!«, rief Dan, während wir versuchten, uns zusammenzureißen. »Wie schön, Sie hier zu sehen.« Er trug einen üppigen Schnurrbart, der beim Sprechen auf und ab tanzte. Ich starrte wie gebannt darauf und bekam gar nicht mit, dass Grace mich vorgestellt hatte.

»Matthias?« Sie stupste mich an.

»Oh, Entschuldigung. Freut mich, Sie kennenzulernen, Professor.« Ich stemmte mich hoch und gab ihm die Hand.

Er lächelte ein wenig gequält, wie mir schien. »So, so. Wo haben Sie sich denn kennengelernt?«

»Er wohnt im Studentenwohnheim neben mir«, erklärte Grace.

»Oh.« Irgendetwas an seinem Gesichtsausdruck vermittelte den Eindruck, er sei enttäuscht.

»Nun, dann lasse ich Sie beide mal wieder allein mit dem, was auch immer sie gerade gemacht haben.« Er sah Grace direkt ins Gesicht. »Aber passen Sie auf, dass Sie nicht in Schwierigkeiten geraten.«

Grace schien in Gedanken versunken, während sie ihm nachstarrte.

»Der steht auf dich, oder?« Ich schob mich näher an sie heran.

»Ich weiß nicht. Aber ich darf es nicht vermasseln. Ich bewege mich jetzt schon auf dünnem Eis.« Ich zog einen losen Faden aus ihrem Kleidersaum. »Danke schön«, flüsterte sie verträumt.

»Gern geschehen.« Ich blinzelte ein paarmal, dann musste ich gähnen.

Sie klopfte auf ihren Schoß. »Willst du deinen Kopf hier

hinlegen?« Ich rollte auf den Rücken und legte meinen Kopf auf ihren Schoß. Sie lehnte sich wieder an den Baumstamm und strich mir gedankenverloren mit den Händen durchs Haar. »Blitzfreundschaft«, meinte sie versonnen.

»Ja, ich mag dich sehr gern. Du bist ganz schön verrückt.«

»Dasselbe wollte ich gerade über dich sagen.«

»Hat dir schon mal jemand das Herz gebrochen? Willst du deshalb keinen Freund? Bitte sag mir, dass du nicht auf Pornsake stehst.«

Sie lachte, während sie den Rasen nach dem Joint absuchte. »Wieso? Wärst du dann eifersüchtig?«

»Eifersüchtig? Nein, es ist dein Leben. Ich meine, wenn du diesen Typen küssen und dabei möglicherweise irgendwelche Essensreste abbekommen willst, die in dem komischen Bart hängen, bitte sehr!«

»Ha-ha! Nein, da ist nichts mit Pornsake und … igitt! Und nein, mir wurde nicht das Herz gebrochen. Ich will mich einfach nur auf die Uni konzentrieren und gute Noten kriegen.«

Ich ahnte, dass mehr dahintersteckte, aber ich wollte sie nicht drängen. Wir hatten uns gerade erst kennengelernt, und trotzdem hatte sie heute fast den ganzen und gestern einen halben Tag mit mir und ohne Musik verbracht, daher war mir klar, dass es noch einen anderen Grund geben musste. Es hätte auch sein können, dass sie nicht an mir interessiert war und keine falschen Hoffnungen wecken wollte, aber mir war sehr wohl aufgefallen, wie sie mich immer wieder musterte und an welchen Stellen meines Körpers ihre Blicke hängen blieben.

Ich nahm meinen Fotoapparat, richtete das Objektiv auf uns und drückte dreimal auf den Auslöser.

Stumme Versprechen

MATT   Ein paar Tage später studierte ich in der Dunkelkammer die Negative. Auf einem konnte ich Grace' Gesichtsausdruck nur schwer erkennen, also machte ich eine Vergrößerung. Als das Bild allmählich sichtbar wurde, fiel mir auf, dass sie nicht in die Kamera, sondern auf mich hinunter sah. In ihrem Blick lag Bewunderung. Den ganzen Tag im Labor musste ich deswegen grinsen. Am Abend steckte ich den getrockneten Abzug ein und wartete vor dem Wohnheim auf Grace. Um mich zu beschäftigen, zog ich die Zigarette hervor, die ich hinters Ohr geklemmt hatte, und zündete sie an.

Kurz darauf kam sie, den großen Cellokasten in der Hand. »Soll ich das für dich tragen?« Ich erhob mich von den Stufen.

»Nein, bleib sitzen. Hast du noch eine?« Sie deutete auf die Zigarette und setzte sich neben mich auf die Treppe. Es war schon spät am Tag, aber immer noch warm. Ich trug ein T-Shirt, Jeans und keine Schuhe, sie ein weißes Oberteil mit V-Ausschnitt und abgeschnittene Levi's. Ihre Beine waren sommerbraun. Sie hielt sich zwei Finger an die Lippen, um mich zu erinnern, dass sie eine Zigarette wollte.

»Ich hab nur diese eine, aber wir können sie gerne teilen.«

Ich reichte ihr die Zigarette und hielt dann das mitgebrachte Foto hoch. »Unser erstes gemeinsames Bild.« Unten am Rand hatte ich mit Fettstift »ABF« aufs Fotopapier geschrieben, was beim Entwickeln weiß geblieben war.

Sie lachte. »Allerbeste Freunde? Jetzt schon?«

»Reines Wunschdenken.« Ich grinste sie an.

»Es ist wunderschön. Ich werde es immer in Ehren halten. Danke, Matt.«

»Hast du heute viel geübt?«

»Ja. Ich bin total erledigt – und hungrig.«

»Daria wird dir sicher ein paar Fischstäbchen aufwärmen, wenn du sie nett bittest.«

Grace zog die Nase kraus. »Warum isst sie die bloß ständig? Die schmecken doch eklig.«

»Wahrscheinlich, weil sie billig sind.«

»Gutes Stichwort ... Ich kenne ein Lokal, das mittwochs umsonst Pfannkuchen serviert, wenn man im Pyjama kommt. Hast du Lust auf Frühstück am Abend?«

Ich lachte. »Klingt gut.«

Sie stand auf und trat die Zigarette aus. »Super, dann ziehen wir uns jetzt um.«

Ich zog mir eine Schlafanzughose aus Flanell über und behielt das T-Shirt dazu an. Dann schlüpfte ich in meine riesigen Bigfoot-Hausschuhe und schlurfte zu Grace hinüber. Ich schob ihre Tür auf – und hielt unweigerlich die Luft an. Sie stand in Unterwäsche vor ihrem Kleiderschrank, den Rücken zu mir gekehrt. Ich schluckte einmal trocken und beschwor mich selbst, umzudrehen und wegzugehen, bevor sie mich entdeckte, aber ich schaffte es nicht, den Blick von ihrem perfekt gerundeten Hintern zu lösen. Sie trug einen weißen Baumwollslip mit

Blümchenmuster und Rüschenborte am Bund. Auf einer Seite war der Stoff die Pobacke ein Stück weit hochgerutscht, und ich wäre am liebsten hinter ihr auf die Knie gefallen und hätte genau an der Stelle hineingebissen. Mein Herz schlug schneller, und mein bestes Stück zuckte, während ich mit leisem Stöhnen ausatmete. *Verdammt!*

Ohne mich zu bemerken, hob Grace ein pinkfarbenes T-Shirt-Nachthemd über den Kopf und zog es an. Als sie sich umdrehte, sah ich auf der Vorderseite weiße Pünktchen und den Kopf von *Hello Kitty*. Ich musste grinsen.

Sie erstarrte. »Wie lange stehst du schon da?«

»Gerade mal eine Sekunde«, log ich.

Ihr Blick fiel auf meine Schlafanzughose. Ich selbst sah nicht hinunter, versuchte aber möglichst unauffällig, mich so hinzustellen, dass sie das Offensichtliche nicht bemerkte.

»Oh.« Sie starrte auf meine Pantoffeln. »Die sind aber krass!«

Ich lachte und war sehr erleichtert, dass sie mich nicht erwischt hatte. »Wie weit ist das Lokal entfernt?«

»Wir müssen die U-Bahn nehmen, es liegt in Brooklyn.« Mittlerweile saß sie auf dem Boden und schnürte ihre blauen Chucks zu.

Als sie an die Tür kam, legte ich automatisch eine Hand auf ihren unteren Rücken. Sie blieb stehen und drehte sich zu mir um, ihr Gesicht nur wenige Zentimeter von meinem entfernt. »Willst du deinen Fotoapparat mitnehmen? Die Kulisse da ist ziemlich fototauglich.«

»Gute Idee.«

Ich kehrte in mein Zimmer zurück, schnappte meine Kamera und traf Grace dann unten in der Eingangshalle, wo sie neben einem Jungen und einem Mädchen stand, beide ebenfalls im Schlafanzug. »Matthias, das ist Tatiana. Sie macht mit mir Musik. Und das ist Brandon, ihr Freund.«

Ich hatte keine weitere Gesellschaft erwartet, war aber neugierig, ihre Freunde kennenzulernen, und gab Tatiana die Hand. Sie trug einen roten Pyjama-Einteiler, sogar mit Füßlingen, sowie eine Baseballkappe. Obwohl sie hübsch war, wirkte sie neben Grace ziemlich blass. Brandon trug einen typischen grauen College-Jogginganzug. Er war eher klein, mit dunklen, kurzgeschorenen Haaren und randloser Brille. Wir grinsten über unsere Verkleidungen und verließen das Gebäude.

Das Lokal war wie ein typisches 50er-Jahre-Diner eingerichtet, mit je zwei gegenüberliegenden roten Kunststoffpolsterbänken in jeder Sitznische und kleinen Jukeboxen auf den Tischen. Grace schob sich in die erste Nische und blätterte die Songliste durch. »Ich liebe diese Dinger.«

Tatiana und Brandon setzten sich uns gegenüber, wobei sie einander fast auf den Schoß rutschten. Tatiana zog einen Flachmann aus der Tasche »Bailey's und Rum für unsere Vanille-Shakes. Schmeckt köstlich!«

Grace und ich raunten anerkennende »Ahhhs«.

»Wie lange seid ihr schon zusammen?«, erkundigte ich mich.

»Drei Wochen«, antwortete Brandon und beugte sich über Tatiana, um sie zu küssen. Ich bemerkte, dass Grace die beiden interessiert beobachtete.

Instinktiv legte ich meine Hand auf ihren nackten Oberschenkel, wo das Nachthemd hochgerutscht war. Sie schob meine Hand nicht weg, ging aber auch nicht weiter auf die Berührung ein. Als ich die Hand höher schob, gab sie mir zu verstehen, dass sie aufstehen wollte. Sie tänzelte in Richtung der Toiletten und sang dabei leise *Please, Please, Please* von James Brown mit.

»Und, Brandon? Was studierst du?«

»Musik, aber mehr unter dem tontechnischen und wirtschaftlichen Aspekt. Und du?«

»Fotografie.«

Er deutete auf die Kamera auf dem Tisch. »Das hätte ich mir wohl denken können.«

»Offenbar sind Grace und du seit ein paar Tagen unzertrennlich.« Tatiana sah mich eindringlich an.

»Sie ist buchstäblich der einzige Mensch, den ich hier kenne. Ich bin gerade erst nach New York gezogen.«

»Das meinte ich aber nicht.« Sie zwinkerte mir zu.

»Na ja, wer würde denn nicht ständig in ihrer Nähe sein wollen?«

»Stimmt.«

Nach Grace' Rückkehr futterten wir Pfannkuchen und Vanille-Shakes mit Schuss, und Grace sang alle 50er-Jahre-Songs mit, die sie kannte. Unterdessen studierte ich jede ihrer Bewegungen, jede kleinste Angewohnheit.

»Du riechst immer an deinem Essen, bevor du es in den Mund steckst«, kommentierte ich lachend.

»Was? Nein!« Sie runzelte die Stirn.

Tatiana lachte ebenfalls. »Doch, das tust du. Für den Bruchteil einer Sekunde.«

»Tu ich nicht«, protestierte Grace.

»Ich finde das niedlich.« Ich zwinkerte ihr zu.

»Nein, das ist peinlich. Das habe ich schon als Baby gemacht.«

Ich wuschelte ihr durchs Haar. »Es ist süß.«

Sie wurde rot, sah mich an und lächelte.

Nach dem Essen verabschiedeten sich Tatiana und Brandon, um ins Kino zu gehen.

»Deine Freunde sind sehr nett«, sagte ich.

»Ja. Aber sie haben sich ganz schön abgeschleckt, was? Na ja, schön für sie, schätze ich …«

»Warte, ich hab eine Idee, bevor wir in die U-Bahn steigen. Da ist ein Farbfilm drin.« Ich deutete auf den Fotoapparat um meinen Hals. »Ich möchte etwas ausprobieren.« Ich nahm ihre Hand und zog sie mit mir die Treppe der Fußgänger-Überführung hoch. Unter uns raste der Verkehr hindurch. Ich ließ Grace auf der einen Seite am Geländer stehen und schnallte die Kamera mit dem Gurt am gegenüberliegenden Geländer fest. Hinter Grace leuchteten die Lichter von Ampeln, Straßenlaternen und Scheinwerfern auf und umrahmten ihre dunkle Silhouette. Der Saum ihres pinkfarbenen Nachthemds flatterte im Wind. »Ich werde den Selbstauslöser drücken und mich dann neben dich stellen. Guck einfach in die Kamera und beweg dich nicht. Die Blende wird ziemlich lang offen bleiben, also wird das Foto lange belichtet. Versuch, so stillzuhalten wie nur möglich.«

»Und was passiert dann?«, wollte sie wissen, während ich alles einstellte.

»Die Lichter auf der Straße hinter uns werden unscharf sein, weil sie sich bewegen, aber wenn wir ganz stillstehen, bleiben wir scharf, genau wie die Gebäude im Hintergrund. Das sollte richtig cool aussehen. Der Countdown läuft zehn Sekunden; du hörst es piepsen, zum Schluss immer schneller, bis der Auslöser aktiviert wird, und dann müssen wir quasi einfrieren.«

»Okay, ich bin bereit.« Sie stand mit leicht gespreizten Beinen, als wollte sie gleich mit einer Tanz-Choreographie loslegen. Ich drückte den Auslöser und lief neben sie. Ohne sie anzusehen, nahm ich ihre Hand und starrte ins Objektiv. Während das Countdown-Signal immer schneller piepste, spürte ich, dass sie mich ansah. Im letzten Moment drehte ich den Kopf in ihre Richtung. Die Blende wurde geöffnet, und ich sagte, ohne die Lippen zu bewegen: »Stillstehn.« Sie kicherte reglos und sah mich unverwandt mit weitaufgerissenen Augen an, die vom Wind allmählich feucht wurden. Drei Sekunden mögen sich nicht besonders lang anhören, aber wenn man einander in die Augen schaut, reichen sie für ein stummes Versprechen.

Als sich die Blende schloss, atmete Grace tief aus und begann zu lachen. »Das kam mir wie eine Ewigkeit vor.«

»Ach, ja?« Noch immer sah ich sie an. Ich hätte die ganze Nacht so stehen können.

Auf dem Weg von der U-Bahn zum Wohnheim teilten wir uns einen Joint. »Hattest du auf der Highschool viele Freunde?«

»Nein, ich hatte nicht viel Zeit. Ich musste schon mit sechzehn anfangen zu arbeiten, damit ich ein Auto kaufen konnte, um meine Geschwister zur Schule zu fahren.«

»Wo hast du gearbeitet?«

»Im Häagen-Dazs in unserem Einkaufszentrum.«

»Lecker.«

»Na ja, zuerst war es nicht so toll, weil ich ungefähr fünf Kilo zunahm, und nach zu viel Rum-Rosine wurde mir sogar mal richtig schlecht. Danach konnte ich das Zeug nicht mehr sehen. Drei Jahre hab ich da gearbeitet, bis zu meinem Highschoolabschluss. Ich habe immer noch einen dicken rechten Bizeps vom Eis-Schaufeln ... ich bin seitdem ganz schief. Hier, fühl mal!«

Sie streckte mir ihren Oberarm entgegen und spannte den Muskel an. Ich drückte ihren dünnen Arm nur mit Daumen und Zeigefinger, und sie riss sich los. »Blödmann!«

»Spaghetti-Arm!«

»Hey, das sind alles Muskeln! Jetzt will ich deinen sehen!«

Ich spannte meinen Bizeps an. Mit ihrer kleinen Hand konnte sie den Muskel nicht umspannen. »Wow, das ist beeindruckend! Was machst du?«

»Ich hab so eine Klimmzugstange. Aber das ist auch schon alles. In L. A. bin ich oft surfen gegangen.«

»Fehlt dir das?«

»Das Surfen schon.

Sie schwieg. Plötzlich sagte sie: »Mist, wie spät ist es?«

Ich sah auf die Uhr. »Viertel nach neun. Wieso?«

»Ich wollte um halb zehn zurück sein.«

»Was passiert um halb zehn?«

»Da verwandelt sich dieses wunderschöne Kleid in einen alten Lumpen.« Sie wirbelte herum. Ich packte sie und warf sie mir über die Schulter. »Hilfe, nicht! Lass mich runter!«

»Nein, Prinzessin. Ich werde dich bis halb zehn in dein Zimmer bringen.«

Ich stürmte durch die Tür unseres Wohnheims und rannte mit Grace über der Schulter die Treppen hoch, während sie mir auf den Hintern boxte. Hinter mir rief jemand: »Na, die ist aber fertig!«

Vor ihrer Tür setzte ich sie ab, sah auf die Uhr und hob eine Hand. »Einundzwanzig neunundzwanzig, Baby!«

Sie klatschte mich ab. »Du hast es geschafft! Danke sehr!«

Ich bemerkte ein Mädchen, das hinter Grace in einem Jeans-Minirock und Stöckelschuhen über den Flur ging. Grace folgte meinem Blick. Als sie mich wieder ansah, lächelte ich unschuldig.

»Gefällt die dir? Ist das dein Typ?«

Ich lehnte mich gegen ihre Tür und verschränkte die Arme. »Eigentlich nicht.«

»Warst du in L. A. ein Casanova?«

»Überhaupt nicht.«

»Mit wie vielen Mädchen warst du zusammen?« Ihr Gesichtsausdruck war ernst.

»Ist das eine Fangfrage?«

»Nein, ich bin nur neugierig, weil du ein gutaussehender Typ bist und …«

»Du bist wunderschön. Heißt das etwa, dass du mit vielen Typen zusammen warst?«

Sie schnaubte. »Okay, dann beantworte meine Frage eben nicht …«

»Ich war mit ein paar Mädchen zusammen, Grace. Nicht vielen.«

»Auch mal mit einer Jungfrau?«

Ich sah, dass ihre Unterlippe ein wenig zitterte. Ihre Augen waren weit geöffnet. »Nein, ich war noch nie mit einer Jungfrau zusammen«, antwortete ich und erwiderte ihren ernsthaften Blick, doch sie senkte schnell den Kopf und starrte auf ihre Schuhe.

Ich war drauf und dran zu fragen, ob sie noch Jungfrau sei, doch ich kannte die Antwort bereits und wollte sie nicht in Verlegenheit bringen.

»Tja, dann geh ich mal üben«, sagte sie.

»Warte noch eine Sekunde.« Ich lief in mein Zimmer, kramte ein wenig herum und kehrte mit *Surfer Rosa & Come on Pilgrim* von den Pixies zurück. »Das ist ein starkes Album, eine meiner Lieblings-CDs. Der siebte Song ist der beste.«

Sie las den Titel. *»Where is my mind?«*

»Genau.«

»Super. Danke, Matt. Hey, morgen nach den Vorlesungen ...«
Sie zögerte. »Ich wollte aufs Dach gehen und da lernen.«

»Aha.«

»Na ja ... willst du vielleicht auch raufkommen? Wir könnten zusammen Musik hören.«

»Ja. Sehr gern.«

»Okay. Um drei bin ich fertig. Soll ich uns ein paar Brote schmieren?«

»Klingt gut.« Ich breitete die Arme aus als Zeichen, dass ich sie umarmen wollte. Sie drückte mich, und ich küsste ihren Scheitel. Ihr Haar duftete nach Flieder.

Sie wich zurück und kniff die Augen zusammen. »Hast du mich gerade geküsst?«

»Nur ein ganz freundschaftlicher Kuss. So!« Ich lehnte mich vor und küsste sie auf die Wange. Sie blieb still stehen und sah mich mit großen Augen an. »Gute Nacht, Gracie.«

»Nacht, Matty«, flüsterte sie, während ich in mein Zimmer ging.

Von da an verbrachten Grace und ich so gut wie jeden Tag zusammen und entwickelten schnell gewisse Gewohnheiten. Wir gingen Blut spenden und abends im Schlafanzug frühstücken und suchten ständig nach Möglichkeiten, Geld zu sparen. Wir lernten zusammen, und sie übte Cello, während ich sie fotografierte. Wenn sie ganz und gar in ihre Musik vertieft war und den Bogen voller Leidenschaft über die Saiten strich, bewegte sie den ganzen Körper mit, so dass ihr die blonden Haare immer wieder ins Gesicht fielen. Es dauerte nicht lang, und ich liebte diesen Anblick über alles.

Es wurde Herbst, es wurde Winter. Wir trafen uns oft mit ihren Studienkollegen und wurden mit Brandon und Tati ein klassisches Doppelpaar-Gespann, obwohl Grace und ich offiziell kein Paar waren. Grace und Tati organisierten freie Eintrittskarten für alle Museen und schleiften mich sogar in ein kostenloses Symphoniekonzert. Am Anfang hielt ich es für ziemlich übertrieben, dass Tati und Brandon zwei Stunden lang klassische Musik hören wollten, und war fest davon überzeugt, man würde mich wegen meiner so gar nicht feierlichen Jeans ohnehin gleich wieder rauswerfen. Dann aber war ich sehr überrascht, wie gut es mir gefiel und wie cool dort alle waren.

Sosehr Grace sich für Musik interessierte, hielt sie trotzdem auch ständig Ausschau nach Sachen für mich. Sie schob mir zum Beispiel Zeitungsausschnitte zu irgendwelchen Fotoausstellungen unter der Tür hindurch. Wir unternahmen alles Mögliche, um unserem schäbigen Wohnheim mit dem beständigen Fischstäbchengestank aus Darias Zimmer zu entfliehen.

Kennen Sie diese Reiseführer für Sparfüchse, wie *New York für fünf Dollar am Tag*? Ich schwöre, wir haben es für zwei Dollar pro Tag geschafft. Zwar gab es dafür jede Menge Nudelsuppe von Billigständen und Schwarzfahrten in der U-Bahn, aber so lernten wir jeden Winkel der Stadt kennen.

New York verströmte eine Energie, die einen bis in die Tiefe durchdringt. Selbst als frisch Zugezogener empfand ich die verschiedenen Stadtteile irgendwann als lebende, atmende Organismen. Es gibt wohl keinen anderen Ort, an dem das genauso ist. Die Stadt wird zu einer Gestalt in deinem Leben, zu einer Liebe, die sich nicht verdrängen lässt. Die besondere Atmosphäre dieses Ortes kann dich verliebt machen und dir gleichzeitig das Herz brechen. Wenn du ihren Klang hörst, ihren Geruch atmest, dann teilst du das mit allen Menschen, die auf der Straße, in der U-Bahn oder auf einem Wolkenkratzer am Central Park neben dir stehen oder gehen. Du spürst deine eigene Lebendigkeit, und es ist ein schönes, einzigartiges, aber auch flüchtiges Leben. Ich glaube, das ist der Grund, aus dem die Menschen in New York sich so sehr miteinander verbunden fühlen; die Stadt macht sich ihre kollektive Liebe und Bewunderung zunutze. Auch Grace und ich verliebten uns gleichzeitig und in gleichem Maß in diese Stadt.

Ich traf Grace fast jeden Nachmittag im Aufenthaltsraum beim Lernen, wo sie auf mich wartete. Unsere Freundschaft wurde so innig und selbstverständlich, dass es sich vollkommen normal anfühlte, wenn ich sie umarmte, herumwirbelte, ihre Hand nahm oder sie Huckepack trug. Hin und wieder gab es auch stille Momente, in denen ich das Gefühl hatte, sie wollte von mir geküsst werden – und Gott weiß, wie sehr ich mir das wünschte –, doch meistens brach sie dann schnell das Schweigen oder wandte den Blick ab. Mir machte das nichts aus. Ich wollte einfach bei ihr sein und empfand es als ganz normal, dass ich mich für andere Mädchen nicht mehr interessierte.

»Es ist wieder mal spät geworden«, sagte sie in einer der vielen Nächte, in denen wir einfach nur zusammen abhingen.

»Zwei Uhr«, antwortete ich nach einem Blick auf die Uhr.

»Ich sollte in mein Zimmer gehen.« Grace lag quer über meinem Bett auf dem Bauch, den Kopf über der Bettkante. Sie trug eine Jogginghose und ein T-Shirt von den Sex Pistols und hatte ihr Haar zu einem unordentlichen Knoten gezwirbelt. Ich wusste, dass sie nicht wirklich gehen wollte, obwohl wir beide ziemlich müde waren.

»Warte, lass uns ›Noch nie im Leben‹ spielen.«

»Okay. Du fängst an«, murmelte sie.

»Noch nie im Leben hab ich was gestohlen.«

Sie machte ein ernstes, fast trauriges Gesicht und gab mir das Daumen-runter-Zeichen, was bedeutete, dass diese Aussage nicht der Wahrheit entsprach.

»Und *was* hast du gestohlen?«, hakte ich nach.

»Ein paar Sachen. Das Schlimmste ist mir zu peinlich, um es zu erzählen.« Sie rollte herum und vergrub das Gesicht in der Decke.

»Komm schon, sag's mir. Ich verurteile dich auch nicht.«

»Vierzig Dollar von meiner Nachbarin«, flüsterte sie kaum hörbar.

»Wofür? Komm, sag schon. Das gehört zum Spiel.«

»Das Spiel gefällt mir nicht mehr.«

Ich drehte sie herum, um ihr Gesicht zu sehen. »Wofür?«

Sie schaute mir direkt in die Augen. »Ich habe das Geld gestohlen, um mir das Jahrbuch meines Abschlussjahrgangs zu kaufen, okay? Ich fühle mich deswegen immer noch total mies und habe fest vor, das Geld irgendwann zurückzugeben.«

Es zerriss mir fast das Herz. Ich hatte keine Ahnung, wie es sich anfühlte, seine Eltern nicht um vierzig Dollar bitten zu können. Sie hatte Geld gestohlen, um sich ihr persönliches Jahrbuch zu kaufen – etwas, das die meisten Schulabgänger als selbstverständlich ansehen. Das war wirklich traurig. »Lass uns etwas anderes spielen«, sagte ich. »Wie wäre es mit ›Vögeln, Heiraten, Töten‹?«

Sie stützte sich auf den Ellbogen ab. »Okay. Ich gebe dir … hm, lass mich nachdenken … Courtney Love, Pamela Andersen und Jennifer Aniston.«

»Uähh! Töten, töten, töten!«

»Nein, du Psychopath, du musst schon richtig antworten.«
Sie schlug mir scherzhaft auf den Hinterkopf.

»Also gut, Courtney töten, das steht schon mal fest. Pamela vögeln und Jennifer heiraten. Bitte sehr! Jetzt du: Bill Clinton, Spike Lee und ... ich.«

»Ha! Das ist leicht! Bill vögeln, Spike heiraten und dich töten.«

»Du bist abscheulich und gemein!«

»So liebst du mich nun mal.« Sie rappelte sich auf, um zu gehen.

»Grace?«

»Ja?«

»Ach nichts.« Ich wollte sie gerne fragen, was genau da zwischen uns war. Ich wollte wissen, ob wir mehr als Freunde sein könnten. Ich drehte mich um und sah aus dem Fenster.

Sie ließ sich neben mich aufs Bett plumpsen und legte mir einen Arm um die Schultern. »Ich schätze, ich würde dich heiraten.«

»Wirklich? Ich hatte eher gehofft, du würdest ... na ja, Bill töten, Spike heiraten und ...«

»Ha!« Sie lehnte sich zu mir rüber und küsste mich auf die Wange. »Du bist echt süß.«

Ich wollte so gerne eine Belohnung für die außerordentliche Zurückhaltung, die ich bisher an den Tag gelegt hatte. Ich presste die Lippen zusammen. »Und das war's?«

»Hey! Was willst du hören, Matthias William Shore?«

»Ich will nichts hören, Grace. Ich hab nur manchmal das Gefühl, dass das hier«, ich wedelte mit der Hand zwischen uns hin und her, »unnatürlich ist.«

»Was meinst du? Dass wir Freunde sind?«

Ich lachte. »Ja, so ungefähr.« Ich wollte die Sex-Frage unbedingt vermeiden, allerdings, ich hatte Grace schon oft dabei ertappt, wie sie mich beobachtete, wenn ich mein T-Shirt wechselte oder einen Gürtel umschnallte. Es fiel mir schwer zu glauben, dass sie mich nicht ebenso begehrte wie ich sie. Und ich spürte, wie ich insgeheim einen Besitzanspruch auf sie entwickelt hatte. Ich sah, wie andere Männer sie musterten, ohne dass sie es merkte, und hatte eine Heidenangst, sie könnte sich irgendeinem Arschloch hingeben, der sie nicht zu würdigen wusste.

Sie stand auf und ging zur Tür. Doch ehe sie sie öffnete, drehte sie sich noch einmal um und lehnte sich dagegen. Sie sah zu Boden. »Dräng mich nicht.« Sie hob den Kopf wieder und sah mich an. »Okay?« Sie wirkte nicht verunsichert. Ihr Blick war klar und ernst, fast, als wollte sie mich anflehen.

»Das lag nicht in meiner Absicht.«

»Ich weiß.« Sie lächelte. »Deswegen mag ich dich ja auch so gern.«

»Ist dir mal irgendwas passiert? Ist das der Grund, warum du nicht ...«

»Nein, nichts dergleichen. Meine Mom war achtzehn, als sie mich bekam. Und ich weiß nicht ... aber irgendwie hatte ich oft das Gefühl, durch mich wäre ihr Leben versaut.«

»Ich finde es schrecklich, dass sie dir dieses Gefühl vermittelt hat.« Ich stand auf und näherte mich ihr.

»Nein, das war nicht ihre Schuld. Nur hätte ich ihr Leben nicht führen wollen. Dauernd dachte ich, mein Vater hasst sie wegen mir. Ich weiß nicht, Matt, vielleicht habe ich mich nur deswegen so sehr auf die Schule konzentriert, und jetzt auf die Uni, damit ich nicht auf Abwege gerate. Deshalb suche ich auch keinen festen Freund. Aber was wir beide haben, mag ich sehr. Da ist kein Druck.«

»Ich verstehe.«

Sie sagte diese Worte zwar, aber ich wusste, dass sie die zunehmende Spannung zwischen uns ebenso spürte wie ich. Die halbe Zeit über versuchte ich, meine körperlich sichtbare Erregung zu verbergen, während sie versuchte, nicht auf meine Arme zu starren. Wem wollten wir etwas vormachen?

»Danke für dein Verständnis«, sagte sie.

»Gern geschehen.« Ich beugte mich vor und gab ihr einen Kuss auf die Wange. »Du bist ein tolles Mädchen, Grace.« Ich spürte, wie sie erschauerte, und fügte schmunzelnd hinzu: »Vielleicht nur ein bisschen zu brav.«

Sie schob mich weg und verdrehte die Augen. »Gute Nacht, Matt.«

Ich sah ihr hinterher, wie sie durch den Flur ging, und rief: »Du musst trotzdem grinsen! Ich weiß, dass du grinst, Gracie!«

Ohne sich umzudrehen, hob sie eine Hand zum Peace-Zeichen.

Meine Muse

MATT   Am nächsten Tag im Labor begutachtete Professor Nelson meinen Kontaktabzug und lächelte. »Matt, Sie haben ein sehr gutes Auge. Ihre Bildkompositionen sind perfekt und äußerst originell, womit Sie sich deutlich von Ihren Studienkollegen abheben. Mir gefällt die Bildkörnung und wie sehr Sie bereit sind, den Film noch zu pushen. Welche Empfindlichkeit hat dieser Film, und wie haben Sie ihn eingestellt?«

»Das ist ein 400er. Und ich habe ihn auf 3200 gepusht.«

»Sehr schön. Das war beim Entwickeln sicher ziemlich knifflig, oder?«

»Ja.«

»Das Bild hier ist phantastisch. Sind Sie das?«

Ich hatte den Selbstauslöser eingestellt und ein Foto von Grace gemacht, die vor mir steht, während ich auf dem Boden sitze. Das Einzige, was man sah, waren ihre Beine, von knapp unterhalb ihres Wollkleids an abwärts. Ich hielt meine Arme um ihre Waden geschlungen. Was man auf dem Bild nicht sah, war, dass ich ihr in dem Moment das Knie küsse.

»Haben Sie mal darüber nachgedacht, mehr Farbfotos zu machen, mehr Landschaften – im Dokumentarstil?«

»Ja, neulich habe ich einen Farbfilm verschossen, den ich aber noch nicht entwickelt habe. Was mir gerade sehr gefällt, ist dieses Motiv.« Ich deutete auf Grace.

»Sie ist wirklich bezaubernd.«

»Ja, das ist sie.«

»Hören Sie, Matt, es würde mir wirklich sehr leid tun, wenn Sie aus Ihrem Talent und Ihren Fähigkeiten nicht das Beste herausholen.«

»Ich spiele mit dem Gedanken, in die Werbefotografie zu gehen.«

Er nickte, schien jedoch nicht überzeugt. »Ihre Fotos besitzen die Eigenschaft, Geschichten zu erzählen, so etwas sieht man nicht allzu häufig. Wir könnten jetzt über die Komposition, den Bildausschnitt und die Kontraste reden oder auch das Herstellen der Abzüge, aber ich glaube, der wahre Künstler zeigt sich in dem Moment, wo er mit einem einzigen zweidimensionalen Bild eine Aussage über die Menschheit machen kann.«

Dieses Lob machte mich ein wenig verlegen, aber ich war erleichtert, endlich das zu hören, was ich selbst fühlte: dass ich gut war. »Ich werde nie aufhören zu fotografieren. Ich weiß nur nicht, wie ich daraus einen erfolgreichen Beruf machen soll.«

»Ein Freund von mir arbeitet für *National Geographic* und sponsert jedes Jahr einen Studenten, der dann mit ihm ins Ausland reist. Sie müssten sich bewerben, aber ich denke, Sie haben gute Chancen. Sie haben genau die richtige Technik.«

Ich erschrak über diesen unvermittelten Vorschlag, aber mehr noch darüber, wie klar mir in diesem Augenblick meine Ziele wurden. Für *National Geographic* zu fotografieren war für mich immer ein großer, aber weit entfernter Traum gewesen. Etwas, das man sich als Kind sehnlich wünscht, so wie man auch professioneller Baseballspieler werden will oder Präsident der Vereinigten Staaten. Die Welt zu bereisen und Fotos zu schießen schien mir das ultimative Ziel im Leben, und ich konnte kaum fassen, dass mir genau diese Chance plötzlich in den Schoß fiel, auch wenn es sich zunächst einmal nur um ein Praktikum handeln würde.

»Ja, das interessiert mich definitiv.« Bis dahin hatte ich nicht gewusst, was ich nach meinem Abschluss machen wollte, aber nun wurde mein Weg plötzlich klar.

An jenem Tag stellte ich noch einen besonderen Abzug her, den ich Grace während meiner Pause unter der Tür hindurchschob. Auf dem Weg zurück in den Unterricht sah ich, wie sie ein paar hundert Meter entfernt die Straße überquerte. Ich rief ihren Namen, doch sie hörte mich nicht, sondern bog in die nächste Seitenstraße ab. Als ich hinterherlief, sah ich gerade noch, wie sie auf der anderen Straßenseite die Eingangstreppe zu einem Klinikgebäude hinaufstieg. Ich hätte an der Ampel warten müssen, rannte aber ungeduldig über die Straße, sobald der Verkehr es zuließ. Im Gebäude durchsuchte ich in jeder Etage die Gänge und fand Grace schließlich im fünften Stock vor einem Tisch mit Kaffeekannen und Donuts stehen. Sie trug einen Patientenkittel und rührte Kaffeesahne in einen Styroporbecher. Als ich bei ihr ankam, sah sie mich verwundert an. »Was machst du denn hier?«

»Nein, was machst *du* hier?«

»Die Krankengeschichte eines Menschen ist etwas Persönliches, Matt.« Sie hob einen kleinen Teigball in die Höhe. »Ist das wohl ein Donut-Loch?«

»Versuch nicht abzulenken? Bist du krank, Grace?« Bei der Vorstellung wurde mir ganz elend.

»Nein, ich bin nicht krank. Ich habe mich für eine medizinische Studie gemeldet. Willst du auch mitmachen?«

»Du lässt dich für kostenlose Donuts als Versuchskaninchen benutzen?«

»Ich kriege achtzig Dollar pro Tag. Das ist viel Geld, Matt.«

»Grace! Bist du verrückt geworden? Was für eine Studie soll das sein?«

»Ich bekomme ein bestimmtes Medikament, und dann setzen sie es wieder ab und untersuchen, ob ich Absetzungserscheinungen habe.«

»Was? Nein!«, rief ich und schüttelte ungläubig den Kopf. Ich packte sie an den Schultern und drehte sie in Richtung des Trennvorhangs. »Geh und zieh dich wieder an. Das wirst du nicht machen.« Ich musterte den am Rücken offenen Patientenkittel. Sie sah so verdammt süß aus in ihrer niedlichen Blümchenunterwäsche. Ich zog die beiden Hälften des Gewands in der Mitte zusammen und knüpfte Schleifen aus den Bändchen, so dass die Öffnung geschlossen war.

Grace drehte sich um und sah mich an, die Augen voller Tränen. »Ich muss es tun, Matt. Ich muss mein Cello zurückholen.«

»Zurück von wo?«

»Ich habe es ins Pfandleihhaus gebracht, um den Rest der Studiengebühren zu bezahlen.«

»Was ist mit deinem Stipendium und dem Studentendarlehen?«

»Den Großteil davon musste ich meiner Mutter geben, weil meine kleine Schwester dringend eine Zahnbehandlung brauchte und sie dafür kein Geld hatten.« Jetzt rollten ihr Tränen über die Wangen. Als ich die Hand hob, um sie wegzuwischen, zuckte sie zusammen.

»Grace, ich lasse dich das hier trotzdem nicht machen. Wir werden eine Lösung finden, das verspreche ich.« Dass Grace ihr Cello versetzt hatte, war vollkommen verrückt, wo sie doch Musik als Hauptfach studierte. Es fiel mir schwer, ihre Verzweiflung zu begreifen.

»Das verstehst du nicht.«

»Dann erklär's mir.«

Sie verschränkte die Arme. »Ich unterstütze meine Eltern schon eine ganze Weile. Ihre Situation ist schlimmer, als ich es dargestellt habe, deshalb habe ich ihnen, so viel ich konnte, von meinem Darlehen geschickt. Für den Rest des Semesters hatte ich fast überhaupt kein Geld mehr, aber dann rief meine Mom an und sagte, sie und mein Dad müssten aus dem Haus ausziehen. Sie hätten das Geld für die Miete gerade eben so zusammengekratzt, aber dann ist meiner Schwester ein Zahn abgebrochen, und da ihre Kreditkarte bereits ausgereizt ist, mussten sie das bar bezahlen. Ich konnte die Vorstellung nicht ertragen, dass meine Schwester mit einem abgebrochenen Schneidezahn und unter Schmerzen zur Schule gehen muss.«

Ich war schockiert, aber das durfte noch lange nicht bedeuten, dass Grace an potentiell gefährlichen medizinischen Studien teilnehmen musste. »Das ist nicht dein Problem.«

»Sie sind meine Familie. Ich hab von dieser Studie gelesen und kann damit bis nächste Woche genug Geld zusammenbekommen. Sie bezahlen täglich. Dann hole ich mein Cello zurück, und alles ist wieder gut. Ich *muss* das machen, Matt – das ist keine große Sache.«

»Und ob es das ist, Grace! Du weißt doch gar nicht, welche Auswirkungen dieses Medikament auf dich hat!«

»Du verstehst immer noch nicht.«

»Ich versuche es. Ich habe ein bisschen Geld. Ich hol dir dein Cello zurück.«

Sie schüttelte den Kopf. »Das will ich nicht. Du musst Fotopapier und Filme kaufen.«

»Ich habe noch genug, keine Sorge.« Grace hasste es, wenn ich ihr aushalf. Sie wollte unabhängig sein. »Komm, zieh dich an – wir finden eine andere Lösung.«

Sie drehte sich um und verschwand hinter dem Vorhang. Als sie zurückkam, lächelte sie unsicher. »Du musst mich für verrückt halten.«

»Ich mag deine Neurosen.« Ich legte ihr einen Arm um die Schultern. »Aber ich werde nicht zulassen, dass du hier als Laborratte missbraucht wirst.«

Beim Rausgehen fischte sie noch eine Handvoll Kaffeesahne aus dem Korb und stopfte sie sich in die Tasche. Sie klaute diese Dinger, wo immer es ging, vermischte sie später mit Wasser und goss sich den Milchersatz dann über ihr Müsli. Kopfschüttelnd sah ich sie an und schmunzelte. Mit Kinderstimme sagte sie: »Aber ich besorge doch nur was zu essen!« Schlagartig besserte sich unsere Stimmung, und als wir durch die Türen nach draußen traten, lachten wir schon wieder. Trotzdem schauderte mir bei der Vorstellung, dass Grace ihren Eltern Geld schickte, mit dem ihr Dad womöglich nur Bier kaufte.

Wir gingen zur Bank, und ich hob meine letzten dreihundert Dollar ab. Ich verriet Grace nicht, dass ich nach dem Abheben tatsächlich acht Cent minus auf dem Konto hatte. Sie brachte mich zu dem Pfandleiher, bei dem sie ihr Cello abgegeben hatte, und der Mann mittleren Alters hinter der Theke begrüßte sie freundlich. »Hallo, Grace!«

Verwundert flüsterte ich: »Der kennt dich?«

Sie kniff die Augenbrauen zusammen. »Ja. Leider.«

»Wollen Sie Ihr Cello wieder auslösen?«

»Jep«, erwiderte Grace.

Ich reichte dem Mann dreihundert Dollar. Während Grace die nötigen Formulare ausfüllte, holte er aus dem Hinterzimmer den großen Cellokasten. Draußen sagte ich: »Warte mal eben. Ich bin gleich wieder da.«

Ich kehrte in den Laden zurück und bat den Mann um ein Stück Papier. »Hier ist die Telefonnummer aus meinem Wohnheim. Bitte lassen Sie Grace das Cello nicht wieder versetzen. Sie ist eine außergewöhnliche Musikerin und braucht es für ihr Studium. Rufen Sie mich einfach an, und ich komme her und kläre das.«

Als Grace in der Nacht schlafen gegangen war, schlich ich in den Aufenthaltsraum und rief vom Münztelefon aus meinen Vater per R-Gespräch an.

»Matthias?«

»Hallo, Dad.«

»Na? Hast du sie an der NYU schon alle beeindruckt?« Sein Sarkasmus troff aus jeder Silbe. Er war noch nie gut darin gewesen, seinen Unmut zu verbergen.

»Ich rufe an, weil eine Freundin von mir Hilfe braucht und ich fragen wollte, ob du mir Geld leihst, das ich ihr dann geben kann.« Für Grace konnte ich meinen Stolz ganz außer Acht lassen. Ich schloss die Augen und wartete auf seine Antwort.

»Eine Freundin? *Deine* Freundin?«

»Nein, Dad. So ist das nicht.«

»Hast du etwa ein Mädchen in Schwierigkeiten gebracht? Willst du mir das damit sagen?«

Ich atmete tief durch. »Sie ist meine beste Freundin, und sie hat von zu Hause keine finanzielle Unterstützung. Nicht wie ich und Alex. Sie muss sich das Studium fast ganz allein finanzieren. Sie ist Musikerin und braucht ein neues Cello, kann es sich aber nicht leisten.« Eine kleine Notlüge war hier angemessen, wie ich fand; ich wollte nicht alle Details preisgeben.

»Du weißt, dass ich die Hochzeit deines Bruders bezahlen muss.«

»Machen das nicht Monicas Eltern?«

»Na ja, wir wollen ihnen eine hübsche Verlobungsparty ausrichten, und dann zahlen wir das Essen nach der Generalprobe am Vorabend. Und auf der Hochzeit sollen die Getränke frei sein und …«

»Okay, Dad. Kein Problem.«

Es herrschte einen Moment Stille. »Nun, zumindest lernst du allmählich zu schätzen, was wir für dich getan haben. Wie viel brauchst du?«

»Ein paar hundert Dollar.«

»Werde ich dir morgen überweisen. Du sollst wissen, dass ich dir gern helfe, Matthias. Nur, weil du dich für die schwerstmögliche Zukunft entschieden hast …«

Ich musste lachen. Er konnte es nicht lassen.

»Ich suche mir einen Job und zahle dir alles zurück. Danke, Dad.« Ich legte auf.

Es hatte mich Überwindung gekostet, ihn anzurufen, aber es war mir egal; alles, woran ich denken konnte, war, wie schwer Grace schuftete und wie viele Opfer sie bringen musste, nur um ihre Musik spielen zu können. Sie glaubte an sich und war fest davon überzeugt, dass es jedes Opfer wert war. Und was taugte ein Glaube, wenn man nicht daran festhielt? Das ist es, was ich von ihr lernte: an mich selbst und meine Kunst zu glauben.

Ich spürte es, noch ehe ich das Gefühl benennen konnte. Ich hatte die Worte vielleicht schon hundertmal gesagt, doch jetzt, wo ich sie wirklich meinte, klangen sie vollkommen anders. Wenn ich an all das dachte, was wir füreinander empfanden, spielte es keine Rolle, dass es nur Freundschaft war. Ich liebte Grace.

Zweifel

GRACE   Obwohl ich mittlerweile die Kunst beherrschte, mit dem riesigen Cellokasten in der Hand zu rennen, kam
ich am nächsten Morgen dennoch zu spät in den Unterricht.
Zum Glück konnte Professor Pornsake mich gut leiden, und
sein Orchesterunterricht bereitete mir keine Schwierigkeiten,
wenn auch nicht aus dem Grund, dass ich Lehrers Liebling war,
wie Tatiana immer behauptete. Ich musste dort lediglich mein
Cello spielen, und das konnte ich gut. An den meisten Tagen
schloss ich einfach die Augen, vergaß alles um mich herum und
flüchtete in die Musik. Doch an diesem Freitag war alles anders.

»Sie kommen schon wieder zu spät, Graceland.«

»Grace«, korrigierte ich ihn, während ich mein Cello und
den Bogen aus dem Kasten holte. Am Bogen hingen ein paar
lose Haare, und ich riss sie ab, während Dan sich hinter mir
aufbaute und mich beobachtete. Er trug wie immer seine Khakihose, deren Gürtel viel zu weit hochgezogen war, sowie ein
oranges Poloshirt, das zwei Nummern zu klein wirkte. Stirn-
runzelnd sah ich zu ihm auf. »Was?«, fragte ich irritiert.

Er nahm mir den Bogen aus der Hand und begutachtete ihn.
»Das sind Kunststoffhaare.«

»Ich weiß.«

»Sie sind Solocellistin, Grace. Besorgen Sie sich einen hochwertigen Bogen. Warum verwenden Sie diesen Mist?« Eine Strähne seines Schnurrbarts hing ihm über die Oberlippe und zitterte beim Sprechen.

»Ich bin Mitglied im Tierschutzverein. Ich benutze keine Bogen aus Rosshaar.«

Ich sah, wie Tatiana neben mir vor unterdrücktem Lachen bebte.

Pornsake runzelte die Stirn. »Ach, kommen Sie! Wirklich?«

Ich schnaubte kurz. »Nein. Ich werde mir diese Woche einen neuen Bogen besorgen.« Ich wusste, dass ich es mir nicht leisten konnte, aber er hatte recht – Nylonbögen waren Schrott.

»Einverstanden. Okay, Leute, beginnen wir mit Pachelbels Kanon.«

Tatiana stöhnte hörbar auf. Dieses Stück hing uns inzwischen allen zum Halse raus. Es war, als wollte uns jeder Musiklehrer darauf vorbereiten, später mal in einem dieser Streichquartette zu spielen, die für Hochzeiten engagiert werden. Pachelbels Kanon, Händels Wassermusik und Mendelssohns Hochzeitsmarsch waren schon so sehr in unser Gedächtnis und unsere Bewegungsabläufe eingebrannt, dass ich tatsächlich Angst hatte, ich könnte andere Sachen nicht mehr richtig spielen.

Pornsake ging nach vorn und gab das Tempo an. Ich trat kurz gegen Tatis Stuhl und raunte: »Irisch.« Wir begannen auf traditionelle Weise, zogen das Tempo dann aber immer mehr an, bis alle anderen rauskamen. Die meisten starrten uns entgeistert an, während Tati und ich den Klassiker in einen irischen Tanz verwandelten. Ein paar Studenten jedoch, die Spaß verstanden, legten ihre Instrumente beiseite und klatschten im Takt, und einige versuchten sogar mitzuhalten. Am Ende ernteten wir eine Runde Applaus, doch Pornsake baute sich stocksteif vor uns auf und verschränkte die Arme.

»Wirklich hübsch. Vielleicht können Sie beide ja Straßenmusiker werden. New York kann weiß Gott mehr gute Straßenmusiker gebrauchen.«

Ich schwieg, weil ich es mir letztlich nicht mit ihm verscherzen wollte, Tatiana allerdings meldete sich mutig zu Wort. »Professor Porn … Sake …« Ich schlug die Hand vor den Mund, um mein Lachen zu unterdrücken, während Tati mit ernstem Gesicht fortfuhr. »Sie haben sicher recht. Wir mussten das nur mal ausprobieren.«

Er nickte fünf Sekunden lang wie ein Autodackel. Dann meinte er: »Also gut. Ich bin heute sowieso nicht recht in Stimmung. Sie können alle gehen. Üben Sie im Park an der frischen Luft. Wir machen morgen weiter.«

Ich beugte mich vor, um meinen Cellokasten zu öffnen, und genoss zwei Sekunden lang ein inneres Triumphgefühl, bis ich merkte, dass Pornsake wieder hinter mir stand. »Sie nicht, Grace. Bleiben Sie bitte noch hier.«

Ich erstarrte und hielt meinen Blick auf seine beigefarbenen Segelschuhe gerichtet. Mir wurde ganz flau im Magen aus Angst, er könnte warten, bis alle gegangen sind, um mir dann einen Heiratsantrag zu machen.

Ich schlug die Beine übereinander, verschränkte die Arme und beobachtete die anderen beim Zusammenpacken. Auch Pornsake packte seine Aktentasche. Tati drehte sich um und sah mich fragend an. Während sie ihre krausen braunen Haare zu einem Pferdeschwanz zusammenraffte, frage sie mich im Flüsterton: »Warum will er, dass du bleibst?«

Ich zuckte mit den Schultern. »Keine Ahnung.«

»Hey, wollt ihr, du und Matt, euch heute Abend mit uns treffen? Brandon besorgt Alkohol.«

»Warum gehst du immer davon aus, dass ich mit Matt zusammen auflaufe? Wir sind kein Paar!«

Sie verdrehte die Augen. »Ich weiß, ich weiß, ihr seid kein Paar. Wie konnte ich nur auf die Idee kommen, dass ihr zwei zusammen auflauft? Hm, mal überlegen ... vielleicht, weil ihr beiden ständig zusammenklebt?«

»Tatsächlich muss ich lernen. Ich bleibe heute Abend zu Hause. Matt kann natürlich tun und lassen, was er will.« Anscheinend dachte mittlerweile tatsächlich jeder, dass Matt und ich ein richtiges Paar waren. Eigentlich war ich unter Druck, meine Bewerbung für das Masterstudium vorzubereiten, was der nächste logische Schritt wäre, aber wenn es um Matt ging, besaß ich offenbar keinerlei Selbstkontrolle mehr. Ich wollte jede einzelne Sekunde eines jeden Tages bei ihm sein. Mittlerweile litten meine Noten schon darunter, und ich wusste, wenn ich nicht aufpasste, würde ich meine Position als Solocellistin verlieren.

»Warum steigt ihr nicht einfach in die Kiste und bringt es endlich hinter euch?«

In diesem Moment kam Pornsake dazu. »Tatiana, es ist ein Segen und offen gesagt sogar ein Wunder, dass sich Ihre Vulgarität nicht in Ihrer Handwerkskunst widerspiegelt.« Pornsake laberte ständig was von Handwerkskunst. Tatiana war eine phänomenale Musikerin, doch sobald sie ihre Geige beiseitelegte, war nichts Klassisches mehr an ihr zu erkennen. Sie war eine robuste, kernige Erscheinung, eben ein echtes Jersey-Girl.

»Danke, Professor, ich nehme das mal als Kompliment.

Tschüs, Grace.« Sie schnappte sich ihren Geigenkoffer. Beim Rausgehen rief sie noch über ihre Schulter: »Kommt heute Abend nach dem Vögeln vorbei!«

Pornsake sah mich an, sein Gesicht spiegelte keine Regung. »Gehen Sie ein Stück mit mir spazieren?«

Ich dachte, es wäre sicher gut, unter Leute zu kommen. »Okay.« Ich folgte ihm nach draußen. Er ging ungewöhnlich schnell, und ich kam bald aus der Puste, während ich mit dem schweren Cellokoffer Schritt zu halten versuchte. »Wohin gehen wir?«

»Das werden Sie gleich sehen. Es ist nicht mehr weit.« Nach vier Häuserblocks kamen wir an ein kleines Backsteingebäude mit einer Musikalienhandlung. Es gab kein Schild, doch durch die Glastür konnte ich die Instrumente erkennen. »Das ist Orvins Laden. Er ist der beste Bogenmacher der Welt.«

Erschrocken schnappte ich nach Luft. »Professor …«

»Bitte nennen Sie mich Dan.«

»Dan … Ich habe kein Geld, um einen neuen Bogen zu kaufen. Ich wollte meinen einfach neu bespannen lassen.«

Er nickte verständnisvoll. »Normalerweise tue ich so etwas nicht für meine Studenten, aber für Sie, Grace, mache ich es gern.«

»Wie meinen Sie das?«

»Ich möchte Ihnen einen neuen Bogen schenken, weil Sie unglaublich talentiert sind. Ihre Art zu spielen gefällt mir sehr, und Sie haben ein großartiges Instrument.« Er schaute auf meinen Koffer. »Dafür sollten Sie auch einen großartigen Bogen haben.«

Während er freundlich lächelnd auf meine Reaktion wartete, fiel mir auf, wie sich um seine Augen kleine Fältchen bildeten, und zum ersten Mal empfand ich sein Gesicht als angenehm und sogar attraktiv. »Also gut«, erwiderte ich.

»Dann kommen Sie! Sie müssen Orvin kennenlernen.« Er schwang die Tür auf und wir traten ein. Hinter dem Tresen stand ein kleiner Mann von mindestens siebzig Jahren, dem das spärliche graue Haar in wilden Büscheln vom Kopf abstand.

»Daniel, mein Junge«, grüßte er den Professor mit schwerem deutschen Akzent. »Wen hast du mir denn da mitgebracht?«

»Orvin, das ist meine begabteste Schülerin. Grace.« Wow, tatsächlich? Ich hatte keine Ahnung.

Ich stellte mein Cello ab, lehnte mich über die Theke und gab dem Mann die Hand. Er hielt sie ein paar Sekunden lang fest und inspizierte sie eingehend. »Sehr klein und zierlich für eine Cellistin, aber auch sehr kräftig, wie ich sehe.«

»Ja. Grace braucht einen neuen Bogen, und ich möchte, dass sie den besten bekommt.«

»Sicher, sicher, ich habe einen, der perfekt zu ihr passt.« Er ging in sein Hinterzimmer und kehrte mit dem schönsten Bogen zurück, den ich je gesehen hatte. Als ich ihn entgegennahm, fühlte sich das Holz der Stange weich und samtig an. »Oh, Wahnsinn! Ist der schön glatt!«

»Das ist Brasilholz, mit einem Beschlag aus Silber und bespannt mit feinstem Rosshaar«, erklärte Orvin, während er mir den Bogen wieder abnahm. Dan zog sein Scheckheft aus der Tasche und sah Orvin fragend an.

»Elf«, sagte der.

»Elf was?«, fragte ich nervös.

Keiner von beiden antwortete. »Bin gleich wieder da.« Orvin verschwand erneut im Hinterzimmer und kehrte kurz darauf mit dem eingewickelten Bogen zurück.

Dan reichte ihm den Scheck, nahm den Bogen und sah mich an. »Bereit?«

Ich starrte ihn entgeistert an. »Sie machen Witze, oder? Haben Sie mir etwa gerade einen Elfhundertdollarbogen gekauft?«

»Betrachten Sie es als Investition. Kommen Sie mit.«

Wieder vor der Tür, wollte er mir den Bogen überreichen.

»Wirklich, Dan, das kann ich nicht annehmen. Ich kann Ihnen das niemals zurückzahlen. Ich habe ja kaum genug Geld zum Essen.«

»Dann erlauben Sie mir bitte, dass ich Sie zum Essen ausführe«, entgegnete er sofort.

Ich blinzelte ungläubig, während er auf meine Antwort wartete.

»Ich …«

»Das soll kein Rendezvous sein, Grace.«

»Es fühlt sich aber so an.« Ich traute mich nicht, die Einladung anzunehmen. Ich war nicht sicher, was Dan von mir wollte.

»Nun sagen Sie schon ja. Bitte!«

Mein Musikprofessor flehte mich an, mit ihm essen zu gehen. Ich schaute mich nach irgendwelchen Zeichen um, dass ich in ein alternatives Universum transportiert worden war.

»Um wie viel Uhr?«

»Ich hole Sie um sieben ab. Mögen Sie thailändisch?«

»Sehr gern.«

»Da gibt es ein Lokal, etwa zwei Blocks vom Wohnheim entfernt, das ziemlich gut ist.«

»Das kenne ich. Dann treffe ich Sie dort.« Das Restaurant lag gegenüber dem Fotoladen, in dem Matt neuerdings hin und wieder arbeitete. Ich hoffte, er würde uns nicht sehen.

Als ich ins Wohnheim kam, war es draußen schon eisig kalt. Ich eilte in mein Zimmer und übte ein paar Stunden mit dem neuen Bogen. Es war erstaunlich, wie sehr er die Klangqualität verbesserte. Er verlieh der Musik mehr Ausdruckskraft, der Ansatz war klarer, und die einzelnen Töne schienen zu strahlen.

Um sechs Uhr war ich fast am Verhungern und freute mich tatsächlich schon auf das Essen mit Pornsake, auch wenn ich fürchtete, dass es unbehaglich werden könnte. Mein Plan bestand darin, so viel kostenloses Essen wie möglich zu futtern und das Gespräch oberflächlich zu halten. Ich zog meine lila Wollstrumpfhose und Stiefel sowie einen langen grauen Pulli an, drehte mir das Haar zu einem Knoten und wickelte einen dicken schwarzen Schal um den Hals. Dann trug ich fast pflichtschuldig ein wenig Wimperntusche und Lipgloss auf und rauchte wider besseres Wissen einen halben Joint. Ein Abendessen mit meinem Musikprofessor rechtfertigte doch sicher ein wenig chemische Entspannungshilfe, dachte ich. Im Aufenthaltsraum im Erdgeschoss machte ich mir noch eine Tasse heiße Schokolade.

Carey Carmichael und Jason Wheeler, zwei Studenten aus meiner Etage, saßen auf dem Ledersofa und tuschelten.

»Hey, Grace, wo ist Matt?«, wollte Carey wissen.

Ich blätterte im Zeitschriftenstapel auf der Ablage hinter dem Sofa. »In der Dunkelkammer im Institut, glaube ich. Abzüge machen. Wieso?«

Ich sah, dass Carey Jason einen fragenden Blick zuwarf.

Jason drehte sich zu mir um. »Seid ihr eigentlich zusammen, oder was?«

Nicht schon wieder! »Wir sind gute Freunde«, sagte ich vorsichtig. »Warum?«

»Oh, gut«, meinte Carey lachend. »Wir dachten, ihr zwei wärt richtig zusammen.«

»Und was, wenn doch?« Was geht das überhaupt irgendjemanden an?

»Aber ihr seid es nicht«, wiederholte Carey nochmals meine Aussage. Ich sah sie misstrauisch an. Mir war nie aufgefallen, dass sie wie eine weibliche Version von Danny aus der *Partridge Familie* aussah, dieser Siebziger-Jahre-Fernsehserie.

»Und was, wenn doch?«, Wiederholte ich meine Frage so nonchalant wie möglich.

»Alle Welt weiß, dass freitagabends im Fotolabor immer die abgefahrensten Partys stattfinden. Alle schmuggeln Alkohol rein und vögeln in den Dunkelkammern. Die feiern da quasi eine einzige große Zelluloid-Orgie.«

Mir fiel die Kinnlade runter. Matt ging jeden Freitagabend in die Dunkelkammer und kam immer ein bisschen betrunken und stoned zurück.

»Na ja, keine richtige Orgie«, korrigierte Carey, als sie mein Gesicht sah. »Die hängen da eben rum. Du weißt ja, wie dick diese Fotostudenten befreundet sind. Es gibt halt Gerüchte, dass manche es in den Dunkelkammern treiben.«

Ich hatte keine Ahnung, wovon sie redete. Matt hatte etwas Derartiges nie erwähnt. Ich wusste auch nicht, warum ich mir überhaupt Gedanken darüber machte. Es war sein Leben, und ich hatte kein Recht, ihm irgendwelche Vorschriften zu machen.

»Carey«, sagte Jason und sah sie eindringlich an. »Ich bin sicher, dass Matt da nicht nur Abzüge macht.«

Es war wie ein Schlag in die Magengrube. »Halt die Klappe, Jason.«

»Was ist dein Problem, Grace? Machst du jetzt einen auf prüde oder was?«

»Ach, vergiss es.« Ich sah auf die Uhr. Es war fast sieben. »Ich muss los.«

Warum waren wir nicht ehrlich?

GRACE Draußen schlug mir eisige Luft entgegen. Es wurde unverkennbar Winter. Ich rannte zur Ampel, drückte auf den Knopf, blickte über die Straße und erstarrte. Auf der anderen Seite stand Matt und sah mich direkt an. Er trug ein schwarzes T-Shirt mit einem langärmeligen grauen Thermoshirt darunter sowie Jeans und Stiefel. Bei dem Wetter hätte man eigentlich einen Mantel gebraucht, und als ich ihn beobachtete, wie er die Träger seines Rucksacks straff zog, meinte ich, ihn zittern zu sehen.

Mein Herz schien einen Schlag auszusetzen. Ich schluckte. Er lächelte, und ich konnte nicht anders und lächelte zurück, auch wenn ich ihm am liebsten eine Million Fragen gestellt hätte, die ich nicht fragen durfte. Es war sein Leben, wir waren nur Freunde. Als es grün wurde, gingen wir aufeinander zu und blieben in der Mitte der Straße stehen.

»Wo willst du hin?«, fragte er.

»Essen.«

Er musterte mich kurz von oben bis unten und sah mir dann wieder in die Augen.

In den drei Monaten, in denen wir uns nun kannten, hatte

ich selten etwas Hübscheres getragen als Jogginganzüge und Labello. In seinem Blick lag sehnsüchtiges Verlangen. »Ich bring dich hin.« Ihm klapperten die Zähne, und ich musterte seine vollen Lippen und das unrasierte Kinn. Am liebsten hätte ich meine Wange daran gerieben.

Die Ampel würde gleich wieder umschalten, und wir mussten von der Straße runter. »Du frierst dich noch zu Tode, Matt. Geh nach Hause, ich komm schon klar.«

Doch er wich mir nicht von der Seite. Schulter an Schulter überquerten wir den Rest der Straße.

»Wohin gehst du essen?«

»Zum Thailänder um die Ecke.«

Er schob die Hände tief in die Taschen und hielt die Arme fest an den Körper gepresst. »Ich kann dich hinbringen.«

»Du musst mich nicht für zwei Blocks begleiten, Matt. Das schaffe ich schon.«

Er schnitt eine Grimasse, dann trat er einen Schritt auf mich zu und legte eine Hand an meine Wange. Unsere Körper waren nur wenige Zentimeter voneinander entfernt. Er sah mir in die Augen. »Wer lädt dich zum Essen ein? Grace?«

Ich blickte Matt über die Schulter und sah nicht weit entfernt Dan stehen, der uns mit ausdruckslosem Gesicht beobachtete. Matt fuhr herum, dann drehte er sich wieder zu mir und zog die Augenbrauen hoch. »Pornsake?« Sein spöttischer Unterton gefiel mir nicht.

Ich schob ihn weg. »Hau ab, Matt. Ich bin sicher, du findest eine andere Beschäftigung. Läuft nicht gerade irgendeine Dunkelkammerorgie, bei der du vermisst wirst?«

»Was?«

»Ich rieche doch den Rum in deinem Atem.«

»Na und? Ich hab mit meinen Fotofreunden einen gehoben. Und jetzt wollte ich nach Hause gehen und nachsehen, ob du was mit mir unternehmen willst.«

»Ich kann nicht, Matt. Ich hab was anderes vor. Tschüs.« Ich drehte mich um und blickte nicht mehr zurück.

Dan winkte Matt halbherzig zu und lächelte. Ich wollte Matts Gesicht nicht mehr sehen, also zog ich Dan einfach am Arm und steuerte auf das Lokal zu.

Im Restaurant schob er mir den Stuhl hin. Er war nett und zuvorkommend und bot an, den Wein für uns auszusuchen. Wir verbrachten die erste Stunde mit Smalltalk über das Orchester, das er noch vor dem Sommer zusammenstellen wollte. Er spielte mit dem Gedanken, die NYU zu verlassen und seinen Traum zu verwirklichen, mit einem Orchester auf Reisen zu gehen.

Mit der Zeit ließ er die Lehrerfassade immer mehr fallen, und über seine Begeisterung für Musik empfand ich ihn bald als Gleichgestellten, nicht mehr als Professor. Wir lachten viel, und das Gespräch verlief locker und natürlich. Seine Reife und Erfahrung imponierten mir und ließen ihn sogar einigermaßen attraktiv erscheinen.

»Sind Sie und Matt ein Paar?«, erkundigte er sich dann.

In diesem Moment musste ich eine Entscheidung treffen. Ich log nicht gern, wollte Dan aber auch keine falschen Hoffnungen machen. »Na ja, das ist kompliziert.«

Er sah auf seine Hände. »Ich habe Tatiana heute Morgen so was sagen hören …«

»Ich mag Matt sehr gern«, platzte ich heraus. Was ja nun auch keine Lüge war.

»Das ist nur logisch.«

»Was meinen Sie?« Ich war nicht sicher, ob er fand, dass Matt und ich ein gutes Paar abgaben, oder ob er sich zu Beziehungen zwischen Studenten im Allgemeinen äußerte.

»Mädchen wie Sie stehen immer auf Jungen wie Matt.« Das machte mich wütend. Es gefiel mir nicht, dass er davon ausging, auch nur irgendetwas über Matt zu wissen, selbst wenn meine Meinung über Matt in diesem Moment vielleicht nicht besser war als seine.

»Wie meinen Sie das, Dan? Sind wir hier etwa im Kindergarten?« Ich fühlte mich plötzlich in die Defensive gedrängt.

»Können bestimmte Mädchen etwa nur mit bestimmten Jungen zusammen sein?« Ich kniff die Augen zusammen und lehnte mich vor. »Jetzt mal Klartext: Wieso haben Sie mir den Bogen gekauft und mich zum Essen eingeladen? Denken Sie etwa, ich würde dafür mit Ihnen ins Bett gehen?«

Er hob die Hand, um mich zu stoppen. »Warten Sie. Bevor Ihre Phantasie mit Ihnen durchgeht – die Antwort ist nein. Ich will nicht mit Ihnen ins Bett.« Er sah zur Decke. Dann neigte er den Kopf zur Seite. »Wobei …«

»Vergessen Sie's.« Ich stand auf.

»Moment mal, Grace. Was ich Ihnen sagen will, ist, dass Collegetypen wie Matt normalerweise nur an eines denken. Ich war auch einmal wie er, ich kenne das. Ich habe den Bogen gekauft, weil ich wollte, dass Sie ihn haben. Ich habe Sie zum Essen eingeladen, weil ich gern mit Ihnen rede. Die Dinge sind nicht immer so schwarz und weiß, wie wir sie sehen, wenn wir jung sind. Ich bin über zehn Jahre älter als Sie, und ich habe gelernt, dass es im Leben jede Menge Grauzonen gibt. Mit einem Mann zum Essen auszugehen muss nicht zwingend etwas mit Sex zu tun haben.«

Ich schluckte. Ich wusste nicht, was ich sagen sollte. Er streckte seine Hand aus und ergriff meine. »Okay?«

»Okay«, erwiderte ich. Den Rest des Essens verbrachten wir schweigend.

Hinterher begleitete er mich noch zum Wohnheim, machte aber keinerlei Anstalten, mich zu umarmen. Ich bedankte mich für den Bogen und das Essen und sagte, ich werde ihn morgen ja wiedersehen. Als ich die Tür zur Eingangshalle öffnete, hörte ich Operation Ivy aus dem Aufenthaltsraum schallen und wusste sofort, dass ich vorsichtig sein musste. Ich hörte verschiedene Stimmen lachen und reden, und als ich um die Ecke kam, entdeckte ich Matt auf der Couch mit einem Mädchen, das exakt wie Rachel aus *Friends* aussah. Auch er entdeckte mich, hob ein gefülltes Schnapsglas hoch und rief: »Sexy Tequila!« Er rieb mit einer Zitronenscheibe über das Dekolleté des Mädchens, steckte sie ihr dann in den Mund, streute Salz in ihren Ausschnitt und – kein Scherz! – grinste mich auch noch frech an, bevor er das Salz ableckte. Danach leerte er das Glas in einem Zug, beugte sich vor und stülpte seine Lippen über die des Mädchens.

Ich drehte den Kopf zur Seite, weil mir bei dem Anblick übel wurde, und nahm jetzt erst die anderen Leute in dem Raum wahr. Alle schienen sich bestens zu amüsieren.

Matt, der seinen Mund wieder freibekommen hatte, beobachtete mich. »Auch einen?« Er hielt mir die Flasche Tequila entgegen.

Ich zeigte ihm den Stinkefinger und ging zur Treppe, doch er war sofort hinter mir. »Wie war dein Rendezvous mit Pornsake?«

Ich starrte weiter geradeaus. »Das war kein Rendezvous. Wir waren einfach nur essen.«

»Okay, Grace. Wie du meinst.«

Ich wirbelte auf dem ersten Treppenabsatz wütend herum. »Und was, wenn ich dir sagen würde, dass wir Sex hatten?«

»Dann würde ich sagen, du lügst.« Er hatte sehr viel getrunken, darin bestand kein Zweifel.

»Er hat mir einen neuen Bogen geschenkt, also habe ich ihm beim Thailänder auf der Toilette einen geblasen.«

Er presste die Lippen zusammen und sah mir prüfend in die Augen. »Ach ja? Warum bleibst du dann nicht hier und hängst noch mit mir und meinen Freunden ab? Mädchen, die gern Schwänze lutschen, kann man nie genug haben!«

»Okay.« Ich schob mich an ihm vorbei und ging ein paar Stufen die Treppe hinunter. Matt starrte mir zunächst verblüfft nach, dann folgte er.

Im Aufenthaltsraum griff ich die Flasche Tequila und trank ein paar Schlucke, dann ging ich zu einem großen Typen mit langen blonden Haaren. »Hallo, ich bin Grace.« Ich streckte eine Hand vor.

»Hallo, Grace.« Er schüttelte zaghaft meine Hand. »Matts Grace?«

Ich schnaubte. »Niemandes Grace.« Ich streckte ihm die Flasche entgegen und suchte mit den Augen nach Matt, den ich auf dem Sofa entdeckte, wie er mich beobachtete, diesmal allein.

Nach einer Stunde war ich schließlich mächtig bekifft und betrunken. Der blonde Typ rückte mir immer weiter auf die Pelle, und Rachel war inzwischen auch wieder da, allerdings beachtete Matt sie kaum noch, sondern starrte die ganze Zeit nur mich an.

»Sollen wir auf mein Zimmer gehen?«, fragte der blonde Kerl.

»Okay.«

Er zog mich aus dem Aufenthaltsraum. Auf dem ersten Treppenabsatz schob er mich an die Wand und versuchte mich zu küssen. Ich drehte den Kopf zur Seite. »Nein.«

Er lachte. »Hey, was denkst du, was wir gleich in meinem Zimmer machen?«

»Musik hören und quatschen?« Ich wurde rot.

Er legte den Kopf in den Nacken. »Ach, so eine bist du also. Erst scharfmachen und dann stehenlassen?«

»Das reicht.« Matt packte den blonden Typen von hinten am Kragen, nicht unfreundlich, aber bestimmt. »Die ist doch völlig hinüber, Mann. Willst du mit so einer etwa ins Bett? Das bringt's doch nicht.«

Ich bedachte ihn mit einem finsteren Blick.

Der blonde Kerl sah Matt an. »Du hast recht.« Er schaute zu mir, verdrehte kurz die Augen und ging die Treppe hinunter.

Völlig erschöpft sank ich Matt in die Arme. Ich wollte nur, dass zwischen uns alles wieder normal war. Ich wollte, dass Matt mit mir über alles redete und wieder mein bester Freund war, aber ich hatte Angst, dass sich im Laufe dieses einen Tages etwas Grundlegendes zwischen uns geändert hatte. Er hielt mich fest und flüsterte dicht an meinem Ohr: »Was machst du denn nur, Gracie?«

Ich begann zu weinen. Ich gebe ja zu, das war ziemlich erbärmlich, aber der Alkohol, das Gras und mein blödsinniges Verhalten hatten mich emotional völlig aus der Bahn geworfen. »Findest du mich abstoßend?«

»Was redest du da?«

»Du hast diesen Typen gefragt: ›Willst du mit so einer etwa Sex haben?‹ Was sollte das bedeuten?«

»Grace, du kannst kaum noch die Augen offen halten. Du bist betrunken und vollkommen breit. Ich kenne diesen Typen, dem wäre es wahrscheinlich auch egal, wenn du ins Koma fällst; er würde die Situation trotzdem gnadenlos ausnutzen.«

Ich schlug die Hände vors Gesicht und heulte noch mehr. Das bisschen Wimperntusche, das ich aufgetragen hatte, lief mir über die Wangen.

»Komm mit. Lass uns diesen Unfug vergessen.« Er zog mich die Treppe hoch.

In meinem Zimmer stellte ich die Tequilaflasche auf den Schreibtisch und stolperte ins Bad. Ich hörte, dass Matt eine CD von U2 einlegte.

Wenn wir zwei allein waren, fühlte sich alles gut an, und wir konnten einfach nur Grace und Matt sein. Ohne Diskussion. Draußen jedoch, in der wirklichen Welt …

Als ich aus dem Badezimmer kam, fummelte Matt an der Heizung herum.

»Ich verglüh hier gleich. Was ist denn nur mit der Heizung los?«, wollte er wissen.

»Daria hat schon einen Reparaturantrag gestellt. Ich habe es ihr gestern gesagt.« Die Heizungsanlage in unserem Stockwerk war kaputt und hatte drei Tage lang überhaupt nicht funktioniert, dann war sie zum Dauerheizen übergegangen. So ist das eben, wenn man in New York City in einem alten Gebäude wohnt.

Ich fing an, meine Strumpfhose runterzuschieben. »Dreh dich um«, forderte ich Matt auf, doch er sah mich weiter an. »Guck bitte weg, ich will mich umziehen.« Schließlich kam er meiner Bitte nach, wenn auch widerstrebend. Ich zog ein Sommerkleid mit Blumen über, das in einem Stapel Klamotten auf meinem

Bett lag, dann setzte ich mich auf den Boden und beobachtete, wie Matt seine Schuhe auszog. Er rutschte auf Socken über den Holzboden und versuchte, das Fenster hochzustemmen. »Wenn du das machst, wird es hier gleich eisig kalt.«

Er drehte sich zu mir um, wie ich in meinem Nichts von einem Kleid mit Spaghettiträgern dasaß. Dann zog er sein T-Shirt aus. Jedes Mal, wenn ich seinen nackten Oberkörper sah, stockte mir der Atem. Er hatte breite Schultern, aber eine schmale Taille, und die Jeans hing tief auf seinen Hüften. Manchmal war der obere Rand seiner Boxershorts darüber zu sehen. In dieser Nacht trug er offenbar keine, und ich betrachtete den Schnürsenkelgürtel, den ich für ihn gemacht hatte.

»Wohin guckst du?« Grinsend kam er auf mich zu.

»Bild dir bloß nichts ein. Ich guck nur auf deinen coolen Gürtel.«

»Aber sicher.« Er schnappte sich die Tequilaflasche, trank einen Schluck und hielt sie mir entgegen, doch ich winkte ab. Ich konnte keinen einzigen Tropfen mehr vertragen. »Der andere Gürtel ist kaputtgegangen. Meine Mom macht mir einen neuen, wenn ich in den Ferien nach Hause fahre.«

»Sie macht Gürtel?«

»Ja, sie macht alles Mögliche an Handwerkskram.«

»Wie macht sie das?«

»Sie nimmt kleine Werkzeuge, um Muster ins Leder zu prägen.« Er deutete auf den Gurt seines Fotoapparats, der noch vom Vortag auf meinem Schreibtisch lag. Doch ich sah nicht hin. Ich war immer noch damit beschäftigt, ihm auf den Oberkörper zu starren. Als ich wieder aufblickte, stellte ich fest, dass er mich unverwandt beobachtete.

Ich riss mich aus meiner Trance und nahm die Kamera. In

das Leder war ein interessantes Muster aus Kreisen und Dreiecken eingeprägt. »Das ist echt cool.«

Er ging neben mir in die Hocke und streckte seine Hand aus. »Komm, tanz mit mir.«

»Was? Nein!«

»Steh auf und tanz mit mir. Feigling.«

»Ich kann nicht gut tanzen, außerdem bin ich betrunken.«

»Bei deinem Flirt im Aufenthaltsraum gerade konntest du dich aber ganz gut bewegen … mit dieser Blondlocke.«

»Ich komme mir total blöd vor deswegen. Bitte red nicht mehr davon. Außerdem hast du davor Sexy Tequila mit Jennifer Aniston gemacht!«

»Die sieht tatsächlich aus wie Jennifer Aniston, oder?«

Ich verdrehte die Augen.

»Komm schon, steh auf. Ich führe. Du brauchst nur zu folgen.«

Ich fasste seine Hand und ließ mich hochziehen. Ich kicherte nervös, doch er ließ sich nicht beirren, legte mir die andere Hand auf den unteren Rücken und zog mich gegen seine entblößte Brust. »Die Hand auf meine Schulter, Gracie.«

Der Song *With or Without You* ertönte. Matt wiegte sich im Takt hin und her, schob mich dann zurück und wirbelte mich herum. Als er mich wieder zu sich zog, tanzten wir noch enger zusammen als zuvor. Er neigte den Kopf und küsste mich auf die Schulter. Mein Herz raste. Ich spürte die Hitze seiner Haut. Wir blieben stehen und lösten uns voneinander, nur ein kleines Stück. Ich strich mit dem Zeigefinger über seinen Bauch und bewunderte die leichten Einkerbungen seiner Bauchmuskeln. Von seinem Nabel aus verlief eine feine Haarlinie nach unten und verschwand unter dem Bund seiner Jeans. Daran, wie sein

Brustkorb sich hob und senkte, konnte ich erkennen, dass auch sein Atem schneller ging.

»Was tust du da?«, fragte er leise.

»Tut mir leid …« Ich wollte meine Hand wegziehen, aber er hielt sie fest und drückte sie auf seinen Bauch.

»Du musst nicht aufhören.«

Ich legte meine Hände auf seine Hüften und ließ sie dann aufwärts gleiten, über die glatte, feste Haut an den Seiten, dann über seine Brust mit dem feinen Büschel Haare in der Mitte bis zu seinem Hals, hinter dem ich sie verschränkte. Wir wiegten uns hin und her, als würden wir einen Blues tanzen. Matt hielt die Augen geschlossen und schmunzelte. »Hmmm. Jetzt bin ich dran.«

»Du nimmst mich nicht ernst, oder?«

Er öffnete abrupt die Augen und presste mich fest an sich, so dass ich seine Erregung deutlich spüren konnte. »Ist dir das hier ernst genug?« Seine Stimme klang rau.

Ich stieß ihn weg und taumelte zur Seite. Er ließ sich aufs Bett fallen und schaltete den CD-Player mit dem Fuß aus. Dann lehnte er sich vor, stützte die Ellbogen auf die Knie und ließ den Kopf sinken. »Es tut mir leid.«

»Mir tut es auch leid.« Ich trat von einem Fuß auf den anderen und fühlte mich schrecklich verlegen. Ich setze mich neben ihn und legte einen Arm um seine Schultern. Wir ließen uns nach hinten sinken und starrten an die Decke. Mein Kopf lag auf seinem Arm, wie schon so viele Male zuvor.

»Es ist nicht fair von mir, so was zu tun, das weiß ich. Es tut mir wirklich leid, Matt.«

»Ist schon gut«, sagte er, aber ich glaube nicht, dass er es wirklich so meinte.

Ich hatte immer wieder überlegt, wie ich sagen könnte, was ich ihm sagen wollte, aber dann kam alles ganz falsch heraus. »Willst du, dass ich mich ausziehe, damit du ... ich meine, willst du mich fotografieren, wenn ich nackt ... du weißt schon, wie das Mädchen auf dem Foto ...«

Er lachte leise. »Meinst du, das würde mir ausgerechnet jetzt helfen?« Er hob den Kopf und blickte direkt zwischen seine Beine.

Ich spürte, dass mein Gesicht ganz heiß und sicher feuerrot war. »Nein, ich meine ...« Ich schluckte und fühlte Tränen aufsteigen. Meine Stimme klang ganz fremd, so klein und schwach. »Ich bin noch Jungfrau, Matt.«

Es gab sicher nicht viele Jungfrauen in meinem Alter an der NYU, und ich fragte mich allmählich, ob ich wohl den richtigen Zeitpunkt verpasst hatte. Denn es ist doch so: Je älter man wird, desto schwerer wird es, eine intime Beziehung anzufangen. Ich hatte es bislang vermieden, weil ich mich ganz und gar auf die Uni und meine Musik hatte konzentrieren wollen. Nun, im zweiten Studienjahr, war ich buchstäblich der einzige Mensch, den ich kannte, der noch Jungfrau war. Ich kam mir lächerlich vor. Und ich hatte Angst, ein Junge könnte mich als zu unerfahren und unbeholfen zurückweisen.

Matt sah mich fast reumütig an. Er strich einmal über meine Wange. »Ich weiß, Grace. Das weiß ich seit ungefähr dem ersten Tag, als wir uns kennenlernten. Du musst überhaupt nichts für mich machen. Es tut mir leid, wenn ich dir das Gefühl gegeben habe.«

»Du wusstest es?«

Er nickte. Dann war es also derart offensichtlich? Stand mir das Wort »Jungfrau« etwa auf die Stirn geschrieben?

»Ich dachte nur, dass du vielleicht ein Foto von mir machen möchtest. Wie von dem anderen Mädchen.«

Matt schien in diesem Moment zu spüren, dass es mir selbst viel wichtiger war als ihm. »Ich würde dich gern fotografieren, Grace. Ich werde dich immer fotografieren wollen.«

Er stand auf und atmete einmal tief durch, bevor er seine Kamera nahm. »Ich schieße einfach nur Fotos, und du machst, was angenehm für dich ist, okay?«

»Okay. Kannst du die Musik wieder anstellen?«

»Na klar.« Er öffnet das CD-Fach und legte Jeff Buckleys *Lover, You Should Have Come Over* ein. Ich rutschte an den Bettrand, zog mein Kleid aus und warf es zur Seite, dann schob ich meinen Slip zu den Knöcheln und kickte ihn weg – alles, ohne Matt anzusehen. Ich bedeckte meine Brüste mit den Händen und hörte, wie er ein paar Fotos schoss, während ich mit gesenktem Blick dasaß. Dann ging er zu meiner Nachttischlampe und deckte sie mit irgendetwas ab, so dass das Licht gedämpft war. Ich drehte mich um, schlug die Bettdecke zurück und legte mich auf das weiße Laken. Schließlich sah ich zu ihm auf, versuchte aber gleichzeitig, meinen Körper, soweit es ging, bedeckt zu halten.

Matt hielt seine Kamera am Objektiv fest und legte den Kopf zur Seite, als würde er den Motivaufbau studieren. Er musterte mich, und ich merkte, dass er versuchte, meinen Gesichtsausdruck zu lesen. Dann kam er zum Bett, streichelte mein aufgestelltes Knie und fuhr über mein Schienbein. »Versuch dich zu entspannen, ja?«

Ich nickte nervös. »Ich hab einen sehr kleinen Busen.«

Er schüttelte den Kopf und lächelte. »Nimm die Hände weg. Gracie. Du bist wunderschön.« Matts Vertrauen und die Art und Weise, wie er seine Fotografie ernst nahm, machten es mir leichter, für ihn zu posieren. Wenn er die Kamera vom Auge nahm, konnte ich einen fast entzückten Gesichtsausdruck erahnen. Es erinnerte mich an das Gefühl, das ich beim Musizieren hatte – als würde er beim Fotografieren in eine andere, übernatürliche Ebene entschweben. Ich schloss die Augen, atmete entspannt aus und ein und hob die Hände über den Kopf, während ich wieder und wieder den Auslöser klicken hörte und Jeff Buckley mir versprach, dass es niemals vorbei sein würde.

Später, als ich in meine Decke eingewickelt dalag, sah ich Matt durchs Zimmer stöbern. »Was machst du?«

»Ich suche mein T-Shirt.«

Ich zog es unter dem Bett hervor. »Gefunden. Aber jetzt gehört es mir.« Schnell zog ich es über. Es gefiel mir, wie Matts Kleidung duftete, nach Weichspüler und Männerseife.

»Behältst du meine Kleider als Pfand hier?«

»Eigentlich würde ich lieber dich hierbehalten. Magst du bleiben?«

Er sah mich unangenehm lange an.

»Matt?«

»Also gut«, sagte er leise. Er schlüpfte aus seiner Jeans, und ich sah, dass er eng geschnittene Retroshorts trug. Ich schlug die Decke zurück, und er schlüpfte darunter. »Komm zu mir, Gracie«, sagte er und zog mich an sich. Ich schmiegte mich in seine Arme und schlief auf der Stelle ein.

Würde ich je vergessen können, wie es sich anfühlte, so von ihm umschlungen zu sein? Unsere Körper verschmolzen zu einem. Allein zu schlafen würde sich niemals mehr normal anfühlen. Er bewegte sich mit so viel Selbstvertrauen. So männlich. In seine Arme zu gleiten kam mir wie das Natürlichste der

Welt vor. Vielleicht lag es an all den Monaten, in denen wir einander immer nähergekommen waren. Als hätten wir ganz allmählich auf diesen Moment zugesteuert. Vielleicht lag es aber auch daran, dass er so etwas schon kannte.

Da hattest du mich

GRACE   Am Morgen war Matt verschwunden. Ohne jede Frage hatte ich seine Selbstkontrolle aufs äußerste strapaziert.

Bei der Orchesterprobe am Samstag benahm sich Pornsake ganz normal, nur Tatiana sah mich seltsam an. »Du hast ja so ein Leuchten in den Augen … Oh! Mein! Gott!« Sie lehnte sich über die Stuhllehne dicht an mich heran. »Hast du gestern nach dem Unterricht etwa mit Pornsake gevögelt?«

»Gott, nein! Und sei bloß still!« Ich sah mich zu den anderen Studenten um, die uns beobachteten.

Dan hatte etwas anzukündigen, das die ungewollte Aufmerksamkeit glücklicherweise von uns ablenkte. »Alle diejenigen von Ihnen, die Interesse daran haben, im nächsten Jahr mit einem Orchester, das ich gerade zusammenstelle, ins Ausland zu fahren, bleiben nach der Probe bitte noch hier. Ich möchte am Nachmittag dafür zum Vorspielen einladen.«

Ich packte mein Cello zusammen und folgte Tatiana zur Tür. Dan fasste mich am Arm. »Grace, wollen Sie nicht vorspielen?«

Ich blickte auf seine Hand an meinem Ellbogen. Er kam

mir für meinen Geschmack ein bisschen zu nahe. »Ich hätte es Ihnen sagen müssen. Ich habe mich für ein Masterstudium beworben. Heute Morgen habe ich meine Bewerbung eingereicht.«

»Aber wir haben doch erst gestern Abend darüber gesprochen …«

»Dan … Professor, seit meinem ersten Jahr hier plane ich mein Masterstudium. Ich bin nicht sicher, ob ich eineinhalb Jahre einfach so durch die Gegend reisen kann.«

»Das Masterstudium können Sie immer noch machen, Grace. Ich bereue noch heute, dass ich solche Dinge nicht öfter gemacht habe, als ich in Ihrem Alter war. Deshalb nutze ich diese Zeit jetzt.« Er wirkte enttäuscht.

»Es geht hier nicht um …«

»Was?«

»Egal.« Ich spürte, dass er eifersüchtig war, und versuchte, es klarzustellen. »Je eher ich mit meiner Ausbildung fertig bin, desto eher kann ich Geld verdienen.«

»Es sollte nicht um Geld gehen, Grace. Wir sprechen hier von Musik. Sie haben mehr Leidenschaft als jeder andere Student oder jede andere Studentin, die ich je hatte.« Ich sah zu Tati, die in der Tür stand und lauschte.

»Für mich geht es aber um Geld, weil ich keins habe.« Ich lachte bitter. »Und ich habe einen Berg an Studiendarlehen, den ich zurückzahlen muss.« Ich entwand ihm meinen Arm.

»Ich verstehe«, sagte er kühl und nickte. Ich eilte zu Tati.

Als wir draußen waren, stieß sie mich mit der Schulter an. »Ich glaube, du hast Pornsake gerade das Herz gebrochen.«

»Er ist so nett, aber er versteht das nicht.«

»Ich glaube, ich verstehe es auch nicht.«

»Was meinst du? Ich habe kein Geld und keine Unterstützung. Denkst du denn, die Reise durch Europa ist kostenlos?«

»Ich denke, das ist nicht der einzige Grund.«

Ich wusste, sie spielte auf Matt an. »Sag nichts mehr. Wenn du es für eine so gute Idee hältst, dann mach es doch selbst. Geh zum Vorspielen!«

Sie blieb abrupt stehen. »Du hast recht. Das werde ich auch.« Damit drehte sie sich um und ging in den Probenraum zurück. »Ciao, Grace. Bis bald.« Tati hatte es nicht nötig, vorzuspielen, sie war gut genug. Ich wusste, Pornsake würde sie nehmen, aber ich glaube, sie wollte, dass ich ebenfalls mitging. Ich fand es frustrierend, dass sie meine Situation nicht verstand.

Auf dem Weg zum Wohnheim kam ich an Orvins Laden vorbei. Er saß auf einer Bank davor.

»Hallo, Orvin.« Er sah auf und kniff die Augen zusammen. »Ich bin es, Grace. Erinnern Sie sich an mich? Ich war gestern mit Dan hier.«

»O ja.« Er klopfte neben sich auf die Bank. »Setzen Sie sich doch, meine Hübsche.«

Es war schon spät und kalt und wurde mit jedem Moment windiger. »Der neue Bogen ist übrigens phantastisch!«

Er strahlte über das ganze Gesicht. »Das freut mich sehr zu hören, Grace.«

»Ich kann gar nicht fassen, dass es einen solchen Unterschied im Klang macht.«

Er blickte weiter auf die Straße und die vorbeifahrenden Taxis und legte seine Hand über meine. »Vergessen Sie nicht, dass das nur Werkzeuge sind. Die Musik klingt durch die Instrumente, aber sie kommt von Ihnen … aus Ihrer Seele.«

Wow. »Ja«, flüsterte ich. Ich verstand genau, was er meinte.

»Dan glaubt an Sie.«

»Ich weiß. Aber dieses klassische Zeug wird mir manchmal zu viel, und das kann zum Problem werden.«

»Ha!« Er lachte leise. »Das verstehe ich, meine Liebe. Die besten Musiker halten sich nicht an Regeln. Es ist nur so, dass man die Regeln kennen muss, bevor man sie brechen darf.«

Wir saßen eine Weile schweigend nebeneinander. Ich schloss die Augen und sagte: »Musik ist überall um uns herum, oder?«

Ich hörte Autos quietschen, Hupen blöken, Kinder lachen, und aus den Kanaldeckeln ertönte das hallende Dröhnen von Rohren. Plötzlich vermischten sich all diese unterschiedlichen Töne zu einem einzigen klaren Klang, einer wunderschönen Sinfonie. Dem Soundtrack meines Lebens.

Ich öffnete die Augen und sah, dass Orvin mich beobachtete. »Verstehen Sie, was ich meine? Es ist da drin – in Ihnen.«

Meine Augen wurden feucht, und ich sah nur noch verschwommen, was wohl vom Wind kam, aber vielleicht auch von meinen Gefühlen. »Ja.«

»Sie müssen fliegen lernen, bevor Sie gleiten können.«

Ich bedankte mich bei Orvin, wieder und wieder. Jeden Tag lernte ich mehr darüber, wie ich es mir im Leben leichter machen konnte. Vielleicht ging es beim Erwachsenwerden genau darum. Erwachsene sagen immer, wie kompliziert das Leben mit dem Älterwerden wird, aber ich glaube, in Wirklichkeit suchen wir nur nach größeren Herausforderungen. Unsere größten Ängste reichen vom Einschlafen ohne den geliebten Teddybären bis hin zu der Erkenntnis, dass wir kein Ziel im Leben haben. Führten Zeit, Reife und die Bewältigung von Schwierigkeiten zu der Zufriedenheit, die Orvin so offensichtlich an den Tag legte? Oder geben wir irgendwann einfach auf und fügen uns in das Leben, das wir bereits führen?

»Kommen Sie mich bald wieder besuchen«, bat er, als er sich von seiner Bank erhob.

»Das werde ich, versprochen.«

In meinem Portemonnaie hatte ich eine Telefonkarte, die ich bei der monatlichen Wohnheimtombola gewonnen hatte. Ich suchte ein Münztelefon und rief meine Mutter an.

»Grace, wie geht es dir, mein Liebling?« Sie klang beschäftigt. Im Hintergrund hörte ich, wie mein Vater meine Geschwister anschrie.

»Wie geht es euch?«

»Dein Vater hat gerade seinen Job verloren.«

»Oh, nein, nicht schon wieder«, sagte ich, auch wenn es mich nicht im Mindesten überraschte.

Sie seufzte schwer. »Ja, schon wieder.«

»Ich wollte zu Weihnachten nach Hause kommen. Ich könnte mir einen Job im Einkaufszentrum suchen und euch aushelfen.«

»Oh, Grace, das wäre wunderbar! Kannst du den Flug denn bezahlen?«

»Ich dachte, dass ich den vielleicht von euch bekommen könnte – als Weihnachtsgeschenk?«, bat ich hoffnungsvoll.

Doch ihre nächsten Worte löschten alle Hoffnung aus. »Das können wir uns nicht leisten, Schätzchen. Es tut mir leid.«

Ich war seit fast einem Jahr nicht mehr zu Hause gewesen. Es tat mir leid für meine Mutter, und ich wollte sie auch nicht belasten, aber ich sehnte mich nach meinem Zuhause und vermisste meine Geschwister, ihr fröhliches Herumtoben und die Energie in unserem Haus, auch wenn es uns finanziell nicht gutging. Die Vorstellung, Weihnachten allein im Wohnheim verbringen zu müssen, war beängstigend. Es wäre wie die letzten Wochen der Sommerferien, in denen ich allein gewesen war. Bevor ich Matt kennengelernt hatte.

Es folgte eine lange, ungemütliche Stille. »Okay, Mom. Also … ich möchte mir die Minuten auf dieser Karte möglichst lange aufsparen.«

»Gut, ich verstehe. Wir haben dich lieb, mein Schatz.«

»Ich hab euch auch lieb, Mom.«

Den Nachmittag verbrachte ich allein in meinem Zimmer, trank billigen Wein und empfand Mitleid für meine Mutter, am meisten aber für mich selbst.

Meine Tür war nur angelehnt, als Matt kam und sie aufschob. »Klopf, klopf.«

»Komm rein. Bleib hier.« Ich saß in Matts Ramones-T-Shirt am Fenster und spielte Cello.

Er trat ein und stellte seine Tasche ab. »Ich schätze, mein T-Shirt krieg ich nicht mehr zurück, wie?«

Ich sah ihn an, wie er grinsend neben der Tür stand. Plötzlich packte es mich. Ich stand auf, ging auf ihn zu und zog mir beherzt das T-Shirt über den Kopf. Ich trug nichts außer meinem BH und Slip. Ich gab ihm das T-Shirt. »Hier, bitte sehr.«

Er blinzelte. »Äh …«

»Küss mich, Matt.«

Er schob die Tür mit dem Fuß zu. »Bist du betrunken?«

»Küss mich.«

Ich schlang die Arme um seinen Hals. Er legte eine Hand auf meinen Po, die andere an meine Wange, sah mir in die Augen, neigte den Kopf und endlich, endlich küsste er mich.

Der Kuss begann langsam und vorsichtig, zärtlich, wurde

114

dann jedoch inniger, das Spiel unserer Zungen intensiver und tiefer, die Berührungen unserer Hände fester und gieriger. Meine Haut schien vor Verlangen zu brennen, und ich spürte ein Drängen, Matts Körper noch näher, noch enger, noch stärker auf meinen zu pressen. Wir küssten und küssten, und bald überkam mich der fast schon schmerzhafte Wunsch, ihn wirklich überall zu spüren.

Ich zerrte an seinem Gürtel.

»Ich mach das«, sagte er und stieg aus den Schuhen. Während ich BH und Slip auszog, entledigte er sich seiner Jeans. Ich legte meine Hand vorn auf seine Boxershorts. »Willst du?«, fragte ich.

»Will ich was?«, erwiderte er und stöhnte leise.

»Mit mir schlafen?«

Er umfasste sanft meinen Hals und ließ mich den Kopf heben, damit ich ihn ansehen konnte. In seinen Augen lag Ehrfurcht. »Du willst also, dass ich es bin?«

Ich nickte.

Er beugte sich vor und küsste mich erneut. Dann legte er seinen Mund an mein Ohr. »Grace, in meinem ganzen Leben habe ich mir nichts sehnlicher gewünscht, als dass ich jetzt in dir sein kann.« Bei der bloßen Vorstellung spürte ich ein elektrisierendes Kribbeln in Armen und Beinen. »Aber wir machen es nicht, wenn du zu viel getrunken hast. Vertrau mir. Okay?«

»Aber ich fühle mich gerade mutig.«

»Ich weiß, aber du willst lieber mit allen Sinnen wach sein, um es voll auskosten zu können.«

»Will ich das?«, flüsterte ich.

»Ja.«

Ich wusste, dass er recht hatte. »Okay.«

Er hielt mich ein paar Sekunden an sich gepresst, dann ließ

er mich wieder los. Ich streckte meine Hand aus und berührte ihn durch die Boxershorts. »Wir können auch einfach so was machen.«

Ich sah, wie er schluckte. »Leg dich ins Bett«, sagte er leise, was ich tat. Er zog seine Unterhose aus. Es war das erste Mal, dass ich ihn so sah, nackt und verletzlich und so erregt, dass ich direkt Mitleid mit ihm bekam. Auch wenn es nicht der erste Penis war, den ich sah, war es unter den gegebenen Umständen doch der beeindruckendste. Ich bekam ein wenig Angst. Ich konnte nicht glauben, dass ich ihn gerade fast angefleht hatte, mit mir zu schlafen.

Als er meinen erschrockenen Gesichtsausdruck sah, sagte er: »Hab keine Angst – es wird sich gut anfühlen, wenn du bereit dafür bist.«

Er schlüpfte hinter mir unter die Decke und schmiegte sich an mich. Ich spürte die Wärme unserer Haut. Matt schob meine Haare zur Seite und küsste mich auf die Schulter. Ich erschauerte, dann ließ ich mich entspannt in seine Arme sinken und schloss die Augen.

Er schob eine Hand unter meine Taille, mit der anderen streichelte er meine Brüste, während er weiter meinen Nacken küsste.

»Was ich dich unbedingt fragen wollte: Warum warst du gestern eigentlich so sauer auf mich?«, flüsterte er. Ich zuckte mit den Schultern. »Sag's mir.«

»Weil Carey und Jason erzählt haben, dass ihr freitags immer Orgien in den Dunkelkammern feiert.«

Sein Lachen klang tief und kehlig. »Herrje, so ein Blödsinn! Ich kann dich am Freitag gern ins Fotolabor mitnehmen. Da ist niemand außer ein paar Fotografiebesessenen wie mir.«

»Warum erzählen die dann so etwas?«

»Keine Ahnung. Vielleicht ist das eins der traditionellen Campusmärchen.«

Ich entspannte mich immer mehr. Die Hand an meiner Taille packte mich fester. »Du musst mir sagen, was in deinem Kopf vorgeht.«

»Im Moment gar nichts. Deine Hände sorgen dafür, dass ich wie hirntot bin.« Ich lachte, doch Matt blieb ernst.

»Was läuft da zwischen dir und Pornsake?«

»Er heißt Dan.«

»Was läuft zwischen dir und Dan?«

»Nichts. Er ist nett. Er ist mein Lehrer. Er hat mir einen Bogen geschenkt und mich zum Essen eingeladen. Ende der Geschichte. Ach, und er stellt ein Orchester zusammen, mit dem er durch Europa reisen will. Er möchte, dass ich mitspiele.«

Ich spürte, wie Matt erstarrte. »Für wie lang?«

»Eineinhalb Jahre … aber ich gehe nicht mit. Das ist mir zu lang, und ich will meinen Master nicht noch weiter rausschieben.«

Er küsste mein Ohr. »Okay«, flüsterte er und entspannte sich spürbar.

Zärtlich ließ er seine Hand tiefer gleiten, und ich stöhnte auf, als er die empfindlichste Stelle meines Körpers erreichte. Zuerst beschrieb er mit den Fingern langsame feine Kreise, dann übte er etwas mehr Druck aus. Ich spürte, wie meine Brustwarzen sich zusammenzogen. Meine Beine zuckten.

»Hat dich schon mal jemand so berührt?«

»Nein.« Ich stöhnte auf und atmete keuchend wieder ein.

Er küsste mein Ohr. »Hast du dich selbst schon so berührt?«

Ich nickte.

»Sag mir, was dir gefällt.«

»Das, was du tust?« Ich stöhnte erneut.

»Ich begehre dich so sehr, Gracie.«

Mit all der Spannung, die sich über die letzten Monate zwischen uns aufgebaut hatte, spürte ich durch Matts geschickte Bewegungen schon nach wenigen Minuten, dass ich mich dem Höhepunkt näherte. Er machte unbeirrt weiter. Meine Erregung grenzte fast schon an Schmerz, und ich wusste, ich brauchte die Erlösung. Ich legte meine Hand auf seine, damit er ja nicht aufhörte. Meine Muskeln begannen sich anzuspannen, und heißkalte Schauer fuhren mir durch die Beine. Dann dachte ich darüber nach, wessen Matt hier gerade Zeuge wurde, und das gute Gefühl ließ nach.

»Entspann dich«, flüsterte er. »Lass dich gehen.« Und das tat ich, und alles begann von Neuem, schneller diesmal, bis ich es nicht mehr aufhalten konnte. Mein Körper zuckte und zitterte, und Matt hielt seine warme Hand auf mich gepresst und küsste und leckte meinen Hals, bis die Schauer nachließen.

Ich stemmte meinen Kopf gegen seine Schulter. »O Gott«, war alles, was ich sagen konnte.

Er streichelte meine Arme. »Du bist so schön.«

Ich hatte dieses Gefühl schon erlebt, aber immer nur allein, und hätte nie gedacht, dass ich mich mit einem Mann jemals so wohlfühlen würde, um mich derart fallen zu lassen. Matt hatte genau gewusst, was er tun musste.

Ich drehte mich zu ihm um, und wir küssten uns. »Danke«, sagte ich leise. Ich wollte den Kuss vertiefen, doch er wehrte ab und sagte: »Schlafenszeit, junge Dame«, und kniff mich in den Po.

»Autsch. Du Mistkerl!«

»Schlaf jetzt, Grace.«

»Soll ich nicht noch irgendwelche Sachen mit dir machen?«

»Ja, bald, irgendwann vor meinem Tod. Aber nicht jetzt.«

»Wo hast du das gelernt?« Meine Stimme klang belegt.

Er lag auf dem Rücken und ich auf der Seite, den Kopf in seiner Armbeuge, und sah zu ihm auf.

»Wo habe ich was gelernt?«

»Was du mit mir gemacht hast. Können das alle Männer?«

Er schwieg. Ich sah, wie er blinzelte, während er zur Decke starrte. Vermutlich überlegte er, wie er mir antworten sollte. Durchs Fenster drang schwach das Mondlicht – gerade genug, dass ich Matts feines Lächeln erkennen konnte. »Ob das alle Männer können, weiß ich nicht, aber wenn ich dir sage, wie ich es gelernt habe, wirst du sicher lachen.«

»Oh, jetzt *musst* du es mir sagen!« Ich biss ihn in den Arm. »Also wie? Hast du dir lauter Pornofilme reingezogen?«

»Nein. Von Pornos lernen Männer überhaupt nichts. Darin geht es schließlich nur um ihr Vergnügen.« Da hatte Matt wahrscheinlich recht.

»Hmm, dann sollte *ich* vielleicht ein paar Pornos gucken.«

»Das brauchst du nicht. Deine bloße Existenz ist Vergnügen genug. Glaub mir.«

Ich stemmte mich hoch und rollte zur Seite, mit dem Rücken zu ihm. »O nein, Matt! Ich weiß überhaupt nichts und werde mich schrecklich blamieren, wenn wir es tun.«

Er drehte sich zu mir um und zog mich in seine Arme. »Denk nicht so viel darüber nach, okay?«, sagte er leise. »Lass es einfach passieren, Grace, ganz natürlich.«

»Na gut«, meinte ich und gähnte.

Schläfrig lagen wir im schummrigen Zwielicht. »Meine Mom hat es mir beigebracht.«

»Was?« Ich war schlagartig wieder wach. »Was hat deine Mom dir beigebracht?«

»Na ja, sie ist so eine Art Hippie-Feministin. Es ist nicht so, dass sie mir direkt *gezeigt* hat, was ich tun muss. Aber sie hat immer versucht, meinen Bruder und mich so zu erziehen, dass wir Frauen als gleichberechtigt ansehen, und ich schätze, das hier gehörte für sie dazu.«

»Und wie …?«

»Sie hat mir ein Buch über den weiblichen Orgasmus geschenkt und im Prinzip so was gesagt wie: ›Sei bloß kein Egoist.‹«

Das fand ich so lustig, dass ich mich vor Lachen krümmte. »Wow! Deine Mutter gefällt mir außerordentlich.«

»Ihr zwei würdet euch gut verstehen.«

»Dann hast du das Buch also gelesen?«

»Jede einzelne Seite. Mehrere Male.«

»Tja, den praktischen Test hast du jedenfalls mit Auszeichnung bestanden … wobei ich sicher bin, dass dies nicht dein erster war.«

»Schluss jetzt mit Reden, Gracie. Mach die Augen zu.«

»Vielleicht lerne ich deine Mom ja irgendwann mal kennen.«

»Ja.« Er schwieg eine Weile. »Ich hoffe es«, sagte er dann.

Als ich am nächsten Morgen aufwachte, war ich allein. Auf meinem Nachttisch waren ein Bagel, ein Kaffee und eine Nachricht.

G –

ich musste los. Daria hatte Bagels, also hab ich einen für Dich abgestaubt. Iss ihn einfach, ohne vorher dran zu riechen, sonst

schmeckst Du womöglich Fischstäbchen. ☹ *Was findet sie nur an*
diesen Dingern? Ich muss heute Abend arbeiten, aber Du könntest
zum Laden kommen, und wir können reden und Pläne schmie-
den. Ich fliege Weihnachten nach Kalifornien. Willst Du mit?
Du könntest meine Mom kennenlernen und ihr für meine tollen
Künste danken.
Frieden, M

Die Vorstellung, Weihnachten mit Matt zu verbringen, zauberte ein breites Grinsen in mein Gesicht.

Freunde für immer?

GRACE   Den Nachmittag über hing ich mit Tati im Washington Square Park ab. Wir hätten zur Probe gemusst, aber stattdessen rauchten wir einen Joint, und ich setzte sie über die Details der letzten Nacht in Kenntnis. Ich glaube, ihre Reaktion war: »O Gott, ich kann nicht fassen, dass du einen Orgasmus hattest! Das ist ja, als hättest du zehn Stufen übersprungen und gleich den Expertenstatus erreicht, den man normalerweise erst nach jahrelanger Erfahrung erlangt.« Daraufhin lief ich knallrot an.

Es wurde schnell kalt und düster draußen, und als ich mich von Tati verabschiedete, spürte ich die ersten Regentropfen im Gesicht. *Mist!* Ich musste sechs Blocks weit laufen, ohne Schirm oder Geld für ein Taxi, noch dazu mit dem riesigen Cello im Schlepptau.

Noch bevor ich das *PhotoHut* erreichen konnte, öffneten sich alle Schleusen des Himmels; von jetzt auf gleich war ich vollkommen durchnässt. Ich stieß die Ladentür auf und hörte die Glocke schrillen, aber Matt stand nicht am Tresen.

»Gracie? Ich bin hier!«, rief er aus dem Hinterzimmer.

»Woher wusstest du, dass ich es bin?«, rief ich zurück.

Ich fand ihn im Licht einer kleinen Lampe am Schreibtisch sitzen. Er blickte kurz über die Schulter und grinste. »Das hab ich einfach gemerkt.«

»Wie das denn?«

Matt lachte. »Du schwingst alle Türen immer ganz weit auf, damit du deinen Cellokasten noch durchkriegst, auch wenn du ihn gar nicht dabei hast. Deshalb klingelt die Glocke bei dir deutlich länger als bei anderen Kunden.«

Dann sah er richtig auf und musterte mich. »Himmel, du schlotterst ja vor Kälte!«

Schnell kam er zu mir und nahm mir das Cello ab. »Es gießt in Strömen«, sagte ich bibbernd. Meine Finger waren so kalt und klamm, dass ich nicht mal meine Jacke aufknöpfen konnte. Matt erledigte das für mich, schob mir das nasse Ding von den Schultern und ließ es auf den Boden fallen. Dann schloss er mich fest in die Arme, und schon nach kurzer Zeit wurde mir warm.

»Ich war mit Tati im Park, und dann ging es plötzlich los.«

»Schsch, du bist vollkommen durchgeweicht und musst die Sachen ausziehen.« Er ging wieder nach hinten und durchsuchte einen Schrank, während ich überprüfte, ob der Cellokasten innen nass geworden war.

Matt reichte mir ein Handtuch. »Wusste ich doch, dass wir irgendwo welche haben. Willst du deinen Pulli ausziehen, dann kann ich ihn in den Trockner werfen.«

»Ihr habt einen Trockner?«

»Na ja, es ist ein Fototrockner, also praktisch eine große Heißlufttrommel. Das geht bestimmt schnell, und dann musst du nicht frieren, während du hier bist.«

»Ich kann auch nach Hause gehen.«

Er zog die Stirn kraus.

»Sieh mich nicht so an.«

»Meinst du nicht, wir sollten reden?«, erkundigte er sich.

Ich zögerte etwas. »Ja, ich schätze, das sollten wir«, stimmte ich dann zu. Ich wollte den Pulli ausziehen, merkte aber, dass Matt mich beobachtete. »Dreh dich um.«

»Ich habe dich schon splitternackt gesehen, Grace.«

»Na und? Dreh dich trotzdem um, du Spanner!«

Lachend folgte er meiner Bitte. »Du bist ganz schön seltsam.«

Ich warf ihm den Pullover an den Hinterkopf und wickelte mich schnell in das Handtuch. Matt ging in die Ecke und stellte irgendetwas an dem Fototrockner ein, während ich mich auf einen der Bürostühle setzte und mich immer schneller drehte.

Als er fertig war, nahm er sich einen anderen Stuhl, stieß sich ab und kam über den Linoleumboden auf mich zu gesaust. »Autoscooter!«, rief er, kurz bevor er in mich reinfuhr und wir auf den Boden plumpsten.

»Ist das deine Vorstellung von *reden*?«, wollte ich wissen, als er sich mit frechem Grinsen über mich beugte.

Er drückte mir einen Kuss auf die Nase, dann sprang er auf die Füße und streckte eine Hand aus, um mich hochzuziehen. Während ich mich wieder auf den Sitz hievte, hielt ich das Handtuch krampfhaft und ungelenk fest. An seinen Bewegungen hingegen war nichts Unbeholfenes, er strahlte auch körperlich großes Selbstvertrauen aus. Ich fand das unglaublich sexy.

Langsam rollte er mit seinem Stuhl wieder auf mich zu, bis wir uns direkt gegenübersaßen. »Kommst du Weihnachten mit mir nach Kalifornien, oder willst du nach Hause zu deinen Eltern?«

»Ich kann mir keins von beidem leisten.« Ich sah auf meine

Hände. Auch wenn er die näheren Umstände kannte, war es mir dennoch peinlich.

»Ich würde dir den Flug zu deinen Eltern bezahlen. Ich hätte dich natürlich lieber bei mir, aber ich möchte nicht selbstsüchtig sein.«

Ich spürte das dringende Bedürfnis, ihn zu begleiten, und obwohl ich meine Familie vermisste, hatte ich dennoch das Gefühl, dass ich ihn weitaus mehr vermissen würde, wenn wir die drei Wochen getrennt wären. »Willst du mich wirklich deinen Eltern vorstellen?«

»Ja, Grace, das will ich.«

»Ich fänd's irre, Kalifornien mal zu sehen. Ich war noch nie da.«

»Dann ist es abgemacht. Ach, eins noch …« Er lächelte süffisant. »Du hast dir gestern ausdrücklich gewünscht, dass ich mit dir schlafe, weißt du noch?«

Ich wurde rot. »Natürlich weiß ich das noch. So betrunken war ich nun auch wieder nicht.«

»Also … was macht das aus uns?«

»Was denkst du denn?«, fragte ich zurück.

»Willst du mich als deinen festen Freund? Oder suchst du nur jemanden, mit dem du deine Unschuld verlieren kannst?«

Ich klemmte das Handtuch fest unter die Arme und lehnte mich zurück. »Na ja, gibt es da nicht so einen Ausdruck für gute Freunde, die auch miteinander schlafen?«

»Ja, das nennt man miteinander gehen … wir wären dann ein Paar.« Er sah mich an, als warte er auf eine bestimmte Reaktion.

»Aber wir sollten es trotzdem locker angehen, oder?«

»Na ja, wir müssen beide viel lernen, außerdem bin ich den

Sommer über weg, und du bereitest dich auf deinen Master vor …«

Mir wurde schlagartig kalt. »Du gehst weg?« Warum weiß ich nichts davon?

»Ja.« Er ging zum Tresen und holte einen Brief, den er mir reichte. Es war ein Schreiben von *National Geographic*, in dem stand, dass Matt für ein Praktikum ausgewählt worden war.

Nachdem ich den Brief zweimal gelesen hatte, sah ich Matt an, der mit stolzem Lächeln vor mir stand. Obwohl mir vor lauter egoistischer Verzweiflung die Tränen kamen, stand auch ich auf und nahm ihn in den Arm. »Ich freue mich riesig für dich! Herzlichen Glückwunsch, Matt, ich kann es kaum fassen. Ich meine, das kann ich natürlich schon, weil du großartig bist, aber das ist eine Wahnsinnschance! Du meine Güte … der einzige Student ohne Masterabschluss, den sie ausgewählt haben!«

»Ich weiß – mich hat fast der Schlag getroffen! Das ist eine einmalige Gelegenheit. Und es tut mir leid, dass ich es dir nicht schon früher gesagt habe … Aber ich habe ganz abergläubisch gedacht, dass ich es mir dadurch verderben könnte.«

Ich starrte wieder auf den Brief. »Das ist wirklich unglaublich! Ich bin so stolz auf dich!«

»Ich werde also den Sommer über weg sein, und wenn ich wiederkomme, hast du bereits dein Masterstudium begonnen. Und wenn alles so läuft, wie ich hoffe, könnte ich zu dem Zeitpunkt schon einen Job haben.«

Ich konnte nicht fassen, dass Matt weggehen wollte. Ich hatte sehr gemischte Gefühle, wusste aber, dass er diese einmalige Gelegenheit beim Schopf packen musste. »Dann halten wir es jetzt … also eher locker?«

»Ich will keine andere außer dir, und ich will auch nicht wieder erleben, dass dich irgendein Kerl im Hausflur begrapscht. Aber wir können es gern locker nennen, wenn du willst«, sagte er.

»Okay.«

»Was okay, Grace?«

»Ich will auch keinen anderen.« *Nie wieder.*

Plötzlich zog ein seltsamer Geruch durch den Raum. Ich schnupperte und riss vor Schreck die Augen auf. Verbrannte Wolle. »Mein Pulli!«

»Verdammt!« Matt sprang auf und rannte zum Trockner. Er drückte einen Knopf, öffnete die Trommel und zog hervor, was von meinem liebsten Kleidungsstück noch übrig war. »Oje, ich schätze, du musst jetzt nackt bleiben.« Er versuchte, nicht zu lachen.

»Das ist nicht witzig, Matt. Das war mein Lieblingspulli.«

Er warf das angeschmorte Ding auf den Tisch und zog mich in die Arme. »Und das hier brauchst du auch nicht«, sagte er, zog am Handtuch und ließ es zu Boden fallen. Dann küsste er meine Schultern und meinen Hals. Ich neigte den Kopf zur Seite, um ihm besser Zugang zu gewähren … da schrillte plötzlich die Türglocke.

»Mist!« Ich wand mich aus seiner Umarmung und schnappte mir das Handtuch, während er in den Verkaufsraum ging. Eine bekannte Stimme ertönte. Dan.

Dicht an die Wand gedrückt, lauschte ich ihrem Gespräch.

»Hallo, Matthew.«

»Ich heiße Matt.«

»Hallo, Matt. Tatiana meinte, ich könnte hier vielleicht Grace finden.«

»Ja, äh … sie ist gerade beschäftigt.«

»Ich will nur eine Minute mit ihr reden.«

Ich konnte Matts Gesicht nicht sehen, doch ich ahnte, dass er sich insgeheim amüsierte.

»Hey, Mann, sie ist im Hinterzimmer … halb nackt.«

»Äh … wieso …« Dan rang hörbar nach Worten.

Matt erbarmte sich. »Sie kam hier völlig durchnässt an, deshalb sitzt sie jetzt in ein Handtuch gewickelt im Hinterzimmer, bis ihre Sachen wieder trocken sind.«

Ich zog die Augenbrauen hoch. Ganz abgesehen davon, dass wir gerade angefangen hatten rumzuknutschen …

»Oh.«

»Hallo, Dan!«, rief ich laut.

»Hallo, Grace. Ich finde, wir sollten reden.«

»Kann das nicht bis Freitag warten, beim Unterricht?«

»Ja … wahrscheinlich schon.« Es herrschte Schweigen. Ich fragte mich, ob Matt den armen Dan wohl grimmig anstarrte. »Okay, dann machen wir es so. Bis Freitag, Grace!«

Sie verabschiedeten sich höflich, dann hörte ich wieder die Türglocke. Als Matt kurz darauf zurückkam, stand ich noch immer in meiner klammen Jeans und dem weißen, um die Schultern drapierten Handtuch da.

»Ich muss gleich zumachen.« Er sah mich an und schlug die Hände zusammen. »Also, was genau hatten wir gerade entschieden?«

»Ich glaube, wir hatten entschieden, dass wir einfach das tun, was sich richtig anfühlt.« Er nickte zu meinen Worten. »Und zwar ausschließlich miteinander … bis du wegfährst.«

Auf einen Schlag verstummten alle Geräte. Es war vollkommen still.

»Aber Freunde für immer, ja?« Er musterte mein Gesicht so

eindringlich, als wollte er es auf ewig in sein Gedächtnis einbrennen.

Es war unmöglich, seinen Blick nicht zu erwidern.

»Freunde für immer« mag ein abgenutzter Begriff sein, doch als er es sagte, klang es für mich wie Musik oder Poesie. Ich wusste, dass da noch etwas anderes mitschwang, etwas wie: Ich brauche dich in meinem Leben. Ich hörte genau hin, ob in seiner Stimme ein scherzhafter Unterton auszumachen war, aber nein … es war eine aufrichtige Bitte. Wir standen da und sahen uns an, so jung und uns des anderen dennoch so gewiss. Der kalte, leicht feuchte Raum war plötzlich von Licht erfüllt. Matt strahlte, und ich spürte, wie sich von Kopf bis Fuß eine Wärme in mir ausbreitete, die mich fast benommen machte. Er öffnete die Hände und breitete einladend die Arme aus, doch ich war unfähig, mich zu rühren; allein sein Blick bewirkte, dass ich in einem Sog aus Emotionen versank.

Das erste Mal, wenn man jemandem verspricht, ihn zu lieben, oder sich von jemandem geliebt fühlt, wird man nie wieder neu erleben. Diese Mischung aus Angst, Bewunderung, Unsicherheit, Leidenschaft und Verlangen kann man nie wieder so empfinden, weil sie kein zweites Mal auf diese Weise entsteht. Man wird diesem Gefühl, diesem ersten Rausch, für den Rest seines Lebens hinterherrennen. Das bedeutet nicht, dass man keinen anderen lieben oder diese erste Liebe nicht hinter sich lassen könnte; es bedeutet einfach, dass dieser eine spontane Moment, dieser Bruchteil einer Sekunde, in der man das Wagnis eingeht, in der das Herz rast und das Hirn sich mit *Was-wäre-wenns* quält, dass dieser Moment sich nie wieder auf diese Art ereignen wird. Nie wieder wird es sich so intensiv anfühlen wie dieses erste Mal. So zumindest ist es in meiner

Erinnerung. Deshalb hat meine Mutter wohl immer gesagt, wir würden der Vergangenheit Denkmäler setzen. In der Erinnerung erscheint alles besser und schöner.

»Ja, wie bei den Schwänen, für immer«, sagte ich schließlich.

Alles schien richtig

GRACE   Zwei Wochen später packten wir unsere Sachen für Kalifornien. Seit dem Abend im *PhotoHut* hatten wir uns kaum gesehen, da wir ohne Ende fürs Examen lernen mussten und Matt außerdem Überstunden machte, um meinen Flug bezahlen zu können.

»Wo werden wir denn übernachten?«

»Bei meiner Mom. Sie hat ein kleines Haus in Pasadena, aber es gibt ein Gästezimmer. Das ist besser als bei meinem Vater – die haben da tatsächlich Bedienstete. Einfach lächerlich.« Er saß mit gespreizten Beinen auf dem großen lila Sitzsack in meiner Zimmerecke und blätterte in einer *National Geographic*. In seinem T-Shirt von Sonic Youth, der ausgebleichten Jeans, ohne Schuhe, aber dafür mit Schiebermütze, wirkte er rundum entspannt.

»Bedienstete?«

Er wedelte mit einer Hand durch die Luft. »Ja, Zimmermädchen und so 'n Kram.«

»Oh.« Auf einmal wurde ich nervös. Auch wenn wir dort nicht wohnten, wusste ich, dass wir seinen Vater, seinen Bruder und die Stiefmutter irgendwann besuchen würden. Was sie dann wohl von mir dachten? Arme, erbärmliche Grace in ihrer zusammengestückelten Secondhandgarderobe?

»Mach dir bloß keinen Kopf, Grace, das ist alles nur aufgesetzt. Sei einfach du selbst. Du bist perfekt.« Er ließ die Zeitschrift sinken und musterte mich. »Was wollte Pornsake übrigens von dir, als er dich neulich im Laden gesucht hat?«

»Er versucht immer noch, mich zu diese Orchesterreise zu überreden. Jetzt, wo Tati dabei ist, benutzt er sie als Lockvogel.«

»Hm«, meinte er leise. Einen Moment lang starrte er in die Ferne. »In dem Moment schien es aber, als ob es was Dringendes wäre.«

»So ist er eben«, sagte ich.

»Er drängelt ganz schön.« Matt senkte den Kopf und blätterte weiter in der Zeitschrift, ohne mich anzusehen.

»Ich bin ihm halt wichtig.«

»Er will dich ins Bett kriegen.«

»Genau wie du.« Ich ging zu ihm, schnappte die Zeitschrift und warf sie weg.

»Stimmt«, erwiderte er grinsend und zwinkerte mir zu.

Ich stand zwischen seinen Beinen, beugte mich vor und küsste ihn auf die Mütze. Er fuhr mit den Händen über die Rückseiten meiner nackten Beine.

»Trägst du diese kurzen Röcke eigentlich, um mich verrückt zu machen?« Seine Stimme klang rau. Seit der Nacht, in der Matt seine exquisiten Fertigkeiten unter Beweis gestellt hatte, hatten wir uns nur geküsst. Nach anstrengenden Lern-Marathons waren wir ein paarmal aneinandergekuschelt im Bett eingeschlafen, sonst war jedoch nichts passiert. Seine Selbstbeherrschung war phänomenal. Wir waren bereit ... *ich* war bereit, und Matt wusste es. Nun, da der Stress der letzten Prüfungen hinter uns lag, war die einzig verbliebene Anspannung in unseren Körpern diese, und sie flehte um Erlösung, wann immer wir uns berührten.

»Ich bin fast fertig mit Packen. Wenn ich geduscht habe, komme ich zu dir rüber. Hast du Wein?«, wollte ich wissen.

»Ein bisschen, glaube ich«, murmelte er in meinen Bauch, während ich ihm die Mütze abnahm und sein plattgedrücktes Haar zerstrubbelte.

»Ich will nur ein kleines Schlückchen, zur Entspannung.«

Er umschlang meine Beine und sah zu mir auf. Er hatte verstanden. »Ich besorge uns Wein.«

Ich nickte. »Wann geht morgen früh der Flug?«

»Viertel nach sechs.«

»Hu, das ist früh.« Meine Armbanduhr zeigte bereits fünf nach elf.

Matt stand auf, umfasste mein Gesicht mit beiden Händen und küsste mich zärtlich. »Komm einfach rüber, wenn du fertig bist. Wir können im Flugzeug schlafen.«

Ich nickte.

An der Tür drehte er sich noch einmal um. »Hey, Grace?« Er fasste den oberen Türrahmen und stützte sich daran ab, den Blick zum Boden gerichtet. Ich sah, wie sein Trizeps arbeitete, als er ein paarmal vor und zurück schaukelte.

»Ja?«

»Bevor du heute rüberkommst … sei dir sicher … okay?« Er hob den Kopf und kniff die Augen leicht zusammen. »Und lass das Kleid an.«

Sein T-Shirt war hochgerutscht und entblößte seine Bauchmuskeln. Ich konnte den Blick kaum von ihm losreißen. Als ich ihm wieder ins Gesicht sah, erwartete ich eigentlich ein freches Grinsen, doch er blieb vollkommen ernst.

»Okay«, sagte ich.

Als er weg war, durchforstete ich meinen Kleiderschrank nach irgendetwas, das ich für den Besuch bei seinem reichen Vater anziehen könnte. Ich warf nahezu alle Kleidung, die ich besaß, in meinen Koffer, dann zog ich mein Kleid aus, legte es aufs Bett und stieg unter die Dusche. Eine Million Ungewissheiten wirbelten mir durch den Kopf, während ich jeden Quadratzentimeter meines Körpers einseifte.

Ich schloss die Augen, atmete tief durch und ließ das heiße Wasser auf mich niederprasseln. Meine Hand glitt automatisch tiefer, als ich vor meinem inneren Auge Bilder von Matt abspulte, wie er mich überall berührte. Ich streichelte meine Brüste und versuchte mir vorzustellen, wie er es wohl empfand. Ich fragte mich, ob ich sexy für ihn war, und übte in Gedanken Posen und Bewegungen, die ihn erregen könnten. Ich hatte einfach keine Ahnung.

Nach dem Duschen trocknete ich mir schnell die Haare und legte etwas Lipgloss auf. Ich besaß eine einzige passende Kombination aus Slip und BH, die ich anzog. Dann begutachtete ich mich im Spiegel. Ich umfasste meine Brüste und ließ die Hände bis zu den Hüften hinabgleiten. Ich musste wissen, wie ich mich für ihn anfühlte. Meine Haut war glatt und warm, und als ich tiefer tastete, spürte ich, dass ich feucht war. Ich zog das rote Kleid mit den schwarzen Blumen über meinen Kopf.

Neben der Tür stand alles für die Reise bereit. Der einzige noch nicht abgehakte Punkt auf meiner Liste war der Verlust meiner Jungfräulichkeit. Ich war so nervös wie noch nie zuvor in meinem Leben, doch ich fühlte mich bereit.

Kurz darauf klopfte ich an Matts Tür, und als ich seine Schritte auf dem Holzboden hörte, bekam ich ein Kribbeln im Bauch. Er hatte gesagt, ich solle mir sicher sein, doch plötzlich nagten wieder Zweifel.

Er schwang die Tür weit auf und hielt mir gleich ein Glas Wein entgegen. »Ich dachte, das könntest du gebrauchen.«

Auf meine typische, unbeholfene Art begann ich zu plappern. »Yeah, super, ich meine, ich hab keine Ahnung, was zum Teufel ich hier mache oder was mich erwartet oder was dir gefällt oder … oder was ich tun soll … oder fühlen …«

»Hör auf, Grace. Wir müssen nicht darüber reden. Trink einfach deinen Wein, und wir entspannen uns. So wie immer. Ganz wie wir selbst.«

»Gute Idee.« Ich ging zu seiner CD-Sammlung, suchte Radiohead und legte *The Bends* ein.

»Gute Wahl, Mylady«, lobte er von der andern Seite des Raumes aus, wo er noch ein paar Sachen in seine Reisetasche warf.

Er trug kein T-Shirt, und seine schwarze Jeans hing ihm tief auf den Hüften.

Ich legte mich auf sein Bett, stellte das Weinglas auf den Boden und nahm seinen Fotoapparat. »Sag ›cheese‹!«

Er drehte sich um und lächelte, während ich ihn durch den Sucher beobachtete. »Auf der anderen Seite der Kamera gefällst du mir besser. Gib her.« Er streckte die Hand aus, und ich gab den Apparat wieder ab.

Ich rollte mich auf den Rücken und stellte die Beine auf, so dass mein Kleid bis zu den Oberschenkeln hochrutschte. Matt begann zu knipsen. »Du bist so schön, Grace.«

»Findest du mich sexy?«

»Ja. Sehr.«

Ich rutschte zur Bettkante vor und trank den letzten Schluck Wein, während Matt die Kamera auf dem Nachttisch ablegte. *Fake Plastic Trees* ertönte. »Ich liebe diesen Song.«

Er beugte sich vor und griff nach dem Saum meines Kleides, während ich mich am obersten Knopf seiner Jeans zu schaffen machte.

»Steh auf, Gracie.«

»Ich weiß nicht, was ich tun soll, Matt.«

»Das wirst du.«

Er zog mir das Kleid über den Kopf, legte eine Hand um meinen Nacken und küsste mich, als sei es die einzige Bestimmung in seinem Leben. Die Temperatur um uns herum schien sich zu verdreifachen. Mit der anderen Hand streichelte er meinen Rücken, dann meinen Po, dann schob er sie unter den Stoff meines Höschens und presste mich an sich. Seine Erregung war deutlich spürbar.

Ich beendete den Kuss und trat einen Schritt zurück. Sein Brustkorb hob und senkte sich. Ich beobachtete ihn dabei, wie er mich dabei musterte, wie ich auf ihn wartete, ihn begehrte.

Sein Blick war warm, und er nickte. »Das gefällt mir.«

Plötzlich fühlte ich mich zur Abwechslung einmal mutig und selbstbewusst. Ich griff nach vorn, zog seine Jeans und Boxershorts nach unten und ging dabei auf die Knie.

»Wow.« Moment mal, hatte ich gerade »Wow« gesagt? Ich kam mir so dumm vor. Es war mir unmöglich, die heiße Frau zu spielen; ich konnte nicht einfach vorgeben, ich wüsste, was ich tue, vor allem nicht jetzt, während ich dieses Ding anstarrte. All mein Wagemut war mit einem Schlag wieder verflogen. Ich hörte, wie Matt leise lachte.

»Steh auf, Grace.«

»Warum?«, flüsterte ich, während er mir unter die Arme griff und mich hochzog. Als ich aufblickte, sah ich ihn lächeln.

»Du bist das absolut süßeste und betörendste Mädchen auf der ganzen Welt, weiß du das?«

Ich verschränkte die Arme und zog einen Schmollmund. »Ich wollte sexy sein, verdammt.«

»Das bist du auch. Komm, wir legen uns hin und lassen es langsam angehen.«

Nie erzählt einem jemand, wie blöd man sich in solchen Momenten vorkommen kann. Wenn man versucht, das zu tun, was man im Fernsehen gesehen oder in Büchern gelesen hat, fühlt es sich ganz seltsam an. Ich griff nach der Weinflasche und trank einen weiteren Schluck. Nackt, wie er war, ließ Matt sich aufs Bett fallen. Seine ruhige Selbstsicherheit war ein großer Vorteil; er musste nicht den coolen Typen spielen, der sich um verführerische Geschicklichkeit bemühte. Er war es einfach – verführerisch und geschickt. Ohne weiteres Zögern zog ich meine Unterwäsche aus und legte mich neben ihn.

Matt rollte auf die Seite, stützte sich auf den Ellbogen und sagte: »Mach die Augen zu.«

Dann küsste er mich, und mir wurde noch heißer, meine Erregung noch drängender. Als er mit den Zähnen sanft an meiner Unterlippe zog, dachte ich, ich müsse wahnsinnig werden vor Verlangen. Er schob seine Hand zwischen meine Beine. Ich war erregt, aber auch entspannt, atmete ruhig weiter und öffnete mich für ihn. Ich wollte mehr – mehr Druck, mehr Kontakt. Ich legte meine Hand auf seine und presste sie auf mich. Wie er es prophezeit hatte, wusste ich plötzlich, was zu tun war. Alle Scham und Unsicherheit waren verflogen.

Während Matt mich weiter streichelte, ließ er seine Lippen über meinen Körper gleiten, hielt an meinen Brüsten inne und umspielte meine Brustwarzen mit der Zunge. Irgendwann merkte ich, dass ich Geräusche von mir gab, leise, feine »Aahhhs« – nicht wie die Frauen im Film, sondern einfach ein genüssliches Stöhnen, wie man es unweigerlich von sich gab, wenn man etwas Schönes erlebte. Er fasste mich fest um die Hüfte und küsste mich tief und innig auf den Mund. Dann fuhr er mit der Zunge meinen Hals entlang Richtung Schulter, küsste und leckte, bis ich mich unter ihm wand. Pure. Lust.

»Spüre mich einfach«, flüsterte er mir ins Ohr. Oh, wie gern ich das wollte! Ich war ja so bereit! Mit einer Hand umschloss ich seinen Penis, die andere legte ich auf seinen Po, um ihn an mich zu ziehen. »Noch nicht«, sagte er.

Er setzte sich auf die Fersen und holte ein Kondompäckchen hervor. »Ich nehme die Pille!«, sagte ich schnell. Meine Stimme zitterte. Er sah mich überrascht an. Ohne zu blinzeln, starrte ich zurück. Es war gerade so viel Licht im Zimmer, dass wir unsere Gesichter erkennen konnten. Ich denke mal, dass ein gewisser komischer Überraschungseffekt nicht das Schlechteste ist, wenn man kurz davor steht, seine Unschuld zu verlieren.

Als Matt lachte, lehnte ich mich mutig vor und umschloss ihn wieder mit der Hand. »Tu es einfach, okay?«

Er lächelte, aber es war noch etwas anderes in seinem Gesicht zu erkennen, so etwas wie Ehrfurcht. »Du kannst einen ganz schön überraschen.« Langsam legte er sich auf mich und stützte sein Gewicht dabei mit den Ellbogen ab. Er küsste mich zärtlich und sog meine Unterlippe in seinen Mund. Alles verlangsamte sich auf äußerst angenehme Weise, dann fuhr er wieder mit der

Hand zwischen meine Beine und streichelte mich, noch sanfter als zuvor.

Ich stöhnte leise.

Er brummte zufrieden, dann packte er einen meiner Oberschenkel und schob ihn seitlich nach oben. Jetzt war ich offen für ihn. Ich wartete. Die sehnsüchtige Vorahnung steigerte jegliches Gefühl, die Hitze, die Intensität, das Pulsieren in meinem Innern. Ich wusste, alles war richtig.

»Ich liebe dich«, raunte er mir ins Ohr, dann drang er in mich ein. Es gab einen Moment, in dem ich Druck spürte, aber es war nicht so schmerzhaft, wie ich es erwartet hatte. Er bewegte sich langsam, bis es sich vollkommen normal anfühlte, wie etwas, das ich immer vermisst hatte. Nach und nach bewegten wir uns gemeinsam schneller, unser Stöhnen kam natürlich, unbeabsichtigt und echt. Es war eine seltsame Vorstellung zu wissen, dass er und ich uns zu unserem eigenen Vergnügen bewegten und dabei gleichzeitig dem anderen das gleiche Vergnügen bereiteten. Wie sonst nichts im Leben ist Sex vollkommen selbstlos und gleichzeitig vollkommen egoistisch. Heiß und kalt, Yin und Yang, schwarz und weiß und alle Schattierungen dazwischen. Endlich ergab die Welt einen Sinn. Ihr Geheimnis hatte sich mir offenbart.

Das Echo seiner Stimme hallte mir immer wieder aufs Neue durch den Kopf, während wir uns zusammen bewegten. *Ich liebe dich. Ich liebe dich. Ich liebe dich.*

Ich liebe dich auch. Für immer. Auf ewig.

Höhenflüge

GRACE   Als der Wecker klingelte, hatten Matt und ich kaum mehr als zwanzig Minuten geschlafen. Er stellte ihn aus, rollte sich auf mich, und unsere nackten Körper lagen eng aneinandergepresst. Ich fuhr mit den Händen in sein Haar, während er an meinen Brustwarzen sog, sie zärtlich mit der Zunge umkreiste und spielerisch hineinbiss. Es war noch dunkel, doch die Atmosphäre war geladen, wie elektrisiert. »Fühlst du dich wund?«, erkundigte er sich.

»Nein.« Ich wollte Matt überall spüren … schon wieder. Ich hatte mit mehr Schmerzen gerechnet, mit Blut oder dem albtraumhaft schockierten Bewusstsein, dass ich nun keine Jungfrau mehr war. Doch ich nahm nichts anderes wahr als zwei junge, scheinbar unersättliche Menschen, die sich nach einander verzehrten.

Er küsste meinen Hals, sog und leckte an der empfindlichen Stelle unter meinem Ohr, und sein Zweitagebart kitzelte auf erregende Weise meine Haut. Ich keuchte vor Lust und spürte, dass er sich hart und warm an mich schmiegte. »Ahhh, Matt.«

»Ich liebe dieses Geräusch.«

Seine Stimme dicht an meinem Ohr zu hören verursachte mir ein wohliges Kribbeln. Mein ganzer Körper schien zu beben. Nichts konnte uns jetzt mehr zurückhalten, und die Intensität des Gefühls ließ mir den Atem stocken. Wir waren zwei und doch eins in unseren Bewegungen, Berührungen und Küssen, wir streichelten, packten zu, rollten übereinander, untereinander, aufwärts, abwärts, alles perfekt aufeinander abgestimmt in Matts schmalem Doppelbett. Er zog mich über sich, so dass ich rittlings auf ihm saß. »Sieh mal: so«, sagte er, hob meine Hüften an und schob mich auf sich. Ich lehnte mich ein wenig zurück und legte meine Hände auf seinen festen, flachen Bauch.

Wir bewegten uns ausgesprochen langsam und mit lustvoll heiserem Stöhnen.

»Spürst du es? Kannst du es spüren, Matt?« Ich fing an, mich schneller zu bewegen.

»Ja, Grace.« Seine Stimme klang angespannt, in seinen Augen lag Begierde.

Ich stieß mein Becken immer wieder mit kräftigen Bewegungen nach vorn, lehnte meinen Oberkörper weit zurück und legte die Hände hinter meinem Rücken auf seinen Oberschenkeln ab, wodurch sich das Gefühl noch intensivierte. Matt schob seinen Daumen zwischen uns auf den zentralen Punkt meiner Lust und beschrieb kleine feine Kreise. Ich vergaß alles um mich herum. Die Wände hätten einstürzen oder mein Cello in der Ecke verbrennen können, und ich wäre trotzdem genau so, genau da geblieben, auf Matt, und hätte es bis zum Ende ausgekostet.

Als sich immer mehr Spannung aufbaute, packte er meine Hüften und intensivierte unsere Bewegungen. Ich spürte, wie ich den Mund öffnete, es kam jedoch kein Laut heraus. Ich wagte nicht einmal zu atmen vor lauter Angst, das Gefühl könnte versiegen. Dann schloss ich die Augen und ließ mich innerlich vollkommen fallen. Es war seltsam. Zwar vergaß ich nicht, dass Matt hier war – wie konnte ich auch? –, und doch nahm ich mich selbst nicht wirklich bewusst wahr. Es war, als hätte ich mit Beginn dieser letzten Phase vergessen, dass *ich* es war, die von den heißkalten Wellen der Lust überrollt wurde. Das Pochen und Pulsieren in mir wurde stärker, heftiger als je zuvor. Matt gab einen erstickten Laut von sich.

Das Wort »Ja« entrang sich meiner Brust, langsam, fast quälend. Es klang nicht triumphierend, wie man es in Filmen sieht. Es war ganz leise, aber unbändig euphorisch.

Ein letzter Gedanke zog mir durch den Kopf, bevor ich im Rausch des Höhepunkts auf Matt nach vorn kippte. Ich musste unbedingt dieses Buch lesen, dass Matt von seiner Mutter bekommen hatte.

Nach einer Weile spürte ich, wie Matt sich unter mir bewegte. Er küsste mein Haar und atmete tief durch.

»Wir müssen los, hm?«, fragte ich und fuhr mit den Lippen über die feinen Haare auf seiner Brust.

»Ja, wir sollten lieber aufbrechen, obwohl ich mir gerade auch sehr gut vorstellen könnte, den ganzen Tag mit dir im Bett zu bleiben und Weihnachten in New York zu verbringen.«

»Würdest du deine Familie nicht vermissen?«

»Nein.«

»Nein?«

»Meine Mom vielleicht. Aber das verkrampfte Festessen und meinen dämlichen Bruder ganz bestimmt nicht.«

»Wie kommt es, dass ihr beide so unterschiedlich seid?«

Er drehte mich auf den Rücken und rutschte vom Bett. »Ich

schätze, ich hab einfach Glück gehabt«, sagte er mit süffisantem Lächeln. »Ich geh schnell duschen.«

Schmachtend starrte ich ihm nach. Selbst im noch schwachen Licht des frühen Tag konnte ich die fein ausgeprägten Muskeln auf seinem Rücken erkennen. Und bekam schon wieder Lust auf ihn …

Den Kopf an Matts Schulter gelehnt, schlief ich im Taxi fast den ganzen Weg zum Flughafen. »Wach auf, Gracie, wir sind da.« Matt sah auf die Uhr. »Ups, wir müssen uns beeilen!«

Er holte seine Tasche und meinen kleinen Rollkoffer aus dem Kofferraum. Wir rasten zum Check-in und durch die Sicherheitskontrollen, und ehe ich mich versah, saßen wir schon im Flugzeug, ich in der Mitte und Matt am Fenster. Noch bevor wir abhoben, war ich an seiner Schulter schon wieder eingeschlafen.

Auf etwa der Hälfte des Fluges gab es einige Turbulenzen, von denen ich wach wurde. Matt hatte seine Kopfhörer aufgesetzt und schlief noch. Ich ging zur Toilette, und als ich zurückkam, hatte Matt uns zwei Bloody Marys bestellt.

»Bitte sehr, Gracie«, sagte er und reichte mir einen der Plastikbecher.

»Danke sehr, Matthias«, erwiderte ich. Die erotische Spannung zwischen uns war deutlich zu spüren.

»Ich hab dir eine doppelte bestellt.«

»So was hab ich noch nie getrunken. Aber ich probiere das gern einmal aus.«

Ich nippte am Becher und war überrascht, wie gut mir der salzig-würzige Tomatensaft schmeckte. »Man kann den Alkohol gar nicht herausschmecken.«

Er lachte. »Das ist ja der Sinn der Sache.«

Ich musterte Matts Gesicht. Er hatte dunkle Ringe unter den Augen, und sein schwarzbraunes Haar stand in alle Richtungen ab. Trotzdem sah er anbetungswürdig sexy aus. Er trank einen Schluck, sah mich an und grinste über beide Ohren. »Gut, hm?« Er sprach leise, doch seine Stimme rollte so rau und gurrend durch seine Kehle, dass ich eine Gänsehaut bekam und ein lustvolles Kribbeln zwischen den Beinen spürte.

»M-hm«, erwiderte ich, schloss die Augen und stöhnte leise. Ich dachte an alles, was Matt und ich noch vor wenigen Stunden getan hatten und was das nun für uns bedeutete.

Als könnte er meine Gedanken lesen, hörte er auf zu grinsen und sah mich ernst an. »Alles in Ordnung?«

»Ja.« Ich fühlte mich gut – nein, sogar glücklich und kribbelig vor Aufregung –, aber auch ein wenig ängstlich. Warum? Mein erstes Mal war perfekt gewesen – fast zu schön, um wahr zu sein. Nach den vielen Horrorgeschichten meiner Freundinnen aus der Highschool, wie unangenehm, schmerzhaft und peinlich ihre ersten Male gewesen waren, würde mir das mit uns immer als perfekte Erfahrung in Erinnerung bleiben. Jeder einzelne Moment mit Matt war wunderschön gewesen. Er hatte mich nicht gedrängt, war geduldig und respektvoll vorgegangen, zärtlich und dennoch bestimmt, und danach liebevoll und aufmerksam. Gedanken und Erinnerungen wirbelten mir durch den Kopf ... die Berührungen seiner Hände unter der Bettdecke ... sein Mund überall auf mir ...

Matt beobachtete mich, wie ich so versunken vor mich hin starrte. Sein Blick fiel auf meinen Mund. Er wusste, woran ich dachte. »Ich liebe deinen Mund.«

Ich lehnte mich zu ihm hinüber und berührte seine Lippen sanft mit meinen, um das wohlige Gefühl zu verlängern. Dann gaben wir uns der Spannung hin, nährten sie in gleichem Maße, wie wir sie zu befriedigen suchten. Wir küssten uns langsam und zärtlich, ließen unsere Zungen spielen … bis ich hinter mir ein unmissverständliches Räuspern hörte. Ich drehte mich um und sah, wie uns die Frau neben mir am Mittelgang eingehend musterte. Sie sah wie eine joviale Südstaatlerin aus, mit viel Make-up und üppigen, weißblond gefärbten Haaren.

War es unhöflich, sich in einem vollgepferchten Flugzeug einen Zungenkuss zu geben? Vermutlich ja, aber das war mir egal. Ich hätte mich wahrscheinlich sogar nackt ausgezogen, hätte Matt mich nur darum gebeten. Ich lächelte die Frau an. Verständnisvoll erwiderte sie mein Lächeln und nickte dann gnädig.

Matt wirkte erschöpft. Träge griff er nach meiner Hand und hielt sie fest, bevor er den Kopf wieder zurücklehnte und die Augen schloss. Ich nahm meine Bloody Mary und trank sie in drei großen Schlucken aus. Sie schmeckte köstlich, und der Alkohol begann sofort zu wirken. Ich lehnte mich wieder an Matts Schulter und schlief ein.

»Ich habe ganz vergessen zu fragen, wie wir zu deiner Mom kommen.«

Matt schnappte meinen lila Koffer vom Gepäckband und erklärte: »Sie holt uns ab.«

Vor dem Ankunftsterminal des Flughafens von Los Angeles kam ein roter Minivan zum Bordstein gefahren. »Das ist sie.«

Matt öffnete die große Schiebetür und breitete die Arme aus. »Mom!«

Freudestrahlend erwiderte die Frau am Steuer: »Matthias! Wie hab ich dich vermisst! Steigt ein, ihr zwei!«

»Mom, das ist Grace«, sagte Matt. Ich stand nervös daneben, während er unser Gepäck im hinteren Bereich verstaute.

»Hallo, Grace, ich hab schon so viel von dir gehört! Schön, dich endlich kennenzulernen. Ich bin Aletha – und sag du zu mir.« Sie nahm meine Hand. Sie sprach mit leichtem griechischem Akzent und war sehr zierlich, mit ausgeprägten, aber schönen Gesichtszügen und der gleichen perfekten Nase wie Matt. In ihrem dunklen Haar schimmerten ein paar graue Strähnen, und sie hatte sich einen langen, dünnen Schal so oft um den Hals geschlungen, dass er wie ein Rollkragenpullover aussah.

»Ich freue mich auch sehr, dich kennenzulernen.«

Matt setzte sich auf den Beifahrersitz, und ich schnallte mich auf dem mittleren Sitz der Rückbank an. Die hinterste Sitzreihe, die es in Minivans normalerweise gab, war herausgenommen, stattdessen lagen dort diverse kunsthandwerkliche Gegenstände einschließlich einer großen Töpferscheibe.

»Schau mal, Matthias, die Töpferscheibe da hinten habe ich gerade sehr günstig erstanden. Ich möchte dich bitten, sie im Louvre aufzustellen – mir ist sie zu schwer.«

»Aber klar doch, Mom.«

Sie sah ihn kurz an und lächelte. »Wie? Nicht mehr Mama? Ist mein Sohn zu alt, um mich Mama zu nennen?«

»Mama«, sagte Matt mit quäkender Babystimme.

»Alberner Junge.« Sie gingen lustig und entspannt miteinander um. Ich wünschte, ich hätte mit meiner Mutter auch ein so lockeres Verhältnis.

»Grace, Matt hat mir erzählt, dass du Musikerin bist?«

»Ja, ich studiere Musik.«

»Cello, stimmt's?«

146

»Genau, aber ich kann auch andere Instrumente spielen. Cello spiele ich allerdings am besten.«

»Matts Vater hat einen wunderbaren Flügel. Auf dem musst du unbedingt spielen, wenn du dort bist. Es wäre eine Schande, wenn dieses Instrument sein Dasein nur als Möbelstück fristet.«

»Da stimme ich zu«, pflichtete Matt ihr bei.

»Ja, vielleicht mache ich das. Dann würde ich mir ein Stück überlegen, das ihnen gefällt.« Andererseits war ich nicht sicher, ob mir der Gedanke tatsächlich behagte. Nach dem, was ich von Matts Familie gehört hatte, standen sie allem Künstlerischen ziemlich abweisend gegenüber.

Kurze Zeit später bogen wir auf eine lange schmale Auffahrt zu einem kleinen, aber sehr charmanten Bungalow im Craftsman-Stil ab, mit grünen Holzschindeln, braun gestrichenen Sprossenfenstern, überhängenden Dachtraufen und Dachgauben.

Der Vorgarten war im englischen Stil gehalten, mit vielen verschiedenen, hüfthohen Pflanzen, aber trotzdem gepflegt, so dass er nicht überwuchert wirkte, sondern bezaubernd. Die Luft war kühl, doch es war nicht annähernd so kalt wie in New York.

»Es ist sehr hübsch hier«, sagte ich, als ich ausstieg.

»Jetzt, wo meine Jungs groß sind, habe ich viel Zeit, um im Garten zu arbeiten.« Aletha schloss die Eingangstür auf, die von zwei hübschen, bernsteinfarben marmorierten Wandleuchten flankiert war. »Komm mit, Grace, ich zeige dir dein Zimmer. Matthias, würdest du bitte die Töpferscheibe rübertragen?« Wir gingen ins Haus, während Matt zum Auto zurücklief.

Ich wusste nicht, was mich erwartete. Wollte sie mich ins Kreuzverhör nehmen oder mir die Hausordnung erklären? Ich fühlte mich irgendwie fehl am Platz und stolperte Aletha nervös hinterher. Im Gästezimmer öffnete sie sofort das Fenster, um frische Luft hereinzulassen – genau, wie Matt es immer machte, wenn er einen Raum betrat. In ihren anmutigen Bewegungen und der offenen, freundlichen Art waren sie einander sehr ähnlich. Ich fragte mich, welche Eigenschaften Matt wohl von seinem Vater hatte, wenn er überhaupt welche von ihm geerbt hatte.

Sie kam auf mich zu und fasste mich an den Oberarmen. Mir wurde flau im Magen.

Doch dann lächelte sie freundlich. »Kein Grund, nervös zu sein. Ich wollte dich nur kurz allein sprechen, um dir zu sagen, dass Matthias in letzter Zeit sehr glücklich wirkt, und ich kann mir gut vorstellen, dass du der Grund dafür bist.«

»Oh.« Ich versuchte, cool zu bleiben.

»Tja, und ich möchte dich herzlich bei mir willkommen heißen.«

Ich stellte meinen Koffer ab und sah, dass sie Matts Tasche in die Ecke geschoben hatte. »Vielen Dank, dass du mich eingeladen hast, Aletha. Ich bin sehr froh, dass Matt mich über Weihnachten hierher mitbringen durfte.« Ich deutete auf das breite Doppelbett, auf dem eine Decke mit Blumenmuster lag. »Da schlafe ich?«

»Ja, ich denke, dass ihr zwei euch hier wohlfühlen werdet. Matthias liebt dieses Bett.«

Ich schluckte. *Ihr zwei.* Meine Augen fühlten sich trocken und klebrig an, als hätte ich schon eine Weile nicht mehr geblinzelt. Vielleicht hatte ich das auch nicht. Aletha lachte und nahm mich in die Arme. »Ach, Grace«, sagte sie. »Liebe, Grace. Ich bin doch nicht von gestern.«

Sie verließ das Zimmer, und ich ließ mich verblüfft und erschöpft aufs Bett sinken.

Später am Abend, nach einem langen Nickerchen, saßen Matt und ich mit Aletha an ihrem Esstisch aus massivem Eichenholz und löffelten aus dampfenden Tellern leckere Hühnersuppe.

»Hast du schon mit Alexander gesprochen?«, erkundigte sie sich bei Matt.

»Nein.«

Aletha hob den Kopf und spähte über die rechteckigen Gläser ihrer Brille, die sie auf der Nase ganz nach vorn geschoben hatte. Sie wirkte ein wenig verärgert, aber ich kannte sie nicht gut genug, um mir sicher zu sein.

»Ich konnte noch nicht, Mom. Alex und ich hatten nicht gerade das beste aller Gespräche, als wir uns das letzte Mal sahen.«

Sie legte ihren Löffel beiseite, sah mich an, dann wieder Matt. »Ihr zwei seid Brüder. Als Kinder wart ihr unzertrennlich. Was ist nur mit dieser Familie passiert?« Ihre Stimme brach.

Matt wirkte zunächst gekränkt, dann entspannten sich seine Gesichtszüge wieder. »Ich werde noch mit ihm sprechen, Mom.« Er streckte seine Hand aus, und sie griff danach, küsste seinen Handrücken und ließ sie wieder los. »Ich komme nur nicht gegen das Gefühl an, dass Leute wie Alex uns Menschen als Spezies zurückwerfen. Er trägt pinke Shorts und Polohemden und bezeichnet sich selbst als Adonis.« Matt grinste.

Ich prustete los und verschluckte mich an einem Stück Huhn. Selbst Aletha musste lachen. Tränen liefen ihr über die Wangen, während sie so schallend lachte, dass sie kaum noch Luft bekam. »Na, na! Er ist immerhin mein Sohn!«, brachte sie mühsam und mit gespielter Entrüstung hervor.

Die Stimmung war wieder locker und lustig. »Gräm dich nicht, es ist ja nicht deine Schuld«, erwiderte Matt, immer noch lachend.

»Ach, Junge! Das hast du eindeutig von deinem Vater.«

»Was denn?«, fragte ich sofort interessiert nach.

Sie lächelte warm. »Er und sein Vater sind so unbeschwert. Sie können nichts länger als zwei Minuten ernst nehmen, dann müssen sie einen Witz darüber machen.«

»Er ist aber nicht mehr so«, meinte Matt trocken.

Alethas Schultern bebten immer noch vor Lachen. »Na ja, zumindest war dein Vater früher mal so.«

Bei angenehmer Unterhaltung löffelten wir weiter unsere Suppe, dann stand Matt auf. »Danke, Mom! Das war sehr lecker. Grace, möchtest du duschen gehen, während ich meiner Mom beim Aufräumen helfe?«

»Ja, gerne. Ich kann aber auch mithelfen.«

»Sei nicht albern. Wir schaffen das schon.« Aletha ging zu ihrem Sohn und klopfte ihm auf die Schulter.

Auf dem Weg nach draußen fiel mein Blick auf einen Holzrahmen mit einer riesigen Fotocollage. Matt sah, wie ich die Bilder von ihm und Alex als Kinder musterte sowie von diversen Kunstprojekten, perlenbesetzten Lampenschirmen, alten Fotoapparaten, handgefertigten Keramiken, und auch ein paar Schwarzweißfotos einer jüngeren Aletha, die fröhlich in die Kamera lachte. »Die habe ich als Kind aufgenommen«, sagte Matt.

»Die sind phantastisch.« Ich trat näher heran, und Matt folgte mir. »Sie war wohl deine erste Muse.«

Ich drehte mich um und sah in seine dunklen, leicht zusammengekniffenen Augen. Es war, als würde einen Moment lang alles stillstehen. Er betrachtete meine leicht geöffneten Lippen und fuhr mit den Fingerspitzen über meine Wange. Ich spürte die feine Hornhaut an seinem Daumen, erschauerte leise und lächelte glücklich.

»Meine erste Muse bist du, Grace.«

Die Musik, die Orvin mich zu hören gelehrt hatte, war wieder da und rauschte mir in den Ohren, als Matt sich vorneigte und mich zärtlich auf den Mund küsste.

Als ich am nächsten Morgen aufwachte, war das Bett neben mir kalt und leer. Im Esszimmer fand ich Aletha, die allein am Tisch saß, Kaffee trank und zwischendurch Haferbrei aus einer großen Schüssel löffelte.

»Guten Morgen, meine Liebe.«

»Guten Morgen, Aletha. Ist Matt weggefahren?«

»Ja, er macht ein paar Besorgungen und wollte dich nicht wecken. Haferbrei?«

»Für mich nur Kaffee, danke.«

»Setz dich doch.« Als sie aufstand, sah ich, dass sie eine mit Farbklecksen bespritzte Schürze und Gartenclogs trug. Sie merkte, dass ich sie musterte.

»Ich war im Louvre. So bezeichne ich mein Atelier, das ich in der Garage eingerichtet habe. Ich nenne es so, weil ich meine Kunst gern im Louvre ausgestellt hätte, und auf diese Weise komme ich meinem Wunsch am nächsten. Nach dem Frühstück kann ich es dir gerne zeigen.« Während sie einen Kaffeebecher holen ging, setzte ich mich an den Esstisch und zog gedankenverloren die Linien der Holzmaserung mit dem Zeigefinger nach. Matts Mutter wirkte wie jemand, der im Einklang mit sich selbst lebte, als sei ihr das Leben kein großes Rätsel mehr.

»Ich habe ein bisschen Angst davor, Matts Vater und die Familie zu treffen«, gestand ich, ohne darüber nachzudenken, ob sie sich durch meine Bezeichnung der anderen als »Familie« beleidigt fühlen könnte.

Sie erstarrte für einen kurzen Moment, während sie auf Zehenspitzen ins oberste Regal der Küchenvitrine spähte – lang genug, dass ich merken konnte, dass mein Kommentar sie tatsächlich getroffen hatte.

»Mach dir keine Sorgen«, sagte sie, ohne mich anzusehen. Dann kehrte sie mit einem handgefertigten Keramikbecher voll aromatisch duftendem Kaffee ins Esszimmer zurück. Sie lächelte. »Matts Vater Charles war Matthias früher sehr ähnlich.«

»Früher?«

Sie deutete in die Mitte des Tisches, wo ein kleines Silbertablett mit einem silbernen Milchkännchen stand.

»Schwarz ist in Ordnung«, erwiderte ich ihre unausgesprochene Frage.

Aletha setzte sich wieder mir gegenüber, lehnte sich zurück, nahm die Brille ab und legte sie neben ihre leere Schüssel. Nach ein paar Sekunden Stille sagte sie: »Manchmal verändert Geld die Menschen. Was Matts Bruder Alexander betrifft: Mach dir um ihn keine Gedanken. Monica ist diejenige, auf die du aufpassen solltest, vor allem, wenn Matthias dabei ist. Sie kann ganz schön hinterhältig sein. Alexander ist nur … Tja, ich glaube, Matt hat ihn gestern ganz gut beschrieben. Harmlos, aber nicht unbedingt charakterfest. Ich denke, so kann man es auf die netteste Weise ausdrücken.«

Ich machte große Augen. Ihre Offenheit überwältigte mich.

»Ich sage nur, wie es ist, Grace. Monica hatte eigentlich schon immer eine Schwäche für Matt. Es war nur so, dass sie sich dann irgendwann stärker zum Geld hingezogen fühlte. Ich glaube, Alexander weiß das, und das hat einen Keil zwischen ihn und seinen Bruder getrieben. Sie waren von jeher recht unterschiedlich, doch bevor Monica daherkam, standen sie sich trotzdem nahe.«

Ich fühlte mich unwohl; alles in mir drängte nach einem Themawechsel. »Ich würde Matt gern etwas schenken«, begann ich. »Aber ich habe nicht viel Geld. Hast du eine Idee, was ihm gefallen könnte?«

Lächelnd sah sie mich an. »Ja, ich freue mich, dass du fragst. Ich glaube, ich weiß ein perfektes Geschenk. Komm mal mit in mein Atelier.«

Ich folgte Aletha in die Garage, die genauso alt aussah wie das Haus, aber nicht so gut in Schuss wirkte. Die beigefarbenen Holzschindeln waren ziemlich verwittert. Matts Mutter schob mich durch die Tür, drückte sie hinter uns zu und lachte leise, als wären wir zwei Schulmädchen, die ein Geheimnis teilten. Im Atelier standen jede Menge Regale mit zum Trocknen aufgestellten Rohkeramiken und Plastiken sowie eine Staffelei mit einem halbfertigen Landschaftsgemälde. An den Wänden befanden sich ebenfalls Regale bis hoch zur Decke, bestückt mit Pinselbehältern, Metallwerkzeugen und Gläsern. Die neue Töpferscheibe stand in der Ecke, und die einzige noch unbenutzte Fläche im ganzen Raum war die große, glänzende Drehscheibe aus Metall. Aletha nahm einen Arbeitskittel vom Haken an der Tür und reichte ihn mir. »Wie wäre es, wenn du selbst etwas für Matthias herstellst?«

»Gern, aber was? Ich bin in so was nicht besonders gut.« Ich nahm eine ehemalige Kaffeedose in die Hand, die mit kleinen, silberglänzenden Werkzeugen gefüllt war. »Wofür sind die?«

»Das sind Punziereisen. Für Lederarbeiten.«

»Oh! Matt braucht einen Gürtel. Im Moment trägt er zwei zusammengebundene Schnürsenkel als Gürtel.«

»Na, das passt doch.« Sie ging zu einer breiten Metallvitrine und holte einen langen Lederstreifen heraus, in den an einem Ende vier Löcher gestanzt waren. »Dafür brauchst du nur noch eine Schnalle. Wenn du möchtest, können wir die irgendwo secondhand kaufen.«

Diese Frau gefiel mir mit jeder Sekunde besser.

Ich fischte einen kleinen Hammer und ein paar dieser Punziereisen aus der Dose. »Nimmt man die, um Muster ins Leder zu drücken?«

»Zuerst müssen wir das Leder anfeuchten, damit es geschmeidiger wird. Außerdem dringt das Muster dann tiefer ein und hält länger, vielleicht für immer.« Sie ging zu einem großen Ausgussbecken und kehrte mit einem nassen Lappen zurück, mit dem sie das Leder einweichte. »So, jetzt kannst du loslegen.«

»Was für ein Muster soll ich denn machen?«

»Das liegt ganz bei dir.«

Ich begutachtete die Werkzeuge mit den verschiedenen Formen am Ende und suchte mir einen Kreis aus drei schnörkeligen Linien heraus, zusammen mit einem etwas kleineren einfachen Kreis. Den größeren drückte ich ohne großen Kraftaufwand auf das Leder, wo er einen gut sichtbaren Abdruck hinterließ. Dann nahm ich den kleineren Kreis und drückte ihn in die Mitte des schnörkeligen.

Aletha stand hinter mir. »Das sieht fast wie ein Auge aus, oder?«

»Stimmt.«

»Dann wollen wir das mal ausbauen, ja?« Ich nickte, woraufhin sie ein anderes Eisen in Form einer Träne nahm und damit drei Abdrücke über das Auge setzte sowie drei darunter. Danach prägte sie ein weiteres Auge ins Leder und wiederholt den Vorgang. Anschließend nahm sie ein halbmondförmiges Punziereisen und drückte es mehrere Male dicht nebeneinander auf den oberen und unteren Rand des Lederstreifens, wodurch eine Bordüre entstand. Ehe ich mich versah, waren fünf Zentimeter des Gürtels fertig gestaltet, mit einem Muster, das an Paisley erinnerte.

»Wow, beeindruckend!«, staunte ich.

»Jetzt hast du das Grundmuster. Man könnte es ›Blick auf Matt‹ nennen.« Sie lachte.

»»*Mein* Blick auf Matt««, verbesserte ich, und sie lachte noch mehr.

»Das wird ihm gefallen. Wiederhol das Muster jetzt einfach immer wieder, bis du am anderen Ende angekommen bist.« Sie schob mir einen hohen Holzhocker hin, und ich nahm Platz und machte mich ans Werk.

Auf die Probe gestellt

GRACE   Einige Stunden später war der Gürtel fertig, genau in dem Moment, als ich das Brummen eines Motorrads von der Auffahrt her hörte. Aletha war kurz zuvor ins Haus gegangen, um Tee zu kochen. Ich hängte den Gürtel in die Vitrine und ging zur Tür des Ateliers. Noch ehe ich sie öffnen konnte, kam Matt herein, schob mich zurück und küsste mich voller Leidenschaft. Ich schlang die Arme um seinen Hals und ließ mich von ihm hochheben. Er trat die Tür mit dem Fuß zu und drückte mich dagegen.

»Sag bitte nicht nein«, raunte er mir ins Ohr.

»Matt, deine Mutter.«

»Zieh das aus.« Er setzte mich wieder ab und zerrte an dem Kittel. »Besser noch: Zieh das alles aus.« Er griff nach meinem T-Shirt, doch ich hielt seine Hand fest. Sein Blick war voller Begehren. »Sie wird hier nicht reinkommen«, versicherte er.

»Was? Wieso?«

Er hob die Schultern und drehte die Handflächen nach oben. »Weil sie weiß, dass wir hier drin sind. Also: Wo waren wir?« Er blickte zur Decke, tippte sich mit dem Zeigefinger aufs Kinn und zeigte dann auf mich. »Ach ja, wir wollten dich ausziehen.«

»Warte … Was, wenn sie uns für respektlos hält?«

»Was, wenn sie uns für jung und verliebt hält«, konterte er umgehend.

Stille. Als wäre mit einem Schlag die Luft aus dem Raum gesogen worden, als ständen wir in einem schweigenden Vakuum, den Blick ineinander versunken. Ich konnte Matts Gesichtsausdruck nicht lesen.

Ich zog die Augenbrauen hoch.

Er sah mich fragend an. »Was?«

»Sind wir das?«

»Jung? Na ja, relativ …«

»Nein … sind wir …?«

»Was denkst du wohl, Grace?« Und schon spürte ich seine Lippen auf meinen, wobei in diesem Kuss kein Drängen mehr lag. Es war ein langer und intensiver Kuss, als versuchten wir miteinander zu verschmelzen, romantisch und zärtlich.

Schließlich löste ich mich von ihm. »Du hast ein Motorrad?«

Matt nickte, das Gesicht an meinem Hals, und küsste mich direkt unters Ohr.

»Nimmst du mich mal mit?«

»Wohin du willst.«

»Matt, wir haben … nie richtig über neulich Nacht gesprochen.«

»Müssen wir denn darüber sprechen?« Er klang auf einmal reserviert.

Mich überkam eine plötzliche Welle der Angst. Ich löste mich aus seiner Umarmung und wich einen Schritt zurück. Anscheinend wollte er das Thema meiden. Warum? Ich fragte mich, ob da etwas war, das er mir nicht sagen wollte. Bin ich nicht gut genug gewesen? Wie sollte ich auch? Er war wie ein

Gott, der vor Schönheit und Erotik nur so strotzte. Die meiste Zeit konnte ich nicht den Blick von ihm wenden. Dazu war er noch liebenswürdig, klug, stark und künstlerisch begabt.

Er sah mich prüfend an. Oder spielte er mit mir? Mein Magen krampfte sich vor Nervosität zusammen.

»Okay, Grace, was ist hier los?«

Ich konnte nicht mehr an mich halten. »Bin ich grauenvoll im Bett gewesen?«

»Was? Wie kommst du denn darauf? Soll das ein Witz sein?«

»Wieso hast du dann meine Frage nicht beantwortet?«

Er richtete sich auf. »Muss ich wirklich explizit darauf hinweisen, dass ich dir praktisch gerade gesagt habe, dass ich verliebt in dich bin? Ich dachte, du hättest das verstanden. Verdammt nochmal, Grace. Ich hab einen Wahnsinnsständer und bin so verzweifelt, dass ich versuche, mich an der Wand eines verfallenen Schuppens im Hinterhof meiner Mutter an dir zu vergehen. Ich dachte, Taten sprechen deutlicher als Worte?« Wir starrten einander an, dann senkte er seine Stimme. »Die letzte Nacht war mit Sicherheit die schönste Nacht in meinem ganzen Leben, das schwöre ich dir. Ich bezweifle, dass ich mit einer anderen je etwas Besseres erleben werde. Du bist so einzigartig schön und sexy und hast dich so perfekt bewegt, dass ich seither an nichts anderes denken kann.« Er sah auf seine Hose und lachte. »Was mein Leben in Flugzeugen und im Haus meiner Mutter extrem schwierig macht.«

Volltreffer. Ich war ihm erlegen.

Er nahm meine Hand. »Komm mit, du Süße. Ich will dich zum Mittagessen zu meinem Dad mitnehmen, und es ist schon spät.«

»Wirklich?« Ich sah auf die Uhr. Damit, dass Matt ohne weitere Vorwarnung zu seinem Vater fahren würde, hatte ich nicht gerechnet. »Verdammt!« Wie eine Verrückte rannte ich in Alethas Haus und drehte mich vor Aufregung ein paarmal um mich selbst. »Ich weiß nicht, was ich anziehen soll«, jammerte ich.

Matt folgte mir mit ruhigen Schritten. Er setzte sich in unserem Gästezimmer aufs Bett, lehnte sich gegen das Kopfteil, verschränkte die Hände hinter dem Kopf und grinste mich an. »Nimm einfach irgendetwas. Du siehst in allem toll aus ... genau wie ohne alles.«

»O mein Gott, o mein Gott, o mein Gott!« Ich zerrte ein Kleidungsstück nach dem anderen aus meinem Koffer und warf es durchs Zimmer. »Ich hab nichts Vernünftiges!«

»Das da«, sagte Matt und hob etwas vom Boden auf. »Zieh das hier an.« Es war *das* Kleid – das schwarze mit den kleinen Blumen und dem tief ausgeschnittenen Rücken. »Mit Strumpfhose und Stiefeln. Darin siehst du umwerfend aus.«

Ich riss ihm das zerknitterte Kleid aus der Hand und musterte voller Verzweiflung die Falten. »Wirf her«, kam eine Stimme von der Tür. Aletha streckte die Hände aus. Fast hätte ich angefangen zu weinen, als ich ihr freundliches Lächeln sah. Wenn ich zu mir nach Hause kam, wurde erwartet, dass ich nicht nur meine eigenen Kleider bügelte, sondern auch die meines Vaters und meiner Geschwister. Meine Mutter erklärte dann immer, damit würde ich meinen Anteil leisten. Einen großen Teil meiner Ferien verbrachte ich also mit Bügeln und anderen Hausarbeiten. Und ich hasste bügeln. Der bloße Anblick eines Bügelbretts machte mich aggressiv. Alethas kleine Geste zeigte mir, wie sehr ich mich nach einer fürsorglichen Mutter sehnte – nach einer, die nicht zuließ, dass die Trinkerei meines

Vaters unser Leben bestimmte. Eine Mutter, die sich freute, wenn ich anrief, und alles von mir wissen wollte. Eine, die nicht ständig überlastet war.

»Danke, Aletha.«

»Ist mir ein Vergnügen, Liebes.« Und es klang, als meinte sie es ernst. Als würde es sie tatsächlich glücklich machen, mein Kleid zu bügeln.

Zwanzig Minuten später saß ich in Alethas Minivan unruhig auf dem Beifahrersitz und beobachtete Matt, wie er zu den Sex Pistols aufs Lenkrad trommelte und geschmeidig durch den Verkehr steuerte, ohne meine Nervosität auch nur im Mindesten zu beachten.

»Hey!«, rief ich ihm über die Musik hinweg zu.

Er sah mich kurz an. »Mach dich nicht verrückt, Grace. Das ist eine Bande heuchlerischer Arschlöcher. Spiel ihnen einfach irgendein Lied vor, das wird sie umhauen. Monica wird eifersüchtig sein und Alex völlig verunsichert. Mein Dad und seine Frau werden freundlich tun, allerdings auf ihre aufgeblasene Art. Sie werden verkünden, dass irgendein berühmter Koch unser Essen zubereitet hat, und mein Dad wird mehr als einmal nebenbei erwähnen, wie teuer der Wein war.«

»Es ist mir peinlich, mit leeren Händen anzukommen.«

»Meine Mom hat mir eine Flasche Prosecco mitgegeben.«

»Was ist das?«

»Ein Schaumwein aus Italien. Ähnlich wie Sekt.«

Ich atmete erleichtert aus. »Perfekt.«

Wir bogen in die Auffahrt eines Anwesens ein, das ich durchaus fürstlich nennen würde. Als ich das Haus sah, fielen mir fast die Augen aus dem Kopf: Es war über und über mit Weihnachtsbeleuchtung dekoriert, und in der Mitte des Wendekreises stand ein riesiger geschmückter Weihnachtsbaum mit extravaganten Glaskugeln.

»Meine Stiefmutter liebt diesen Kram, aber sie macht nichts davon selbst. Sie lässt dafür Leute kommen.«

Ich entdeckte die Sektflasche hinter seinem Sitz und schnappte sie mir. Erwartungsvoll steuerten wir auf die Eingangstür zu. Matt drückte den Klingelknopf; ich fand es seltsam, dass er in das Haus, in dem er aufgewachsen war, nicht einfach so hineingehen konnte.

Eine stämmige Frau Mitte sechzig mit einer Schürze, wie ich sie nur aus Filmen kannte, öffnete die Tür. Sie wirkte wie die Alice aus *Drei Mädchen und drei Jungen*, nur nicht so fröhlich.

»Matthias«, sagte sie. Sie sprach mit deutschem Akzent.

Er lehnte sich vor und küsste sie auf die Wange. »Naina, das ist Grace.«

»Sehr erfreut.« Sie schüttelte mir fest die Hand und drehte sich dann wieder um. Wir folgten ihr durch die Eingangshalle und einen langen Korridor hinunter.

Wer ist das?, bewegte ich stumm die Lippen.

»Die Haushälterin«, flüsterte er und neigte sich an mein Ohr. »Sie ist böse.« Ich bekam große Augen.

Naina drehte den Kopf und blieb abrupt stehen. »Ich kann dich hören, Junge.«

Matt grinste. »Naina ist hier, seit ich zwölf war. Sie hat mir immer bei den Hausaufgaben geholfen, mir einen Haufen deutsche Schimpfwörter beigebracht und tonnenweise Süßigkeiten zugesteckt.«

Naina stampfte mit dem Fuß auf und stemmte die Hände in die Hüften. »Matthias«, schalt sie ihn, doch es dauerte nur eine Sekunde, bevor sie rote Wangen bekam und loslachte. »Komm her, du Schlawiner!« Die kompakte Frau hob Matt fast von den Füßen, als sie ihn fest in die Arme schloss und drückte. »Ich habe dich vermisst, mein Junge. Ohne dich ist es hier nicht dasselbe.« Sie ließ ihn wieder los.

Matt deutete mit dem Daumen auf seine Brust. »Ich bin ihr Liebling.«

»Na, na, das reicht jetzt aber. Kommt mit!« Naina drehte sich um und ging weiter, doch ich wusste, dass es stimmte.

Es war zwei Tage vor Weihnachten, und gleich würde ich Matts Vater, seinen Bruder, seine Stiefmutter und seine rachsüchtige Ex-Freundin-und-bald-Schwägerin kennenlernen. Ich war sehr erleichtert, dass ich etwas hatte, an dem ich mich festhalten konnte; die Flasche Prosecco war wie ein Schutzschild vor allem, was mich im Wohnzimmer erwarten mochte. Doch dann nahm Matt mir die Flasche ab – so viel also zu meinem Schutz! – und betrat als Erster den Raum. Er breitete die Arme aus, streckte den Brustkorb vor und rief: »Frohe Weihnachten, Familie! Ich bin da!«

Matts Vater und Stiefmutter standen neben einem großen Panoramafenster, durch das man den riesigen Garten und einen glitzernden Swimmingpool sehen konnte. Sein Dad trug einen dunklen Anzug mit Krawatte, seine Stiefmutter einen beigefarbenen Bleistiftrock mit weißer Bluse und edel schimmernder Perlenkette. Mit ihrem blonden, zu einem strengen Bob geschnittenen Haar und der künstlich gestrafften Haut war sie das krasse Gegenteil von Aletha.

Der Vater hatte das distinguierte Erscheinen eines Mannes, der viel Zeit vor dem Spiegel verbringt, doch sein Lächeln wirkte echt, genau wie bei Matt. Von der Couch erhob sich nun noch ein junger Mann, der zweifelsohne Alexander war, gekleidet in einen steifen weißen Anzug mit rosa Hemd ohne Krawatte. Die obersten drei Knöpfe standen offen und entblößten seine gebräunte, haarlose Brust. Sein Haar war heller als das von Matt und mit viel Gel zurückgekämmt.

In drei Schritten hatte er Matt erreicht. »Matt ist hier, und wie üblich zu spät«, meinte er munter. Er nahm Matt die Flasche ab und studierte das Etikett. »Und siehe da, er hat uns eine Flasche Arme-Leute-Sekt mitgebracht. Was meint ihr? Vielleicht können wir den Schweinebraten damit übergießen?«

Ach, du Schande! Was war das denn für einer!?

Mir wurde flau im Magen bei der Vorstellung, wie Matt die Flasche von Aletha entgegengenommen hatte in dem genauen Wissen, wie sie hier ankommen würde, jedoch ohne es ihr gegenüber zu erwähnen … oder mir. Vermutlich war das der Grund, weshalb er sie mir in letzter Sekunde weggeschnappt hatte.

Ohne seinen Bruder weiter zu beachten, nahm Matt meinen Arm. »Und das hier ist Grace.«

Ich winkte verlegen, dann trat seine Stiefmutter auf mich zu. »Hallo, Liebes, ich bin Regina.«

Während ich ihr die Hand gab, umarmte Matts Vater ihn wortlos und wandte sich dann an mich. »Hallo, Grace, es freut mich, Sie kennenzulernen. Ich habe schon von Ihnen und Ihrer Musik gehört.«

Ich schluckte und fragte mich, was er wohl gehört hatte. »Danke, Sir. Es freut mich ebenfalls, Sie kennenzulernen.«

»Bitte nennen Sie mich Charles.«

Und wie wär's mit Charlie?, lag mir auf der Zunge. Ich lachte nervös. »Also gut, Charles.«

Alexander hielt sich im Hintergrund, bis eine schwarzhaarige Frau von der anderen Seite her den Raum betrat. Sie war hübsch, auf eine »Mädchen von nebenan«-Art. Langes, glattes Haar mit schwingenden Locken am Ende. Große braune Augen, die überraschend warm strahlten. Ich lächelte sie an, während sie näher kam, doch dann fiel mir ihr Joker-ähnliches Grinsen auf, breit und aufgesetzt, mit einem Anflug von Arroganz. Mit katzenartiger Geschmeidigkeit glitt sie auf uns zu. »Matthias.« Ihre Stimme klang gekünstelt.

»Hallo, Monica. Das ist Grace.«

Wieder lächelte sie ihr breites, falsches Lächeln und ließ den Blick langsam zu meinen Stiefeln und wieder zu meinem Gesicht wandern. Ich streckte meine Hand vor, um ihre zu schütteln, doch sie blieb lange unbeachtet in der Luft hängen, bis sie sie dann doch ergriff. »Nett, dich kennenzulernen. Ja, du bist ganz sein Typ.«

»Ähhh …«

Monica sah zu Matt. »Kann sie auch sprechen?«

»Kinder, gehen wir doch ins Esszimmer«, unterbrach nun Charles, wofür ich sehr dankbar war.

Wir setzten uns an den großen, glänzenden schwarzen Esstisch, der bereits mit Silberbesteck und Champagnerflöten aus Kristall gedeckt war. Matt und ich saßen Alexander und Monica gegenüber, während Regina und Charles jeweils das Kopfende einnahmen. Flink und gewandt trug Naina nach und nach Teller und Schüsseln herbei.

Charles verkündete, das Essen sei von Michael Mason zubereitet worden. Ich lehnte mich zu Matt und flüsterte: »Wer ist das?«

»Völlig egal«, antwortete Matt laut, aber niemand beachtete ihn weiter.

Regina und Monica unterhielten sich angeregt über irgendeinen Designer, der Monicas Hochzeitskleid entwarf, während
Charles Alexander etwas über die neuesten Vertragsverhand-
lungen der Kanzlei erzählte. Den größten Teil des Essens über
ignorierten sie uns einfach, und eigentlich hätte ich dankbar
sein sollen. Als das Dessert serviert wurde, hatten Monica und
Alexander bereits einige Flöten Champagner intus und widme-
ten uns nun ihre ungeteilte Aufmerksamkeit.

»Du spielst also Cello«, stellte Alexander fest.

»Ja.«

»Aha!«, meinte Monica mit wissendem Unterton, »*du* bist
also die Cello-Spielerin.«

»Ja«, wiederholte ich und nahm im selben Moment Matts
besorgten Gesichtsausdruck war. Er starrte Monica eindringlich
an, wohl um zu ergründen, worauf sie hinauswollte.

Ihr zuckersüßes Lächeln und falsches Lachen ließen mir
einen Schauer über den Rücken laufen. Sie sah Alexander
an, deutete jedoch auf mich. »Die ist das also?« Dann sah sie
zu Matts Vater. »Die, die du beim Pfandleiher ausgelöst hast,
Charles?«

»Äh, wie bitte? Ausgelöst …? Ich weiß nicht, was du meinst«,
stammelte ich verlegen.

»Nichts. Das ist jetzt mit Sicherheit kein angemessenes Thema, Monica.« Matts Stimme klang schneidend.

Ich rückte meinen Stuhl vom Tisch ab. »Toilette?«, fragte
ich hilfesuchend in den Raum, in der Hoffnung, dass irgendjemand mich rettete.

»Den Flur hinunter, zweite Tür rechts«, erklärte Regina.

Als ich aufstand, taumelte ich leicht, vermutlich vom Champagner. Matt erhob sich ebenfalls, doch ich ging schnell an ihm

vorbei in den Flur. Hinter mir hörte ich Schritte. Ich betrat die Gästetoilette und wollte schnell die Tür zuwerfen, doch Matt hatte seinen Fuß in den Spalt geschoben. »Warte. Lass mich mit rein.«

»Nein«, bellte ich.

»Grace, im Ernst. Lass mich rein … bitte.«

Ich hatte feuchte Augen und hielt den Kopf gesenkt, als ich schließlich nachgab und ihn einließ. Er hob mein Kinn an. Seine Augen funkelten, er wirkte aufgebracht. »Hör zu. Ich habe mir damals Geld von meinem Vater geliehen, um dir mit dem Cello zu helfen. Ich habe keine weiteren Details erzählt, weil ich wusste, dass er deine Lage in keiner Weise verstehen würde. Sie haben es auch gar nicht verdient, mehr zu erfahren. Du bist ein herzensguter, liebenswerter, aufrichtiger Mensch und auf das Urteil dieser Leute in keiner Weise angewiesen. Lass sie ruhig das Schlimmste vermuten. Lass Monica ihren herablassenden Dreckmist abschießen. Lass Alexander denken, wir hätten das Geld für die dritte Abtreibung gebraucht. Lass sie alle zur Hölle fahren. Mir ist das vollkommen egal, und das sollte es dir auch sein. Sie werden nie ein zufriedenes Leben führen, weil sie, egal, wie viel sie haben, immer noch nach mehr gieren. Jetzt im Moment wollen sie uns unsere Würde nehmen, weil wir etwas haben, das sie nicht haben.«

Ich schniefte. »Und was ist das?«

»Das hier.« Er neigte sich vor und gab mir einen langen, zärtlichen Kuss.

Nachdem er sich von mir gelöst hatte, ging er durch den Raum, öffnete das Schränkchen unter dem Waschbecken und griff weit nach hinten. »Wusste ich's doch! Auf Naina ist Verlass!« Er zog eine Flasche Tequila hervor, schraubte den Verschluss auf und trank einen Schluck. »Ich muss noch fahren, aber du bist herzlich eingeladen, dich zu betrinken. Das wird die Qual, sich mit meiner Familie abgeben zu müssen, erträglicher machen. Vertrau mir.«

Nach drei großen Schlucken spürte ich, wie mein Gesicht heiß wurde. Wenn ich Tequila trank, bekam ich sofort rote Wangen. »Ich bin bereit.«

Er wuschelte mir durchs Haar. »So ist's gut. Jetzt siehst du wie frisch gevögelt aus. Lass sie alle neidisch werden!«

Als wir zurückkehrten, standen die anderen im Wohnzimmer neben dem großen glänzenden Flügel. Monica wirkte schockiert. Alexander beäugte mich eifersüchtig und Charles und Regina neugierig, während ich mir mit der Hand Luft zufächelte.

»Das hat aber lange gedauert«, kommentierte Alexander.

Ich ging hinter ihm vorbei und murmelte, »Ja, Matt lässt sich eben Zeit.« Ich setzte mich auf die Klavierbank, fächelte mir noch einmal mit dramatischer Geste Luft zu und legte dann die Hände auf die Tasten. »Soll ich euch etwas vorspielen?«

»Oh, das wäre wunderbar, Grace«, meinte Charles.

Der Alkohol durchströmte meine Adern und löste alle Anspannung. Ich begann zu spielen, erst langsam, um das Lied aufzubauen. Dann wurde die Musik lebendiger, lauter, packender. Wirbelnd, tänzelnd, brausend und dann wieder zärtlich offenbarten sich all meine Gefühle; es war wie eine spirituelle Erfahrung. Fast hatte ich den Wunsch, »Gebt mir ein Amen!« zu rufen. Ich schloss die Augen und spielte über fünf Minuten lang ohne einen einzigen falschen Ton.

Als ich fertig war, herrschte Stille. Nervös wartete ich mit dem Öffnen der Augen, bis ich die anderen klatschen hörte.

Zuerst sah ich Charles, der mich anstrahlte. »Das war phantastisch, Grace. Was war das? Bach?«

»Pink Floyd. *Comfortably Numb.*« Ich lächelte.

»Na ja, es war auf jeden Fall sehr schön«, sagte Regina.

»Danke.« Ich erhob mich und bemerkte, dass Monica bewundernd zu Matt aufsah. Matt bekam es nicht mit, weil er nur Augen für mich hatte. Ein stolzes, strahlendes Tausend-Megawatt-Grinsen erhellte sein Gesicht.

Als ich auf ihn zuging, hob er eine Hand, drückte den imaginären Auslöser einer Kamera und formte lautlos mit den Lippen: »Du bist so verdammt schön!«

Monica bekam das alles mit, aber das Beste war, dass es Matt vollkommen egal schien. Als würde sie für ihn überhaupt nicht existieren. In dem Moment, da ich mich neben ihn stellte, schlug Alexander ihm auf den Rücken. »Sie ist wirklich unglaublich talentiert, Bruderherz.«

Matt sah ihn kurz mit großen Augen an. Er wirkte irgendwie bestürzt. Vielleicht war es die Erinnerung an die frühere Liebe zwischen beiden Brüdern, vielleicht lag es auch daran, dass Alexander mich wie eine Art Preis taxierte.

»Ja, das ist sie«, erwiderte Matt, ohne den Blick von mir zu wenden. »Und jetzt müssen wir gehen.« Er nahm meine Hand und zog mich mit sich Richtung Tür, wo er den Arm um meine Schulter legte. »Danke, Dad, Regina. Das Essen war lecker, aber wir müssen jetzt Moms Wagen zurückbringen.« Er neigte sich zu mir, küsste mein Ohr und flüsterte: »Ich will dich ganz für mich allein haben.«

Beim Rausgehen drehte Matt sich noch einmal um, winkte und rief »Frohe Weihnachten!« Die anderen starrten uns sprachlos an, dann waren wir weg.

»Was war das denn jetzt?«, fragte ich, als wir im Auto saßen und losfuhren.

»Damit hab ich ihnen gezeigt, dass du zu mir gehörst.«

Ich konnte nicht aufhören zu grinsen.

Und wieder ertönten die Sex Pistols. Matt drehte die Lautstärke voll auf und lieferte eine einigermaßen überzeugende Johnny-Rotten-Imitation, indem er mit britischem Akzent irgendetwas über Ferien in der Sonne sang.

Die nächsten drei Tage verbrachten wir bei Matts Mutter und erkundeten auf seinem Motorrad die Gegend. In einem Secondhandladen entdeckte ich eine coole, rechteckige Gürtelschnalle aus teils geschwärztem Edelstahl mit einer grauen Eule in der Mitte. Ich ließ Matt draußen warten, während ich sie bezahlte.

Als ich wieder rauskam, stand er auf dem Parkplatz, das Motorrad zwischen den Beinen, und sah wie immer unglaublich sexy aus. Er hielt die Arme verschränkt und grinste sein typisch verschmitztes Lächeln, während er die Augen gegen die Sonne zusammenkniff. Ein Windstoß pustete mir das Haar aus dem Gesicht, und er hob seine unsichtbare Kamera hoch und machte einen Schnappschuss.

»Liebste Gracie, ich hoffe, du hast mir diese Eulen-Gürtelschnalle geholt«, sagte er.

Ich boxte ihn auf den Arm. »Blödmann. Wieso musst du alles kaputtmachen?«

»Küss mich.«

»Du hast mir die Überraschung verdorben«, klagte ich.

»KÜSS. MICH.«

Am Weihnachtsmorgen saßen wir vor Alethas Baum und

tauschten unsere selbstgemachten Geschenke. Aletha hatte auf ihrer neuen Töpferscheibe vier wunderschöne Becher kreiert.

»Die habe ich glasieren lassen. Unter zwein sind deine Initialen, unter den zwei anderen Gracies«, erklärte sie, während Matt die Becher aus der Schachtel hob.

»Wow«, staunte Matt. »Die sind ganz toll, Mom. Danke!«

Er überreichte ihr einen großen eingewickelten Bilderrahmen. »Das ist von uns beiden.« Dankbar drückte ich ihm die Hand. Er wusste, dass ich seiner Mutter nichts hatte kaufen können.

Sie wickelte das Geschenk aus und starrte es mit großen Augen an. Ich wusste nicht, was es war, also stellte ich mich hinter sie. Als ich es sah, musste ich schwer schlucken, und meine Augen füllten sich mit Tränen. Es war eine Collage aus Bildern von Matt und mir. Auf keinem der Fotos konnte man unsere Gesichter sehen; es waren Aufnahmen unserer Beine, Arme, Hände, Haare, meist in Kombination, also beim Umarmen und wenn wir entspannt nebeneinander oder aufeinander gelegen hatten. Manche Bilder waren gegen das Licht fotografiert, so dass man nur unsere Umrisse erkennen konnte. Es war eine wundervolle Auswahl und stellte Matts außerordentliches Talent deutlich zur Schau.

»Oh, Matthias!« Aletha war überwältigt. »Mein Sohn, das sind unglaublich schöne Fotos. Und Grace, du bist ein herrlich natürliches und schönes Motiv. Ich werde das hier immer in Ehren halten.«

Eine Träne rollte über meine Wange und fiel auf Alethas Schulter, als sie mich umarmte. Überrascht sah sie mich an. Ich schüttelte verlegen den Kopf und sah zur Seite.

»Kanntest du das denn noch gar nicht?«, wollte sie wissen.

»Nein«, erwiderte ich mit belegter Stimme. »Das ist wirklich wunderschön.«

»Da bin ich aber froh, dass es dir gefällt, denn du hast das gleiche.« Er lachte. »Es liegt in deinem Zimmer, wenn du zurückkommst. Ich habe es vor unserer Abfahrt noch hineingeschmuggelt.«

Ich setzte mich auf seinen Schoß und gab ihm einen dicken Kuss. Er hielt mich fest. »Ich freue mich riesig. Vielen, vielen Dank!«

Nachdem er den Gürtel ausgepackt hatte, studierte er ihn eingehend. »Gracies Augen«, sagte er dann, und ich nickte.

»Hab ich doch gesagt, dass er es versteht«, meinte Aletha schmunzelnd.

Zurück in New York, verfielen wir bald wieder in unsere alte Routine. Wir erforschten die Stadt, gingen zum Unterricht, lernten zusammen in unseren Zimmern oder versuchten es zumindest. Meistens aber konnten wir die Hände nicht voneinander lassen. An den Abenden, an denen Matt im *PhotoHut* arbeitete, übte ich zusammen mit Tati.

Etwa einen Monat später bat mich Matt, ihn unten in der Eingangshalle zu treffen mit dem Hinweis, wir würden spazieren gehen und etwas Besonderes erleben.

»Das ist der zweite Teil deines Weihnachtsgeschenks«, verkündete er mit blitzenden Augen, nahm mich bei der Hand und führte mich auf die Straße.

Dick eingemummelt in Schal und Mantel marschierten wir zu *Arlene's Grocery*, einer kleinen, relativ neuen Musikkneipe, in der vor allem heimische Bands auftraten. »Nicht auf die Plakate gucken«, bat er mich.

Wir drängelten uns Richtung Bühne durch die Menge. Zielstrebig bahnte sich Matt einen Weg, und ich sah vorerst nichts als Rücken. Als ich schließlich nach oben schaute, sah ich direkt in die Augen von Jeff Buckley, der gerade seine Gitarre stimmte.

Heilige! Scheiße!

Wir standen den gesamten Auftritt meines absoluten Lieblingsmusikers über ganz vorn an der Bühne, nur einen Meter von ihm entfernt. Einmal dachte ich, Jeff würde mich anlächeln, doch dann schaute er wieder zur Seite und erzählte irgendetwas von seinem Nikotinpflaster. Ich sah Matt an. »OH. MEIN. GOTT«, formte ich lautlos mit den Lippen und war mir der Großartigkeit des Moments voll bewusst.

Nach dem Auftritt verschwand Jeff sofort von der Bühne. Ich machte mir nicht die Mühe, ihn aufzustöbern. Ein Jahr zuvor hätte ich vielleicht versucht, ihm wie ein Groupie aufzulauern, um seine Hand zu schütteln oder ihm zu sagen, wie sehr ich ihn verehrte, aber an jenem Abend wollte ich nur mit Matt zusammen ins Wohnheim zurück. Ich fühlte mich inspiriert. Ich wollte Musik machen.

Auf dem Heimweg fiel mir ein: »Er hat gar nicht *Hallelujah* gespielt! Wie schade!«

»Wahrscheinlich hängt ihm das schon zum Halse raus«, überlegte Matt laut, während er unsere Hände vor und zurück schwang.

»Ja, vielleicht. Aber ich danke dir! Das war ein grandioses Geschenk!«

»Für dich tu ich doch alles!«

»Komm schon, Matthias! Bitte kein Gesülze!«

Er lachte. »Und wer kann jetzt nicht ernst bleiben?«

172

Entscheidungen

MATT   Nach dem Ende der Ferien verbrachten Grace und ich so viel Zeit miteinander, wie wir nur konnten – und das meistens nackt. Es kam mir vor, als wollten wir in die wenigen kurzen Monate, die uns bis zu meiner Abreise nach Südamerika blieben, eine lange und tiefe Beziehung hineinzwängen. Bestimmt eine Million Mal versicherten wir einander, dass das, was wir hatten, nichts Ernstes sei. Doch es fühlte sich ganz anders an. Grace vermied jedes Gespräch darüber, was sie während meiner Abwesenheit tun wolle. Ständig erwähnte sie, dass wir ja noch jung seien, was mir manchmal so vorkam, als würde sie unsere Beziehung kleinreden. Heute denke ich, sie wollte nur ihr Herz schützen. Und vielleicht wollte ich das auch.

Wir unternahmen viel mit Tati und Brandon und besuchten jeden Freitag zweitklassige Musikveranstaltungen in der Lower East Side und in Brooklyn. Die Sonntage verbrachten wir im Wohnheim, spielten irgendwelche Spiele oder lernten ein bisschen. Erst als der Winter sich dem Ende zuneigte und wir einen frühen Frühling spürten, verschärften wir unseren Arbeitsaufwand und bereiteten uns auf die Abschlussprüfungen und damit die nächste Phase unseres Lebens vor. Hätten Grace und ich nicht nebeneinander gewohnt, hätten wir uns in dieser Zeit wohl kaum gesehen.

Dann, am ersten warmen Tag im April, bestellte Grace unser Quartett um zehn Uhr früh zum *Old Hat*, einer schummrigen Spelunke, in die wir häufiger gingen, wenn die besseren Bars schon geschlossen hatten. Ein ungewöhnlicher Ort also für den frühen Morgen.

Ich rieb die Hände aneinander und klatschte ein Mal. »Okay, Lady, was geht ab?«

»Whisky«, konterte sie ohne jeden Gesichtsausdruck.

Brandon lachte.

»Grace! Es ist zehn Uhr morgens!« Tati stemmte eine Hand in die Hüfte. Offenbar fand sie das gar nicht lustig.

Grace schob mich zur Tür. »Ja, und ist das nicht wunderbar, Leute? Wir sind jung, und der Tag gehört uns! Lasst uns das genießen!«

Der Barkeeper im *Old Hat* grüßte freundlich. Grace hob vier Finger in die Höhe. »Vier Whisky, bitte.«

»Oje«, brummte Tati.

»Was soll das jetzt, Grace? Mal im Ernst!« Ich war völlig perplex.

Wir setzten uns in einer Reihe an die Theke. »Wir haben in den letzten Wochen so viel gelernt, und Matt geht bald weg. Ich will einfach ein bisschen Zeit mit euch verbringen, trinken und Spaß haben. Ich hab den ganzen Tag für uns geplant.«

Tati hob ihr Whiskyglas. »Du hast mich überzeugt. Ich bin dabei.«

»Prost!«, rief Brandon.

Wir leerten die Gläser in einem Zug, und Grace strahlte uns an. »Also gut, los geht's!«

»Wohin denn?«, wollte ich wissen.

Ihre Augen blitzten. »In die Dunkelkammer.« Sie gab mir eine Filmpatrone. »Wir müssen das hier entwickeln.«

Brandon verzog das Gesicht. »Bitte sag, dass das keine Nacktfotos von euch sind.«

»Ach, davon haben sie sicher schon genug«, meinte Tati.

»Stimmt, das sind keine«, sagte Grace. »Das ist ein Hinweis.«

»Und was sollen wir machen, während ihr zwei das entwickelt?«, erkundigte sich Tati.

»Ihr kommt mit«, antwortete Grace. »Matt kann euch zeigen, wie man Abzüge anfertigt.«

Ich grinste. »Ja, das wird lustig.«

Wir schlenderten zum Uni-eigenen Fotolabor auf dem Campus und genossen dabei die warme Frühlingsluft. Es gab eine Reihe kleiner Dunkelkammern, in denen die Studenten Negativfilme entwickeln konnten, und einen größeren Raum mit Rotlicht, in dem Vergrößerungsgeräte und Entwicklerwannen für Abzüge bereit standen. Ich schob ein paar von den Negativen, die ich dort gelassen hatte, in zwei Vergrößerungsgeräte ein, damit Tati und Brandon Abzüge auf Papier machen konnten. Es waren Fotos von mir und Grace, wie wir Grimassen schnitten, eigentlich hatte ich sie bereits aussortiert, aber so konnten Tati und Brandon ihren Spaß haben, während Grace und ich den Film entwickelten.

Ich zog Grace mit mir durch den Flur und schob sie in eine der kleinen Dunkelkammern, die mit Rotlicht beleuchtet war. »Danke, dass du das für heute geplant hast. Eine tolle Idee!« Ich drückte sie sanft gegen die geschlossene Tür, küsste sie, schlang eines ihrer Beine um meine Hüfte, fuhr mit der Hand über ihren Oberschenkel und schob ihr Kleid hoch.

»Du hast doch gesagt, die Leute machen so was hier nicht.«

»Ich habe keine Ahnung, was die Leute hier so machen, und es ist mir auch völlig egal.«

Sie seufzte genüsslich, entwand sich mir dann aber. »Wir müssen den Film entwickeln, Romeo.«

»Spielverderber«, maulte ich im Scherz. »Aber gut, ich mache es. Wenn ich danach belohnt werde …«

Sie schmunzelte. »Danach stehe ich dir gern zur Verfügung … Aber jetzt fang an.«

»Na schön, allerdings muss ich zum Entwickeln auch das Rotlicht ausschalten, also wird es hier ungefähr eine Viertelstunde lang vollkommen dunkel sein.«

Sie zog die Nase kraus. »Was ist das für ein Gestank?«

»Das ist Entwicklerflüssigkeit.« In der kleinen, feuchtwarmen Kammer verströmte die chemische Lösung einen stechenden Geruch. Auf der einen Seite waren ein Waschbecken aus Edelstahl und eine Theke, auf der drei sehr lange und schmale Behältnisse für die entrollten Filmrollen standen, eines für die Entwicklung, eines für Wasser und eines für die Fixierung. Daneben stand eine große Stoppuhr mit Leuchtzeigern. Auf der anderen Seite befand sich eine Holzbank.

Nachdem ich die Behälter mit den entsprechenden Flüssigkeiten gefüllt hatte, schaltete ich das Radio hinter der Spüle ein. Aus einem Lautspreche unter der Decke tönte Musik – ein jazziges Stück vom hauseigenen Uni-Radiosender. »Ich kann nichts anderes einstellen, also muss das reichen.« Ich sah zu Grace, die sich auf die Bank gesetzt hatte. »Bist du bereit? Dann schalte ich jetzt das Licht aus.«

»Bereit.«

Ich drückte den Lichtschalter. Nun war es so dunkel und

warm, dass man augenblicklich müde wurde. Von der anderen Seite des Raumes hörte ich Grace gähnen. All meine Sinne waren aufs äußerste geschärft. Ich öffnete die Filmpatrone und befestigte das Ende der Filmrolle an einem Clip. Dann tastete ich mich zur Theke vor und tauchte den gesamten Film fast lautlos in die erste schmale Wanne mit Entwicklerflüssigkeit.

»Alles klar bei dir?«, flüsterte ich.

»Ja«, antwortete sie schläfrig.

»Gib mir eine Minute.« Ich stellte die Stoppuhr ein, dann hatte ich urplötzlich das Bild vor Augen, wie Grace mich reitet.

»Zieh dich aus.«

Sie lachte. »Im Ernst?«

»In zwölf Minuten kann ich so einiges anstellen«, erwiderte ich, während ich mich zu Grace hinübertastete.

Ich fasste ihren Arm, dann küssten wir uns. Wir brauchten nichts zu sehen, das Fühlen reichte vollkommen aus. Ich zog eine Linie aus Küssen von ihrem Ohr bis zu ihrem Hals, dann streifte ich ihr das Kleid über den Kopf. Sie öffnete meinen Gürtel und zerrte an meiner Hose. Ich drehte Grace um. Von hinten küsste ich ihre Schulter, streichelte ihren Rücken, ihren Po, glitt weiter nach unten und schob einen Finger in ihr feuchte Öffnung. Sie gab keinen Laut von sich.

»Geht es dir gut?«, wollte ich wissen.

»Hör bloß nicht auf«, erwiderte sie mit leisem Stöhnen.

Dann drang ich ganz in sie ein. Wir begannen leise zu keuchen, unterdrückten es jedoch, so gut es ging. Ich bewegte mich erst langsam, dann schneller und drängender. Sie kam mir entgegen, passte sich meinen Bewegungen an. Kaum ein Laut war zu hören, nur lustvolles Seufzen und schweres Atmen. Als ich spürte, wie ihre Muskeln mich fest umschlossen und zuckten, war es um mich geschehen. Der Höhepunkt durchflutete mich wie ein heißer Schauer, und all meine Nervenzellen schienen zu zerfließen. Ich presste Grace an mich und vergrub meinen Kopf an ihrer Schulter. Dann, in einer einzigen gleitenden Bewegung, löste ich mich aus ihr, ließ mich auf die Bank fallen und zog sie auf meinen Schoß.

Wir küssten uns langsam und innig, als plötzlich – bzzzz! – die Dunkelkammeruhr losging. Ich stand auf, tastete mich zur Theke, zog blind den entwickelten Negativstreifen erst durch das Wasserbad der zweiten Wanne und legte ihn ins Fixierbad. Ich spürte, dass Grace sich neben mich stellte, und nahm sie in die Arme. »Das war Wahnsinn!« Ich küsste ihren Scheitel. »Alles okay bei dir?« Anscheinend war sie noch völlig benommen, denn ich merkte nur, wie sie nickte.

Nach weiteren fünf Minuten schaltete ich das Rotlicht wieder ein, nahm den etwa fünfzig Zentimeter langen Filmstreifen aus dem Fixierbad und spülte ihn im tiefen Waschbecken mit Wasser nach. Dann zogen wir uns schnell an und verließen die Dunkelkammer.

Nachdem der Film getrocknet war, begutachtete ich die zwölf Negative und sah, dass alle schwarz waren bis auf drei am Ende. Dort standen weiß auf schwarz, also offenbar mit schwarzem Stift auf weißes Papier geschrieben, drei Wörter: *Piano. Podium. Prost.*

Ich sah Grace an. »Dreimal P, das *Three Peas*?«, so hieß die kleine Kellerbar in der Nähe unseres Wohnheims, in dem es ein Klavier gab und an Freitagen eine Offene Bühne für Jamsessions. Schon oft hatte ich Grace gedrängt, sie solle dort für mich singen und spielen, aber sie hatte immer abgelehnt.

»Du hast es erfasst! Komm, holen wir Tati und Brandon. Das

macht riesigen Spaß!«, quietschte sie und zerrte mich durch den Flur zu unseren Freunden.

Wieder draußen im Freien, zog Tati eine Flasche Whisky aus ihrer Schultertasche. »Na, du bist ja gut gerüstet«, meinte ich lachend.

»Ich hatte befürchtet, dass Grace uns durch einen Haufen Museen schleifen will, also habe ich vorgesorgt. Wollt ihr auch was?«

Ich nahm einen Schluck, dann riss Grace mir die Flasche aus der Hand. »Ich bin diejenige, die es nötig hat. Ihr werdet gleich sehen, warum.«

Als wir am *Three Peas* ankamen, waren wir schon reichlich angeheitert. Bis auf die Barkeeperin, die ich nicht kannte, war die Kneipe leer. Grace lehnte sich über die Theke. »Ich veranstalte ein kleines Spiel für meine Freunde, und es wäre super, wenn ich da oben gleich ein kurzes Lied anstimmen dürfte.« Sie deutete zur Bühne.

»O mein Gott, sie will es endlich tun«, staunte Tati.

Die junge Frau lächelte. »Ihr habt freie Bahn, sonst ist ja keiner da. Wollt ihr was trinken?«

»Sicher. Vier Bier, bitte.«

Wir bekamen unser Bier serviert und sahen zu, wie Grace ihres mit drei großen Schlucken leerte. »Oje!«, meinte ich.

Gerade, als sie das kleine Podium erklomm, auf dem das Klavier stand, bimmelte die Türglocke. Herein kamen ein paar adrett gekleidete Büroangestellte, die hier offenbar ihre Mittagspause verbringen wollten. Es waren sieben Leute. Binnen einer Sekunde hatte sich Graces' Publikum also exponentiell vergrößert.

Sie rückte die Sitzbank näher an das Instrument, was auf den Holzbohlen ein lautes Quietschen verursachte. »'tschuldigung«, murmelte sie ins Mikrophon, das viel zu laut eingestellt war.

Die neuen Gäste und die Frau hinter der Bar starrten sie neugierig an. Grace wirkte nervös, und ich lächelte ihr aufmunternd zu, was sie ein wenig zu entspannen schien. Sie lehnte sich zurück und drehte an einem Knopf der Verstärkeranlage. »Besser?« Ich nickte.

Tati rief: »Du schaffst das, Mädchen!«

»Okay, hier ist ein kleiner Song, den ich geschrieben habe, aber er ist gleichzeitig auch der nächste Hinweis, also passt gut auf.« Sie lachte nervös.

»Grace schreibt Songs?«, erkundigte sich Brandon.

Tati und ich machten gleichzeitig »Pst!«

Nach einem langen, ruhigen Vorspiel, das nach typischer Jazzbarmusik klang, beschleunigte Grace nach und nach das Tempo, bis sich eine Melodie herauskristallisierte. Sie spielte jedes Instrument so mühelos, dass man vollkommen gebannt zuhörte. Und dann hielten wir alle den Atem an, als sie zu singen begann. Keiner von uns hatte sie je in ein Mikrophon singen gehört, aber wie alles andere beherrschte sie auch das perfekt und einzigartig.

Wo ist der Ort, 'nem Präsidenten geweiht?
Treffpunkt für Freunde – zu jeder Zeit,
An helllichtem Tag und auch bei Dunkelheit.
Wir haben dort herrliche Zeiten verbracht,
Getrunken, geredet, geküsst und gelacht,
Gelauscht, wenn jemand Musik dort gemacht.
Davor – das Standbild eines Soldaten,
Dahinter – kann man im Sommer durchs Wasser waten.
Wo ist der Ort, der Ort, der Ort?
Sagt mir das Wort, das Wort das Wort …

Als sie fertig war, standen wir auf und klatschten. »Bravo!«, rief Tati, und auch die Geschäftsleute applaudierten und riefen: »Wow! Super! Danke sehr!«

»Hey, das war klasse«, meinte Brandon. »Ich wusste noch nicht mal, dass sie Klavier spielen kann.«

»Sie ist einfach der Wahnsinn«, sagte ich leise, während sie von der Bühne stieg. Tati knuffte mich in die Seite und zwinkerte.

Die Barkeeperin rief Grace zu sich. »Du bist hundertmal besser als die meisten, die hier freitagabends auf der Offenen Bühne spielen.« Ich schloss meine Freundin in die Arme und strahlte sie an. Lächelnd sah sie zu mir auf. Ihr Gesicht war puterrot. Ich gab ihr einen Kuss auf die Nase. »Washington Square Park?«

Sie lachte. »War das sehr offensichtlich?«

»Ja, schon. Deine Hinweise sind pipi-einfach, aber es macht trotzdem riesigen Spaß. Noch einen Schnaps, bevor wir gehen?«

Die Barkeeperin gab uns eine Runde Schnaps aus, und auf dem Weg zum Park kauften wir an einem Stand jeder einen Hotdog. Wir waren ziemlich betrunken, und das um ein Uhr mittags. Ich fürchtete, wenn wir nicht bald etwas mehr zu essen bekämen, würde ich Grace am Ende zum Wohnheim zurücktragen müssen.

»Ich amüsiere mich prächtig«, stellte ich fest und gab ihr einen Kuss. »Ich bin froh, dass du das arrangiert hast.« Tatsächlich konnten Grace und ich sogar beim Wäsche-Zusammenfalten jede Menge Spaß haben, und Tati und Brandon machten sowieso immer alles mit, was wir vorschlugen. Wir vier waren ein prima Gespann.

Im Washington Park angekommen, setzten wir uns unter unseren üblichen Baum. Brandon zündete einen Joint an, den wir herumreichten. Ich legte meinen Kopf in Graces' Schoß. »Eine bessere Art, den Mittwoch zu verbringen, kann ich mir nicht vorstellen«, sagte ich und gähnte.

»Wusstet ihr, dass Grace das früher immer für ihre Geschwister gemacht hat?«, fragte Tati.

»Ehrlich?« Ich sah zu ihr hoch, und sie lächelte.

»Ja, einfach um die Zeit totzuschlagen«, meinte Grace ein wenig verträumt. »Aber heute liegt die Sache anders.« Sie hielt inne und holte tief Luft. »Heute wollte ich mit euch feiern, weil … ich die Zusage von der Uni bekommen habe! Ich werde an der NYU meinen Master machen!« Freudestrahlend reckte sie die Arme in die Luft.

»O mein Gott!« Ich stand auf, hob Grace hoch und wirbelte sie herum. »Ich freue mich riesig für dich!«

Dann fiel mir auf, dass Tati ganz still geworden war und Brandon sie unsicher ansah. Auch Grace bemerkte es.

Als ich sie wieder abgesetzt hatte, drehte sie sich zu ihnen um. »Freut ihr euch denn nicht für mich?«

Tati zuckte mit den Schultern. »Hm, ja … ich schätze, schon. Ja, ich freu mich für dich, Grace.« Sie stand auf und schnappte sich ihre Tasche. »Hör zu, Brandon muss noch an seiner Seminararbeit schreiben, und ich wollte mich mit Pornsake wegen dieser Konzertreise treffen.«

Grace verzog das Gesicht. »Dann fährst du also mit?«

»Tja, du gehst doch sowieso zur NYU. Was kümmert es dich also?«

»Gar nicht. Wir spielen noch nicht mal dasselbe Instrument. Warum sollte es mich kümmern?«

»Sieht aber so aus. Obwohl ich wirklich nicht weiß, warum. Schließlich warst du diejenige, die sein Angebot verschmäht hat.«

»Ich habe sein Angebot nicht *verschmäht*.«

»Er hat dir einen Elfhundertdollarbogen gekauft, Grace.«

»Na, und?«

Ich sah Tati böse an. »Grace macht ihren Master an der NYU. Deshalb fährt sie nicht mit Pornsake nach Europa.«

»Nein, sie bleibt wegen dir hier, Matt. Um auf deine Rückkehr zu warten.«

»Tatiana!«, rief Brandon vorwurfsvoll.

»Was ist? Stimmt doch!«

»Ich gehe zur NYU, weil ich einen guten Abschluss haben will. Du kannst gern die nächsten anderthalb Jahre mit Pornsake durch Europa tingeln, das ist mir völlig egal.«

Grace drehte sich um und stürmte in Richtung der Schachtische davon.

Ich war sauer auf Tati, weil sie Grace die große Ankündigung und uns den schönen Tag verdorben hatte. »Ich habe Grace nicht unter Druck gesetzt, damit sie hierbleibt, falls du das denkst.«

»Ihr beide könntet doch niemals ein Jahr ohne einander aushalten, obwohl diese Orchesterreise eine Wahnsinnschance für Grace wäre!«

Ich sah zu Brandon, dann wieder zu Tati. »Denkst du denn, *ihr* zwei könnt es so lange ohne einander aushalten?«

»Unsere Beziehung ist stabil, Matt. Brandon und ich können sehr wohl fünf Minuten getrennt voneinander verbringen, ohne gleich verrückt zu werden – im Gegensatz zu euch.«

»Wenn eure Beziehung so stabil ist, warum heiratest du ihn dann nicht?«

»Komm, werd erwachsen, Matt. Wie alt bist du – fünf?«

»Ich würde Grace auf der Stelle heiraten. So stabil ist *unsere* Beziehung nämlich.« Ich drehte mich um und sah Grace an einem der Tische mit einem kleinen grauhaarigen Mann Schach spielen.

Tati grinste, dann streckte sie ihre Hand vor. »Rieche ich etwa eine Wette?«

»Was redest du da, Tati?« Bei Brandon schien gerade die Wirkung des Joints nachzulassen. Er sah sie entgeistert an.

»Ach, sei still, Brandon.« Sie sah wieder zu mir. »Glaubst du etwa nicht, dass wir es machen?«

Ich lachte. »Ich weiß nicht, Tati. Brandon sieht nicht gerade begeistert von der Idee aus.«

Tati drehte sich zu Brandon um, der mit großen Augen hinter ihr stand. »Du würdest mich doch heiraten, oder? Ich meine, nach all den Sachen, die wir gemacht haben …« Sie zog bedeutungsvoll die Brauen hoch.

»Ich … na, ich denke schon, ja.«

Tati wandte sich wieder mir zu. »Siehst du? Du bist derjenige, der hier nur redet.«

Da streckte ich auch meine Hand vor. »Okay. Ich wette, wir zwei machen es noch vor euch.«

»Die Wette gilt.« Sie sah mich mit blitzenden Augen an.

»Worum wetten wir?«

»Die Verlierer laden die Verheirateten einen Abend lang ein«, schlug sie vor.

Darauf gaben wir uns die Hand. »Einverstanden«, sagte ich – obwohl ich es auch vollkommen umsonst gemacht hätte.

Warum war ich nicht ehrlich?

MATT　　　　Ich ließ Tati und Brandon am Baum zurück und marschierte mit neuen Plänen im Kopf zu Grace. In der Nähe des Brunnens setzte ich mich auf eine Bank und rauchte eine Zigarette, während ich darauf wartete, dass sie ihr Schachspiel beendete. Versonnen blies ich Rauchkringel in die Luft. Wie konnte ich Grace dazu bringen, dass sie mich heiratete?

Sie muss noch mehr trinken.

Lächelnd kam Grace auf mich zu. Sie wirkte wieder entspannt und gutgelaunt, und ich war erleichtert.

»Wer war das?«, wollte ich wissen.

»Orvin. Der Mann, der meinen Bogen gemacht hat.«

»Oh. Der, den Pornsake dir gekauft hat?« Ich zog die Nase kraus.

»Würdest du wohl damit aufhören?«

»Was hat der alte Mann dir da eben gegeben?«

»Die Telefonnummer von einem Typen mit einer Band, die immer in dieser Kneipe an der Allen Street spielt. Die suchen einen Cellisten, und ich könnte vielleicht ein paar Kröten verdienen. Sind Tati und Brandon gegangen?«

»Ja.«

Grace wirkte enttäuscht, als hätte sie erwartet, dass sich die Sache mit Tati während ihres Schachspiels wieder einrenken würde. »Also gut, dann gehen wir auch.«

»Warte, ich glaube, du hast mich noch nie mit zwei Seilen Seilspringen gesehen, oder?« Mein betrunkenes Hirn hatte sich einen Plan zurechtgelegt, um Grace herumzukriegen, mich zu heiraten. Ich hielt ihn für genial.

»Was? Das kannst du doch gar nicht.«

»Und ob ich das kann! Siehst du die zwei Mädchen da vorn? Die hab ich vor zwei Tagen getroffen und bin mit ihnen gesprungen.«

»Das glaube ich dir nicht.«

»Das brauchst du auch nicht. Ich werde es dir beweisen.«

Wir gingen zu den Mädchen hin, und das eine, das gerade sprang, brach ab, als es mich entdeckte. Es stemmte eine Hand in die Hüfte und rief: »Ach, guck mal: Matty, Matty Doppelspringer ist da!«

Ich schaute Grace an. »Siehst du?«

Sie machte große Augen. Während die Mädchen ihre extra langen Seile holten, begann ich mich zu dehnen, berührte meine Schuhe und neigte mich zu beiden Seiten. Grace krümmte sich vor Lachen.

»Du wirst doch nicht …?«

»Oh, doch. Wart's nur ab!«

Ich stellte mich bereit. Die beiden Mädchen fingen an, die Seile gegeneinander im Kreis zu schlagen, und ich drehte mich mit einem perfekten Radschlag in die Mitte und begann zu springen. Es war ein riskanter Start, den ich bisher nur einmal geschafft hatte, aber ich wusste, heute musste ich alles riskieren. Danach folgte ich den gesungenen Anweisungen der Mädchen:

»*Matty, Matty, dreh dich um. Matty, Matty, mach dich krumm. Matty, Matty, heb ein Bein …*«

Ich hüpfte auf nur einem Bein.

»*Matty, Matty, mach dich klein. Matty, Matty, bau ein Haus …*«

Ich hielt die Hände dachförmig über meinen Kopf. Grace lachte fast schon hysterisch.

»*Matty, Matty, schau heraus …*«

Ich formte mit den Händen ein Fenster und streckte den Kopf hindurch.

»*Matty, Matty, zeig dein' Schuh. Matty, Matty, wie alt bist du?*«

Die Mädchen hörten auf zu singen und schlugen zählend die Seile immer schneller und schneller, bis sie mich dann doch erwischten und zum Stolpern brachten. Grace musste so heftig lachen, dass sie kaum noch Luft bekam – sie war rot wie eine Tomate.

In der Zwischenzeit hatte sich eine kleine Zuschauermenge versammelt, und alle applaudierten. Ich warf mich in die Brust, hob die Hände, hauchte rechts und links auf meine Fingernägel und rieb sie gegen mein T-Shirt. »Nicht schlecht, hm?«

»Du steckst tatsächlich voller Überraschungen«, lachte Grace, als sie wieder einigermaßen zu Atem gekommen war.

»Und das wird immer so bleiben.«

»Wo hast du das gelernt?«

»Letzten Sommer war ich Gruppenleiter im Sommercamp.«

»Ha! Der heilige Matthias!«

»Tatsächlich bin ich gefeuert worden.«

»Wieso?«

»Das willst du gar nicht wissen«, erwiderte ich.

»Oh, doch, das will ich – vor allem, weil du bei einer Arbeit mit Kindern gefeuert wurdest. Da schrillen bei mir natürlich alle Alarmglocken!«

»Es war ganz allein Clara Rumbergers Schuld. Sie war auch Gruppenleiterin. Und ihre Mom Jane war die Organisatorin.«

»Was ist passiert? Hat sie dich erwischt, wie du mit Clara rumgemacht hast?«

»Eher anders herum. Jane war diejenige, die auf mich scharf war.«

»Die Mutter?« Grace sah mich entsetzt an.

Ich nickte und wurde mit jeder Sekunde verlegener.

»Was hast du gemacht?«

»Clara hat mich und ihre Mutter überrascht, als wir … äh, na ja … Sie hat uns in einer sehr delikaten Situation in der Camp-Küche erwischt. Während der Nachtruhe.«

»Ach, du meine Güte! Du Schwein!« Sie boxte mich auf den Arm. »Ich fasse es nicht, dass du heiß auf eine ältere Frau warst! Und wie kam es, dass du gefeuert wurdest?«

»Na ja, Clara drohte wohl, es sonst ihrem Dad zu erzählen, also Janes Ehemann.«

»Verheiratet war sie also auch noch?«

Ich hob abwehrend die Hände. »Sie hat mir erzählt, sie würden sich gerade scheiden lassen.«

»O Mann, Tati würde dir ganz schön die Leviten lesen!«

»Ach, wo du sie schon erwähnst … Was war mit euch beiden vorhin los?« Wir waren mittlerweile wieder auf dem Weg zu unserem Baum.

»Keine Ahnung. Sie ist sauer, weil sie denkt, ich würde mir wegen dir eine große Chance entgehen lassen.«

Ich fasste Graces' Hand und schwang sie herum, so dass sie vor mir stand. Sie sah zu mir auf und senkte dann schnell ihren

Blick. »Sieh mich an, Grace. Verzichtest du meinetwegen auf etwas?«

»Nein«, antwortete sie ohne Zögern.

»Das würde ich auf gar keinen Fall wollen. Du hast selbst gesagt, dass wir jung sind und das tun sollten, was für unser Leben richtig ist.«

»Und was ist das?«, flüsterte sie.

»Ich bin nicht ganz sicher, aber ich weiß, dass ich dieses Praktikum machen werde, und du solltest mit Pornsake fahren, wenn du meinst, dass es das Richtige für dich ist. Du kannst deinen Master hinterher immer noch machen.«

»Dan will eineinhalb Jahre auf Tournee gehen, Matt. Er hat die ganze Route schon geplant und lange dafür gespart und alles vorbereitet.«

»Okay ...«

»Es würde bedeuten, dass wir uns diese ganze lange Zeit über nicht sehen ...«

Die Vorstellung verursachte mir körperliche Schmerzen. »Aber wenn es das ist, was du für richtig hältst, dann solltest du es tun.«

Sie blinzelte kurz, schüttelte dann den Kopf und sah zu Boden. »Ist das so? Ist es das, was du fühlst? ›Geh nur, Grace, reise über ein Jahr lang herum, ich wünsch dir viel Glück‹?«

Mein Herz schlug so heftig, dass ich das Gefühl hatte, es müsse mir aus dem Brustkorb springen. »Ist deine Schnitzeljagd eigentlich vorbei?«

»Aha, Themawechsel.«

»Lass uns was trinken gehen und reden«, schlug ich vor.

»Na klar, Matt, weil wir ja immer so tolle Entscheidungen treffen, wenn wir betrunken sind.«

»Ach, komm schon«, drängte ich. »Ich habe eine Idee.«

Wir fanden einen Pub und blieben den restlichen Nachmittag über dort. Doch anstatt zu reden, tranken wir die Fragen fort, die sich um unsere Zukunft rankten … und um uns. Grace wählte auf der Jukebox zehn Songs aus und bestand darauf, so lange zu bleiben, bis alle durchgespielt wären. Und als das letzte Lied ertönte, waren wir voll wie die Strandhaubitzen.

»Bissu betrunkn?«, lallte ich.

»Du etwa, Masss…iassss?«

»Ich muss … mittir … wohingehn. ’kay, Gracie?« Ich zerrte sie hinter mir her, als wir auf die Straße und Richtung U-Bahn torkelten. Unter hysterischem Gelächter versuchten wir, während der Fahrt die Haltestangen nicht zu berühren. Die anderen Fahrgäste fanden das allerdings gar nicht lustig. Downtown stiegen wir aus und gingen ein paar Häuserblocks weit zu Fuß. »Guck mal«, sagte ich und deutete auf das Rathaus, »wir solltn am bessen gleich heiratn, Grace! Dassiss das Einssige, dass jetz ALLLLES besser macht.« Ich packte ihre Schultern und sah ihr direkt in die Augen, die vor Verzückung leuchteten – vielleicht auch vor Trunkenheit. »Willssu?«

»Dassiss ne tolle Idee, Matt.«

Ich weiß nicht, wie, aber wir schafften es, die notwendigen Formulare auszufüllen und die geforderten fünfzig Dollar zusammenzukratzen. Die Friedensrichterin, eine nervöse, kleine, rothaarige Frau, sagte: »Sie brauchen einen Trauzeugen, und ich bin nur noch vierzehn Minuten hier. Beeilen Sie sich also.«

»Warten Sie«, sagte ich. »Moment.« Wenige Minuten später kehrte ich mit einem Obdachlosen zurück, der behauptete, sein Name sei Gary Busey. Ich musste ihm zehn Dollar geben.

Nach etwa einer Minute war die Zeremonie vorbei. Ich nehme mal an, ich habe »Ich will« gesagt, ebenso wie Grace, und dann küssten wir uns ausgiebig.

Gary Busey hinter uns räusperte sich. »He, he, ihr zwei, sucht euch mal ein Zimmer.« Wir umarmten ihn und hasteten zur Toilette, um seinen eindringlichen Salamigestank von den Händen zu waschen. Als ich fertig war, wartete Grace schon in der Eingangshalle. Ich streckte meine Hand vor. »Mrs Shore, darf ich um diesen Tanz bitten?«

»O ja, mein lieber Ehemann, das wär mir eine große Ehre.«

Wir tanzten ein paar Minuten wie die Bekloppten und stolperten dann lachend aus dem Gebäude. Nach der U-Bahn-Fahrt zurück ins East Village beförderte ich Grace Huckepack die acht Blocks zu unserem Wohnheim, wo wir im Aufenthaltsraum Tortilla Chips futterten, bis wir einschliefen.

Daria rüttelte mich wach. »Matt? Was macht ihr zwei hier unten?«

Ich sah zu ihr hoch und kniff die Augen zusammen. Mein Kopf pochte, und die kleine Leselampe auf dem Couchtisch brannte mir mit ihrem Licht ein Loch in den Schädel. »Oh, verdammt«, ich hatte den schlimmsten Kater aller Zeiten.

Neben mir lag Grace, immer noch komatös. »Grace!« Ich schüttelte sie, wonach sie wie ein verletztes Tier gequält aufstöhnte.

Daria half uns beim Aufstehen, und wir schleppten uns in unsere Zimmer. Ich musste mehrere Male am Porzellanaltar eines rachsüchtigen Gottes Opfer darbringen, bevor ich irgendwann wieder das Bewusstsein verlor.

Eine ganze Weile später ging ich zu Grace und sah, dass die

Tür nur angelehnt war. »Bist du okay?«, krächzte ich von draußen.

»Ja, komm rein.« Sie lag auf dem Boden, den Kopf auf den
schmuddeligen Teppich gepresst. Ihr normalerweise blasses Gesicht war grünlich verfärbt.

Schwankend stand ich im Türrahmen und musste einige
Male trocken würgen, dann stützte ich mich an ihrem Schreibtisch ab. »Sicher, dass du okay bist?«

»Aaaauutsch«, knurrte sie, wie E. T. Sie streckte einen Zeigefinger in meine Richtung und sagte: »Nach Hause telefonieren.«

Ich musste lachen, presste mir aber sofort eine Hand an die
Stirn und ging in die Knie. »Verdammt, bring mich nicht zum
Lachen, mein Kopf fühlt sich an, als ob er platzt.« Ich schleppte
mich zu ihrem Bett und setzte mich, den Kopf zwischen den
Knien. »Wir haben uns ganz schön die Kante gegeben gestern.«

»Wir haben geheiratet, Matt.« Zur Betonung riss sie ihre
blutunterlaufenen Augen weit auf.

»Ich weiß.« Wobei ich mir bis zu diesem Moment nicht hun-
dertprozentig sicher gewesen war.

Auf der anderen Seite des Zimmers hing ein Spiegel. Mein
Haar stand in alle Richtungen vom Kopf ab, und auf meinem
weißen T-Shirt prangte ein mysteriöser Fleck.

»Heilige Scheiße«, sagte sie.

»Wieso?«

»Was sollen wir jetzt machen? Ist das überhaupt rechtmäßig?«

Ich deutete auf ihren Finger, an dem ein Ring aus zusam-
mengerollter silberner Kaugummifolie steckte. Dann hielt ich
meinen eigenen Kaugummifolienring hoch. »Ich meine …«

»Warte mal. Hast du tatsächlich ›nanu-nanu‹ gesagt, als du

mir den Ring auf den Finger geschoben hast?«, fragte sie nach. »Wie bei *Mork vom Ork*?« Ich nickte schuldbewusst. »Oh, mein Gott! Ich kann nicht fassen, dass du das alles wegen einer Wette veranstaltet hast, Matt! Was stimmt nicht mit dir?«

»Warte mal … Was? Woher weißt du das?«

»Tati kam heute Morgen her und konnte sich gar nicht wieder einkriegen vor Lachen, während ich mir die Seele aus dem Leib gekotzt hab. Sie meinte, sie hätte nur geblufft, und konnte nicht fassen, dass du die Sache durchgezogen hast. Wovon ich natürlich nicht den leisesten Schimmer hatte, besten Dank!«

»Dieses Miststück«, flüsterte ich. »Sie ist uns trotzdem einen Ausgeh-Abend schuldig.«

»Arschloch.«

»Moment! Du hast da gestanden, direkt neben mir, mit Gary Busey als Trauzeugen, und ich habe als Erster gesagt, ich will. Ich habe dich zu nichts gezwungen.«

Sie richtete sich auf und hielt sich den Kopf. »Ich war vollkommen betrunken, Matt.«

»Warte, Grace, lass uns ruhig bleiben und uns eine Weile auf dein Bett legen.«

»Nein. Keine Chance. Wir müssen überlegen, wie wir diese Sache rückgängig machen können. Annullieren. Heute noch.«

»Wir können die Ehe morgen annullieren lassen. Lass uns jetzt einfach duschen und wieder ins Bett gehen, okay?« Sie saß da und massierte sich eine Weile den Kopf. »Oder … Aber das ist nur so eine Idee … Wir lassen sie nicht annullieren.«

Entsetzt sah sie mich an. »Was? Hast du den Verstand verloren?«

Ihre Stimme stach wie ein Messer in mein Herz. Sie wollte es sich nicht einmal überlegen. Gut, es war nicht die ideale Art und Weise gewesen zu heiraten, aber sie tat, als sei sie schon von der bloßen Vorstellung angewidert, meine Ehefrau zu sein.

»Du willst alles von mir, Grace, und dann benimmst du dich so? Als wäre es das Schrecklichste auf der Welt, mit mir verheiratet zu sein? Warum gehst du nicht einfach mit Pornsake nach Europa? Welchen Unterschied macht das schon? Wir sind jung und sollten das tun, was richtig für uns ist. Ist es nicht das, was du immer gesagt hast?«

»Weißt du was? Ich sollte tatsächlich tun, was richtig für mich ist. Tati hat recht; vielleicht entgeht mir eine großartige Chance, wenn ich hierbleibe und auf dich warte. Vielleicht gehe ich doch mit Pornsake weg.« Sobald die Worte ausgesprochen waren, spürte ich eine hässliche Spannung zwischen uns. Ich wartete darauf, dass Grace sich entschuldigte und alles zurücknahm. Doch sie wandte sich ab und sah mich nicht einmal mehr an. »Lass mich in Ruhe. Ich kann dich gerade nicht ertragen.«

Wütend stand ich auf. »Keine Sorge. Du wirst mich nicht mehr ertragen müssen.« Ich stürmte aus dem Zimmer und schlug die Tür hinter mir zu. Ich hatte keine Ahnung, was passiert war, aber ich hatte das Gefühl, binnen einer einzigen verdammten Minute sei mein ganzes Leben zerstört worden.

Ich wartete einen Tag in der Hoffnung, sie würde kommen und sich entschuldigen.

Nichts.

Dann wartete ich noch einen Tag und widerstand dem Drang, mich selbst zu entschuldigen.

Am dritten Tag schob ich die Dokumente zur Annullierung unter ihrer Tür hindurch, um sie dazu zu bringen, mit mir zu sprechen. Nachts hörte ich Grace durch die Wand hindurch weinen, danach spielte sie drei Stunden lang ununterbrochen auf dem Cello Bach. Das Ohr an die Wand gedrückt, schlief ich ein.

Wir sprachen immer noch kein einziges Wort.

Aus Tagen wurde eine Woche. Dann mehrere. Wir redeten nicht miteinander. Liefen uns nicht einmal über den Weg. Ich fühlte mich entsetzlich. Wann immer ich ihre Tür auf- oder zugehen hörte, musste ich alle Willenskraft aufbringen, um nicht in den Flur zu rennen, sie zu packen und zu rufen: Was zum Teufel tun wir uns hier eigentlich an?

Hallelujah

GRACE Seit Wochen hatten wir nicht mehr miteinander gesprochen, und mir war auf schmerzhafte Weise bewusst, wie die Zeit verging. In nur sechs Tagen würde Matt nach Südamerika aufbrechen.

Nach unserem Streit hatte ich so viel an Gewicht verloren, dass ich mich ständig krank und geschwächt fühlte. Es war mir unmöglich, mich auf etwas zu konzentrieren oder an irgendwelche Unternehmen auch nur zu denken.

Tati bat überschwänglich um Entschuldigung, dass sie – zumindest teilweise – für den Nachmittag verantwortlich war, der zwischen mir und Matt alles verdorben hatte. »Aber wahrscheinlich ist es das Beste so. Du wolltest doch nicht wie Jacki Reed enden, oder?«

Jacki Reed war ein Mädchen, mit dem ich zur Highschool gegangen war und deren Geschichte ich all meinen Freunden immer als Warnung erzählte. Bei unseren Mittagessen in der Schulkantine schwärmte sie uns ständig von ihrem Collegefreund irgendwo in Nevada vor, und lange Zeit waren wir anderen fest davon überzeugt, dass sie sich den Typen nur ausgedacht hatte. Jacki tat, als wäre ihre Verbindung allein deshalb so ausgeprägt, weil sie eine Fernbeziehung führten – als bedeutete dies, dass er sie deswegen mehr liebte. Sie bezeichnete ihn immer als ihren FBP – ihren Fernbeziehungspartner. Ich sagte ihr, man könne nicht aus allem eine Abkürzung machen; die Leute wüssten ja gar nicht, wovon sie spreche. Nach unserem Abschluss schrieb sie sich an einem miesen Junior College in Nevada ein, nur um in seiner Nähe zu sein, obwohl sie eine Zusage von Yale erhalten hatte. Zwei Monate später servierte er sie ab. Jetzt lebt sie wieder zu Hause und arbeitet in einem Schnellrestaurant. Wir hielten sie für die größte Dumpfbacke aller Zeiten. Dabei war das arme Mädchen wohl einfach nur verliebt gewesen.

Es war nicht Tatis Schuld und auch nicht die Jacki-Reed-Geschichte. Matt und ich waren gescheitert, weil wir es uns selbst zu eng und erdrückend gemacht hatten. Dass er mir die Annullierungsdokumente zukommen ließ, bewies in meinen Augen, dass er doch nicht voll und ganz dahinter stand, so wie er es immer behauptete. Wahrscheinlich erkannte er, was auch ich erkannt hatte: dass unser Leben auf getrennten Bahnen verlief.

Die Abschlussprüfung nahte, also verbrachte ich viel Zeit in meinem Zimmer, füllte Formulare für Zuschüsse und Stipendien aus und versteckte mich vor der Welt. Einmal wollte Matt mich im Flur abpassen, aber ich ging ihm aus dem Weg. Später, als ich sah, dass er mir ein Sandwich vor die Tür gelegt hatte, tat es mir leid. Die ganze Zeit, als ich es aß, musste ich weinen.

Auf meinem Schreibtisch lag ein Stapel Post, den ich eine Woche lang ignoriert hatte, weil ich ahnte, was ein bestimmter Brief darunter enthielt. Es war ein ganz normaler Umschlag, adressiert an mich in der Handschrift meiner Mutter. Ein stinknormaler weißer Umschlag hat nun mal rein gar nichts Aufmunterndes an sich. Eines Morgens fasste ich mir ein Herz und beschloss ihn zu öffnen. Der Absender war verwischt, als hätte man etwas Wasser darüber verschüttet. Später wurde mir bewusst, dass es wohl ihre Tränen gewesen waren.

Liebe Graceland,

es tut mir leid, dass ich Dir das nicht persönlich sagen kann, aber wir haben einfach nicht genug Geld auf dem Konto, um Dir in diesem Sommer einen Flug nach Hause zu bezahlen. Dein Bruder brauchte einen neuen Schulranzen, und wir hatten Deiner Schwester in diesem Jahr noch keine neue Schulkleidung gekauft. Hier bricht alles auseinander. Wie kann ich Dir das nur schreiben? Die Trinkerei Deines Vaters wird mir einfach zu viel. Wir lassen uns scheiden, und er wird bei Deinem Onkel leben. Deine Geschwister und ich ziehen bei Grandma ein, bis wir uns etwas Eigenes leisten können.

Ich weiß, dass Dein Vater Dich liebt, und wir sind sehr stolz auf Dich. Wir wollen nicht, dass Dich unsere Situation belastet. Im Moment können wir Dir nur einfach nicht helfen, und ich glaube auch nicht, dass wir zu Deiner Abschlussfeier kommen können. Bitte versuche, es zu verstehen. Du bist immer sehr eigenständig gewesen, und wir denken, dass Du uns wohl sowieso nicht dabeihaben wolltest. Du hast es immer irgendwie geschafft, allein zurechtzukommen, Grace, und auch deshalb sind wir sehr stolz auf Dich. Wir lieben Dich. Wenn Du es Dir leisten kannst, komm uns besuchen, und wir werden Dir ein Bett auf Grandmas Couch herrichten.

Leider muss ich Dir sagen, dass wir das Klavier verkaufen mussten und auch ein paar von Deinen Sachen, von denen ich annehme,

dass Du sie aber sowieso nicht mehr brauchst – alles für den Zahn
Deiner Schwester. Wir lieben Dich. Bleib weiterhin so fleißig und
erfolgreich.
Liebe Grüße,
Mom

Wenn ich sage, dass ich hysterisch war vor Kummer, wäre das eine Untertreibung. Ich war das heulende Elend. Wie konnten sie nur!?, dachte ich. Wie konnten sie mich aufgrund ihrer eigenen Fehler einfach so hängen lassen? Ich hatte nicht mal ein Auto geschweige denn irgendwelches Geld, und meine Mutter nahm den Zahn meiner Schwester erneut als Ausrede, obwohl ich ihr doch schon die Hälfte meines Studiendarlehens gegeben hatte. Wohin war das Geld verschwunden? Es war zu deprimierend, darüber nachzudenken.

Ein anderer Umschlag enthielt ein Schreiben der Finanzabteilung der Uni, das besagte, dass ich ihnen noch achthundert Dollar Miete schuldete. Tränenüberströmt saß ich in der Zimmerecke und überlegte, was ich tun könnte. Ich könnte da und dort mit dem Cello auftreten, aber damit würde ich nur einen Bruchteil des geforderten Geldes zusammenkratzen.

Die Knie mit den Armen umschlungen, den Kopf dazwischen vergraben, saß ich da und schluchzte. Ich könnte das Cello verkaufen. Ich könnte nach Hause fliegen, auf dem Sofa meiner Großmutter schlafen und mir einen Job im Schnellrestaurant suchen. Ich könnte aufgeben.

Und dann hörte ich Matt leise »Grace« rufen und die Tür aufschieben. Ich hatte seine Stimme schon seit drei Wochen nicht mehr gehört.

»Ich bin hier.«

Er kam zu mir. »Was ist passiert?«

Ohne aufzusehen hielt ich ihm die beiden Briefe entgegen. Er las sie schweigend durch und setzte sich dann neben mich.

»Ich kann dir helfen.«

»Nein.«

Er fuhr mir mit dem Daumen über die Wange und wischte ein paar Tränen fort. »Ich habe Geld.«

»Nein, Matt. Du wirst wieder deinen Vater bitten, und ich will nicht, dass er mich noch mal auslösen muss.«

»Es wäre nicht das Geld meines Vaters. Ich habe ein Foto verkauft. Ich wollte es dir sagen, aber du wolltest ja nicht mit mir reden.«

»Ich dachte, wir hätten Schluss gemacht.« Ich stand auf, ging zum Schreibtisch, schnappte das Schreiben, das die Auflösung unserer Ehe bestätigte, und warf es ihm zu. »Und du bist von mir geschieden.«

Schnell faltete Matt einen Papierflieger aus dem Schriftstück und ließ ihn zum offenen Fenster hinaussegeln. »Hiermit erkläre ich dich zu meiner Exfrau. Na und? Wen juckt das? Es hat nichts zu bedeuten.«

Ich starrte ihn an.

»So einfach ist das eben nicht, oder?«, sagte er.

»Ich brauche Zeit.«

»Davon haben wir nicht mehr viel.«

Ich setzte mich auf die Fensterbank, starrte auf den einsamen Baum im Hinterhof und wiegte mich vor und zurück. »Genau das ist mein Problem. Zeit.« Ich sah ihn an. »Welches Foto hast du verkauft?«

»Das von dir. Von unserem allerersten Tag. Wo du den Knopf vom Boden aufhebst. Mr Nelson hat es für die Uni-Galerie ausgewählt, und es war schon am ersten Tag verkauft. Aus Spaß hatte ich tausend Dollar auf das Preisschild geschrieben, weil ich dachte, das kauft sowieso niemand. Aber jetzt gehört das Geld dir ebenso wie mir. Ich will, dass du es kriegst.« Er sah mich aufmerksam und liebevoll an. Wir redeten wieder miteinander, und es war ein gutes Gefühl.

»Es gehört mir aber nicht.«

»Na ja, als meiner Exfrau …« Er begann zu lachen. »Vielleicht waren wir zu der Zeit, als es verkauft wurde, ja noch verheiratet, wer weiß?«

Jetzt musste ich ebenfalls schmunzeln. »Wir waren doch nur ein paar Tage lang verheiratet. Und selbst wenn, dann müssten wir halbe-halbe machen.«

»Also gut. Ich nehme fünfhundert … und gebe sie dir dann gleich wieder – für deine Arbeit als mein Fotomodell.«

»Ich wünschte, ich könnte richtig darüber lachen, aber ich bin gerade furchtbar sauer auf meine Eltern. Ich kann nicht fassen, dass sie so tun, als hätte ich sie bei meiner Abschlussfeier nicht gern hier gehabt.«

»Das ist eben ihre Ausrede, um sich weniger schuldig zu fühlen.«

»Ich werde noch ganz verkorkst durch diesen Mist, den sie da abziehen.«

»Nein.« Plötzlich wurde er ganz ernst. »Nein, das wirst du nicht. Sobald du aufhörst, so darüber zu denken, und einsiehst, wie einzigartig du bist, wird sich deine Wut in Dankbarkeit verwandeln. Dann denkst du eher: ›Hey, ich bin froh, dass meine Eltern sich nicht um mich gekümmert haben, weil ich dadurch so wahnsinnig genial geworden bin.‹«

Ich ließ seine Worte ein paar Minuten lang auf mich wirken.

Ich wusste, was er meinte. »Ja, wahrscheinlich ist es so. Eines Tages denke ich: ›Danke, Mom und Dad. Ihr Mistbacken!‹«

»Genau!«, rief Matt triumphierend.

»Danke, Matt.«

»Jederzeit und immer wieder.« Er stand auf und ging zur Tür. »Hey, bist du noch eine Weile hier? Ich muss eben kurz was holen.«

»Okay.«

Etwas später kehrte er mit Quarkbällchen, Orangensaft, einem kleinen Verstärker und einer elektrischen Gitarre zurück, die ich als Brandons erkannte. Ich lag auf dem Bett, also drehte ich mich zur Seite, stützte mich auf dem Ellbogen ab und sah zu, wie Matt die Sachen in meinem Zimmer aufbaute. Die drei bunt bestreuselten Quarkbällchen – die ich damals im Krankenhaus ja Donut-Löcher getauft hatte – legte er auf einen Teller und gab sie mir, zusammen mit der Miniflasche Orangensaft. Er sagte kein Wort, sondern lächelte nur.

Es war noch früh, aber schon ziemlich heiß und stickig in meinem Zimmer. Matt trat sich die Schuhe von den Füßen und zog sein T-Shirt aus, das er mir dann zuwarf. »Das kannst du anziehen, wenn du willst.«

»Matt …«

»Was denn? Du ziehst doch gerne meine T-Shirts an, oder nicht?«

Das stimmte. Ich zog alles bis auf Slip und BH aus und streifte Matts T-Shirt über. Sein Duft bescherte mir ein wohlig-kribbeliges Gefühl.

»Siehst du? Besser«, sagte er, und ich nickte.

Jetzt trug er nur noch seine schwarze Jeans mit dem Gürtel, den ich gemacht hatte. Die Kette an seinem Geldbeutel schwang hin und her, während er durch den Raum wanderte.

Er hockte sich neben den Verstärker, schob den Stecker in die Buchse und sah mich an. Schon wieder bekam ich Tränen in die Augen. »Alles okay?«

Ich nickte. Ich weinte nicht wegen der Briefe oder des Geldes oder wegen des Fotos. Ich weinte, weil der Gedanke daran, dass Matt wegging – auch wenn es nur für ein paar Monate war –, mich völlig fertig machte. In einer Woche würde er abreisen. Er wäre eine Welt weit entfernt, und ich würde zurückbleiben und beklagen, dass ich zu jung war, um alles aufzugeben oder um ihn zu bitten, alles aufzugeben. Beklagen, dass ich ihn nicht später kennengelernt hatte, wenn Heiraten einen Sinn ergeben und keiner von uns deswegen Panik bekommen hätte.

Mein vom Weinen verquollenes Gesicht brannte, während ich Matt beobachtete, wie er sich auf einen Hocker setzte und die grünweiße Fender Telecaster auf seinen Oberschenkel schwang. Er schlug einen Akkord an und musterte mich beifallheischend. Es war ein perfekter, sauberer Klang. Ich hatte ihn noch nie ein Instrument spielen gesehen oder es auch nur versuchen, und in diesem Moment wurde mir etwas klar. Matt hatte geübt – extra für mich.

»Bevor ich anfange, möchte ich, dass du weißt, dass es mir leidtut.«

»Mir tut es auch leid«, entgegnete ich sofort.

»Können wir wieder zum alten Zustand zurückkehren?«

»Aber was ist mit …«

»Grace, können wir bitte die Zeit genießen, die wir noch miteinander haben?«

»Ja.« Ich brach in Tränen aus.

Er zupfte die ersten Töne, und ich wusste sofort, dass er *Hallelujah* spielte. Da musste ich noch mehr weinen.

Er sang den Text leise und ohne Fehler. Ich lag einfach schmachtend da und bewunderte ihn, so jung und so schön, barfuß und mit nacktem Oberkörper, voll konzentriert. Nach dem letzten Akkord sah er mich wieder an. Mittlerweile war ich völlig in Tränen aufgelöst, ein Häuflein Elend. Er lächelte, traurig, mitfühlend und voller Bedauern, so wie man nur lächelt, wenn man weiß, dass man nichts sagen kann, was die Sache wieder gutmacht. Er würde weggehen. Und ich konnte ihn nicht aufhalten.

Mit brüchiger Stimme erklärte ich, das sei ganz wunderbar gewesen, und fragte, wo und wann er das gelernt habe. Brandon besuche ihn hin und wieder im Fotoladen, erzählte er, und da habe er ihn gebeten, es ihm beizubringen. Seit dem Jeff-Buckley-Konzert habe er wieder und wieder für mich geübt, damit ich es schließlich doch einmal live hören könne.

Ewige Liebe?

GRACE Das Semester lag in den letzten Zügen, und damit stieg der Druck von Tati und Dan, mich doch noch zu der Konzertreise zu überreden. Ich lehnte immer wieder ab.

Ihr erster Auftritt in Frankreich war für Anfang August geplant, so dass ich Tati immerhin noch einen Teil des Sommers sehen würde. Matt musste Anfang Juni starten, gleich nach unserem Abschluss.

Eines Tages, als sie und ich am Brunnen des Washington Square Parks zusammen Picknick machten, sagte Tati: »Falls Matt länger in Südamerika bleibt als nur den Sommer über, solltest du auf die Orchesterreise nachkommen.«

»Zunächst einmal wird er da unten nicht länger bleiben als drei Monate. Und zweitens werde ich weiterstudieren und meinen Master machen, und *das* ist der Grund, weshalb ich nicht mit euch mitkomme. Das weißt du doch.«

»Wie willst du denn das Studium bezahlen?«

»Ich bleibe den Sommer über noch in dem billigen Wohnheimzimmer und werde mich um ein paar bezahlte Auftritte kümmern.«

»Dan meint, wir werden bestimmt gutes Geld verdienen. Du

könntest dir damit was zusammensparen und deinen Master später machen.«

»Nein, kann ich nicht! Ich kann nicht einfach wegfahren und eineinhalb Jahre mit euch durch Europa ziehen! Warum fängst du immer wieder damit an?«

»Hey, hey, ganz ruhig, Grace. O Mann, bei diesem Thema gehst du jedes Mal hoch wie eine Rakete! Von mir aus kannst du dir wegen eines Typen gern dein Leben vermiesen, so viel du willst«, brummte sie.

Ich konnte es nicht mehr ertragen. Ich stand auf und ging.

Tati kam mir hinterhergerannt, und ich sagte ihr meine Meinung. »Ich gehe hoch wie eine Rakete? Weil ich nicht weglaufen und Dans Zirkus mitmachen will? Darf ich dich daran erinnern, dass du ihn früher nicht ausstehen konntest? Und seit wann nennst du ihn eigentlich Dan?«

»Es tut mir leid, dass Matt weggeht und du deswegen leidest.«

»Darum geht es überhaupt nicht.« Aber natürlich ging es genau darum.

»Du bist Dan sehr wichtig. Wir alle sind es. *Er* hat das Foto von Matt gekauft, weil er wusste, dass ihr das Geld braucht.«

»Was?« Voller Entsetzen starrte ich sie an; ich wusste nicht mehr, was ich fühlen sollte. »Wieso willst du mir weh tun, wo du doch weißt, dass ich sowieso schon genug leide?«

»Das will ich nicht. Ich will nur, dass du das Richtige tust – für dich selbst und nicht für dich und Matt. Wie es aussieht, tut er ja schon das Richtige für sich selbst.«

Wir standen am Eingang zur U-Bahn. »Ich muss los, Tati.« Ich rannte die Stufen hinunter, nahm den nächsten Zug und fuhr stundenlang herum, um den Kopf wieder frei zu kriegen.

Am späten Nachmittag saß ich vor Orvins verschlossenem

Laden, weil ich mit ihm hatte reden wollen. Da kam Dan vorbei.

»Grace! Orvins Geschäft ist sonntags geschlossen«, sagte er.

»Ja, das merke ich gerade.«

Freundlich lächelnd sah er mich an. »Darf ich mich dazusetzen?«

»Sicher.«

»Wollen Sie über irgendwas reden?«

»Nein.«

»Haben Sie geübt?«

»Natürlich.« Das Letzte, was ich jetzt gebrauchen konnte, war, dass Dan den Professor rauskehrte. Ich drehte mich zu ihm um und starrte ihm direkt ins Gesicht. »Warum haben Sie das Foto gekauft?«

Er zögerte keine Sekunde. »Weil es mir gefallen hat.«

»Das muss der höchste Preis sein, der je für die künstlerische Arbeit eines Studenten bezahlt wurde … in der gesamten Geschichte der Studentenkunst.«

»Im Ernst, Grace, Sie wissen, dass ich ein Mann bin, der nicht viel Federlesens macht. Es ist eine wunderbare Aufnahme, und ich bin überzeugt, dass Matts Fotografien eines Tages sehr viel wert sein werden.«

»Sie haben es nicht gekauft, weil Sie wussten, dass wir das Geld brauchen?«

»Keineswegs.« Ach, die kleinen Notlügen! »Möchten Sie mir sagen, was Sie quält?«

Ich schüttelte den Kopf und sah auf seine Hände, in denen er ein zusammengerolltes Papier hielt. »Ist das neue Musik?«

»Nein, tatsächlich sind das Dokumente, um meinen Nachnamen ändern zu lassen. Ob Sie es glauben oder nicht: Als

Professor hat es mir nichts ausgemacht, aber als Komponist und Dirigent brauche ich einen anderen Namen.«

»Und man kann seinen Nachnamen ändern? Einfach so?«

»Ja, ich habe es sogar meinem Vater erzählt, obwohl ich dachte, er wäre bestimmt beleidigt. Aber er meinte nur, er sei froh, dass dieser Name mit ihm endet. Ich werde ihn von Pornsake zu Porter ändern.«

»Daniel Porter. Das klingt gut.«

»Danke, Graceland.«

Ein vorbeifahrender Bus blies mir heiße Luft ins Gesicht. Ich spürte Übelkeit in mir aufsteigen und schloss die Augen.

»Alles in Ordnung?«

»Ich habe das Gefühl, als müsste ich mich übergeben.« Und dann, einfach so, kam mir das Pastrami-Sandwich wieder hoch, und ich schaffte es gerade noch rechtzeitig zum nächsten Abfalleimer.

Dan rieb mir den Rücken und redete beruhigend auf mich ein. »Ja, raus damit … so ist es gut.«

Ich richtete mich auf. »Meine Güte, das war eklig!« Ich wischte mir über den Mund. »Ich gehe wohl besser nach Hause, ich fühle mich grässlich.«

»Das wird schon wieder, Grace. Was immer Sie gerade belastet, Sie werden eine Lösung finden«, rief er mir nach, während ich Richtung Wohnheim losmarschierte.

»Danke, Professor.« Ich hob die Hand zum Gruß.

»Bitte, sagen Sie doch Dan!«

Während der nächsten Tage versuchte ich, mir jeden einzelnen Moment mit Matt wieder ins Gedächtnis zu rufen. Wenn ich nicht bei ihm war, wünschte ich, dass ich es wäre. Eines Tages brachte er mir nach dem Unterricht einen kleinen Kampffisch ins Zimmer. »Den habe ich für dich besorgt, damit er dir Gesellschaft leistet, wenn ich weg bin. Er heißt Jeff Buckley.«

Ich musste lachen und reckte mich, um Matt einen Kuss zu geben. »Danke, das ist total süß.« Eigentlich aber wollte ich nichts anderes, als dass Matt mir Gesellschaft leistete.

Den Tag der Abschlussfeier verbrachte ich mit Matt, seinem Vater und seiner Stiefmutter. Nach der Zeremonie gingen wir essen und danach in sein Zimmer im Wohnheim, wo wir uns für die nächsten Tage verschanzten.

Am 4. Juni, dem Tag vor Matts Abreise, ging ich während seines Arztbesuchs für die letzten nötigen Impfungen auf einen Kaffee in mein Lieblingscafé im East Village. Mit Blick zur Straße saß ich an der Theke, als ich die Tochter des Besitzers, die dort als Bedienung arbeitete, etwas von einer »schrecklichen Tragödie« schluchzen hörte. Weinend lag sie ihrem Vater im Arm, der sie tröstete. Da kam eine ältere, hippiemäßig aussehende Frau, um die Holztheke abzuwischen. »Haben Sie es schon gehört?«

Ich schüttelte den Kopf.

»Sie haben seine Leiche gefunden.«

Ich hatte keine Ahnung, wovon sie sprach.

Die Frau seufzte schwer. »Armer Kerl. Früher ist er oft hier gewesen.«

»Wer?«

»Buckley.«

Ich legte eine Hand auf mein Herz. »*Jeff* Buckley?«

»Genau der. Hübscher Bursche. So talentiert … und viel zu früh gestorben.«

Traurig schüttelte sie den Kopf.

»Was ist passiert?«, krächzte ich. Ich konnte kaum sprechen.

Sie hörte mit dem Wischen auf und starrte gedankenverloren aus dem Fenster. Ihre Stimme klang leise und gebrochen, als ringe sie mit den Tränen. »Ist im Mississippi ertrunken, der arme Kerl. Hatte seine verdammten Schuhe noch an. Erst war er nur vermisst, aber jetzt haben sie die Leiche am Ufer gefunden. Ich hab ihn so oft hier vorbeigehen sehen.«

Ich schluchzte auf und brach in Tränen aus. Ich empfand endlos tiefe Trauer für jemanden, den ich noch nicht einmal kannte, dem ich mich aber sehr lange Zeit über intensiv verbunden gefühlt hatte. Es war das erste Mal, dass mir aufging, wie flüchtig doch alles war. Ist das das Leben?, fragte ich mich. Man verbringt Stunden um Stunden mit bedeutungslosen, willkürlichen Dingen, dann ertrinkt man bei einem Bad im Fluss, und der aufgeblähte Körper wird ans Ufer gespült wie Müll, wird begraben und vergessen.

Wenn das erste Mal jemand so Junges und Lebendiges stirbt, zu dem man aufgesehen und eine Verbindung gespürt hat, dann haut einen das vollkommen um. Man denkt: Oh, verdammt, wir müssen alle sterben – niemand weiß, wann, niemand weiß wie. Und in dem Moment erkennst du, wie wenig Kontrolle du über dein eigenes Schicksal hast. Vom Moment der Geburt an hast du keinerlei Kontrolle; du kannst dir weder deine Eltern aussuchen noch, sofern du nicht selbstmörderisch veranlagt bist, deinen Tod. Das Einzige, was du dir aussuchen kannst, ist der Mensch, den du liebst, du kannst dich anderen gegenüber freundlich verhalten und dein grausam kurzes Zwischenspiel auf Erden so angenehm wie möglich gestalten.

Völlig verheult verließ ich das Café, zu aufgebracht, um meine Tasse auszutrinken. Die Bedienung weigerte sich, mein

Geld anzunehmen, vermutlich, weil sie nicht damit gerechnet hatte, wie sehr mich diese Nachricht bedrücken würde. »Der geht auf mich, Schätzchen.« Ich nickte dankbar und rannte den ganzen Weg zum Wohnheim zurück. Als ich Matt vor der Tür entdeckte, warf ich mich ihm in die Arme und schluchzte.

»Grace, was ist passiert?«

Ich schmierte Tränen und Rotz in sein T-Shirt und stammelte: »Jeff … Buckley … ist tot.«

»Ach, Gracie, ist schon okay.« Er streichelte meinen Rücken und wiegte mich hin und her. »Schsch… keine Sorge, wir kaufen dir einen neuen Fisch.«

Ich riss mich los. »Nein! Der *echte* Jeff Buckley!«

Matt wurde blass. »Ach, du Scheiße! Wie das denn?«

»Ist vor ein paar Tagen ertrunken. Heute haben sie seine Leiche gefunden.«

»Wie schrecklich!« Er drückte mich an sich, und ich hörte, wie sein Herzschlag beschleunigte.

»Ich weiß. Ich kann es gar nicht glauben«, krächzte ich unter Tränen.

In Wahrheit jedoch trauerte ich weniger um Jeff Buckley als um Matt und mich. Um uns. Um die kurze Zeit, die uns zusammen blieb.

Wenn ich ihn darum bitten würde – würde er bleiben?

Irgendwie schien er meine Gedanken zu ahnen. Er beugte sich zu mir hinunter, küsste erst eine Wange, dann die andere, dann meine Stirn, mein Kinn, meine Lippen. »Ich werde dich vermissen.«

»Ich werde dich auch vermissen«, erwiderte ich schluchzend.

»Grace. Würdest du etwas mit mir machen?«

»Alles.« Bitte mich, mitzukommen. Sag mir, dass du hier bleibst. Sag, dass du mich heiratest. Diesmal richtig.

»Lass uns zusammen zum Tätowieren gehen.«

»Okay«, antwortete ich, ein wenig überrascht. Es war nicht gerade das, was ich erwartet hatte, aber in diesem Moment hätte ich alles für ihn getan.

Die Vereinbarung lautete, dass jeder von uns sich zwei oder drei Wörter in feiner, verschnörkelter Schrift stechen ließe – ich hinten auf den Nacken, ganz unten am Halsansatz, Matt auf die Brust, quer übers Herz. Jeder von uns wählte die Wörter für den jeweils anderen aus, schrieb sie auf ein Stück Papier und gab sie einem der Tätowierer. Wir würden nicht wissen, welche es waren, bis die Tinte in unsere Haut gestochen wäre – unsere ureigene Form des Blutschwurs.

Während wir uns tätowieren ließen, sahen wir uns hin und wieder an und grinsten. Ich fragte mich, was er gerade dachte. All die vielen Male, die er gesagt hatte, dass ich ihm wichtig sei, reichten mir nicht aus. Nichts reichte mir mehr aus, nun, wo ich wusste, dass er am nächsten Tag wegging.

Mein Tattoo war als Erstes fertig, und ich nahm einen Spiegel, um zu sehen, welchen Spruch Matt für mich ausgesucht hatte. Die Schrift war klein, wirkte hübsch und weiblich, und es gefiel mir, noch ehe ich die Worte erkannte. Dann sah ich genauer hin und las: *Grünäugiger Schwan.*

»Perfekt«, quietschte ich glücklich. Matt beobachtete mich, lächelte und versuchte, nicht auf seine eigene Tätowierung zu sehen.

Als er fertig war, spähte er neugierig in den kleinen Handspiegel. »*Nur seine Asche.* Ist das von Leonard Cohen?«

»Ja, genau. Kennst du es?«

»Wie heißt es noch mal im Ganzen?«

Ich schluckte schwer und bemühte mich, nicht zu weinen, aber meine Körpersprache verriet mich doch. Die Tätowierer ließen uns für einen Augenblick allein. Matt stand auf, nahm mich vorsichtig in die Arme und drückte mich gegen seine nicht bandagierte Brustseite.

»Poesie ist nur der Nachweis des Lebens. Wenn dein Leben richtig brennt, ist Poesie nur seine Asche.«

Er vergrub sein Gesicht in meinem Haar. »Mein Leben brennt richtig.«

Obwohl die Stelle sicher noch wund war, küsste ich die Worte über seinem Herzen in jener Nacht sicher an die hundert Mal. Und er küsste immer wieder meinen Nacken und bekräftigte, wie sehr er seinen grünäugigen Schwan vermissen werde, woraufhin ich ihn einen Kitschheini nannte, woraufhin wir uns erst kaputtlachten und dann heulten.

Am nächsten Morgen ging Tati los, um sich den Chrysler ihres Dads auszuleihen und Matt damit zum Flughafen zu fahren. Unterdessen sauste dieser durch sein Zimmer und packte alles zusammen, was er nicht mitnehmen wollte, damit es nach L. A. verschifft würde.

»Warum schickst du all deine Sachen zurück? Du kannst sie doch einfach in meinem Zimmer lassen.« Ich lag quer über seinem Bett auf dem Bauch und beobachtete ihn in seiner Hektik.

»Ich will aber nicht, dass du dich um meinen Kram auch noch kümmern musst.«

»Ich kümmere mich aber gern um deinen Kram.«

Er blieb stehen und sah mich an. »Es ist besser so.«

»Du kommst aber doch zurück, oder?«

»Ja, aber dann hoffentlich mit einem neuen Job, so dass ich

in einer richtigen Wohnung wohnen kann. Ich werde nicht nach New York zurückkehren, um wieder in diesem Loch zu wohnen.«

»Dieses Wohnheim ist ja sowieso nicht für Masterstudenten gedacht. Wenn du zurückkommst, werde ich in einem anderen Wohnheim wohnen«, brummte ich in die Kissen.

»Umso mehr ein Grund! Ich will dir nicht zumuten, mit meinen Sachen umzuziehen, wo ich sie problemlos nach L. A. schicken und später wieder holen kann.« Er klang frustriert.

»Du wirst doch nur ein paar Monate weg sein, Matt. Dafür ist es ein ziemlicher Umstand.«

»Stimmt, aber man kann nie wissen.«

Es war kein guter Moment für Phrasen wie »man kann nie wissen«.

»Komm her«, sagte ich, drehte mich auf den Rücken und breitete die Arme aus. Ich trug sein Lieblingskleid. Er sah mich an, und sein Blick wurde zärtlich. Langsam kam er auf mich zu und lächelte sein sexy Lächeln. Als er sich über mich beugte, um mich zu küssen, hielt ich ihn auf, ehe unsere Lippen sich trafen. »Würdest du bleiben, wenn ich dich darum bitte?«

Er fuhr zurück, verschränkte die Arme vor der Brust und neigte den Kopf zur Seite. »Würdest du mich denn bitten?« In seinem Gesicht war deutliche Bestürzung zu lesen.

Wie ich dort so unter ihm lag, fühlte ich mich verletzlicher als je zuvor. Ich wollte ihn so gerne bitten zu bleiben, aber wie konnte ich so egoistisch sein? Wenn ich ihn tatsächlich fragte, würde er mich dann weniger lieben – sofern er mich überhaupt liebte? Ich durfte ihm nicht seinen Traum wegnehmen, nur um meinen schöner zu machen. Ich würde ihn nicht bitten. Ich würde nicht zerstören, was wir zusammen erschaffen hatten.

»Antworte mir. Würdest du mich tatsächlich bitten, dieses Angebot abzulehnen?«

Das wollte ich nicht, aber ich musste einfach wissen, ob er es mir zuliebe tun würde. »Würdest du dann bleiben?«

Er presste die Kiefer aufeinander. Sein Atem wurde schwer. Durch die zusammengebissenen Zähne grollte er: »Ja, aber ich würde dich dafür hassen. Also frag mich. Komm schon, tu es.«

Es fühlte sich an, als würde er mich verhöhnen. Ich begann zu weinen. »Bitte mich hierzubleiben und im *PhotoHut* zu arbeiten, während du deinen Master machst. Los, tu es.«

Ich schüttelte den Kopf und brachte kein Wort heraus.

Er kam ganz dicht heran, umschloss mein Gesicht mit festem Griff und starrte mir in die Augen. »Verdammt nochmal, Grace, das ist kein ›Ciao, mach's gut‹ – das ist ein ›Bis bald!‹. Sag mir, dass du das durchhältst, bitte. Sag, dass du das schaffst.«

Mittlerweile hyperventilierte ich schon. Er war wütend, aber unter seinem Zorn erkannte ich seine Liebe.

»Wir haben uns keine Versprechen gegeben«, flüsterte ich. »Tut mir leid, dass ich davon angefangen habe. Wir warten einfach ab, wie sich die Dinge entwickeln, okay? Natürlich ist es ein ›Bis bald!‹.«

Er nickte. »Genau.«

Schniefend bat ich: »Schläfst du mit mir?« Und das tat er, sanft und zärtlich und so gefühlvoll, dass ich weinen musste, als er mich hinterher noch lange Zeit festhielt, auch wenn es nicht annähernd lange genug war.

Wenige Stunden später fuhren wir zum JFK. Tati blieb im Wagen, während ich Matt zum Gate begleitete.

»Ich versuche, dich so bald wie möglich anzurufen.«

»Okay. Wohin geht's als Erstes?«

»In den Norden von Bolivien.« Er nahm die Reisetasche von der Schulter, stellte sie auf den Boden und starrte auf seine Stiefel. »Grace, ich weiß nicht, wie abgelegen es da sein wird. Vielleicht wirst du eine Weile nichts von mir hören, aber ich werde dir schreiben, und wir werden eine Möglichkeit überlegen, wie wir telefonieren können.« Er kniff die Augen zusammen, als wollte er sich mein Gesicht ein letztes Mal einprägen. »Grace – Pornsake hat dein Foto gekauft.«

Ich blinzelte. »Ich weiß. Warum sagst du mir das jetzt?«

»Ich dachte nur, du solltest es wissen. Er ist ein feiner Kerl.«

»Wie nett von dir. Und wie nett von ihm«, kommentierte ich mit leichtem Sarkasmus.

»Ich wollte nicht, dass du erfährst, dass ich es wusste und dir nicht gesagt habe.«

»Okay.« Ich verstand. Matt versuchte, keine unabgeschlossenen Geschichten zurückzulassen.

Über die Lautsprecheranlage erfolgte der letzte Aufruf zum Boarding. »Es ist so weit.« Er breitete die Arme aus, und ich stürzte mich so vehement hinein, als wollte ich in ihn hineinspringen, damit er mich mitnähme, als blinder Passagier in seinem Herzen. Er drückte mich eine lange Zeit sehr fest. »Bis bald, Grace.«

Wir ließen voneinander ab. »Bis bald, Matt.«

Lächelnd drehte er sich um und ging. Kurz bevor er die Gangway erreichte, zog er etwas aus der Tasche und hielt es hoch. »Das hab ich mitgehen lassen – nur dass du's weißt!«

Es war eine Übungskassette, die ich von mir mit dem Cello aufgenommen hatte. Er lachte, dann war er verschwunden.

Die Liebe meines Lebens war fort.

Was ist mit uns passiert?

GRACE   Am Tag nach Matts Abreise spielte ich in einem kleinen Proberaum im East Village bei einer Grunge-Band vor. Ihre Musik klang ein wenig nach *Nirvana*, mit treibenden Riffs und lauten, kreischenden Refrains. Ich stellte mir vor, dass wir bei MTV in einer *Unplugged*-Sendung landen und ich eine grandiose Karriere als Rock-Cellistin haben würde, die für alle namhaften Bands in New York spielte. Ich hatte das Gefühl, endlich meinen Traum zu verwirklichen.

Ich verbrachte viel Zeit allein, übte häufig und holte am Ende der Woche mein Geld ab. Für drei Abende bekam ich hundertzwanzig Dollar. Es war ein vielversprechender Anfang, und ich konnte kaum erwarten, Matt davon zu erzählen.

Eineinhalb Wochen später rief er das erste Mal an. Ich übte gerade in meinem Zimmer, als Daria an die Tür klopfte und rief: »Grace! Matt ist am Telefon, im Aufenthaltsraum!«

Ich rannte die Treppe hinunter, mit nichts weiter bekleidet als einem seiner T-Shirts und einem alten, löchrigen Slip.

»Hallo!«, rief ich, aufgeregt und ganz außer Atem.

»Verdammt, dieser Anruf kostet mich ungefähr siebzig Dollar …«

Meine Aufregung ließ schlagartig nach. »Oh, das tut mir leid.«

»Egal. O mein Gott, ich hab dir so viel zu erzählen!«

»Dann erzähl.«

»*National Geographics* hat ab September einen Fernsehsender, da gibt es dann jede Menge Job-Möglichkeiten. Und Elizabeth ist total begeistert von mir.«

»Wer ist Elizabeth?«

»Das ist die Haupt-Fotografin bei diesem Projekt. Sie ist supercool und hat mich höchstpersönlich für dieses Praktikum ausgewählt, als sie meine Mappe gesehen hatte. Das wusste ich gar nicht.«

Ich wollte fragen, wie alt sie war und wie hübsch. »Das freut mich riesig für dich, Matt.«

»Ich komme!«, brüllte er zu jemandem im Hintergrund. »Hey, Gracie, ich musste drei Stunden Bus fahren, um dieses Telefon zu erreichen. Hier unten gibt es rein gar nichts, deshalb weiß ich nicht, wann ich wieder anrufen kann.«

»Okay, schon gut.«

»Ich muss los. Der Bus fährt gleich ab, und sie warten auf mich. Hey, du fehlst mir.« Das letzte klang so lieblos hinterhergeschoben, dass ich fast Bauchweh bekam.

»Du fehlst mir auch. Bis bald.«

»Ciao.« Er legte auf.

Das ist kein ›Ciao, mach's gut!‹, das ist ein ›Bis bald!‹

Während mir sein früheres Versprechen im Ohr klang, starrte ich auf meine nackten Füße und dachte, dass er mich gar nicht gefragt hatte, was ich so mache. Ich hatte keine Gelegenheit gehabt, ihm von den Auftritten mit der Band zu erzählen.

Tati lehnte mit verschränkten Armen im Türrahmen der Eingangstür. »Wo ist denn deine Hose?«

»Das war Matt.«

»Das habe ich mir schon gedacht. Ziehst du dich heute noch an? Ich wollte dich eigentlich zum Mittagessen abholen. Da kannst du mir dann alles erzählen.«

»Ja.«

»Komm schon.« Sie nickte in Richtung Tür.

»Okay«, sagte ich. »Sandwiches?«

»Alles ist besser als japanische Nudeln.«

Den restlichen Monat über gingen Tati und ich jeden Mittwoch zusammen Mittag essen. Irgendwann Anfang Juli fragte sie mich, ob ich mal wieder mit Matt gesprochen hätte, und ich verneinte.

»Wieso hat er nicht wieder angerufen?«

»Vielleicht habe ich ihn verpasst. Ich weiß nicht … er ist mitten im Nirgendwo. Es ist schwer, so was zu koordinieren. Ich bin sicher, es geht ihm gut.«

Als ich an dem Tag nach Hause kam, hatte eine der Sommervertretungs-Tutorinnen einen Umschlag an meine Tür geklebt mit der Notiz: *Weiter so, Matt!* Da sie im Hauptfach Fotografie studierte, hatte ich ihr alles über Matts Praktikum erzählt, und außerdem fragte ich regelmäßig bei ihr nach, ob Matt angerufen hätte.

Ich öffnete den Umschlag und fand einen Artikel aus einer Fachzeitschrift für Fotografie. Das Aufmacherfoto zeigte Matt, wie er eine Frau fotografierte, die sich selbst im Spiegel fotografierte. Die Überschrift lautete: »Der Star hinter der Kamera«.

Ich schluckte schwer und versuchte, die aufsteigende Übelkeit zu unterdrücken, während ich den Artikel über die junge, hübsche Elizabeth Hunt las, die sich bei *National Geographic* gerade einen Namen machte. Und am Ende standen die drei Sätze, die mein Leben für immer veränderten.

Hunt betont, dass die Zusammenarbeit mit Matthias Shore, einem vielversprechenden jungen Absolventen der New Yorker Kunstakademie Tisch, äußerst fruchtbar sei. Ihr nächster gemeinsamer Auftrag wird sie für sechs Monate an die australische Küste führen, wo sie das Great Barrier Reef sowie das Jagdverhalten des Weißen Hais fotografisch erkunden werden. »Matt und ich freuen uns riesig auf diese große Chance, mit der wir unsere Zusammenarbeit weiter ausbauen können«, kommentierte Hunt.

Wir waren noch so jung, und das Leben machte uns schon so viele interessante Angebote. Aber musste ich das, was ich gelesen hatte, einfach kampflos hinnehmen?

Auf keinen Fall.

Noch leicht benommen von den Neuigkeiten, rief ich umgehend Aletha an. »Hallo, Aletha, hier ist Grace.«

»Wie schön, von dir zu hören, meine Liebe! Wie geht es dir? Ist alles in Ordnung?«

»Ja, gut«, antwortete ich automatisch. »Ich wollte nur wissen, ob du was von Matt gehört hast.«

»Aber ja! Erst gestern habe ich mit ihm gesprochen.«

Ich war am Boden zerstört. Warum hatte er *mich* nicht angerufen? Ich schlief doch praktisch schon neben dem Telefon im Aufenthaltsraum! »Tatsächlich? Was hat er gesagt?«

»Oh, wir sind ja so stolz auf Matt. Er hat sich in dieser kurzen Zeit schon einen richtigen Namen gemacht.«

»Ja, davon habe ich gehört«, erwiderte ich eisig.

»Nichts kann Matts Karriere jetzt noch aufhalten, und sein Vater ist riesig stolz auf ihn. Du weißt ja, wie viel Matt das bedeutet.«

»Ja, das ist wunderbar.« Meine Stimme wurde mit jeder Sekunde kläglicher. »Hat er zufällig auch was von mir gesagt?«

»Er meinte, falls irgendjemand nachfragt, soll ich sagen, es geht ihm gut.«

Irgendjemand?

»Tja … Also, wenn du in den nächsten Tagen von ihm hörst, sagst du ihm dann bitte, dass er mich anrufen soll?«

»Ja, Grace, natürlich. Er ruft jede Woche an, da werde ich es ihm sicher bald sagen können.«

Ich legte auf und rannte in mein Zimmer. Ich konnte all die Neuigkeiten kaum verarbeiten. Elizabeth Hunt … sechs Monate Australien … wöchentliche Telefonate mit seiner Mutter …

Es vergingen drei weitere Tage, in denen ich nichts von Matt hörte. Jeden Morgen quälte ich mich aus dem Bett, zu müde zum Weinen und zu traurig zum Essen. Ich rief Tati an.

»Hallo?«

»Hier ist Grace.«

»Hey, wie geht's dir?«

»Kannst du herkommen?«

»Bin gleich da.« Sie konnte den Schmerz in meiner Stimme sicher heraushören.

Eine Viertelstunde später stürmte sie in mein Zimmer. Ich hielt ihr den Artikel über Matt und Elizabeth entgegen. Nachdem sie ihn gelesen hatte, schüttelte sie nur den Kopf und bot mir eine Zigarette an.

»Ist schon okay, Tati.«

»Nun lies da mal nicht zu viel hinein«, sagte sie.

»Das tue ich nicht.« Inzwischen hatte ich aufgehört zu weinen. »Aber sag Dan, ich bin dabei. Ich gehe mit euch auf Tournee.«

Tati grinste breit. »Wunderbar! Du wirst es nicht bereuen!«

Dritter Satz
(Allegro, ma non troppo):

JETZT, FÜNFZEHN JAHRE SPÄTER

Du hast dich
an uns erinnert

GRACE   Die Gegenwart gehört uns. Das In-dieser-Sekunde, das Hier-und-Jetzt, das Genau-dieser-Moment können wir uns nehmen, wenn wir nur zugreifen. Es ist das einzige Geschenk, das das Universum uns bietet. Die Vergangenheit gehört uns nicht mehr, die Zukunft ist nur Phantasie, ohne jede Garantie. Jedoch die Gegenwart dürfen wir besitzen. Der einzige Weg, das umzusetzen, besteht darin, das Jetzt bewusst zu leben.

Ich hatte mich lange Zeit abgeschottet und mir nicht erlaubt, an meine Zukunft zu denken, weil ich zu sehr in der Vergangenheit verhaftet war. Obwohl es unmöglich war, hatte ich versucht aufrechtzuerhalten, was Matt und ich gehabt hatten. Ich wollte nichts anderes; er war alles, was ich mir für mein Leben vorstellen konnte.

Doch Orvin hatte mir einmal gesagt, dass Zeit die Währung des Lebens sei. Und davon hatte ich schon so viel verloren. Genau diese Vorstellung von verlorener Zeit war es, die mich schließlich erkennen ließ, dass ich nach vorne schauen musste, weil ich so etwas wie mit Matt nie wieder erleben würde.

Zumindest glaubte ich das.

Noch vor zwei Monaten wanderte ich durch den dichten

Nebel der Reue. Ich lebte mein tägliches Leben wie automatisiert, fühlte jedoch nichts. Ich verschwendete meine Zeit, wiederholte tagein, tagaus dieselben Abläufe und war in meinem eigenen Leben kaum richtig präsent. Und ich suchte auch nicht nach einer Unterbrechung dieses Kreislaufs, um etwas Bedeutsames zu schaffen oder zu erleben.

Bis ich Matt in der U-Bahn sah.

Das veränderte alles. Ich sah wieder in Farbe, jedes Bild war scharf und voller Lebenskraft.

In den letzten fünfzehn Jahren war der Schmerz über das, was mit uns passiert war, mal stärker und mal schwächer ausgeprägt gewesen. Wie oft hatte ich versucht, nicht mehr an ihn zu denken! Doch es gab zu viele Erinnerungen. Ich war überzeugt, falls ich ihm je wieder begegnen sollte, würde er direkt durch mich hindurchsehen, als wäre ich ein Geist aus seiner Vergangenheit. Denn so hatte ich mich in jenem Sommer nach dem College gefühlt: wie jemand, der nicht mehr existierte.

Bei unserer kurzen, zufälligen Begegnung in der U-Bahn-Station aber sah er mir direkt in die Augen. Er erkannte mich sofort, und in seinem Gesicht spiegelte sich reines Staunen. Als würde er zum ersten Mal einen Sonnenuntergang über dem Meer sehen. Je weiter mein Zug sich entfernte, desto verzweifelter wirkte er, und in jenem Moment erkannte ich, dass in unserer Geschichte ein Puzzleteil fehlte. Woher rührte diese Verzweiflung? Was war in den letzten fünfzehn Jahren mit ihm passiert, das ihn mit ausgestreckter Hand den Bahnsteig entlanglaufen ließ, die Augen voller Sehnsucht?

Ich musste die Antwort finden. Ich hatte sogar eine Ahnung, wo ich Matt finden könnte, offen gestanden jedoch zu viel Angst, es dort zu versuchen.

»Ms Porter?«

»Ja, Eli?« Ich nahm die Notenblätter vom Tisch und sah in die blauen Augen eines meiner älteren Posaunisten. Wir befanden uns im Proberaum der Highschool, an der ich unterrichtete.

»Kennen Sie die Anzeigenwebsite Craigslist?«

Ich lächelte. »Natürlich. So alt bin ich nun auch wieder nicht, Eli.«

Er wurde rot. »Das weiß ich.« Er wirkte nervös. »Ich frage nur, weil ich neulich, als Sie sich die Haare hochgebunden haben, Ihr Tattoo gesehen habe.« Er schluckte hörbar.

»Und?« Ich wurde neugierig.

»›Grünäugiger Schwan.‹ Das steht da doch, oder?«

Ich nickte.

»Hat Sie mal jemand so genannt?«

»Ja, jemand, den ich früher mal kannte.« Bei dem Gedanken daran schlug mein Herz schneller. Worauf wollte er hinaus?

Er fischte ein zusammengefaltetes Stück Papier aus der Tasche. »Wissen Sie noch, als wir auf diesem Wettbewerb gespielt haben … wo diese tolle Tubaspielerin von der Southwest High war?«

»Klar.« Ich hatte keine Ahnung, wovon er sprach.

»Na ja, ich dachte, bei uns hätte es gefunkt, aber keiner hat irgendwas gesagt, also hab ich mal bei Craigslist unter ›Verpasste Gelegenheiten‹ nachgesehen und dabei das hier gefunden.«

Er faltete das Papier auseinander und gab es mir.

An den grünäugigen Schwan:
Wir lernten uns fast auf den Tag genau vor fünfzehn Jahren
kennen, als ich im Studentenwohnheim das Zimmer neben
Dir bezog.

Du hast es als »Blitzfreundschaft« bezeichnet. Ich möchte
gern glauben, dass es mehr war.

Was uns damals antrieb, war Musik (Du warst besessen
von Jeff Buckley) und Fotografie (ich konnte nicht aufhören,
Bilder von Dir zu schießen). Woran ich mich am meisten
erinnere: mit Dir im Washington Square Park rumzuhängen
und all die verrückten Sachen, die wir machten, um an Geld
zu kommen. In jenem Jahr lernte ich mehr über mich selbst
als in jedem anderen danach.

Trotzdem war dann alles irgendwie vorbei. Im Sommer nach
unserem Abschluss, als ich für National Geographic *nach*
Südamerika ging, verloren wir uns aus den Augen. Nach
meiner Rückkehr warst Du weg. Erst vor einem Monat sah
ich Dich wieder. Es war ein Mittwoch. Du balanciertest auf
der gelben Linie, die auf dem Bahnsteig verläuft, während Du
auf die U-Bahn Richtung Brooklyn wartetest. Ich erkannte
Dich zu spät, und dann warst Du verschwunden. Schon
wieder. Du hast meinen Namen gerufen, das konnte ich an
Deinen Lippen sehen. Ich habe mir mit aller Kraft gewünscht,
der Zug möge anhalten, damit ich Dir hallo sagen könnte.
Nach dieser Begegnung kamen all die Gefühle und Erinne-
rungen wieder in mir hoch, und ich habe den Großteil des
letzten Monats damit verbracht, mir vorzustellen, wie Du
jetzt wohl lebst. Vielleicht ist es total verrückt, aber hättest
Du Lust auf ein Wiedersehen?
M
(212)-555-3004

Mir klappte vor Schreck die Kinnlade herunter, während ich
den Brief dreimal hintereinander las.

»Ms Porter, ist der Brief für Sie? Kennen Sie diesen M?«

»Ja«, antwortete ich mit zitternder Stimme, während mir Tränen in die Augen stiegen. Ich nahm Eli in den Arm. »Vielen Dank!«

»Hey, das ist echt cool. Ich dachte immer, diese Nachrichten funktionieren überhaupt nicht. Wie gut, dass Sie die Tätowierung haben! Werden Sie den Typen anrufen?«

»Ich glaube schon. Hören Sie, Eli, ich bin Ihnen wirklich unendlich dankbar, aber ich muss jetzt los. Kann ich das mitnehmen?« Ich hielt den Zettel hoch.

»Natürlich. Ist doch Ihr Brief.«

Ich nickte ihm noch einmal lächelnd zu, dann nahm ich meine Sachen und hastete die Treppen hinunter und vor das Gebäude, um Tati vom Handy aus anzurufen.

Sie ging sofort dran. »Hallo?«

»Hey, bist du beschäftigt?«

»Ich bin beim Friseur«, erwiderte sie. Kurz nach dem Ende des Studiums hatte Brandon mit ihr Schluss gemacht. Sie ging damals sofort los, ließ sich die Haare ganz kurz schneiden und pechschwarz färben. So läuft sie nun seit fünfzehn Jahren herum, und ich glaube, es soll als Mahnung dienen. Sie hat seitdem keine dauerhafte Beziehung mehr geführt, abgesehen von der zu ihrem Friseur.

»Kann ich dich da treffen?«

»Klar. Was ist los? Warum klingst du so aufgeregt?«

»Tu ich nicht.« Ich atmete schwer.

»Okay, komm her.«

Ich bewältigte die sechs Häuserblocks bis zu Tatis Friseur in so schnellem Speedwalking, dass ich mich damit bestimmt für Olympia qualifiziert hätte.

Ich stürmte durch die Tür und fand Tati im ersten Stuhl unter einem dieser riesigen schwarzen Frisierumhänge. Ihr Haar war mit lilaschwarzer Färbung beschmiert und steckte unter einer Plastikhaube, während der Friseur ihr eine Schultermassage verpasste.

»Das muss einwirken.« Tati deutete auf ihren Kopf.

»Hallo«, sagte ich ihrem Friseur. »Ich kann weitermachen.«

Der Mann lächelte und ließ mich gewähren. Ich stellte mich hinter Tati und begann, ihre Schultern zu kneten.

»Uh, vorsichtig, deine Cellohände sind zu kräftig«, jammerte sie.

»Ach, sei still. Ich muss mit dir reden.«

»Dann rede.«

»Er will sich mit mir treffen.«

»Wer?« Ich hatte Tati zwar erzählt, dass ich Matt in der U-Bahn gesehen hatte, aber das war zwei Monate her gewesen.

»Lies das.« Ich hielt ihr den Ausdruck unter die Nase.

Kurze Zeit später war sie am Schniefen.

»Weinst du etwa?«, fragte ich sie von hinten.

»Sind wohl die Hormone. Das ist einfach sooo traurig. Warum klingt er da so unbedarft?«

»Keine Ahnung.«

»Du musst ihn anrufen. Grace. Du musst sofort nach Hause gehen und ihn anrufen.«

»Was soll ich sagen?«

»Taste dich langsam vor und prüfe, was er will. Ich finde, das klingt wie der alte Matt, aufmerksam und tiefgründig.«

»Meinst du wirklich?«

Sie stand auf, sah mich an und zeigte zur Tür. »Geh! Jetzt sofort!«

Annäherung

MATT   Einige Wochen nachdem ich die Nachricht für Grace in Craigslist gepostet hatte, rief mich auf dem Weg zum Büro mein achtjähriger Neffe an und fragte, ob ich ihn beim Spendenlauf seiner Schule sponsern würde. Ich liebe dieses Kind, und natürlich sagte ich zu, doch als ich gerade auflegen wollte, kam seine Mutter ans Telefon.

»Matthias, hier ist Monica.«

»Hallo! Wie geht's Alex?«

»Prima. Er arbeitet wie verrückt und stellt alle anderen Partner in den Schatten, wie immer. Du kennst Alexander ja.«

»Aber klar«, erwiderte ich, nicht ohne Bitterkeit. »Und du? Wie läuft das Leben in Beverly Hills?«

»Schluss mit dem Smalltalk, Matthias.«

»Wieso, was ist los?«

»Elizabeth hat mich angerufen, dass sie und Brad ein Kind erwarten.« Meine Schwägerin besaß das Taktgefühl eines Presslufthammers.

»Ja, zufällig weiß ich davon. Ich habe das große Privileg, mit diesen Arschlöchern jeden Tag zusammen arbeiten zu dürfen.«

»Sie war acht Jahre lange meine Schwägerin, und damit fast

so was wie meine Schwester. Findest du nicht, dass du uns das hättest sagen müssen?«

Ich lachte. »Ich bitte dich, Monica. Ihr zwei habt euch doch auf keine erkennbare Weise nahegestanden, da ist es schon einigermaßen lächerlich, sie jetzt als ›Schwester‹ bezeichnen zu wollen. Und sie hat *mich* verlassen, falls du dich erinnerst.«

»Du bist das Arschloch, Matthias. Sie hätte dich nicht verlassen, wenn du nicht ständig deiner Grace nachgetrauert hättest.«

»Grace hatte nichts mit meiner Ehe oder meiner Scheidung zu tun!«

»Ach was! Elizabeth hat mir erzählt, dass du ihre Fotos nie weggeworfen hast.«

»Ich werfe überhaupt nie irgendwelche Fotos weg, die ich mal gemacht habe. Warum sollte ich? Ich bin Fotograf. Grace war das Motiv vieler meiner frühen Werke. Das weiß Elizabeth besser als irgendjemand sonst. Und überhaupt, warum führen wir dieses Gespräch eigentlich gerade?«

»Ich wollte nur sicherstellen, dass sie unser Geschenk bekommt.«

»Dabei kann dir die Post helfen. Elizabeth wohnt immer noch in unserer alten Wohnung. Du weißt schon: in der, die ich aufgegeben habe, damit sie mit ihrem neuen Freund dort Mama-Papa-Kind spielen kann.«

»Ehemann«, korrigierte sie.

»Mach's gut, Monica. Bestell Alex einen Gruß.«

Ich legte auf, atmete tief durch und fragte mich zum mittlerweile zehnten Mal in dieser Woche, was zum Teufel mit meinem Leben passiert war.

Als ich ins Büro kam, holte Scott sich gerade einen Kaffee aus dem Pausenraum.

»Und? Hat deine Nachricht schon den gewünschten Treffer erzielt?«, wollte er wissen.

»Nein. Allerdings haben mir ein paar freundliche Damen angeboten, mein grünäugiger Schwan zu sein.«

»Und wo ist das Problem? He, Mann, nutz die Gelegenheit! Vielleicht liest diese Grace deine Nachricht nie, aber das heißt ja nicht, dass sie der einzige grünäugige Schwan da draußen ist.« Er klimperte mit den Wimpern.

»Gutes Stichwort, Kumpel. Auf dem Weg hierher habe ich nämlich gerade über mein Leben nachgedacht.«

»Oje!«

»Nein, hör zu. Meine erste Freundin Monica und ich hatten diese bescheuerte Beziehung, in der es nur darum ging, den anderen zu beeindrucken, ihm etwas vorzumachen … und auch allen um uns herum.«

»Ihr wart jung. Na und?«

»Mit Elizabeth war es genauso, zumindest am Anfang. Meine Beziehung mit Monica hat das Muster vorgegeben, das ich dann mit Elizabeth fortgesetzt habe. Als die Sache hätte ernst und echt werden müssen, konnte keiner von uns damit umgehen. Mit Grace war das nicht so. Nie. Mit ihr war alles immer echt.«

»Es gibt auch noch andere wie Grace.«

»Nein, gibt es nicht. Glaub mir. Ich habe sie einfach zur falschen Zeit kennengelernt. Mittlerweile sind fünfzehn Jahre vergangen, und ich denke immer noch an sie. Ich habe eine andere geheiratet, eine schöne und kluge Frau, aber trotzdem habe ich immer wieder an Grace gedacht und mich gefragt, was wohl passiert wäre, wenn wir damals zusammengeblieben wären. Ich hab sogar beim Liebe-Machen an Grace gedacht. Wie bescheuert ist das denn?!«

»Beim ›Liebe-Machen‹? Wie niedlich, Matt.« Er grinste und sah aus, als wollte er lauthals loslachen.

»Mach dich nicht über mich lustig.«

»Ich meine ja nur, dass es langsam Zeit wird, mal ein paar Miezen zu nageln. Du bist längst überfällig. Nichts mehr mit ›Liebe-Machen‹. Geh vögeln. Wenn ich Arzt wär, würd ich's dir verschreiben.«

Er schlug mir auf die Schulter und ging.

Zwei Tage später schaute Elizabeth in meinem Büroabteil vorbei. Ich hatte mich mit meinem Handy tief in den Sessel gelehnt und spielte Angry Birds.

»Matt?«

Elizabeth trug ein weites Schwangerschaftskleid und streichelte ihren vorgewölbten Bauch. Sie sah aus wie die Erdmutter persönlich. Sie war hübsch – auf natürliche, müslikernige Art. Klare Gesichtszüge, glatte braune Haare, gute Haut und das ganze Jahr über einen leicht gebräunten Teint. Ihr Charakter und ihr bedenkenloses Fremdgehen waren es, die sie hässlich machten.

»Was ist?«

»Hast du nicht irgendwie … tausend Fotos, die du bearbeiten musst?«

Ich widmete mich wieder den kreischenden Vögeln. »Erledigt. Abgegeben.«

Aus dem Augenwinkel sah ich, dass sie wie ein mahnendes Elternteil eine Hand in die Hüfte stemmte. Offenbar strapazierte ich ihre Geduld. Es war mir egal.

»Hättest du sie mir nicht erst zeigen können?«

Ich blickte kurz zu ihr auf, dann widmete ich mich wieder dem Display. »Lizzy, Lizzy!« So nannte ich sie sonst nie. »Hab ich da irgendwas nicht mitbekommen? Bist du jetzt mein Boss oder was?«

»Matt, ich kann diese Spannung zwischen uns nicht mehr ertragen.«

»Spannung?« Mit leisem Lachen rutschte ich noch tiefer in den Sessel. Mein Handy begann zu brummen – irgendeine Nummer aus Manhattan, die ich nicht kannte. Ich hob einen Finger in Elizabeths Richtung, um sie zum Schweigen zu bringen, und drückte auf Rufannahme. »Hallo?«

»Matt?«

O mein Gott!

Ihre Stimme, ihre Stimme, ihre Stimme.

Elizabeth sah mich immer noch wütend an. Entnervt hob sie die Hände und keifte: »Kannst du nicht zurückrufen? Ich versuche hier, mit dir zu reden.«

»Warte mal, Grace«, sagte ich.

»Grace?« Elizabeth stand mit offenem Mund da.

Ich legte meine Hand auf den Sprechteil. »Verpiss dich!«

Sie stemmte die andere Hand in die Hüfte. »Ich geh hier nicht weg.«

Ich nahm die Hand wieder vom Handy. »Grace?«

Ich hätte heulen können!

»Ja, ich bin noch dran.«

»Gibst du mir bitte zwei Minuten? Ich verspreche, ich ruf dich umgehend zurück.« Ich hatte das Gefühl, mich gleich übergeben zu müssen.

»Wenn es gerade schlecht ist …«

»Nein, nein, ich ruf dich sofort zurück.«

»Okay«, meinte sie zögernd.

Wir legten auf. »Du triffst dich also wieder mit Grace?« Irgendwas in ihrem Ton klang nach Genugtuung, und ihre Augen sagten: Natürlich tust du das.

Ich atmete tief durch die Nase ein. »Das war der erste Kontakt seit fünfzehn Jahren, und du hast ihn mir versaut.«

»Hier ist deine Arbeit, Matt. Dies ist ein Büro.«

»Hast du das auch zu Brad gesagt, bevor du ihn im Kopierraum gevögelt hast?«, schoss ich ungerührt zurück. Ich fühlte mich, als hätte mir jemand ein Loch in die Brust gestochen, aus dem ich langsam verblutete. Mit jeder Sekunde wurde ich schwächer. »Mir geht es gerade nicht so gut. Könntest du mich bitte allein lassen?« Meine Augen füllten sich mit Tränen.

Sie wurde rot. »Matt, ich …«

»Was immer du sagen willst, es ist mir egal, Elizabeth. Völlig egal. Scheißegal.« Ich zuckte mit den Schultern.

Sie drehte sich um und ging.

Ich rief die zuletzt eingegangenen Anrufe auf und drückte Graces' Nummer.

»Hallo?«

»Tut mir leid.«

»Ist schon okay.«

Ich atmete tief durch. »Gott, ist das schön, deine Stimme zu hören!«

»Ja?«

»Wie ist es dir so ergangen?«

»Ganz gut. Es ist … lange her, Matt.«

»Ja, das ist es.« Sie klang angespannt. Ich war es auch. »Was machst du denn jetzt so? Wo wohnst du? Bist du verheiratet?«

»Ich bin nicht verheiratet.« Der Druck auf meinem Magen löste sich. Gott sei Dank! »Ich wohne in einem der Brownstones am West Broadway in SoHo.«

»Das ist nicht dein Ernst! Ich wohne in der Wooster Street!«

»Wow! Das ist ja direkt um die Ecke. Arbeitest du noch für *National Geographic*?«

Sie wusste, dass ich hier arbeitete? »Ja, aber ich mache jetzt mehr für den Fernsehsender. Reise nicht mehr so viel. Und du? Spielst du noch Cello?« Das Bild von Grace, wie sie mit nichts als ihrer Blümchenunterwäsche in ihrem Wohnheimzimmer Cello spielte, stieg vor meinem geistigen Auge auf. Das Licht vom Fenster beleuchtete sie von hinten, so dass sie fast nur als Silhouette sichtbar war. Ich hatte, während sie spielte, immer wieder den Auslöser meiner Kamera gedrückt. Ich konnte mich erinnern, dass ich den Fotoapparat irgendwann abstellte, zu ihr hinging und die Grübchen über ihrem süßen kleinen Po streichelte. Sie verspielte sich und musste lachen. Jetzt fragte ich mich, ob ich dieses Lachen jemals wieder hören würde.

»M-hm. Aber nicht professionell – ich unterrichte Musik an einer Highschool.«

»Das klingt toll.« Verlegen räusperte ich mich. Ich hätte ihr gern gesagt, dass sie anders klang, melancholisch und fremd, ließ es aber bleiben.

Es vergingen ein paar Augenblicke unangenehmen Schweigens. »Ich nehme an, du hast die Nachricht gelesen?«

»Ja, das war wirklich … süß.« Sie zögerte und holte tief Luft. »Als ich dich sah, wusste ich nicht, was ich denken soll.«

»Ja, äh … die Nachricht war einfach ein Schuss ins Blaue.«

»Du hast eine tolle Karriere gemacht. Ich habe das ein bisschen verfolgt.«

»Ach, ja?« Meine Kehle schmerzte, mein Kopf begann zu pochen, und auf einmal war ich unglaublich nervös. Warum hatte sie meine Karriere verfolgt?

»Ist Elizabeth …«

»Schwanger?«, platzte ich heraus. Warum sagte ich das? Und woher wusste sie überhaupt von Elizabeth? Eigentlich wollte ich ihr alles über mich erzählen, doch es kamen nur die falschen Worte heraus.

»Matt.« Wieder eine lange, unangenehme Pause. »Es hat mich riesig durcheinandergebracht, dich zu sehen, und dann diese Nachricht und …«

»Elizabeth ist nicht …«, hob ich an, doch sie unterbrach.

»Es war schön, mit dir zu reden. Ich glaube, ich lege jetzt besser auf.«

»Kaffee? Sollen wir irgendwann einmal Kaffee trinken gehen?«

»Ich weiß nicht so recht …«

»Okay.« Wieder Stille. »Falls du deine Meinung ändern solltest, rufst du mich dann bitte an?«

»Klar.«

»Grace, es geht dir doch gut, oder? Ich meine, bist du gesund und so? Ich möchte es wissen.«

»Ja, mir geht's gut«, flüsterte sie und legte auf.

Verdammt!

Elizabeth wählte genau diesen Moment, um mit einem Stapel Fotos zurückzukommen. Grauenvolles Timing. »Kannst du die bitte durchgehen und mir bis morgen früh auf den Schreibtisch legen?«

»Okay, lass sie da.« Ich sah nicht auf. Mir hämmerte das Herz in der Brust, und ich fühlte mich, als müsste ich gleich Losheulen. Da spürte ich Elizabeths Hand auf meiner Schulter. Sie drückte mich, wie es ein vielleicht Footballcoach getan hätte. »Alles okay?«

»Jep.«

»Es ist schwer für dich, mich so zu sehen, oder?«

Wie bitte? Ich war so schockiert, dass ich fast laut aufgelacht hätte. Elizabeth brachte es tatsächlich fertig, dass sich alles immer nur um sie drehte. »Du meinst, dass es mir schwerfällt, dich schwanger zu sehen? Nein, ich freue mich für dich.«

»Gut. Und das ist ja nur logisch, nachdem du selbst nie Kinder wolltest.« Ihre Stimme verriet keine Gefühlsregung.

Ich wollte immer Kinder – nur nicht mit dir.

Ich nahm ihre Hand und tat, was getan werden musste. »Elizabeth, es tut mir leid, dass ich dir kein besserer Ehemann gewesen bin. Ich freue mich für dich und Brad. Ich wünsche euch für viele, viele Jahre eine glückliche Ehe und Familie. Und nun lass uns um des lieben Friedens willen nie wieder über unsere verkorkste Ehe sprechen. Ja?« Ich sah sie flehend an.

Sie nickte. »Es tut mir auch leid, Matt. Ich bin das alles falsch angegangen.«

Ich ließ sie los. Sie lächelte freundlich, mitfühlend, fast mitleidig. Es war besser, ihr den Eindruck zu vermitteln, ich wäre einsam und würde ihr nachtrauern, als erneut ihren Groll gegen mich zu schüren, weil ich nie über Grace hinweggekommen war. Sie lag richtig damit, aber das würde ich ihr gegenüber nie zugeben.

Ich hatte mich mit Brad gleich am ersten Tag meines Praktikums bei *National Geographic* angefreundet. Ich lernte ihn also fast zur selben Zeit kennen wie Elizabeth. Er hatte schon vorher ein Auge auf sie geworfen, aber sie interessierte sich nur für mich. Ich kam mir schon ein bisschen schäbig vor, als ich sie heiratete, und als sie mich dann mit ihm betrog, war ich kaum überrascht. Tatsächlich hatte ich das seltsame Bedürfnis, mich bei ihm zu bedanken. Ist das nicht furchtbar?

Elizabeth kehrte in ihr Büro zurück, und ich ging zu Brad. Es wurde Zeit, Größe zu zeigen, oder zumindest menschliche Schwäche. Das Telefonat mit Grace war mir misslungen, aber es hatte mich wachgerüttelt; ich wollte nicht länger in Hass und Selbstmitleid baden.

Vor dem Eingang zu Brads Abteil blieb ich stehen und räusperte mich.

Er sah mich über seinen Schreibtisch hinweg an. »Heeeey, Mann!« Er dehnte das »Hey« immer aufgesetzt lässig, wohl um wie ein entspannter Kiffer zu wirken.

»Brad, ich wollte dir nur meinen Glückwunsch zum erwarteten Nachwuchs überbringen. Gut gemacht, Kumpel. Wir wissen ja alle, dass ich es selbst nicht hätte besser machen können.«

»Matt …« Er versuchte, mich zu unterbrechen.

»Das war nur ein Scherz, Brad. Ich freue mich für euch. Ehrlich.«

»Wirklich?« Er zog eine Augenbraue hoch.

Ich nickte. »Wirklich.«

»Wie wäre es mit einem Drink nach der Arbeit? Nur wir zwei.«

Tja, also … Ich bin sicher, du hast meine Frau in jeder geeigneten Ecke der Wohnung, die mir mal gehört hat, gevögelt, noch dazu ist sie jetzt von dir schwanger, also …

Ich klatschte in die Hände. »Zum Teufel auch! Warum nicht?«

Wir gingen in eine super edle Cocktailbar an der Upper West Side in der Nähe meiner ehemaligen Wohnung, in der jetzt er und Elizabeth wohnten. Ich hasste diese blöde Bar, aber sie war vertrautes und gleichzeitig neutrales Terrain.

Mein Scotch wurde mit Eiswürfeln in einem Martiniglas serviert. An diesem Drink war alles falsch, und dennoch leerte ich das Glas in einem Zug. »Sind jetzt schon Zigarren angesagt?«

»Nein, erst nach der Geburt. Du hast wirklich nicht viel Ahnung von Kindern, oder?«

»Nein, ich hasse Kids. Ich wollte nur einen Vorwand, um eine feine kubanische Zigarre zu rauchen«, log ich aus Spaß. Was gab es denn sonst schon im Leben?

»Tja, die Zeit wird kommen. Übrigens, deine Schwägerin hat angerufen. Sie will uns so einen antiken Stubenwagen schicken.«

»Was?«

»Ja, sie fand, den sollten wir kriegen. Sie betrachtet Elizabeth als ihre Schwester.«

Der Stubenwagen war ein Familienerbstück, das nur innerhalb der Familie weitergegeben werden sollte. »Monica ist nicht unbedingt berufen zu bestimmen, wer diesen Wagen bekommt.«

Offenbar nahm Brad die Feindseligkeit in meiner Stimme wahr, denn er wechselte das Thema. »Hast du jetzt eigentlich eine Freundin?«

»Nein, ich vögele nur so herum«, log ich wieder nur aus Spaß. »Da ich ja nun endlich den Fesseln der Ehe entkommen bin ...« Ich fand es zunehmend schwieriger, Brad gegenüber Größe zu zeigen.

»Ja, toll für dich«, erwiderte Brad mit sichtbarem Unbehagen.

»Noch einen Scotch, bitte«, rief ich laut.

»Weißt du, manchmal ist Lizzy wegen irgendwelcher unbedeutenden Kleinigkeiten auf mich sauer. Die Klobrille, zum Beispiel – wenn ich sie oben lasse, wird sie wütend, wenn ich sie runterklappe aber genauso.« Kopfschüttelnd sah er mich an. »Sie meint, ich ziele nicht richtig.«

Nun tat er mir tatsächlich leid. »Hör zu, du musst lernen, im Sitzen zu pinkeln. Das gehört zum Verheiratetsein dazu. Tatsächlich ist es so sogar ziemlich entspannend … eine kleine Sitzpause sozusagen.«

»Wirklich?«

»Wirklich.«

Mein zweiter Scotch wurde gebracht. Ich trank ihn noch schneller als den ersten.

»Ach, ich habe ganz vergessen, dir zu sagen, dass Lizzy noch eine Kiste mit alten Fotosachen von dir entdeckt hat. Sie möchte, dass du vorbeikommst und sie abholst, weil wir … na, du weißt schon … das Gästezimmer umbauen.«

Du liebe Zeit! »Okay.«

Er sah auf sein Handy. »Verdammt, wir haben gleich Geburtsvorbereitungskurs. Ich muss los, Mann. Willst du eben mit raufkommen und die Kiste mitnehmen?«

»Klar. Lass uns gehen.«

Die wenigen Blocks zur Wohnung liefen wir schweigend nebeneinanderher. Als wir die Lobby des Gebäudes betraten, fühlte ich mich plötzlich unwohl. Es war seltsam, wieder in meinem alten Wohnhaus zu stehen, dazu kamen die zwei Whiskys … »Weißt du was, Brad? Ich warte eben hier unten, und du kannst mir die Kiste mit runterbringen.«

»Sicher?«

»Ja, ich warte.« Ich lächelte schwach und setzte mich auf einen Sessel neben dem Aufzug. Wenige Minuten später kehrte er mit einer dunkelgrauen Plastiktüte zurück.

»Ich dachte, es wäre eine Kiste?«

»Äh, ja … das war es auch, aber Lizzy hat alles umgefüllt … um Platz zu sparen.«

»Um Platz zu sparen?«

Er konnte mir kaum in die Augen sehen. »Jep.«

Ich war sicher, dass Elizabeth die Kiste durchwühlt und die Hälfte davon entsorgt hatte. Es überraschte mich nicht. »Danke, Brad.«

»Bis dann, Kumpel.« Ich wandte mich zum Gehen, und er schlug mir noch einmal auf die Schulter.

Zurück in meinem Loft, setzte ich mich auf meine alte Ledercouch, legte *With or Without You* von U2 in den CD-Player und meine Füße auf ein Kissen. Ich schloss die Augen. Ich stellte mir vor, ich hätte mir ein gutes Leben aufgebaut und nicht nur eine Karriere. Ich stellte mir vor, an den Wänden hingen Fotos meiner Familie und nicht die irgendwelcher verdammten Tiere der Serengeti. Ich atmete einmal tief durch und nahm mir dann die Plastiktüte vor.

Meine Vergangenheit befand sich darin, konserviert auf Unmengen Schwarzweißfotos. Grace und ich im Washington Square Park. In der *Tisch*. Im Wohnheim. Im Aufenthaltsraum. Grace am Cello. Grace nackt auf meinem Bett, wie sich mich fotografiert, so dass ihr Gesicht verdeckt ist. Ich fuhr mit dem Finger darüber. Lass mich dein Gesicht sehen, erinnerte ich mich, damals gesagt zu haben. Grace und ich in Los Angeles, wie wir im Haus meiner Mutter Scrabble spielen. Meine Mutter, wie sie Grace im Louvre das Töpfern beibringt. Grace schlafend auf meiner Brust, während ich direkt in die Kamera schaue.

Behutsam zog ich ein Foto nach dem anderen aus der Tüte. Das letzte war von dem Tag, als ich nach Südamerika aufbrach.

Es war das, was man heutzutage ein »Selfie« nennt. Grace und ich lagen im Bett und blickten in die Kameralinse, während ich den Fotoapparat hochhielt und den Auslöser drückte.

Wir sahen beide so glücklich aus ... so zufrieden ... so verliebt.

Was war mit uns passiert?

Ganz unten in der Türe fand ich eine Musikkassette und eine Filmdose mit einer Rolle Negative. Ich nahm sie aus dem Behälter und hielt sie gegen das Licht. Es war ein Farbfilm, den ich damals nur selten verwendet hatte. Ich stand auf, schob die Kassette in einen alten Recorder, schenkte mir einen weiteren Whisky ein und lauschte Grace und Tatiana, wie sie mit Cello und Violine im Duett *Eleanor Rigby* spielten. Sie wiederholten den Song immer und immer wieder, und jedes Mal hörte ich Grace am Ende kichern und Tatiana »Schsch« sagen.

Ich schlief mit einem Lächeln auf dem Gesicht ein, auch wenn ich mir wie einer dieser einsamen Menschen vorkam, die in dem Lied besungen wurden.

Downtown gab es immer noch ein paar Fotoläden, die analoge Filme entwickelten und Abzüge machten. Das *PhotoHut* war natürlich längst geschlossen, aber am nächsten Morgen fand ich auf dem Weg zur Arbeit ein anderes Fotogeschäft, in dem ich den geheimnisvollen Negativstreifen abgeben konnte.

Als ich ins Büro kam, stand Elizabeth in der Küche an der Kaffeemaschine. »Ich dachte, Schwangere dürften keinen Kaffee trinken«, meinte ich.

»Eine Tasse darf ich wohl«, gab sie zurück, während ich weiter zu meinem Büroabteil marschierte. Ich hörte, dass sie mir folgte, weil die Sohlen ihrer flachen Pumps über den Teppich rieben und ein leises elektrisches Knistern erzeugten. Elizabeth hatte die Angewohnheit zu schlurfen.

Ungerührt schaltete ich den Computer ein, und als ich mich wieder umdrehte, stand sie direkt hinter mir. Von der statischen Aufladung standen ihr die Haare wie aufgeplustert vom Kopf ab. Ich musste lachen.

»Was ist?«

»Deine Haare.« Ich kicherte wie ein Fünfjähriger und zeigte mit dem Finger darauf.

Sie zog einen Schmollmund, drehte die Haare zu einem Knoten ein und befestigte ihn mit einem Bleistift von meinem Schreibtisch.

»Danke, dass du gestern mit Brad noch was getrunken und dann die Tüte mitgenommen hast.«

»Danke, dass du meinen persönlichen Kram sortiert hast. Hast du irgendwas aus der ursprünglichen Kiste weggeworfen?«

»Nein, ich konnte noch nicht einmal genauer hinsehen. Das war ja geradezu ein Schrein für Grace.«

»Warum lag dir dann so viel daran, dass ich die Sachen kriege?«

Sie zuckte mit den Schultern. »Ich weiß nicht. Vielleicht aus schlechtem Gewissen.«

»Und weshalb genau hast du ein schlechtes Gewissen?« Ich lehnte mich zurück und verschränkte die Arme.

»Na ja … du weißt schon. Ach, keine Ahnung.«

»Nun sag schon«, drängte ich, immer noch schmunzelnd. Ich weidete mich geradezu daran, wie sie nach Worten rang. Ganz offensichtlich war sie noch immer eifersüchtig auf Grace.

»Na, du hast sie ja immer auf ein Podest gestellt und von ihr gesprochen, als wäre sie die große Liebe deines Lebens gewesen.«

Ich lehnte mich vor. »Du verschweigst mir doch etwas. Du machst wieder dieses komische Augenbrauending, wie immer, wenn du mich anlügst.«

»Was für ein Augenbrauending?«

»Eine Augenbraue beginnt wie verrückt zu zucken. Ich weiß nicht, wie du das hinkriegst. Sieht fast gruselig aus.«

Peinlich berührt hob sie eine Hand ans Auge. »Da ist nichts, das du nicht schon weißt. Ich meine, wir waren damals beide wahnsinnig viel unterwegs.«

»Wovon redest du?«

Nervös sah Elizabeth sich um, als kalkuliere sie einen Fluchtweg. Sie blickte auf ihre teuren Schuhe. »Grace hat mal angerufen und eine Nachricht für dich hinterlassen und ich … es war einfach …«

Ich stand auf. »Was sagst du da?« Dass ich schrie, merkte ich erst, als das gesamte Großraumbüro merklich still wurde. Ich spürte, wie unsere Kollegen uns über die Trennwände der Bürokabinen hinweg beobachteten.

»Pssst, Matt!« Sie neigte sich vor. »Lass mich das erklären. Das war, während wir durch Südafrika reisten.« Sie verschränkte die Arme und sprach leise weiter. »Du und ich waren schon zusammen im Bett gewesen. Ich weiß nicht, warum sie angerufen hat.«

Ich überlegte fieberhaft, wann das passiert sein konnte. Es musste etwa zwei Jahre nach meiner letzten Begegnung mit Grace gewesen sein. Nachdem sie verschwunden war.

»Was hat sie gesagt?«, fragte ich langsam.

»Das weiß ich nicht mehr. Es ist so lange her. Sie war irgendwo in Europa unterwegs. Sie wollte dich sprechen und fragte, wie es dir geht. Sie hat eine Adresse hinterlassen.«

Ich war mit allen Sinnen hellwach. »Was hast du getan, Elizabeth?«

»Nichts.«

Sie benahm sich seltsam. Ausweichend. Als hätte sie immer noch nicht die ganze Wahrheit gesagt.

»Sag mir, was du getan hast!«

Sie zuckte zusammen. »Ich habe ihr einen Brief geschrieben.«

»Du hast … was?«

»Ich war in dich verliebt, Matt. Ich habe ihr geschrieben, ganz freundlich. Dass du über sie hinweg bist, dass sie immer Teil deiner Vergangenheit sein wird, dass ich ihr alles Gute wünsche.«

Meine Augen brannten vor Wut. »Was hast du sonst noch getan? Elizabeth, ich schwöre, ich mache uns beide gleich zur Schlagzeile. Und ich bin eigentlich ein friedliebender Mensch, das weißt du.«

Sie begann zu weinen. »Ich war in dich verliebt«, wiederholte sie.

Ich war schockiert. Ich hatte immer gedacht, Grace wäre einfach so verschwunden. Ohne Nachricht, ohne Adresse, ohne Telefonnummer. Ich war am Boden zerstört gewesen, weil ich immer davon ausgegangen war, dass sie mich verlassen hatte.

»Wenn du so sehr in mich verliebt warst, warum hast mir dann nicht die Wahl gelassen?«

Plötzlich war Brad da, stellte sich hinter Elizabeth und legte die Arme um ihren Bauch. »Worum geht es hier? Was machst du mit ihr? Sie ist schwanger, Mann! Was ist bloß mit dir los?«

Ich atmete so schwer, dass sich mein Brustkorb sichtbar hob und senkte. »Raus mit euch! Alle beide.«

Elizabeth fuhr herum, warf sich Brad in die Arme und heulte los. Brad funkelte mich aufgebracht an und führte sie kopfschüttelnd aus meinem Abteil, als wäre ich derjenige, der etwas Schlimmes angestellt hätte.

Nach der Arbeit holte ich die Farbnegative samt den Abzügen aus dem Fotogeschäft ab. Es war Freitag, und ich hatte nichts Besseres zu tun, als in meine fast leere Wohnung zu gehen und die Neuigkeit zu verdauen, dass Grace vor all den Jahren versucht hatte, mit mir Kontakt aufzunehmen. Ich setzte mich vor dem großen Panoramafenster aufs Sofa und starrte auf die Straße.

Neben mir auf dem Beistelltisch stand eine kleine Lampe, auf meinem Schoß lagen die Abzüge. Die ersten drei waren verschwommen, beim vierten jedoch zuckte ich unwillkürlich zusammen. Es war das Foto von Grace und mir im Schlafanzug, wie wir auf der Brücke vor den verschwommenen Lichtern der fahrenden Autos stehen. Unsere Gesichter waren leicht unscharf, aber ich konnte erkennen, dass wir einander ansahen. Es war der Abend, als wir in dieser Kneipe in Brooklyn gefrühstückt hatten.

Alle anderen Fotos waren von Grace: im Aufenthaltsraum, im Park, schlafend in meinem Bett, tanzend in meinem Zimmer. Grace und immer wieder Grace, in Farbe.

Ich legte alle Bilder vor mir auf den Couchtisch und starrte sie an, während ich gedanklich in die Vergangenheit reiste. Hatte ich ihr gesagt, dass ich sie liebe? Hatte ich gewusst, dass ich sie liebe? Was war passiert?

Es war halb neun, und ich hatte den ganzen Tag über noch nichts gegessen. Mir war fast schlecht vor Entsetzen über das, was Elizabeth getan hatte. Alles ergab plötzlich einen Sinn –

dass Grace am Telefon so zurückhaltend reagiert hatte. Sie hatte damals versucht, Kontakt zu mir aufzunehmen!

Ich setzte mich an den Computer und gab Graces' Telefonnummer ein. Als dazugehöriger Name erschien »G. Porter, wohnhaft West Broadway«. Sie hatte geheiratet? Obwohl ich ja selbst verheiratet gewesen war, versetzte mir diese Erkenntnis einen Stich. Ich googelte »Grace Porter Musikerin NYC« und fand einen Link zu der Highschool, an der sie unterrichtete. Nachdem ich ein paar weitere Links angeklickt hatte, las ich, dass ihre Abteilung an genau diesem Abend eine Aufführung an der Schule veranstaltete, die jedoch schon eine Stunde zuvor begonnen hatte.

Ohne auch nur in den Spiegel zu sehen, sprintete ich aus der Wohnung. Ich konnte die Sache nicht auf einem unangenehmen Telefongespräch beruhen lassen.

Als ich die Schule erreichte, nahm ich zwei Stufen auf einmal in den Keller hinunter, zur Turnhalle. Schon von weitem hörte ich Applaus und hoffte inständig, es wäre noch nicht zu spät. An den großen Doppeltüren stand niemand, also schlüpfte ich hinein und suchte den Raum mit den Augen nach Grace ab. Auf der Bühne sah ich vier Stühle, von denen nur drei besetzt waren. Die Zuhörer verstummten, als ein Mann vor das Mikrophon trat, das neben dem unvollständigen Quartett aufgebaut war.

»Ms Porter möchte heute Abend etwas ganz Besonderes mit Ihnen teilen.« Mein Timing war perfekt – wenn auch fünfzehn Jahre zu spät. »Diese Vorführung ist in der Tat einmalig, und ich bitte um riesigen Applaus für das nächste Quartett.«

Nun steuerte Grace auf die Bühne zu, und ich hielt unweigerlich die Luft an. Was ich schon vor all den Jahren an ihr geliebt hatte, war noch immer da: ihre einzigartigen Gesten; wie wenig sie sich ihrer Schönheit bewusst war; ihr Haar, immer noch lang und blond, über einer Schulter zurückgeschoben; ihr Mund mit den vollen, natürlich rosa Lippen. Auch aus der Entfernung konnte ich ihre grünen Augen erkennen. Sie war von Kopf bis Fuß in Schwarz gekleidet – Rollkragenpullover und Hose –, was einen auffallenden Kontrast zu ihrer hellen Haut und den Haaren bildete.

Sie tippte auf das Mikrophon und lächelte, als das Geräusch laut von Wänden widerhallte. »Ups, tut mir leid.« Sie lachte leise. O Gott, wie hatte ich den Klang ihrer Stimme vermisst! »Danke, dass Sie heute Abend hier sind. Normalerweise spiele ich bei Aufführungen nicht mit Schülern zusammen, aber heute haben wir etwas Besonderes zu feiern. Unsere Erste und unsere Zweite Geige, Lydia und Cara, sowie auch unsere Erste Bratsche, Kelsey, werden nächstes Wochenende mit den New Yorker Philharmonikern auftreten.« Es ertönten laute Beifallsrufe und Pfiffe. Grace sah zu den drei Mädchen, die sie anlächelten und ihre Instrumente bereithielten. »Ich bin unglaublich stolz auf die drei und möchte heute Abend ausnahmsweise etwas mit ihnen gemeinsam spielen: *Viva La Vida* von Coldplay. Ich hoffe, es gefällt Ihnen.«

Sie hatte also immer noch diesen Hang zur Moderne.

Grace ging zu dem freien Stuhl auf der rechten Seite und klemmte sich das Cello zwischen die Beine. Mit gesenktem Kopf begann sie zu zählen. Sie hatte schon immer in erster Linie für sich selbst gespielt, was sich anscheinend nicht geändert hatte. Ich musste ihre Augen nicht suchen, um zu wissen, dass sie sie geschlossen hielt, so wie sie es immer gemacht hatte, wenn sie in ihrem Zimmer am Fenster spielte.

Vollkommen verzückt beobachtete ich sie und lauschte der Musik, die die Turnhalle erfüllte. Am Ende, beim letzten Strich ihres Bogens, richtete Grace die Augen zur Decke und lächelte. Die Zuhörer rasteten fast aus. Sie klatschten wie wild, trampelten und pfiffen vor Begeisterung.

Ich wartete alle übrigen Stücke der Aufführung ab, hungrig, müde und unsicher, ob das, was ich hier tat, nicht völlig vergeblich war. Kurz nach halb elf lichtete sich der Zuschauerraum, und ich wartete weiter, immer mit Blick auf Grace. Endlich durchquerte sie die Halle und ging in Richtung der Doppeltüren, an denen ich die ganze Zeit gestanden hatte. Als sich unsere Blicke trafen, erkannte ich, dass ihr meine Anwesenheit die ganze Zeit über bewusst gewesen war. Sie steuerte direkt auf mich zu.

»Hi.« Ihre Stimme klang freundlich und locker, Gott sei Dank.

»Hi. Das war eine großartige Vorstellung.«

»Ja, die Mädchen sind grandios … unglaublich talentiert.«

»Nein, ich meine dich, du bist so … du spielst so …«, ich schluckte, »wunderschön«, stammelte ich wie der letzte Idiot.

Sie lächelte. »Danke.«

»Ich weiß, es ist spät, aber … würdest du mit mir noch was trinken gehen?« Sie wollte antworten, aber ich musste noch etwas hinterherschicken. »Ich weiß, unser Telefonat war irgendwie misslich. Ich würde gern persönlich mit dir sprechen. Um …«, ich fuhr unbestimmt mit der Hand durch die Luft, »… reinen Tisch zu machen.«

»»Reinen Tisch zu machen?‹«

»Na ja, zu erzählen, was so los war. Und ja, um reinen Tisch zu machen, denke ich.«

»Es sind fünfzehn Jahre vergangen, Matt.« Sie lachte. »Ich weiß nicht, ob es möglich ist, ›reinen Tisch‹ zu machen.«

»Grace, hör zu. Ich glaube, dass damals vielleicht ein paar Dinge passiert sind, die ich zu der Zeit nicht ganz begriffen habe und …«

»Hier um die Ecke gibt es eine nette kleine Kneipe. Ich kann allerdings nicht lange bleiben, ich muss morgen früh aufstehen.«

Ich lächelte dankbar. »Okay, kein Problem. Nur auf ein Getränk.«

»Dann lass uns gehen.«

Wir schlenderten nebeneinander die dunkle Straße entlang. »Du siehst phantastisch aus, Grace. Das habe ich neulich schon gedacht, als ich dich in der U-Bahn gesehen habe.«

»War das nicht unfassbar?! Als wollte uns das Universum einen Streich spielen, indem es uns zusammenführt, aber gerade mal eine Sekunde zu spät!« So hatte ich es noch gar nicht betrachtet. Mir gefiel ihre Art zu denken. »Ich meine, offensichtlich wohnen wir nur ein, zwei Straßenecken voneinander entfernt, aber wir sind uns noch nie über den Weg gelaufen. Das finde ich ganz schön eigenartig.«

»Tatsächlich bin ich erst letztes Jahr hierhergezogen, als ich nach New York zurückkam.«

»Und wo warst du vorher?«

»Vor ungefähr fünf Jahren bin ich an die Upper West Side gezogen, später war ich dann eine Weile wieder in L.A. Nachdem die Scheidung von Elizabeth durch war, kehrte ich nach New York zurück. Das war vor ungefähr einem Jahr, und jetzt hab ich dieses Loft in der Wooster gemietet.«

Ich beobachtete Grace aufmerksam, um ihre Reaktion einzuschätzen, doch alles, was sie sagte, war: »Ich verstehe.«

In der Kneipe angekommen, setzte Grace sich an einen kleinen Tisch, hängte ihre Tasche über die Stuhllehne und deutete auf die Jukebox in der Ecke. »Ich geh mal ein Lied aussuchen. Hier ist es viel zu ruhig.« Sie wirkte entspannt. Mir fiel ein, dass sie es ohne Musik nie lange in geschlossenen Räumen ausgehalten hatte. Draußen, wo sie der Natur lauschen konnte, war das für sie in Ordnung, aber drinnen musste immer Musik spielen.

»Was darf ich dir bestellen?«

»Ein Glas Rotwein wäre schön.«

Ich musste mich permanent ermahnen, nicht in der Vergangenheit zu schwelgen, sondern im Hier und Jetzt zu bleiben. Schließlich hatten wir viel zu besprechen. Als ich mit unseren Getränken an den Tisch zurückkehrte, saß sie mit aufgestützten Ellbogen da und hatte das Kinn auf die gefalteten Hände gelegt.

»Du siehst auch toll aus, Matt. Das wollte ich schon die ganze Zeit sagen. Das Alter hat bei dir keine allzu deutlichen Spuren hinterlassen.«

»Danke.«

»Mir gefallen die langen Haare und der hier …« Sie berührte meinen Bart mit den Fingerspitzen. Ich schloss eine Sekunde zu lang die Augen. »Du warst also in L. A.?«

Ich atmete ganz bewusst und kontrolliert, um nicht zusammenzubrechen und loszuheulen. Ich war von ihrer Anwesenheit ganz und gar überwältigt.

In diesem Moment ertönte ein trauriges Lied, gesungen von einer tiefen, markanten Männerstimme. »Wer ist das?«, fragte ich nach meinem ersten Schluck Bier.

»The National. Aber du hast gesagt, du willst reden, also reden wir. Du bist nach deiner Scheidung nach L. A. gegangen:

Hast du bei deiner Mom gewohnt? Wie geht es ihr? Ich denke hin und wieder noch an sie.«

»Tatsächlich bin ich vor meiner Scheidung weggegangen. Um mich um meine Mutter zu kümmern. Sie ist dann verstorben.«

Ihre Augen füllten sich mit Tränen. »Oh, Matt, das tut mir ja so leid. Sie war eine wunderbarer Frau.«

Mir wurde die Kehle eng. »Sie hatte Eierstockkrebs. Elizabeth fand, dass Alex sich kümmern sollte, aber der war zu sehr damit beschäftigt, Partner in seiner Kanzlei zu werden. Meine Mutter lag im Sterben, und ihre Söhne stritten, wer sich kümmern sollte. Total bescheuert.« Ich senkte den Blick. »Meine Ehe war aber sowieso schon am Ende. Elizabeth wollte unbedingt schwanger werden, und ich war Tausende von Meilen entfernt auf der anderen Seite des Kontinents. Unbewusst dachte sie wohl, dass ich ihr absichtlich aus dem Weg ging. Ich dagegen hielt sie für egoistisch. Wir waren beide wütend und verletzt, denke ich.«

Sie nickte. »Was ist danach passiert?«

»Während ich in L. A. war und meiner Mutter beim Sterben zusah, begann Elizabeth eine Affäre mit meinem Freund und Kollegen Brad, einem Produzenten bei *National Geographic*. Acht Jahre Ehe – puff!« Ich simulierte mit den Händen eine Explosion.

»Acht Jahre? Ich dachte …« Sie zögerte.

»Was?«

»Egal. Das tut mir auch sehr leid, Matt. Ich weiß nicht, was ich sagen soll.«

»Du kannst mir eines sagen: Warum bist du damals einfach verschwunden?«

»Wann?«

»Warum hast du keine Nachricht hinterlassen, als du nach Europa gegangen bist? Du warst einfach weg.«

Sie sah verwirrt aus. »Was meinst du? Ich habe auf dich gewartet. Aber du hast mich nie angerufen.«

»Das konnte ich nicht. Ich konnte mir keine Telefonanrufe mehr leisten. Der einzige Mensch, mit dem ich gesprochen habe, war meine Mom, weil sie R-Gespräche annehmen konnte. Ich hatte überhaupt kein Geld mehr. Wir steckten mit kaputtem Auto in irgendeinem Kaff fest, um uns herum Hunderte Meilen Regenwald. Ich dachte, du würdest das verstehen.«

Sie wirkte erschüttert. »Was war mit diesem Artikel in der Fotozeitschrift? Darin stand mehr oder weniger, dass du jetzt bei *National Geographic* arbeitest und nach dem Südamerika-Job nach Australien reisen würdest.«

»Wann? 1997?«

»Ja.« Sie leerte ihr Glas in einem Zug. »Da war ein Foto von dir, wie du Elisabeth fotografierst, und daneben stand, dass ihr zusammen für sechs Monate nach Australien geht.«

»Ich weiß nicht, was du meinst, so einen Artikel habe ich nie gesehen. Elizabeth hat mich gefragt, ob ich mit ihr nach Australien gehe, aber ich habe abgelehnt. Ich bin nach dem Praktikum hierher zurückgekommen, um wieder bei dir zu sein, aber du warst weg.«

»Nein.« Sie schüttelte den Kopf. »Ich dachte, du gehst nach Australien. Deshalb bin ich dann doch noch Dans Orchester beigetreten.«

Jetzt schüttelte auch ich den Kopf. »Nein, ich bin nicht nach Australien gegangen. Ich bin Ende August zurückgekommen. Ich habe versucht, dich vorher anzurufen, konnte dich aber nicht erreichen. Ich bin direkt in unser Wohnheim gegangen, weil ich dachte, du bist vielleicht noch da. Als ich dich nicht finden konnte, dachte ich, du bist wohl in ein anderes Wohnheim umgezogen, und ging ins Sekretariat, um mich nach dir zu erkundigen. Da sagte man mir, du hättest den Masterstudiengang abgelehnt. Auf dem Weg zurück ins Wohnheim traf ich Daria, die mir erzählte, dass du mit Pornsakes Orchester unterwegs bist.«

Grace begann zu weinen und schlug die Hände vors Gesicht. »Grace, es tut mir so leid!« Ich zog ein paar Servietten aus dem Halter und reichte sie ihr. »Ich dachte, *du* wärst diejenige, die *mich* verlassen hat. Ich wusste nicht, wie ich dich erreichen konnte. Und den Job bei *National Geographic* habe ich erst angenommen, als mir klarwurde, dass du weg warst.«

Sie lachte einmal bitter durch ihre Tränen hindurch. »Heilige Scheiße! Und die ganze Zeit …«

»Ich weiß. Ich habe ein paarmal versucht, dich zu finden, konnte dich im Netz aber nirgends entdecken. Erst heute Abend habe ich herausgefunden, dass du jetzt Porter heißt.«

Grace war fast schon hysterisch. »Ich habe Pornsake geheiratet, Matt. Er hat seinen Nachnamen zu Porter geändert.«

Es war, als würde mir das Herz herausgerissen. »Oh.«

»Nicht sofort. Ich habe fast fünf Jahre gewartet. Er lebt aber nicht mehr. Das wusstest du, oder?«

»Nein. Woher sollte ich das wissen?«

»Ich habe es dir geschrieben.«

»Geschrieben?« Elizabeth. Wie sich herausstellte, hatte sie mir tatsächlich nicht die ganze Wahrheit gesagt. Ich kam mir vor, als wäre ich in irgendein Paralleluniversum gefallen, in dem Grace mich liebte und ich derjenige war, der sie verlassen hatte.

All die Jahre lang hatte ich getrauert, weil ich sie verloren hatte, und dabei hatte sie all die Jahre versucht, mich zu erreichen.

Ich griff über den Tisch und nahm ihre Hände in meine. Sie ließ es zu. »Das mit Dan tut mir leid. Er war ein lieber Kerl. Woran ist er gestorben?«

»Sein Herz wurde immer größer. Er starb mit einem Lächeln«, sagte sie, nicht ohne Stolz.

»Hast du ihn geliebt?« Ich wusste, ich hatte kein Recht, das zu fragen, doch ich musste es wissen.

»Er war gut zu mir.« Sie blickte zur Decke. »Ich habe ihn auf meine eigene Weise geliebt.«

»Grace?« Mein Hals zog sich wieder zusammen. Ich schluckte schwer.

Sie sah mich an. »Nicht so, wie ich dich geliebt habe.«

»Ich …«

»Was zur Hölle ist passiert, Matt?«

»Ich weiß nicht mehr, was ich denken soll. Ich dachte, ich wüsste es. Vorhin erst hat Elizabeth mir erzählt, sie hätte dir einen Brief geschrieben.«

»Ich habe mal einen Brief von dir gekriegt, 1999 oder vielleicht 2000. Der Rest meiner Briefe und Anrufe blieb unbeantwortet.«

»Elizabeth hat diesen Brief geschrieben, nicht ich. Grace, ich schwöre bei Gott, ich hätte deine Anrufe niemals unbeachtet gelassen.«

»Tja.« Sie wurde ganz still und schien in sich zusammenzusinken. »Jetzt ist es zu spät, oder?«

»Warum? Warum sollte es jetzt zu spät sein?«

»Ich würde mal sagen, fünfzehn Jahre sind verdammt viel Zeit. Mit uns ist so viel passiert und …«

Ich drückte ihre Hände. »Lass uns ein Stück Kuchen oder Pfannkuchen oder sonst irgendwas essen gehen. Wie früher.«

»Bist du verrückt geworden?«

»Ja«, konterte ich, ohne eine Miene zu verziehen. »Wir müssen hier raus.«

»Ich weiß nicht …« Sie zog ihre Hände zurück.

Ich sah auf die Uhr. »Frühstück oder Abendessen?«

Sie fuhr sich mit einer Hand über das Gesicht und richtete sich auf, so dass mehr Abstand zwischen uns lag. Ich konnte nicht erkennen, ob sie meinen Vorschlag in Erwägung zog oder überlegte, wie sie auf höfliche Weise ablehnen könnte. Ich sah ihr in die Augen, und sie lächelte. »Okay. Ich gehe mit. Unter einer Bedingung.«

»Welcher, Gracie.« Sie lachte, als ich sie bei ihrem Kosenamen nannte. Dann bekam sie wieder Tränen in die Augen. »Bitte weine nicht«, sagte ich.

»Wir vergessen für eine Weile, was wir einander bedeutet haben. Wir reden nicht über die Vergangenheit. Das ist die Bedingung.«

»Abgemacht.« Ich legte eine Handvoll Dollarnoten auf den Tisch, fasste ihre Hand und zog sie mit mir Richtung Tür. Kurz davor blieb ich jedoch stehen. »Warte. Lass uns erst noch einen Schnaps trinken. Wir sind jung, die Stadt gehört uns, du musst morgen nicht unterrichten, und ich habe keine bösartige Ehefrau mehr.«

»Okay. Warum nicht?« Ihre Wangen röteten sich. Auf einmal wirkte sie fröhlicher, jünger. Und obwohl ich versprochen hatte, nicht über die Vergangenheit zu sprechen, hatte ich dennoch das Gefühl, dass wir durch die Zeit hindurch in die beste Phase unseres Lebens zurückgereist waren.

Wir tranken jeder einen Tequila, verließen die Bar und suchten uns ein kleines 24-Stunden-Diner. »Ich glaub, ich möchte Kuchen«, sagte ich, als wir in die Kühlauslage starrten.

»Ich auch. Sollen wir uns ein Stück teilen?«

»Lass uns zwei Stücke teilen«, entgegnete ich herausfordernd.

»Oh, das ist gewagt! Das gefällt mir. Dann nehmen wir ein Stück Schokoladenkuchen und …«

»Ein Stück Erdnussbutterkuchen?«

»Per-fekt! Da kann ich mal wieder so richtig reinhauen!«

»Dito«, sagte ich.

Wir bestellten und setzten uns in eine der Sitznischen mit grünem Vinylpolster. Sie fuhr mit dem Finger über die Glitzerpunkte auf der Retro-Tischplatte. »Und? Wie geht es Alexander und deinem Dad und Regina?«

»Toll. Mein Dad wird nie in Rente gehen. Er und mein Bruder sind Partner in derselben Kanzlei. Alex und Monica haben zwei Kinder und ein großes Haus in Beverly Hills. Regina ist immer noch die alte, nur dass ihr Gesicht noch straffer sitzt.«

Grace lachte, dann wurde sie wieder ernst. »Das mit deiner Mom finde ich sehr traurig. Ich habe sie wirklich gemocht. Ich hatte das Gefühl, wir waren auf einer Wellenlänge.«

Ich dachte an die letzte Zeit mit meiner Mutter zurück – bevor ich sie verlor. Sie hatte sich nach Grace erkundigt und ich geantwortet, dass es mit uns eben nicht funktioniert hätte. Ich hatte mich sehr gewundert, dass sie nach so vielen Jahren noch von Grace sprach. Sie wusste nicht, dass Elizabeth und ich Probleme hatten, aber ich bekam den Eindruck, sie wollte mich wissen lassen, dass sie noch immer an Grace dachte. Vermutlich hatte auch sie gespürt, dass sie mit ihr auf einer Wellenlänge lag. Elizabeth hatte kein besonders enges Verhältnis zu meiner

Mutter entwickelt, selbst nach zehn Jahren nicht. Doch ein Besuch von Grace hatte gereicht, dass meine Mutter sie für immer in ihr Herz geschlossen hatte.

»Ja. Sie ist ganz friedlich gestorben. Vor ihrem Tod war sogar mein Dad noch mal da. Es war herzzerreißend. Nach allem, was die beiden durchgemacht hatten … Sie hat ihn immer noch geliebt, weißt du. Deshalb hat sie auch nicht wieder geheiratet. Ich glaube, als dann alles von ihr abfiel und sie sich dem Ende näherte, da hat auch er sie geliebt. Zumindest hat er das zu ihr gesagt. Falls er es nicht so gemeint hat, ist sie jedenfalls in dem Glauben gestorben, dass es stimmte. Danach hatte ich weitaus mehr Respekt für ihn als vorher.«

»Das kann ich nachvollziehen.« Sie sagte das, als spräche sie aus Erfahrung.

Ich atmete tief durch. »Lass uns von etwas Angenehmerem reden.«

»Ich habe eine Zeitlang deine Karriere verfolgt und gesehen, dass du den Pulitzer-Preis bekommen hast. Was für eine tolle Leistung, Matt. Meinen Glückwunsch!«

»Danke. Das kam ziemlich überraschend, und ich konnte mich auch nicht so recht freuen, weil ich zu der Zeit irgendwie in einer Krise steckte.«

»Das war, bevor deine Mutter krank wurde, richtig?«

»Ja, sie hat mich bei der Preisverleihung noch gesehen. Sie und Dad waren mächtig stolz.«

Grace war so interessiert, so mitfühlend. Ich dachte, ich hätte mir all diese Eigenschaften an ihr nur ausgedacht. Wie passend doch ihr Name war: Grace, die Anmutige. Sie war so lebendig, so schön, so authentisch. Wie oft hatte ich Fotos von ihr angestarrt und mir gewünscht, ich könnte sie berühren, sie festhalten oder einfach nur leibhaftig und in Farbe vor mir sehen! Und hier war sie nun – genau so, wie ich sie in Erinnerung gehabt hatte.

Die Kuchenstücke standen unangetastet vor uns. Ich nahm einen Bissen auf meine Gabel und hielt sie Grace vor den Mund. »Mit Kuchen wird alles besser.«

Sie ließ sich füttern, und ich konnte den Blick nicht von ihrem Mund wenden. Ich fuhr mit der Zunge über meine Lippen und dachte daran, wie sie schmeckte … wie es sich angefühlt hatte, sie zu küssen.

»Hmmm, das ist so lecker.«

»Ich weiß, wir sollen nicht über die Vergangenheit reden, aber ich möchte doch gerne wissen, was du nach unserem Abschluss gemacht hast. Wie war es in diesem Orchester?«

»Wunderbar! Wir waren zwei Jahre auf Tournee. Tatiana war ja auch dabei. Als wir nach New York zurückkehrten, bekam Dan seine alte Stelle an der NYU wieder, und ich habe meinen Master in Musiktheorie über ein Online-Programm gemacht. Dann habe ich ein paar Jahre am College unterrichtet, und jetzt leite ich das Orchester und die Band der Highschool.«

»Das klingt phantastisch, Grace. Wie geht's Tatiana?«

»Gut. Sie ist immer noch kratzbürstig und immer noch Single. Sie ist bei den New Yorker Philharmonikern, und daher viel auf Reisen. Sie spielt mit einer unglaublichen Leidenschaft.«

»Was ist mit Brandon passiert?«

Sie grinste. »Der war für Tati nur einer von vielen.«

»Hätte ich mir denken können. Aber wolltest du denn nie denselben Weg einschlagen wie sie? Vielleicht bin ich da vorbelastet, aber ich dachte immer, von euch beiden wärst du die bessere Musikerin.«

»Das war ich vielleicht mal, aber …« Sie wirkte nervös. »Ich
… äh … hatte nie ihre Disziplin. Darin war sie immer besser.«

»Das finde ich ja nun überhaupt nicht.«

»Für das geübte Ohr hat Tatiana mehr Talent.« Sie lächelte.
»Willst du einen letzten Happen?« Sie hielt mir eine Gabel voll
Erdnussbutterkuchen an den Mund.

Ich fasste ihr Handgelenk, lehnte mich vor und nahm den
Bissen von der Gabel. Die spontane Nähe fühlte sich sofort
vertraut an.

»Es tut mir leid, aber ich muss nach Hause. Das hier war sehr
schön. Es hat gutgetan, dich wiederzusehen, so gutaussehend
und gesund«, sagte sie.

»Ich begleite dich noch nach Hause.«

»Das brauchst du nicht.« Sie rutschte an den Rand der Sitzbank, um aufzustehen.

»Es ist spät, und ich hätte ein besseres Gefühl, wenn ich dich
noch nach Hause bringen darf.«

Sie zögerte. »Also gut. Du kannst mich bis zu meiner Straße
bringen.«

Auf dem Weg drehte sie ihr Haar zu einem Knoten, und ihr
Tattoo wurde sichtbar. *Grünäugiger Schwan.* Ich konnte nicht
widerstehen und fuhr mit den Fingerspitzen über ihren Nacken. Sie zuckte zusammen. »Was machst du da?«

»Ich wollte es nur berühren, um mich zu vergewissern, dass
es noch immer da ist.«

Sie lachte. »Tätowierungen sind ziemlich haltbar.«

»Du hättest sie dir ja vor lauter Wut weglasern lassen können.«

»Es war mehr ein gebrochenes Herz als Wut.«

Autsch.

Ich nahm ihre beiden Hände in meine. »Es tut mir furchtbar leid. Du kannst dir gar nicht vorstellen, wie sehr es mir leidtut.«

»Ich weiß. Mir tut es auch leid. Du hast deins auch noch, nehme ich mal an?«

Ich dehnte den Halsausschnitt meines schwarzen T-Shirts nach unten und entblößte die Tätowierung über meinem Herzen. »Jep. Immer noch da.«

Sie strich mit den Fingern darüber und flüsterte: »Nur seine Asche.«

Sie senkte den Kopf. Ich hob ihr Kinn, damit sie mich ansah. Ihre Augen waren voller Tränen. »Wir waren Opfer von schlechtem Timing. Aber jetzt stehen wir hier.«

Sie lächelte schwach. »Ich muss gehen.« Bevor ich sie aufhalten konnte, drehte sie sich um und rannte die Straße hinunter. Ich wartete, bis ich sie die Stufen zu einem Brownstone hochlaufen sah, dann machte ich mich auf den Heimweg, wütend auf die ganze Welt und mit Mordgelüsten gegenüber Elizabeth, die mir auf mehr als nur eine Weise das Leben versaut hatte.

Sobald ich zu Hause war, rief ich meinen Bruder an. An der Westküste war es erst neun Uhr abends. Monica hob ab. »Hallo?«

»Ist Alex da?«

»Dir auch hallo, Matthias. Nein, Alexander ist nicht da. Er muss morgen bei Gericht einen wichtigen Antrag stellen, deshalb ist er noch in der Kanzlei.

»Monica, du hast gesagt, du und Elizabeth wärt wie Schwestern gewesen, stimmt das?«

»Na ja, wir gehörten acht Jahre lang zur selben Familie.«

»Ja, sicher. Wusstest du dann, dass Grace versucht hat, mich zu erreichen, und dass Elizabeth mir das jedes Mal erfolgreich verheimlichen konnte?« Meine Stimme klang hart und vorwurfsvoll. »Hast du ihr dabei vielleicht sogar geholfen?«

»Hör auf.«

»Nein. Du hast ihr unser verdammtes Familienerbstück vermacht. Ihr hattet die ganze Zeit über Kontakt. Du hast mir selbst gesagt, sie hätte erzählt, wie sehr ich Grace nachgetrauert hätte. Du hast Grace von Anfang an nicht gemocht. Ihr wart beide eifersüchtig auf sie.«

»Wenn du nicht sofort aufhörst, werde ich das Gespräch beenden.«

Ich atmete schwer und keuchend, mein Puls raste. In meinem Inneren spürte ich nichts außer Wut und Adrenalin.

»Ich weiß nicht, wovon du sprichst. Ich war niemals eifersüchtig auf Grace. Sie war fünf Minuten in deinem Leben, und jetzt wirfst du mir so etwas vor? Elizabeth hat mir nichts erzählt, außer dass du einen Haufen Fotos von Grace besitzt, die du dich weigerst wegzuschmeißen.«

»Elizabeth ist schuld, dass ich fünfzehn Jahre nicht mit Grace gesprochen habe. Elizabeth ist wahrscheinlich auch schuld daran, dass ich just in diesem Moment nicht mit Grace verheiratet bin.«

Sie seufzte tief. »Matt, jetzt wirst du melodramatisch.«

»Ich weiß nicht einmal, wieso ich dir das alles erzähle.«

Sie schwieg eine Weile. »Ich glaube, du erzählst es mir, weil ich ein Teil deiner Familie bin.« Ihre Worte überraschten mich. »Du solltest schlafen, Matt. Du klingst sehr durcheinander. Wenn das, was du gesagt hast, wahr ist, tut es mir leid. Ich habe Elizabeth nie als Intrigantin gesehen.«

»Ich auch nicht. Aber sie hat es getan.«

»Ich sage Alexander Bescheid, dass er dich anruft, okay?«

»Okay. Danke, Monica. Gute Nacht.«

Um zwei Uhr morgens saß ich immer noch da und starrte aus dem Fenster. Mein Kopf fühlte sich an wie vernebelt, also beschloss ich, einen Spaziergang zu machen. Ehe ich mich versah, steuerte ich Graces' Straße an. Um mich herum war alles ruhig, während ich auf die vier Häuser aus braunem Backstein starrte. Ich wusste nicht, welches ihres war – sie sahen alle identisch aus.

»Grace!«, rief ich laut. Ich hätte sie auch anrufen können und sagen: »Gracie, ich muss mit dir reden!«, aber wenn man um zwei Uhr morgens unbedingt jemanden sprechen will, kann man genauso gut zu ihm hingehen. »Grace, bitte!«

Auf der anderen Straßenseite öffnete ein Mann sein Fenster und brüllte: »Verschwinde, sonst ruf ich die Polizei!«

»Dann tun Sie's doch!«, brüllte ich zurück.

»Ist schon okay, Charlie!«, hörte ich Graces' Stimme. Ich drehte mich um, und da stand sie im Türrahmen eines der Häuser. Ich rannte die fünf Stufen zu ihr hoch, völlig außer Atem. Ihr Gesicht war nur wenige Zentimeter von meinem entfernt. Sie trug einen rosa Schlafanzug mit aufgedruckten Weihnachtsbäumen. Es war Mai. Ich schmunzelte.

»Was willst du hier?«, fragte sie.

Ich nahm ihre Hände und starrte auf unsere verschränkten Finger. »Ich wollte dich vorhin schon küssen, aber ich habe mich nicht getraut.« Ich beugte mich vor und gab ihr einen zärtlichen Kuss. Ihre Lippen waren wunderbar weich, und sie reagierte voller Leidenschaft. Sie küsste so inbrünstig, wie sie immer geküsst hatte. Sie schlang die Arme um meinen Hals und presste sich an mich, während unsere Lippen innig verschmolzen. Dann ließ sie ihre Hände über meinen Rücken gleiten und schob sie unter mein T-Shirt. Ihre Finger betasteten meinen Gürtel.

Sie wich ein Stück zurück und flüsterte mir ins Ohr: »Den hast du immer noch?«

»Du warst immer bei mir, Grace. Ich habe nie geschafft, dich loszulassen.«

Sie lehnte ihre Stirn gegen meine Schulter. »Was sollen wir denn jetzt machen?«

»Zusammen sein?«

Sie lachte. »Du willst mit mir zusammen sein?«

Ich hätte sie auf der Stelle geheiratet, wenn sie mich gelassen hätte.

»Ja, ich will mit dir zusammen sein. Du bist meine Lieblings-Exfrau.«

Sie hob den Kopf und sah mir in die Augen. Ich war froh, dass sie lächelte.

»Am Dienstag nach Schulschluss habe ich Zeit.«

»Sollen wir uns gegen drei vor unserem alten Wohnheim treffen?«

Sie lachte wieder, doch im Mondlicht sah ich auch ihre Tränen aufblitzen. Viel zu oft hatte ich sie in dieser Nacht zum Weinen gebracht. »Ja. Dann sehen wir uns dort.«

Ich neigte den Kopf und gab ihr einen Kuss auf die Wange. »Tut mir leid, dass ich dich geweckt habe. Geh wieder schlafen, schöne Frau.« Ich küsste ihre Nase, drehte mich um und ging die Stufen hinunter. »Dienstag um drei«, bestätigte ich noch einmal. »Bis dann.«

»Ruhe da unten!«, brüllte Charlie aus dem Fenster.

»Geh ins Bett, Charlie!«, rief Grace.

Eine zweite Chance?

MATT   Das ganze Wochenende verbrachte ich damit, Möbel für mein Loft zu kaufen und es wohnlich zu gestalten, für den Fall, dass Grace herkommen würde.

Beim Aufwachen am Montag spürte ich sofort Wut in mir aufsteigen, als ich daran dachte, dass ich auf der Arbeit gleich Elizabeth sehen müsste. Ich ging erst mal eine Runde joggen, um Dampf abzulassen, dann fuhr ich ins Büro. Auf dem Weg zu meinem Schreibtisch traf ich Scott.

»Hey, kann ich mit dir reden?«, wandte ich mich an ihn.

»Was gibt's?«

»Können wir in dein Büro gehen?«

»Sicher.«

An seinem Schreibtisch setzten wir uns einander gegenüber. »Ich kann nicht länger im Büro sein. Darf ich von zu Hause aus arbeiten?«

Scott lehnte sich zurück. »Du hast in den letzten Jahren eine ganz Menge eigenwilliger Anfragen gehabt.«

»Ich weiß, und das tut mir leid, aber ich kann diesen Mist hier einfach nicht mehr ertragen.«

»Du und Elizabeth habt euch freiwillig entschieden, nicht

mehr draußen zu arbeiten, sondern lieber hier.« Er zog die Augenbrauen hoch, wie um zu sagen: *Weißt du noch?*

»Scott, ich will ehrlich sein. Es geht nicht um die Arbeit an sich. Ich denke nur, es wäre in jedermanns Interesse, wenn sie und ich nicht mehr im selben Gebäude sind.«

»Ach, ja? Ich fand eigentlich, du hast die Scheidung überraschend gut gemeistert. Und es ist schon über ein Jahr her. Trauerst du ihr wirklich immer noch nach?«

»Inzwischen habe ich neue Informationen erhalten. Ich kann mit diesem boshaften Biest nicht länger zusammenarbeiten.« Ich verzog das Gesicht, wodurch ich möglicherweise selbst ein wenig boshaft aussah.

»Komm schon, Matt, lass uns vernünftig sein …«

»Ich mache als freier Mitarbeiter weiter, Scott. Ich habe das früher auch gemacht und einen verdammten Pulitzer-Preis gewonnen.«

Scott kniff die Augen zusammen. »Willst du mir etwa drohen, Matt?«

»Das soll keine Drohung sein, und ich werde auch nicht näher darauf eingehen, was Elizabeth verbockt hat. Dass sie mein Leben ruiniert hat und ich nicht weiter mit ihr arbeiten kann, muss als Information reichen, okay? Und ich halte es für nachvollziehbar, wenn ich nicht mit meiner schwangeren Exfrau und ihrem neuen Mann zusammenarbeiten will. Schon vor Monaten habe ich den Antrag gestellt, im Außendienst zu arbeiten, und ich bin immer noch hier. Wenn *ich* nicht gehen darf, muss *sie* weg.«

Scott stöhnte. »Ich will dich unbedingt in unserem Team behalten, und du weißt ganz genau, dass ich Elizabeth nirgends hinschicken kann. Sie ist schwanger. Sollten wir versuchen, sie loszuwerden, würde sie uns sicher bis aufs Blut verklagen.«

Ich hob die Hände. »Okay, Mann. Dann gehe ich.«

Scott drehte sich mit seinem Sessel hin und her, während ich ihn entschlossen anstarrte. Er fuhr sich mit der Hand über die polierte Glatze, verschränkte die Arme vor der Brust und lehnte sich zurück. »Okay, du kannst von zu Hause aus arbeiten. Das ist hier sonst nicht üblich – du solltest wissen, dass du damit eine Sonderbehandlung erfährst. Und das läuft auch nur, bis wir was anderes für dich haben. Falls du es hier tatsächlich gar nicht mehr erträgst, wirst du einen Assistenten brauchen, der dich bei den Produktionskonferenzen vertritt. Vielleicht Kitty?« Er grinste.

Ich stand auf und klatschte ein Mal. »Das ist ein verdammt guter Plan, Scott. Du bist der Beste.« Ich ging zu ihm hin, nahm sein Gesicht in beide Hände und gab ihm einen schmatzenden Kuss auf die Wange. »Dann bin ich mal raus hier. Aber … ich werde mir selbst einen Assistenten suchen«, rief ich noch über die Schulter zurück, während ich sein Büro verließ.

Als ich kurz darauf fröhlich pfeifend mit dem berühmten Pappkarton voll Büroutensilien den Gang hinunterspazierte, lief mir Elizabeth über den Weg. Denk dran, Matt: Wenn du sie umbringst, kommst du ins Gefängnis!

»Wo gehst du denn mit all deinen Sachen hin?« Sie stemmte eine Hand in die Hüfte und versperrte mir den Weg.

»Lass mich durch.«

»Warum bist du schon wieder so gemein zu mir. Ich bin schwanger, du Arschloch.«

»Das ist mir sehr wohl bewusst – so wie jedem anderen, der zwei Augen im Kopf hat. Und wo ich hingehe, hat dich nicht zu interessieren. Aus dem Weg!«

»Bist du gefeuert?«

Sosehr ich mir wünschte, mich nicht weiter mit ihr abgeben

zu müssen, konnte ich dennoch nicht an mich halten. »Ich weiß von Graces Anrufen und Briefen und dass du sie mir vorenthalten hast. Besten Dank dafür!«

Sie verdrehte die Augen und sah zur Decke. »Ach, herrje! Ich wusste, das würde irgendwann hochkommen. Pass mal auf … Als du 97 nach New York zurückkamst und sie nicht mehr da war, bist du zu einem erbärmlichen Häuflein Elend verkommen, Matt. Ich habe dich aufgelesen und mich jahrelang um dich gekümmert. Denkst du, ohne mich hättest du diesen Job gekriegt? Du warst auf dem besten Weg, Alkoholiker zu werden, bist rumgeeiert wie der letzte Versager. Ich habe dich vor dem totalen Absturz bewahrt. Sie war nicht für dich da.«

Ich lachte. »Ich ein angehender Alkoholiker? Hast du dir das so zusammengebastelt, um deinen Betrug zu rechtfertigen? So ein verdammter Blödsinn! Du und ich hätten nie geheiratet, wenn ich gewusst hätte, dass sie Kontakt zu mir gesucht hat.«

»Hast du eine Ahnung, wie erbärmlich du klingst?«

»Alles muss immer nach deinen Vorstellungen laufen, egal, um welchen Preis. Du wolltest mich, also hast du getan, was du für nötig hieltest. Du wolltest ein Kind, und ich war nicht verfügbar, also bist du hingegangen und hast dir den nächstbesten Willigen gesucht, auf Kosten unserer Ehe. Du bist hier diejenige, die erbärmlich ist, Elizabeth, nicht ich.«

Darauf wusste sie anscheinend nichts zu erwidern. »Ich dachte … ich dachte, dass du mich liebst.« Das war ihre typische Taktik. Sie konnte sich binnen einer Sekunde um hundertachtzig Grad drehen, von böser Anklägerin zum hilflosen Opfer.

»Ich liebte den Menschen, für den ich dich damals hielt, aber jetzt erkenne ich, dass der nie existiert hat. Ich muss gehen.«

Ich versuchte, an ihr vorbeizukommen, doch sie blieb hartnäckig stehen.

»Warte, Matt.«

»Bitte, lass mich durch.«

»Warum war sie immer noch hinter dir her, nachdem wir verheiratet waren? Ich meine, es war doch offiziell bekannt. Findest du das nicht irgendwie seltsam? Und falsch?«

»Willst du ihr etwa vorwerfen, dass sie die Sache klären wollte? Dass sie wissen wollte, was passiert ist? Das Ganze hat sie vollkommen fertiggemacht, Elizabeth. Genau wie mich.« Ich hielt inne und blickte auf ihren vorgewölbten Bauch. »Um des armen Menschenkinds willen, das in dir heranwächst, hoffe ich, dass du etwas daraus lernst. Trotz all deiner Bemühungen hat es mit uns nicht funktioniert. Wir sind nicht mehr zusammen. Es war alles umsonst.« Sie begann zu weinen, doch es verschaffte mir keine Genugtuung. »Bitte, Elizabeth, lass mich gehen.«

Meine Wut war verraucht. Alles Weitere kam mir nur noch grotesk vor. Schreien und Toben waren keine Optionen mehr. Es schien alles wie ein lächerlicher Witz auf meine Kosten. Nun hatte ich die Wahl: Ich könnte ihr unverdienterweise noch mehr Aufmerksamkeit schenken und mir weitere Lebenskraft und -zeit rauben lassen, oder ich könnte es einfach hinnehmen und weiterleben.

Ich entschied mich für die zweite Variante und schob mich an ihr vorbei. »Auf Nimmerwiedersehen.«

Es war Frühling in New York, und ich war frei zu tun, was immer ich wollte.

Die Sonnenstrahlen bahnten sich ihren Weg zwischen den Wolkenkratzern. Den Karton voller Andenken an meine Karriere unterm Arm, ging ich zur U-Bahn. Als ich mir im Zug jedes Detail meiner letzten Begegnung mit Grace ins Gedächtnis rief, musste ich schmunzeln. Ich dachte daran, wie weich ihr Haar sich zwischen meinen Fingern anfühlte und wie sie auch jetzt noch, nach fünfzehn Jahren, die Augen nach einem Kuss immer einige Sekunden lang geschlossen hielt, als wollte sie dem Genuss noch eine Weile nachspüren.

Ich durfte nicht zulassen, dass sich noch einmal irgendjemand oder irgendetwas zwischen uns stellte.

Am Dienstag ging ich früh am Morgen wieder eine Runde laufen und zählte dann die Minuten bis drei Uhr. Ich war viel zu früh am Treffpunkt und setzte mich auf die Eingangstreppe des Wohnheims. Grace kam pünktlich. Sie wirkte fröhlicher als beim letzten Mal und lief mit ihrem typischen federnden Gang. Ihr Outfit bestand aus einem Rock mit Blumenmuster, dazu Pulli und Strumpfhose. Es war eine erwachsene Version ihres Stils aus Collegezeiten. Als ich an mir hinunterblickte, stellte ich fest, dass auch mein Stil sich nicht großartig verändert hatte: Jeans, T-Shirt und Chucks. War tatsächlich so viel Zeit vergangen? Abgesehen von ein paar mehr Falten in unseren Gesichtern gab es dafür wenig äußere Hinweise.

Ich stand auf und schob die Hände in die Taschen.

»Hast du schon gegessen?«, wollte sie wissen.

»Ich bin am Verhungern.« Das war gelogen, aber ich wollte tun, wozu auch immer sie Lust hatte. »Was möchtest du?«

»Wie wär's mit einem Hotdog und einem Spaziergang durch den Park?« Ich lächelte. Ich konnte mir nichts Schöneres vorstellen.

»Klingt prima.«

Schulter an Schulter liefen wir nebeneinanderher und redeten. Ich berichtete ihr von meiner Arbeit, ohne jedoch meine Konfrontation mit Elizabeth zu erwähnen.

»Wie geht es deinen Eltern?«, erkundigte ich mich dann.

»Gut. Mein Vater ist jetzt trocken, und meine Mutter hat ein zweites Mal geheiratet. Mein Bruder und meine Schwestern sind erwachsen und ausgezogen. Meiner jüngsten Schwester stehe ich am nächsten. Sie lebt in Philadelphia, und wir sehen uns oft. Nach Dans Tod hatte ich mit dem Gedanken gespielt, nach Arizona zurückzukehren, aber dafür liebe ich New York zu sehr. Ich habe viele Freunde und könnte das Haus nie verkaufen.«

Ich spürte einen Stich im Herzen. Ich wünschte, ich wäre derjenige gewesen, der ihr das Brownstone gekauft hatte.

Während wir auf den Stufen des Brunnens im Washington Square Park unsere Hotdogs aßen, beobachteten wir zwei kleine Kinder, die im Wasser herumtollten. Das kleine blonde Mädchen, das etwa drei Jahre alt war, lachte ausgelassen, während ihr kleiner Bruder sie nass spritzte.

»Das Mädchen da ist einfach klasse.«

»Ja. Hast du was zu rauchen dabei?«, fragte sie wie beiläufig.

»Das war aber ein abrupter Themawechsel.« Ich musterte sie eine Weile. »Warte mal, meinst du das ernst?«

»Warum nicht?« Sie hob ihren Zeigefinger, wischte mir einen Klecks Senf von der Lippe und steckte ihn sich in den Mund.

O Gott, diese Frau!

»Ich könnte uns was besorgen«, sagte ich verträumt.

»Vielleicht beim nächsten Mal.« Sie zuckte verlegen mit den Schultern, und ich hatte blitzartig die Grace von früher vor Augen.

»Hast du keine Angst, dass einer deiner Schüler dich dabei erwischen könnte?«

»Ich dachte, wir könnten vielleicht zu dir gehen.«

»Äh, ja … klar, das können wir.« Ich nickte heftig, wie ein übereifriger Schuljunge. »Kein Problem.«

»Guck mal!« Sie zeigte auf einen jungen Mann, der seine Freundin Huckepack trug und mit ihr im Kreis lief, während sie vor Freude juchzte.

Grace lächelte mich an, dann füllten sich ihre Augen mit Tränen. Verdammt, nicht weinen, Grace! Bitte nicht, du machst mich ganz fertig.

»Das kann ich auch. Sooo alt bin nun auch wieder nicht!«, sagte ich.

Sie musste lachen, während ihr die Tränen über die Wangen liefen. »Nun, alter Mann … Ich würde es dich ja gern versuchen lassen, aber ich trage einen Rock.«

»Hattest du nicht irgendwas von meiner Wohnung gesagt?« Ich versuchte, meine beste Unschuldsmiene aufzusetzen.

»Ja … wenn du willst. Ich würde gerne deine Wohnung sehen.«

»Tatsächlich?«

»Natürlich. Ich will sehen, wie du lebst. Das heißt ja nicht automatisch, dass ich mit dir ins Bett gehe.«

»Pfff, das weiß ich doch … Daran habe ich auch gar nicht gedacht.« Aber natürlich hatte ich daran gedacht.

Die U-Bahn war um diese Uhrzeit voll. Grace stand mit dem Rücken zu mir und lehnte sich gegen mich. Ob sie wohl die Augen geschlossen hielt? Ich neigte mich vor und flüsterte: »Wir hätten auch ein Taxi nehmen können. Ich vergesse immer, dass wir jetzt Erwachsene sind.«

»Ich fahre gern mit dir U-Bahn.«

Ich zog sie dichter an mich heran. Ich hatte das Gefühl, als würden all die Jahre, die ich mit ihr verloren hatte, zusammenschmelzen und verschwinden.

Wir fuhren mit dem Fahrstuhl zu meinem Loft im vierten Stock. Grace betrat die Wohnung als Erste und musterte sofort die Decke mit den sichtbaren Dachbalken. »Das ist toll hier, Matt!«

»Ja, mir gefällt es auch.«

Draußen war es noch hell, so dass warmes Licht den Raum erfüllte. Grace ging zu dem großen Fenster im Wohnzimmer. »Von hier aus kannst du wahrscheinlich das Dach meines Hauses sehen.«

»Nein, kann ich nicht.« Sie drehte sich um und lächelte wissend. »Kann ich dir ein Glas Wein bringen?«, bot ich an.

»Das wäre super.«

Während ich in die Küche ging, drehte sie eine Runde durch mein spartanisches Heim. Schlafzimmer, Küche und Wohnzimmer gingen ineinander über und wurden nur durch hohe Stützbalken voneinander getrennt. Als ich den Wein einschenkte, fuhr sie gerade mit der Hand über meine weiße Bettdecke.

»Die Wohnung ist wirklich schön. Mir gefällt der rustikale Touch. Die meisten Leute hätten wohl eher was Modernes reingestellt.«

»Ja, nenn mich ruhig altmodisch.«

»Nein. Ich halte dich nicht für altmodisch.« Sie stand vor der Wand und starrte auf das Foto, mit dem ich so viele Preise gewonnen hatte.

»Nicht zeitgemäß?« Ich reichte ihr das Glas.

»Eher zeitlos«, antwortete sie grinsend. Ich wünschte, sie würde uns damit meinen. Denn waren wir das nicht auch? Zeitlos? Nichts konnte das ändern, was wir vor all den Jahren zusammen gehabt hatten, auch wenn über allem die Vorstellung schwebte, was hätte gewesen sein können.

»Oh, danke. Das klingt gut.«

Sie deutete auf das Bild. »Aber das hier … hat Kraft. Kinder und Waffen …« Sie schüttelte den Kopf. »Wie tragisch. Hattest du Angst, als du das Foto gemacht hast?«

»Nein. Die Kamera fühlt sich manchmal wie ein Schutzschild an. Ich bin oft ganz schön große Risiken eingegangen.«

»Denkst du, du wirst noch mal einen Pulitzer gewinnen?«

»Ich glaube, das ist im Leben einmalig. Aber irgendwann will ich wieder rausgehen und Fotos schießen.«

»Ich möchte wetten, die besten Fotos sind einfach glücklicher Zufall.«

»So wie das Leben selbst.« Ich ging zu ihr und schob ihr das Haar hinters Ohr. »Ich möchte dich küssen.«

Sie trank schnell einen Schluck Wein. »Äh … gehst du hier in der Gegend öfter mal zu Ausstellungen?«

Ich schmunzelte. »Was für ein geschickter Themawechsel!«

Sie räusperte sich. »Ich glaube, ich kann dir nicht mehr sehr viel länger widerstehen, und ich möchte …« Sie schluckte und sah sich um.

»Was, Grace?«

»Ich möchte nichts falsch machen.« Unser Gespräch machte sie nervös; ihr Brustkorb hob und senkte sich heftig.

»Wie meinst du das?«

»Du warst mein bester Freund.« Sie rang mit Tränen und blickte zur Seite.

»Bitte weine nicht.«

Als sie mich wieder ansah, glänzten ihre Augen in intensivem Grün. »Ich versuche, dir etwas zu sagen, Matt.«

Ich nahm sie in die Arme und hielt sie fest. Sie wollte es langsam angehen lassen, so wie damals im Wohnheim – mit all den wunderbaren Momenten, als wir einfach nur zusammen waren, tanzten, sangen, Musik hörten, Fotos machten. Das ist das Problem mit uns Erwachsenen. Wir nehmen uns keine Zeit mehr. Wir denken, wir kennen den anderen in- und auswendig, in Herz und Seele, nachdem wir nur fünf Minuten mit ihm gesprochen haben.

Ich hielt sie an den Schultern sanft auf Abstand und studierte ihr Gesicht. »Ich habe eine Idee. Bleib du hier, mach es dir gemütlich, zieh die Schuhe aus.« Ich deutete auf mein Plattenregal. »Such dir eine Platte aus, ich bin gleich zurück.«

Ich nahm den Fahrstuhl nach unten, rannte über die Straße und sprintete wieder drei Stockwerke hoch. Im Umkreis von fünf Kilometern war Rick Smith der einzige Kiffer, den ich kannte. Ich hämmerte an seine Tür.

Rick öffnete, nur mit Jogginghose bekleidet und einem regenbogenfarbenen Schweißband um die Stirn. Für einen über vierzigjährigen Schriftsteller, der das Haus nur verließ, um seinen Kater Jackie Chan auszuführen, hatte er einen extrem sportlichen Körper. »He, Matt, was ist los?« Er war außer Atem.

»'tschuldigung, Rick. Hab ich Sie bei etwas Wichtigem gestört?«

»Nein, nein. Ich habe nur Tae Bo geübt.«

»Oh, Tae Bo! Gibt's das überhaupt noch?«

»Na ja, es ist ja nun nicht so, dass es einfach verschwinden könnte. Es ist eine Fitnessgymnastik. Kommen Sie rein.« Er hielt mir die Tür auf. Ich war nie zuvor in seiner Wohnung gewesen; nur einmal hatte ich ihm Jackie Chan an die Tür gebracht, nachdem der ausgebüxt war.

Ich kam mir vor wie bei einer Reise in die Vergangenheit, und es gefiel mir. Alles in der Wohnung war alt, aber in hervorragendem Zustand. Auf dem Bildschirm des Toshiba-Fernsehers in der Ecke zitterte das Standbild von Billy Blanks, der mitten in der Bewegung erstarrt war. Rick übte zu einem extrem alten Tae-Bo-Video. »Ist das eine VHS-Kassette?«

»Ja, mein alter Videorecorder funktioniert immer noch einwandfrei. Warum sollte ich ihn wegwerfen?«

»Klar.« Irgendwie hatte ich erwartet, dass die Wohnung zugemüllt war, aber das genaue Gegenteil war der Fall.

Er ging in die Küche und holte eine Flasche Wasser aus dem Kühlschrank. »Willkommen in meiner bescheidenen Behausung. Kann ich Ihnen ein Wasser anbieten oder vielleicht einen Weizengras-Drink? Ich hab auch einen Mixer, falls Sie einen schönen frischen Saft möchten.«

»Oh, vielen Dank, Rick. Das ist sehr freundlich von Ihnen.« Er war offenbar ein Gesundheitsfreak. Mir fiel ein, dass ich vielleicht eines seiner Bücher hätte lesen sollen, bevor ich einfach hinging, um ihn um Drogen zu bitten.

»Was verschafft mir die Ehre Ihres Besuchs?«

»Ja, also … Ich weiß nicht genau, wie ich es sagen soll, aber … ich habe eine alte Freundin zu Besuch und wir …«

»Ihr zwei wollt 'ne Tüte?«

»Genau!« Ich richtete den Zeigefinger auf ihn, als hätte er gerade in *Der Preis ist heiß* gewonnen. Zwar sagte niemand mehr »Tüte«, aber egal.

»Wie kommst du darauf, dass ich Gras hab? Denkst du, ich bin ein Kiffer oder so was? Ein Drogendealer?« Er sah mich ausdruckslos an.

»Oh, verdammt …« Ich hätte schwören können, dass er jedes Mal, wenn ich ihn sah, mit leicht abwesendem Blick und Dauergrinsen herumlief und den Duft von Gras verströmte.

»Ha! Ich mach doch nur Spaß! Jetzt hab ich dich aber erwischt, was?« Er lachte und schlug mir auf die Schulter, während er an mir vorbeiging. »Warte kurz.«

Als er zurückkam, hielt er ein Arzneigläschen ohne Aufkleber in der Hand, in dem ich ein paar getrocknete Blüten erkennen konnte. Er hob das Glas vor mein Gesicht und sagte: »Hör mir genau zu. Das ist King Kush. Medizinisches Marihuana. Das hab ich von der ersten Ausgabestelle für medizinisches Marihuana an der Ostküste. Für dieses Teufelszeug hab ich extra einen Wagen gemietet und bin den ganzen weiten Weg bis nach Maine gefahren. Seid vorsichtig. Übertreibt es nicht, verstanden?« Er sah mich eindringlich an.

»Rick, ich weiß nicht … Du machst mir Angst.«

»Es ist super stark. Aber ihr werdet es lieben und mir ewig dankbar sein.« Er zog ein Päckchen mit Blättchen aus einer Schublade und hielt es daneben. »Braucht ihr das auch?«

»Äh, ja.« Ich nahm beide Sachen und schob sie in meine Hosentasche.

»Roll es dünn, und rauch mit deiner Freundin erst mal nur einen halben, bevor ihr weitermacht.«

»Was, wenn meine Freundin nur eins fünfundsechzig und sehr schmal ist?«

»Das ist okay. Frauen lieben dieses Kraut.«

An der Tür drehte ich mich noch einmal um. »Rick … Ich weiß gar nicht, wie ich dir danken soll.«

»Kein Thema, Mann. Betrachte es als Belohnung dafür, dass du mir damals Jackie Chan zurückgebracht hast.«

Im Loft angekommen, sah ich Grace auf der Couch sitzen, die bestrumpften Füße auf dem Tisch. Sie hatte Coltrane auf den Plattenteller gelegt und lauschte mit geschlossenen Augen, als wäre sie zu Hause. Gott, ich liebte sie!

»Rate mal!« Ich hielt das Glas hoch.

Sie sah mich an. »Wir rauchen uns breit und tanzen?«

»Vorzugsweise nackt.«

»Achtung! Treib es nicht auf die Spitze!«

Ich kniete mich an den Tisch und rollte einen ziemlich verunglückten dünnen Joint. Grace musste die ganze Zeit kichern. »Hey, lach mich nicht aus!«

»Komm, lass mich das mal machen.« Sie nahm ein neues Blättchen, schüttete den Inhalt aus meinem darauf und rollte einen perfekten, glatten, straffen Joint.

»Gracie! Woher kannst du das so gut?«

»Tati und ich genehmigen uns hin und wieder mal einen. Genauer gesagt: jeden ersten Sonntag im Monat.«

»Wirklich? Tatiana erklärt bestimmte Tage zu Joint-Tagen?«

»Jep, manche Dinge ändern sich nie.« Sie zündete den Joint an und nahm einen Zug. Mit angehaltenem Atem sagte sie: »Aber wer will das schon?«

Wir rauchten, und alles wurde ein bisschen verschwommen. Ich legte *Superstition* von Stevie Wonder auf, und Grace stand auf und begann zu tanzen. Sie schwenkte ihr Haar nach allen Seiten, während ich sie ehrfurchtsvoll beobachtete, rhythmisch mit dem Kopf nickte und mich fragte, wie um alles in der Welt ich sie nur hatte verlieren können.

»Tanz mit mir, Matt.«

Ich stand auf, und wir tanzten, bis der Song vorbei war. Dann ertönte *You Are the Sunshine of My Life*. Wir erstarrten und sahen uns an, bis Grace sich plötzlich vor Lachen zusammenkrümmte. »Das ist ja sooo ein kitschiger Song!«

»Graceland Marie Starr, das ist ein toller Song! Ein Klassiker!« Ich fasste sie an der Hand, wirbelte sie herum, fing sie wieder ein und drückte sie an mich, um ein paar übertriebene Tanzbewegungen zu vollführen.

»Porter, bitte.«

»Hm?« Ich gab vor, sie nicht gehört zu haben. »Die Musik ist zu laut. Was hast du gesagt?«

Sie schüttelte den Kopf und ließ sich herumwirbeln, bis uns beiden schwindelig war.

Eine Stunde später saßen wir in meiner Küche auf dem Boden und aßen Weintrauben und Käse. Grace lehnte mit ausgestreckten Beinen am Kühlschrank, ich in gleicher Position ihr gegenüber an den Küchenschränken.

Sie warf eine Weintraube durch die Luft, und ich fing sie mit dem Mund auf.

»Ich habe eine Idee«, begann sie.

»Erzähl.«

»Lass uns ein Spiel spielen. Hast du was zum Augen verbinden?« Ich wackelte bedeutsam mit den Augenbrauen auf und ab. »Nicht, was du denkst!«

Ich zog ein langes rotes Geschirrtuch aus einer Schublade und warf es ihr zu. Sie kniete sich hin und band es mir um die Augen.

»Ich kriege Angst, Grace.«

»Wir spielen ›Rate mal, was ich dir grad in den Mund geschoben habe‹.«

»Oh, lala. Klingt nach einem Spiel, das mir gefallen könnte.« Ich grinste.

»Freu dich mal nicht zu früh.«

Ich hörte, wie sie in der Küche herumstöberte. Wenige Minuten später saß sie wieder neben mir. »Okay, Mund auf.« Ich spürte einen kalten Löffel auf der Zunge. Irgendetwas rutschte von dort herunter und landete in meinem Rachen. Es war beunruhigend und ein bisschen gruselig, und die Beschaffenheit verursachte mir Gänsehaut. »Bäh, was ist das?«

»Du sollst raten; darum geht es doch!«

»Traubengelee mit Sojasoße?«

Sie schob die Augenbinde hoch, und ich sah ihr begeistertes Gesicht. »Stimmt haargenau! Ich dachte, das rätst du nie!«

Ich schüttelte den Kopf. »Das ist aber nicht so lustig, wie ich anfangs dachte.«

»Warte, ich hab noch was.«

»Nein.«

»Nur noch eins«, bat sie.

»Na, schön.« Ich zog das Tuch wieder über die Augen.

Grace entfernte sich und kehrte kurz darauf zurück. »Mund auf, Matty.«

Plötzlich hatte ich ihren Finger in meinem Mund, und als wäre das noch nicht süß genug, war er von Nutella umhüllt. »Nutella à la Grace?«

Strahlend löste sie meine Augenbinde.

»Jetzt bin ich dran.« Ich verband ihr die Augen, stand auf und tat so, als würde ich diverse Dinge aus verschiedenen Schubladen und Schränken holen. Dann setzte ich mich wieder hin. »Bereit?«

»Jep!« Sie öffnete den Mund – und ich küsste sie. Erst sog ich leicht an ihrer Unterlippe, dann wanderte ich zu ihrem Hals und wieder zurück zu ihrem Mund, zärtlich und spielerisch, bis sich unsere Zungen trafen und der Kuss immer intensiver wurde. Wir berührten uns, griffen einander in die Haare, hielten uns fest.

Wir knutschten auf meinem Küchenfußboden herum, bis Grace abrupt von mir abließ.

»Bringst du mich nach Hause?«

Ich lehnte mich zurück und musterte ihr Gesicht. »Natürlich. Du weißt aber, dass du auch hierbleiben könntest, wenn du willst, oder? Ich bin auch ganz brav, versprochen.«

»Ich muss aber nach Hause.«

»Okay.« Ich streckte meine Hand aus und half ihr auf die Füße. Sie ging zu ihrer Handtasche, prüfte kurz ihr Handy und schob sich ein Minzbonbon in den Mund.

»Hast du einen Freund?«

»Ich dachte, du bist mein Freund«, erwiderte sie.

»Genau. Wir befreunden uns wieder. Ganz vorsichtig.«

»Willst du mich unter Druck setzen, Matthias? Als Einundzwanzigjähriger warst du geduldiger. Was ist passiert?« Sie klang amüsiert.

»Tja, damals wusste ich noch nicht, was ich verpasse«, erwiderte ich lachend. »Jetzt weiß ich es.«

Ich begleitete sie nach Hause. Als wir zur Treppe ihres Hauses kamen, sah ich sie an. »Freitagabend essen gehen?«

»Sehr gern!« Sie hob den Kopf und küsste mich ausgiebig. »Es war sehr schön mit dir.«

»Ich fand's auch toll. Der beste jugendfreie Abend, den ich seit langem hatte.«

»Die freizügige Sprache, das provozierende Tanzen, der Einsatz von Drogen und das Fingerlecken dürften allerdings erst eine Freigabe ab 16 ergeben«, meinte sie, bevor sie mir einen letzten Kuss auf die Wange drückte.

»Nacht, Gracie.«

»Nacht, Matty.«

Ich ging nach Hause, fiel ins Bett und schlief lächelnd ein.

Für Freitag reservierte ich einen Tisch in einem kleinen japanischen Restaurant, das von uns beiden zu Fuß gut erreichbar war. Als ich Grace abholte, wartete sie bereits auf der Treppe. Sie trug eine Lederjacke und ein Kleid, das mich an jenes erinnerte, das mich zu Collegezeiten schon verrückt gemacht hatte.

»Du siehst toll aus.«

»Du auch.« Sie hakte sich bei mir unter, während wir losgingen und uns gegenseitig von unserer Woche erzählten. Wir aßen Sushi, tranken viel Sake, und ich fütterte sie mit Sachen von meinem Teller. Nach dem Essen landeten wir in einer Bar, in der eine Band Gospelmusik und Bluesrock spielte. Es gab Momente, in denen wir schwiegen und nur im Takt zur Musik wippten, und es gab Momente, in denen wir hysterisch lachten und uns über die Musik hinweg laut unterhielten.

Um elf Uhr waren wir mächtig beschwipst. Als ich sie vor der Bar küsste, brach sie als Erste ab und zog mich mit sich die Straße hinunter. »Wohin gehen wir?«

Sie drehte sich zu mir um, umschloss mein Gesicht mit beiden Händen und küsste mich erneut. »In mein Bett, Matt. Dahin gehen wir.«

Mein Herz begann schneller zu schlagen. »Gute Idee.«

Ich folgte ihr dicht auf den Fersen die Stufen hinauf und versuchte, dabei trotzdem möglichst gelassen zu wirken. Als wir ihr Haus betraten, musste ich mich sehr anstrengen, in der Dunkelheit etwas zu erkennen. Ich betrachtete ihre Silhouette, die sich gegen das von einer Straßenlaterne beleuchtete Fenster neben der Eingangstür abhob. Sie warf erst ihre Schlüssel auf einen Beistelltisch, dann ihre Jacke. Unverzüglich streifte sie auch die Schuhe ab, schob die Strumpfhose nach unten, fasste ihr Kleid am Saum, zog es über den Kopf und warf es beiseite.

Ich starrte sie mit offenem Mund an.

Dann lief sie auf mich zu, sprang mir in die Arme und schlang die Beine um meinen Körper. Sie fuhr mit den Fingern in mein Haar, neigte den Kopf und küsste mich mit weichen Lippen. Ich ging rückwärts mit ihr durch den dunklen Flur, bis ich an eine Treppe kam. Ich sah hinauf. »Nein, ich schlafe unten. Am Ende des Flurs links.«

Ich drückte sie sanft gegen die Wand, liebkoste mit den Lippen ihren Mund, ihren Hals, ihr Ohr, ihre Schulter … und musste wieder zu Atem kommen. Als ich sie absetzte, fasste sie mein Hemd und zog es mir über den Kopf. Dann nahm sie meine Hand und führte mich in ihr Schlafzimmer, wo sie an meinem Gürtel zerrte.

»Langsam, Gracie.«

»Das hat noch niemand zu mir gesagt.« Sie löste den Gürtel und schob mir die Hosen über die Hüften nach unten, während ich mir die Schuhe von den Füßen trat. Sie war anders als die Grace vom College, selbstbewusster und sich in dem, was sie tat, viel sicherer.

Ich nahm ihr Gesicht in beide Hände. Selbst hier im Dunkeln, mit kaum mehr Licht als dem schwachen Schimmern der Straßenlaternen, konnte ich erkennen, dass ihre Augen vor Glück und Staunen leuchteten. »Ich möchte, dass wir es langsamer angehen, sonst wird es für dich kein Vergnügen«, sagte ich.

Sie nickte, und wir küssten uns erneut, diesmal behutsamer und zärtlicher. Ich fuhr mit den Fingerspitzen vom Kinn über den Hals bis hinunter zum Rand ihres BHs. Dann setzte ich eine Linie aus Küssen auf ihren Hals, während ich ihren BH öffnete, die Träger über die Schultern streifte und ihn zu Boden fallen ließ. Sie schien mir noch schöner als früher, auch wenn das eigentlich nicht möglich war. Ihr Körper war immer noch straff, aber auch weich und fraulich … stark … vollendet … das Schönste, das ich je gesehen hatte. Ich spürte spontan den Drang, einen Fotoapparat zu finden, dann aber den viel stärkeren, sie zu berühren. »O Gott«, war das Einzige, was ich herausbrachte, als sie sich an mich drückte und erneut küsste.

Sanft entzog ich mich ihr. »Lass mich dich ansehen.« Während ich auf die Knie sank, zog ich ihren Slip mit nach unten, küsste dabei ihren Bauch und ihre Hüften. Sie stöhnte auf, und ich küsste sie zwischen den Beinen, worauf sie leise zu keuchen begann. Ihr Atem wurde schneller und schneller und auch immer lauter, bis sie wieder laut aufstöhnte.

»Ich will dich, Matt.« Ihre Stimme klang rau.

Ich setzte mich auf die Bettkante und nahm sie auf den Schoß. Sie schlang erneut die Beine um meine Hüften. Dann begann sie sich auf mir zu bewegen, und ich dachte, ich verliere vor Verlangen den Verstand.

»Grace?«

»Schsch, Matt.« Sie strich mit der Hand über mein Kinn. »Das gefällt mir. Es ist sexy. *Du* bist sexy, viel … ausgeprägter … größer.« Sie lachte leise.

Ich sehnte mich danach, in ihr zu sein. »Ich muss dir etwas sagen«, begann ich.

»Okay.« Sie küsste meinen Hals, ganz langsam und behutsam, hörte aber nicht auf, mit dem Becken auf mir zu kreisen.

»Ich habe in den letzten fünfzehn Jahren oft daran gedacht, wie wir das hier tun. Findest du das pervers?«

Sie lehnte den Oberkörper zurück und lächelte. »Wenn du pervers bist, dann bin ich es auch.«

»Und das gefällt mir so an dir.« Ich grinste.

Sie presste ihr Becken gegen meine Lenden, und ich stöhnte leise. »Liebe mich«, sagte sie.

Ich vergrub mein Gesicht an ihrem Hals und küsste sie innig, während ich aufstand, ihre Beine immer noch um meine Mitte geschlungen. Ich legte sie sacht aufs Bett und richtete mich noch einmal auf, um sie zu betrachten. Sie hob den Oberkörper an und zog mich zu sich, in ihre Wärme, die Beine einladend gespreizt. Sobald ich in ihr war, vergaß ich all meine Gedanken.

»Du bist wunderschön«, flüsterte ich und verlangsamte meine Bewegungen, um einen beschämenden vorzeitigen Kontrollverlust zu verhindern. Nach zwei behutsamen Stößen hatte ich mich wieder im Griff, Grace dagegen konnte sich nun nicht mehr bremsen.

»Mach weiter, Matt, bitteeee …«

»Du fühlst dich so gut an.« Meine Lippen berührten ihre Kehle genau in dem Moment, als ihr Körper sich mir entgegenbog, während sie den Kopf fest auf das Kissen presste. Als ich ihr pulsierendes Zucken spürte, war es um mich geschehen; ich glitt in beglückende Erlösung.

Schwer atmend ließ ich mich auf sie niedersinken. Sie griff nach meiner Hand und hielt sie zwischen uns umklammert. Ich rollte zur Seite. »Ich gehe nicht mehr weg, Gracie.«

»Versprochen?«

»Versprochen.«

»Egal, was passiert?«

Ich zog sie an mich und drückte sie fest. »Was denkst du?«

Sie legte ihr Gesicht an meine Brust. »Ich habe nie glauben können, dass du mich einfach so aus deinem Leben gestrichen hast. Ich musste es akzeptieren, aber du warst nicht da, um mir zu sagen, ob es wirklich stimmt oder nicht. Der Brief klang so gar nicht nach dir ... so gleichgültig. Ich konnte nicht glauben, dass du solche Sachen zu mir sagst, und lange Zeit habe ich sie auch nicht geglaubt. Dann aber kam der Punkt, an dem ich merkte, dass ich nicht mehr richtig lebte. Ich musste die Vorstellung aufgeben, dass wir zwei wieder zusammen sein könnten, um Dan so lieben zu können, wie er es verdient hatte. Ich habe aber nie aufgehört, an dich zu denken.«

»Ich weiß, Grace. So ist es mir auch ergangen. Es tut mir leid. Elizabeth hat mir mein Leben gründlich versaut. Ich wünschte nur, ich hätte es eher erfahren.«

»Dein Leben ist nicht das einzige, was sie versaut hat.«

»Und genau dafür hasse ich sie.«

»Bei allem, was passiert, gibt es einen Dominoeffekt.«

»Ich weiß, und es tut mir leid.« Sanft küsste ich ihre Stirn. »Aber ich will mich nicht länger mit der Vergangenheit aufhalten. Wir sind jetzt hier ... und zusammen. Ich möchte mit dir im Arm einschlafen, ja?«

Sie kuschelte sich eng an mich. »Sehr gerne.«

Ihr Atem wurde ruhig und gleichmäßig, und ihr Körper entspannte sich. Das war das Letzte, woran ich mich erinnerte, bevor ich wieder in ihrem Bett aufwachte – allein.

Böses Erwachen

MATT   Graces' Schlafzimmer war von Morgenlicht durchflutet, und zum ersten Mal konnte ich die Einrichtung genauer in Augenschein nehmen. Es gab eine antike Frisierkommode, eine Quiltdecke mit Blumenmuster und impressionistische Bilder mit französischen Landschaften an den Wänden – ein überraschend normales Dekor für jemanden wie Grace.

Als ich sie in der Küche herumwerkeln hörte, stand ich auf. Ich fühlte mich erholt und belebt. Ich zog Jeans und Schuhe an und suchte nach meinem Hemd, konnte es aber nicht finden. Die Tür stand einen Spalt offen, und ich spähte den langen Flur hinunter. Am anderen Ende war wohl die Küche – ich sah Grace an einem runden Tisch sitzen und Kaffee trinken. Sie trug einen Morgenmantel und rosa Hausschuhe und hatte das Haar zu einem lockeren Knoten gebunden. Als meine Tür leise knarrte, schaute sie auf. Der Duft von Kaffee lockte mich, doch als ich in den Flur trat, fiel mir etwas ins Auge.

Überall an den Wänden hingen Fotos. Auf der rechten Seite war ein Schwarzweißbild von Grace und Tatiana auf einem Balkon, im Hintergrund der Eiffelturm. Es war das Gesicht, das ich kannte, noch jugendlich rund. Ich lächelte und sah zu Grace hinüber, die mich mit unbewegtem Gesicht beobachtete.

Dann erblickte ich ein Foto von Dan, wie er dirigierte, während Grace im Orchester saß und den Bogen einsatzbereit über ihr Cello hielt.

Das nächste Foto war von Dan und Grace in einem Park, Grace mit einem Baby auf dem Schoß. Ich trat näher und starrte es an. Meine Gedanken begannen zu rasen. Sie haben ein Kind? Habe ich sie denn gar nicht gefragt, ob sie ein Kind hat?

Es folgte ein weiteres Familienfoto der drei im Washington Square Park, auf dem das kleine Mädchen älter war, vielleicht fünf, und auf Dans Schultern saß. Dann ein weiteres, da war das Mädchen etwa acht. Ich sah zu Grace, deren Blick nun so traurig war, wie ich ihn noch nie gesehen hatte.

Auf meinem Weg zur Küche wurde das kleine Mädchen immer älter, bis ich am Ende des Flurs stand und das Schülerporträt eines ungefähr fünfzehnjährigen Teenagers betrachtete, mit dem langen blonden Haar seiner Mutter, ihrem Mund, ihrer hellen Haut. Die Augen jedoch irritierten mich.

Sie waren nicht leuchtend grün wie die von Grace, und auch nicht hellblau wie die von Dan.

Es waren tiefliegende, dunkle Augen, so dunkel, dass sie fast schwarz wirkten.

Meine Augen.

Ich schlug die Hand jäh vor den Mund, als sich meiner Brust ein gequältes Stöhnen entrang. Dann hörte ich ein Schniefen und sah zu Grace, der Tränen über die Wangen liefen. Ihr Gesicht war noch immer ausdruckslos, als hätte sie gelernt, es unter Kontrolle zu halten, selbst wenn sie weinte.

Ich blinzelte, als auch mir die Tränen kamen. »Wie heißt sie?«

»Ash«, flüsterte Grace. Sie schlug die Hände vors Gesicht und schluchzte.

O mein Gott!

Ich legte eine Hand auf mein Herz. Ash – Asche. Wenn dein Leben richtig brennt, ist Poesie nur seine Asche. »Ich habe alles verpasst, Gracie«, sagte ich, immer noch unter Schock. »Ich habe alles verpasst.«

Sie sah auf. »Es tut mir unendlich leid. Ich habe versucht, es dir zu sagen.«

Ich starrte sie eine gefühlte Ewigkeit lang schweigend an. »Nicht nachdrücklich genug«, sagte ich dann.

Sie schluchzte laut auf. »Matt, bitte!«

»Nein … das ist nicht … Was zum Teufel …? Was passiert hier gerade?«

»Ich wollte es dir sagen.«

»Ich glaub, ich werde verrückt.«

»So hör mich doch an«, flehte sie.

Ich blickte zu Boden. Ich konnte sie nicht mehr ansehen. »Da gibt es nichts zu reden. Gott im Himmel, ich bin der Vater einer Tochter, deren Kindheit mir komplett entgangen ist.«

Ich verließ Grace und flüchtete nach Hause, ohne Hemd und total verstört. In meinem Kopf wiederholten sich wie in Endlosschleife die Worte: Ich habe eine Tochter, ich habe eine Tochter, ich habe eine Tochter.

Die nächsten sechs Stunden verbrachte ich mit einer Flasche Wodka auf meiner Couch. Ich beobachtete die Leute auf der Straße, Väter, die ihre Kinder an der Hand hielten, verliebte Pärchen. In mir kochte die Wut auf Grace und Elizabeth über. Ich fühlte mich machtlos, als hätten diese zwei Frauen ohne mein Zutun mein gesamtes Erwachsenenleben bestimmt.

Ich rief meinen Bruder an, bekam aber nur den Anrufbeantworter zu hören. »Du bist Onkel«, teilte ich ihm tonlos mit. »Grace hat vor fünfzehn Jahren ein Kind bekommen, und ich glaube, Elizabeth hat mir diese Information vorenthalten. Jetzt habe ich einen Teenager als Tochter, und ich kenne sie kein bisschen. Ich bin total am Ende. Melde dich.«

Er rief nicht zurück.

Das ganze Wochenende verkroch ich mich in meiner Wohnung, die meiste Zeit davon war ich betrunken.

Am Montagmorgen kickte ich eine leere Pizzaschachtel über den Boden und schlug ein Loch in die Wand. Ich fand, dass sich das richtig gut anfühlte, und schlug gleich noch einmal zu. Anschließend verbrachte ich mehrere Stunden damit, die Löcher wieder zuzuspachteln. Ich erwog, Kitty anzurufen oder eine der Nummern auf der Rückseite der Wochenzeitung, stattdessen ging ich in den Supermarkt und kaufte eine Schachtel Zigaretten. Ich hatte seit mehr als zehn Jahren nicht mehr geraucht, aber es war wie Fahrradfahren.

Kettenrauchend saß ich auf der Bank vor meinem Haus, als irgendwann Scott anrief.

»Hallo?«

»Du wirst mich gleich küssen wollen.«

»Das glaube ich nicht.«

»Warum so traurig? Vermisst du mich etwa so sehr?«

»Nein. Was willst du?«

»Ich habe hervorragende Neuigkeiten.«

»Nun rede schon.«

»Ich hab was für dich in Singapur.«

Ich zögerte keine Sekunde. »Ich nehme es. Für wie lange?«

»Wow, du scheinst dich ja wirklich dringend aus New York

verziehen zu wollen! Aber es gibt kein ›für wie lange‹ – es wäre ein Dauerjob. Du würdest im Produktionsteam unserer Live-Serie aus Singapur arbeiten, an den Wochenende kannst du selbst Fotos machen. Tolle Location.«

»Super. Wann?« Ich hatte mich nie als jemanden gesehen, der vor Problemen davonläuft, aber ich fühlte mich vollkommen hilf- und hoffnungslos. Wie ein Tier im Käfig.

»Im Herbst.«

»So spät?«

»In der Not frisst der Teufel eben Fliegen.«

»Gut. Ich nehme an.« Ich legte auf.

Grace versuchte mehrere Male mich anzurufen, doch ich hob nie ab, und sie hinterließ auch keine Nachricht. Schließlich, um zehn Uhr abends, schickte sie mir eine SMS.

GRACE: Ash ist ein ziemlicher Dickkopf.

ICH: Okay.

GRACE: Tut mir leid, Dich damit zu überfallen, aber sie meinte, wenn Du sie schon nicht kennenlernen willst, dann sollst Du es ihr wenigstens ins Gesicht sagen.

ICH: Wo Du schon mal dabei bist, Grace: Warum kommst Du nicht her und schneidest mir auch noch die Eier ab oder reißt mir eine Niere raus?

GRACE: Die Sache macht mich fast krank vor Schmerz, aber Ash hat nicht noch mehr Leid verdient. Sie ist Dein Fleisch und Blut.

Ich kannte Ash noch nicht einmal, aber plötzlich verursachte die Vorstellung, ihr Schmerz zuzufügen, mir selbst Schmerz. Ich wusste, dass ich sie treffen musste.

ICH: Gut, ich werde sie treffen. Wann ist sie morgen zu Hause?

GRACE: Halb vier.

ICH: Ich will Dich nicht sehen.

GRACE: Okay.

Als ich am folgenden Tag zu Grace' Haus kam, fuhr gerade ein Taxi vor, durch dessen Fenster ich ein junges Mädchen sah. Ash. Ich wünschte, ich hätte noch fünf Minuten Zeit gehabt, um mich vorzubereiten … um zu überlegen, wie ich diesem Kind beibringe, dass das Leben mies ist, dass es zu spät ist, die Uhr zurückzudrehen und die Sache in Ordnung zu bringen, und dass es mich einfach vergessen soll.

Sie stieg aus dem Taxi und kam direkt auf mich zu. »Hi«, sagte sie und streckte ihre Hand vor. »Ich bin Ash.« Sie war selbstbewusst und direkt. Ihrer Mutter nicht ganz unähnlich.

»Hallo … Ash.« Es war, als müsste ich ihren Namen in meinem Mund noch ausprobieren. Mein Gesicht war wie erstarrt in einer Mischung aus Neugier und Furcht.

Sie lächelte nicht, wirkte aber auch nicht verärgert. Eher klar und ruhig. »Nur, dass du's weißt: Meine Mutter hat mir alles erzählt, und ich habe auch schon Fotos von dir gesehen.«

»Das ist gut.«

»Willst du Kaffee trinken gehen oder so?« Sie hob ihre schmalen Augenbrauen. Ihre Freundlichkeit überrumpelte mich. »Ist alles in Ordnung?«, wollte sie wissen.

Sollte ich das nicht eher sie fragen? Eigentlich war ich davon ausgegangen, dass *ich* das Gespräch führe.

Sie war größer als Grace und trug ein T-Shirt mit weiten Armausschnitten, durch die man ihren BH sehen konnte. Wie kam es, dass ich eine so große Tochter hatte? Augenblicklich fühlte ich mich alt. Dieses Mädchen war die leibhaftige Erinnerung an all die Zeit, die Grace und ich verloren hatten.

»Wie alt bist du?«, fragte ich, obwohl ich es schon wusste.

»Fünfzehn.«

»Fünfzehn, aber bald fünfundzwanzig?«

»Ich musste schnell erwachsen werden«, schoss sie zurück.

»Wolltest du gleich mit dem Vater-Ding anfangen? Für mich ist das okay, aber ich finde, wir sollten erst einen Kaffee trinken.«

»Darfst du überhaupt schon Kaffee trinken?«

Sie lachte. Ich glaube, ihr gefiel, dass ich mir Sorgen machte. »Ja, ich darf Kaffee trinken, seit ich zehn war.« Ein Mann kam vorbei und sah mich seltsam an. »Hier gibt's nichts zu glotzen, Charlie«, raunzte Ash. Sie lehnte sich leicht vor. »Mach dir um den keine Gedanken, dem ist nur langweilig.«

Ich nickte. Das war mein Kind. Meine Tochter! Ich streckte einen Zeigefinger vor und piekte sie in die Schulter.

»Ja, ich bin echt«, meinte sie mit schiefem Grinsen. »Du hast ein Kind.«

»Na ja, ein Kind bist du ja nun nicht gerade mehr, oder?«

»Endlich bekomme ich mal den Respekt, den ich verdiene!«

Ich lachte nervös. Unfassbar, wie sehr ich sie auf Anhieb mochte! Sie war witzig und süß und der Grace von früher so ungemein ähnlich! Sie wandte sich ab und ging zwei Stufen hoch.

»Ash, ich muss das alles erst einmal verkraften!«

»Es wird mich nicht umbringen, wenn du nichts mit mir zu tun haben willst.«

Ich fasste sie am Arm und drehte sie zu mir um. Ich wollte sehr wohl etwas mit ihr zu tun haben. Ich wusste nur nicht, wie ich es ausdrücken sollte.

»Hör zu, ich habe vor weniger als einer Woche von deiner Existenz erfahren.« Sie sah auf meine Hand an ihrem Arm, dann in meine Augen, als wollte sie etwas Bestimmtes darin finden. Sofort erkannte ich mich selbst in ihrem Blick. »Entschuldige«, sagte ich und sah meine Hand an, als hätte ich keine Kontrolle darüber. »Gehen wir Kaffee trinken.«

Sie seufzte. »Na gut. Ich will nur eben schnell meine Tasche reinbringen und Mom Bescheid sagen.«

»Schön.« Ich nickte. Sie hatte anstatt »meiner Mom« einfach »Mom« gesagt, so wie Kinder es tun, die vor dem einen Elternteil vom anderen sprechen.

Ich konnte keinen klaren Gedanken fassen, um zu analysieren, wie ich mich fühlte. Ich beobachtete die Tür, bis Ash wieder herauskam. Sie hatte das Haar zu einem Knoten gedreht, so wie ihre Mutter es auch immer machte. Mit einer Grimasse reichte sie mir mein Hemd. »Du meine Güte, die ist vollkommen fertig. Das wird noch eine Weile dauern.«

»Deine Mom und ich haben ein paar Probleme …«

»Dass Erwachsene die Dinge immer verkomplizieren müssen!« Sie drehte sich um und ging die Straße hinunter. »Komm mit.«

Ich nahm mein Hemd und folgte ihr wie ein Hündchen. Sie ging selbstbewusst voran, ohne sich umzusehen, ob ich hinterherkam. »Komm schon, es ist zwei Blocks entfernt. Willst du die ganze Zeit hinter mir her laufen?«

Ich holte sie ein. »Also. Erzähl mir mehr über dich. Bist du auch Musikerin wie deine Mutter?«

»Ich kann Klavier spielen, aber nein. Ich bevorzuge visuelle Medien; da bin ich wohl mehr wie du.«

»Ach ja?« Ich konnte die Hoffnung und den Stolz aus meiner Stimme heraushören.

»Jep. Ich hoffe, dass sich das als was Gutes erweist.« Ich wusste nicht, was sie damit meinte. Sie marschierte weiter. »Ich glaube, ich will mal Graphikerin werden.«

»Das ist toll. Bist du gut in der Schule?«

»Schule ist Kinderkram für mich. Fast ein bisschen langweilig, aber ich mache es eben. Hab ja sowieso keine Wahl.«

Wer war dieses Mädchen?

Sie deutete auf ein Café, und wir gingen hinein. Ash bestellte Milchkaffee und ein Gebäckstück, ich bestellte meinen üblichen schwarzen Kaffee. Hinter der Theke arbeitete ein gutaussehender junger Mann, und ich bekam mit, wie Ash ihm unverhohlen zuzwinkerte.

Schockiert sah ich sie an. Junge Mädchen von heute waren für mich eine völlig fremde Spezies.

»Was?«, wollte sie wissen.

»Äh, nichts.«

Wir setzten uns an einen kleinen runden Tisch am Fenster und sahen hinaus. »Schöner Tag heute. Ich liebe den Frühling.«

»Wollen wir jetzt übers Wetter reden?«, fragte sie direkt und ganz ernst. Ich kam nicht darüber hinweg, wie selbstbewusst sie war.

»Hierfür gibt es keinen Leitfaden, Ash.«

»Ich weiß, und ich versuche ja auch, Verständnis aufzubringen, aber immerhin bist du ein erwachsener Mann …«

Ich schmunzelte. »Du hast recht.«

»Pass auf, ich kenne die Geschichte. Mom war mir gegenüber immer offen und ehrlich, und inzwischen ist uns klar, dass du die ganze Zeit über nichts von mir wusstest.«

Ich fühlte mich erleichtert. Sie war gut darin, es mir leichtzumachen. »Das stimmt. Ich wusste nichts.«

»Keiner macht dir also einen Vorwurf.«

»Darüber habe ich mir auch keine Sorgen gemacht. Aber wo du es jetzt erwähnst: Welche Meinung hattest du von mir, als du dachtest, ich würde nichts mit dir zu tun haben wollen?«

»Na ja, meine Mutter hat so ein Album mit Sachen von dir angelegt. Das fing mit ein paar Fotos und Briefchen an aus der Zeit, als ihr im College wart, und dann hat sie nach und nach immer Zeitungsartikel über deine Arbeit ausgeschnitten und dazu geklebt.« Bei der Vorstellung schnürte es mir die Kehle zu. »Und sie hat mich zu Ausstellungen mitgenommen, wenn irgendwo mal Fotos von dir zu sehen waren, aber sie hat nichts über deine Lebensumstände erzählt.«

»Ja, okay, aber was hast du gedacht?«

»Ehrlich gesagt, hat meine Mom immer nur gut von dir ge- sprochen, aber die Geschichte eurer Freundschaft wurde wie eine Warnung erzählt. Wie eine Lektion, aus der ich lernen sollte. Sie hat dir nie einen Vorwurf gemacht, auch dann nicht, als sie die Wahrheit noch nicht kannte, also hab ich eigentlich nicht viel gedacht – nur, dass du eine verrückte Karriere machst und Kinder eben nicht dein Ding sind.«

Ich starrte an ihr vorbei aus dem Fenster. »Ich wollte Kin- der …«

»Das wusste meine Mom nicht, also kannst du ihr keinen Vorwurf machen. Sie hat mir immer erzählt, wie sehr sie mich gewollt hat. Sie sagte, wenn Mann und Frau zusammenkom- men und … du weißt schon … es tun«, sie wurde rot, »dann sollten sie sich über das Thema Kinder und Zukunft und so einig sein. Ich schätze mal, dass sie wegen der Briefe dachte, dass du Bescheid wusstest und eben kein Vater sein wolltest.«

»Aber so war es nicht.«

»Ich meinte das wirklich so, als ich sagte, dass sie dich nie schlechtgemacht hat. Ich bin natürlich schlau genug zu wissen, dass sie das auch deswegen gemacht hat, weil ich ein Teil von dir bin; hätte sie dich schlechtgemacht, hätte sie gleichzeitig also auch mich schlechtgemacht.«

Ich empfand so ungefähr jedes Gefühl, das man zur selben Zeit fühlen konnte, einschließlich Liebe. Ich liebte dieses wunderbare Kind, das da vor mir saß und mich verteidigte sowie in gleichem Maß auch ihre Mutter, und das mit so viel Loyalität und Verständnis. »Du bist ausgesprochen klug.« Ich bekam einen Kloß im Hals. »In dieser Hinsicht bist du wie deine Mutter. Sehr aufmerksam und ziemlich pfiffig.« Ich riss mich zusammen. »Und wie war deine Kindheit?«

»Sehr schön. Ich meine, mein Dad hat mich über alles geliebt, und meine Mom hat immer ihr Bestes gegeben. Ich hatte alles, was ich brauchte.« Sie nippte an ihrem Kaffee.

»Wie heißt du mit Nachnamen?«

»Porter.«

Ich spürte wieder den Kloß. »Natürlich.«

»Es war einfacher so. Aber du stehst auf meiner Geburtsurkunde.«

»Tatsächlich?«

»M-hm. Mein Dad wollte mich adoptieren … so ungefähr fünf Mal. Deshalb hat Mom zum Schluss, vor seinem Tod, so verzweifelt versucht, dich zu erreichen. Sie wollte, dass du auf deine Rechte als Vater verzichtest, damit er mich offiziell adoptieren kann. Aber es war egal, weil er trotzdem immer mein Dad war. Dieses Stück Papier hätte ihm mehr bedeutet als mir.«

»Es tut mir ja so leid, Ash. Ich hatte keine Ahnung. Ich kann dir gar nicht sagen, wie leid es mir tut.« Sie bekam feuchte

Augen, hielt sich aber tapfer. Ich selbst war kurz davor loszuheulen, und hatte die gegensätzlichsten Empfindungen, vor allem Dan gegenüber. Abgesehen von dem Schock und der stillen Wut erkannte ich auch, dass ich ihm dankbar sein musste. Immerhin hatte er meine Tochter zu einem Menschen erzogen, den ich augenblicklich bewunderte.

Ash biss von ihrem Plunderstückchen ab, lächelte und sah kauend aus dem Fenster. Es war, als würde ich die Grace von früher beobachten, bloß mit meinen Augen und einem kaum wahrnehmbaren Grübchen im Kinn, wie ich es auch habe.

»Hast du irgendwelche krummen Zehen?«

»Ja, hab ich tatsächlich. Den zweiten. Besten Dank dafür!« Wir lachten, wurden aber schnell wieder ernst.

»Wie war er so?«

»Wer?«

»Dein Dad?«

Sie sah mir geradewegs in die Augen, offen und tapfer, wie ihre Mom. »Du bist jetzt mein Dad … wenn du willst.«

Das war's. Ich begann zu weinen. Ich gab keinen Laut von mir, aber die Tränen liefen mir über die Wangen, und meine Kehle war so eng, dass ich fürchtete, keine Luft mehr zu bekommen. Ich griff über den Tisch, nahm ihre Hände und schloss die Augen. Es gab für mich keinen Zweifel mehr: Ich wollte Ash in meinem Leben haben. Der Schmerz darüber, ihre Kindheit verpasst zu haben, brachte mich fast um. »Ja, das will ich«, flüsterte ich.

Nun fing auch sie zu weinen an. Wir heulten gemeinsam und ergaben uns der Realität, die wir akzeptieren mussten. Niemand konnte die Vergangenheit ändern oder uns die Zeit zurückgeben, die wir versäumt hatten, und es gab keine Worte, die alles wieder gut werden ließen. Wir mussten die Dinge einfach so hinnehmen, wie sie waren.

Wir standen auf und umarmten uns. Ich war überrascht, dass sie sich nicht fremd anfühlte; eigenartigerweise erschien sie mir schon sehr vertraut.

Ein paar Cafébesucher starrten uns neugierig an, doch irgendwann beachtete uns niemand mehr, und alle vertieften sich wieder in ihre Gespräche, während ich meine weinende Tochter im Arm hielt.

Auf dem Weg zurück zu ihrem Haus fragte Ash: »Was wird jetzt mit dir und Mom passieren?«

»Ach Ash, ich weiß nicht, was passieren wird.«

»Sie liebt dich.«

»Ich weiß.«

Vor dem Brownstone zog sie ihr Handy aus der Tasche. »Wie ist deine Handynummer? Ich schreib dir, dann hast du auch meine. Du kannst mich anfunken, wenn du mit mir abhängen willst.«

Ich gab ihr meine Nummer. »Weißt du, ich will aber nicht einfach nur ›mit dir abhängen‹. Ich will ein Teil deines Lebens sein. Das ist am Anfang vielleicht komisch, aber ich will es gerne … wenn du das auch möchtest.«

Sie grinste und schlug mir leicht auf dem Arm. »Alles klar, dann sehen wir uns bald wieder … ähm … Wie soll ich dich eigentlich nennen?«

»Nenn mich, wie du möchtest.«

Sie lachte. »Okay. Dann bis bald, George.«

Schmunzelnd schüttelte ich den Kopf. »Du bist albern.« Ich wuschelte ihr durchs Haar und merkte dann, dass Grace uns vom Fenster aus beobachtete. Sie sah schrecklich aus, offenbar hatte sie ununterbrochen geweint. Sie lächelte zaghaft und traurig. Ich wandte den Kopf.

»Wie wäre es, wenn ich dich erst mal Vater nenne … da du ja nun mal mein Vater bist.«

»Das geht für mich in Ordnung. Sollen wir morgen frühstücken?« Ich wollte den Kontakt nie wieder verlieren.

»Geht nicht, da bin ich mit meiner Freundin zum Shoppen verabredet.«

»Na gut, wie wäre es am Tag danach?«

»Erst Schule, dann hab ich Schachclub.«

»Schachclub?« Ich zog die Augenbrauen hoch.

»Ja, es ist mein erklärtes Lebensziel, Mom zu schlagen. Sie ist sooo gut.«

»Tja, dann …« Ich fing schon an zu überlegen, ob in ihrem Leben wirklich Platz für mich war.

»Abendessen am Dienstag?«, schlug sie dann vor.

»Perfekt«, antwortete ich. »Zieh deinen Schlafanzug an, ich kenne ein tolles Lokal.«

»Du bist schräg.«

»Du auch.«

»Cool.«

Ich trollte mich nach Hause und hoffte, dass Grace bald aufhören könnte zu weinen.

Ich wusste wirklich nicht, wie genau es jetzt weitergehen sollte, außer dass ich Ash unbedingt besser kennenlernen und ihr ein Vater sein wollte, auch wenn ich keinen blassen Schimmer hatte, was das bedeutete.

Am Montag ging ich in die Bibliothek und las jedes Buch über Elternschaft, das ich in die Finger bekam.

Abends schickte ich Grace ein SMS.

ICH: Ich versuche, das alles zu begreifen.

GRACE: Verstehe.

ICH: Ich werde morgen mit Ash zu Abend essen.

GRACE: Okay.

ICH: Ich möchte sie regelmäßig sehen.

GRACE: Natürlich.

ICH: Hat sie ein Sparbuch fürs College?

GRACE: Ja.

ICH: Kann ich ihr sonst irgendwie Geld geben?

GRACE: Das ist nicht nötig.

ICH: Ich will aber.

GRACE: Also gut. Du kannst es auf ihr College-Sparbuch einzahlen. Ich gebe Dir die Nummer.

Ich hätte gern noch mehr gesagt, aber ich war momentan nicht in der Lage, mehr als die Logistik meiner Co-Elternschaft zu besprechen.

Am nächsten Tag hatte ich ungemein viel Arbeit, doch ich schaffte es, mich mittags mit Scott zum Essen zu treffen. Als er anfing, über Singapur zu reden, erzählte ich ihm von Ash. Er war einfach nur schockiert. Er schlug vor, dass ich den Rest der Woche freinähme, und bis zu dem Moment hatte ich gar nicht gemerkt, wie sehr ich das brauchte.

Als ich wieder nach Hause kam, saß Monica auf dem Sofa neben dem Aufzug. Neben ihr stand der Stubenwagen.

Ihre Nasenflügel waren gebläht, und sie presste die Kiefer aufeinander, doch in ihrem Blick lag Mitgefühl.

»Ich hätte ihr am liebsten mit meinem Absatz ein Auge ausgestochen.« Ich sah auf ihre Zwölfzentimeterstilettos. Ja, damit wäre das sicher kein Problem gewesen. »Es tut mir ja so leid, Matt. Alexander ist in Tokio, sonst wäre er gekommen.«

»Danke, Monica. Wie ich sehe, hast du Elizabeth einen Besuch abgestattet. Du hast sie aber nicht wirklich verletzt, oder?«

»Natürlich nicht, aber ich habe ihr gründlich die Meinung gesagt. So leicht sollte sie mir nicht davonkommen.« Sie richtete ihren langen Zeigefinger auf mich. »Diese Frau hat die Ehre unserer Familie mit Füßen getreten.«

»Ich weiß.« Ich hatte diese traurige Wahrheit bereits eingesehen, merkte jedoch, dass Monica sich noch nicht damit abfinden konnte oder zumindest überlegte, wie sie es wiedergutmachen könnte. »Es ist, wie es ist. Ich muss einfach versuchen, von nun am Leben meiner Tochter teilzuhaben.« Ich hob das Kinn in Richtung Tür. »Sollen wir eine Runde gehen?«

Sie schlang sich ihre große Gucci-Handtasche um die Schulter und hob den Stubenwagen hoch. »Können wir bei Grace vorbeischauen?«

»Du willst den Grace geben?«

»Natürlich. Als Geste der Entschuldigung für die grässliche Elizabeth.«

»Ich weiß nicht, ob sie zu Hause ist, aber wir können ja mal nachsehen. Komm, lass mich das tragen.« Ich nahm ihr den hölzernen Stubenwagen ab, betrachtete die verzierten Beine und die ausgebleichte Farbe und fragte mich, wie Ash als friedlich schlafendes Baby wohl darin ausgesehen hätte.

Als ich Monicas Absätze auf dem Gehweg klacken hörte, lachte ich über die Vorstellung, dass sie ihre Stilettos auszieht und Elizabeth damit traktieren wollte. »Was hast du zu ihr gesagt?«

»Oh, nur, dass sie eine hinterhältige Diebin und Lügnerin

304

ist. Und dass sie wohl nie begreifen wird, wie kostbar das ist, was sie dir weggenommen hat. Natürlich hat sie es geleugnet und so getan, als wüsste sie von nichts. Ich habe gesagt, dass ich ihr kein Wort glaube. Sie ist ein schlechter Mensch, Matt. Eine verblendete, egoistische blöde Kuh.«

»Meinst du, das hat sie bisher nicht gewusst?«

Wir kamen zur Straßenecke und warteten auf das Grün der Ampel. Monica seufzte und zog einen Umschlag aus ihrer Handtasche. »Sie wusste wohl irgendetwas, aber die Briefe von Grace hat sie angeblich nicht geöffnet. Und bis auf diesen einen hat sie wohl auch alle weggeworfen.« Sie überreichte mir einen verschlossenen Umschlag. »Wenn sie jedes Jahr unter großer Anstrengung einen Brief abgefangen hat, wird sie mit Sicherheit geahnt haben, dass Grace dir etwas Wichtiges mitteilen wollte. Ich weiß nicht, ob sie dir die Wahrheit tatsächlich vorenthalten hätte, wenn sie sie gekannt hätte, aber Unwissenheit ist in diesem Fall keine Entschuldigung.«

Ich stellte den Stubenwagen ab, faltete den Umschlag in der Mitte zusammen und schob ihn in die Tasche. »Vielleicht hast du recht.«

»Willst du ihn nicht lesen?«

Wir näherten uns Graces' Haus. »Doch. Aber nicht jetzt. Das da ist es.« Ich nickte zur Tür des Brownstone und hielt Monica den Wagen hin.

»Kommst du denn nicht mit?«

»Nein. Ash ist nicht zu Hause. Sie hat noch Schule.«

»Und Grace willst du nicht sehen?«

»Ich kann nicht, Monica. Geh du allein, ich warte.«

Ich drehte mich um, sah eine alte Frau mit ihrem Hund Gassi gehen und hörte, wie Grace die Tür öffnete. »Monica?«

»Hallo, Grace, wie schön, dich zu sehen! Es ist lange her.«

»Ja, das stimmt. Du siehst toll aus. Das Leben hat es offenbar gut mit dir gemeint.« Grace war immer noch freundlich, selbst unter den schlimmsten Umständen.

»Danke, da hast du wohl recht. Aber es wurde sogar noch besser, als ich hörte, dass ich Tante bin.« Monica sprach mit fester Stimme. Sie hatte sich offenbar vorgenommen, stark zu bleiben. »Und deshalb bin ich hier … Um dir das hier zu bringen. Ich weiß, dass Ash schon groß ist, aber ich will, dass du den Wagen hast, bis das nächste Kind in unserer Familie geboren wird, wo oder wann auch immer das passieren mag.«

»Danke.« Grace klang gerührt, und dennoch konnte ich mich nicht zu ihr umdrehen.

Eine kurze Zeit herrschte Schweigen, dann sagte Monica: »Hier ist meine Nummer. Bitte bleib in Kontakt. Ich weiß, dass du es versucht hast, und das mit dir und Matt und überhaupt die ganze Geschichte tut mir sehr, sehr leid.«

»Mir auch.«

»Du gehörst zur Familie, Grace. Das sollst du wissen.«

»Okay.«

Wenige Sekunden später stand Monica wieder neben mir. »Gehen wir?«

»Ja.«

»Matt, warum tust du ihr das an?«

»Ich habe die ganze Kindheit meiner Tochter verpasst.«

»Aber das war doch nicht ihre Schuld.«

»Ich weiß nicht. Es ist verwirrend, und ich kann gerade nicht darüber nachdenken.«

In Wahrheit konnte ich ihr in dem Wissen, dass sie die letzten fünfzehn Jahre damit zugebracht hatte, unser Kind großzuziehen, einfach nicht gegenübertreten. Und die ganze Zeit über musste sie gedacht haben, ich sei ein egoistisches Arschloch, das ihre Briefe und Anrufe ignoriert. Sie hatte nicht an mich geglaubt.

»Ich muss mal eben stehen bleiben. Meine Füße tun furchtbar weh.«

»Na, das kommt wohl von den Schuhen. Darin zu gehen ist absolut unnatürlich«, entgegnete ich.

Sie zog sie aus und schob sie in ihre Handtasche. »Ich weiß. Blöd, oder? Was man als Frau so alles für die Mode macht?«

Ich legte ihr einen Arm um die Schultern. »Du bist schon irgendwie in Ordnung, weißt du das? Ich bin froh, dass mein Bruder dich geheiratet hat. Danke, dass du hergekommen bist.«

Sie gab mir einen Kuss auf die Wange. »Ich hab dich lieb. Und jetzt ruf mir mal ein Taxi, ja? Ich möchte shoppen gehen.«

Ich winkte ein Taxi herbei und hielt ihr die Beifahrertür auf. Beim Einsteigen sagte sie: »Falls du mich brauchst: Ich bin im Waldorf Astoria.«

Wieder zu Hause, öffnete ich den Umschlag.

Lieber Matt,

unsere Tochter ist heute zehn geworden. Letztes Mal hatte ich Dir geschrieben, dass ich keine Briefe mehr schicken würde, aber heute habe ich einen wichtigen Grund. Ich bin sehr traurig, Dir mitteilen zu müssen, dass Dan krank ist. Er hatte im letzten Jahr schwere Herzprobleme, und sein Zustand ist sehr ernst. Er möchte Ash unbedingt adoptieren, und ich schreibe Dir, um Dich zu fragen, ob Du erwägen könntest, Deine Vaterschaftsrechte abzugeben, da Du auf der Geburtsurkunde als leiblicher Vater eingetragen bist. Ash ist ein wunderbares Kind, klug und hübsch, mit viel Sinn für

Humor. Sie ist das Glück meines Lebens. Ich habe Dir nie einen
Vorwurf gemacht wegen der Entscheidungen, die ich vor zehn
Jahren getroffen habe. Aber jetzt kann ich die Situation für sie
und Dan ändern, indem er durch die Adoption offiziell ihr Vater
werden könnte.
Ich weiß, Du hast viel zu tun, aber würdest Du Dich bitte bei uns
melden?
Viele Grüße,
Grace Porter
212-555-1156

Das Leben, das sie geführt, die Tragödie, Verzweiflung und Ab-
lehnung, die sie erfahren hatte – all das wegen mir! Ich hätte
Elizabeth die Schuld geben können, aber das spielte am Ende
keine Rolle, weil Elizabeth für Grace keinerlei Bedeutung hatte. Ich wusste, wenn man den Schmerzensweg zurückverfolgte,
würde er zu mir führen, zumindest in Grace' Augen – so wie
mein Schmerz zu ihr führte.

Mir schoss eine Frage durch den Kopf, und ich schrieb ihr
eine SMS.

ICH: Warum hast Du in Craigslist gelesen?
GRACE: Habe ich nicht.
ICH: Wie hast Du die Anzeige gefunden?
GRACE: Einer meiner Schüler hat die Überschrift »Grünäugiger Schwan« entdeckt, als er selbst nach einer Nachricht suchte, und mir den Brief gegeben, nachdem ihm
mein Tattoo aufgefallen war.
ICH: Dann wolltest Du mich also gar nicht finden? War das
nur für Ash?

Keine Antwort.

Zwei Stunden später stand ich in karierter Pyjamahose, Pantoffeln und Mantel auf ihrer Treppe. Es war achtzehn Uhr, und die Sonne ging allmählich unter. Ash kam in einem weißen Schlafanzug mit grünen Schildkröten zur Tür, die sie weit aufschwang. »Hallo, Vater!«, begrüßte sie mich.

»Hallo, Tochter!«

Sie zeigte mit dem Daumen hinter sich und senkte die Stimme. »Soll ich fragen, ob sie mitkommen will?«

Ich schüttelte den Kopf. Ash sah kurz zu Boden, als müsse sie für sich klären, wie sie reagieren soll, dann rief sie: »Tschüs, Mom! Hab dich lieb! Bis später!«

»Ich hab dich auch lieb! Pass auf dich auf!«, rief Grace von drinnen.

»Fertig?«

»Jep.« Sie sprang die Treppe hinunter.

»Wir gehen in ein Lokal, das zu jeder Zeit Frühstück serviert«, erklärte ich ihr.

»Oh, cool. Dann nehme ich Blaubeerpfannkuchen aus der Renaissance«, konterte sie trocken. Ich starrte sie einen Moment lang an – dann brach sie in Gelächter aus.

»Jetzt hast du mich aber echt erschreckt!«, sagte ich. »Ich habe schon an deinem IQ gezweifelt.«

»Den Witz habe ich aus einer Fernsehshow.«

Ich lachte. »Jetzt mache ich mir ernsthaft Sorgen um deinen IQ.«

Das Lokal, in das Grace und ich vor so langer Zeit immer gegangen waren, existierte schon lange nicht mehr, deshalb führte ich Ash in ein Diner mit ähnlichem Konzept in unserer Nachbarschaft aus.

»Mom hat mir erzählt, dass ihr dieses Frühstück-zum-Abend-essen-Ding im College ständig gemacht habt.«

»Das stimmt.« Ich lächelte bei dem Gedanken daran, wollte aber nicht in Vergangenem schwelgen. »Wie war's in der Schule?«

»Gut. Langweilig, abgesehen vom Töpfern.«

»Magst du töpfern?«

»Ich liebe es.«

»Meine Mom – deine Großmutter – liebte es auch. Sie hatte ein kleines Atelier hinter ihrem Haus in Kalifornien, das sie den ›Louvre‹ nannte.« Bei der Erinnerung musste ich lachen.

»Ich weiß.«

»Deine Mom hat ja so ziemlich alles erzählt, wie?«

»Warum wolltest du nicht, dass sie mitgeht?«

Meine Tochter redete nicht lange um den heißen Brei herum. »Wie ich schon sagte: Die Dinge sind kompliziert.«

»Ihr beide liebt euch aber doch, warum zum Teufel seid ihr dann nicht zusammen?«

»So einfach ist das nicht, Ash. Ich brauche Zeit.«

»Tja, ich finde, die verschwendest du damit.«

Warum war die Fünfzehnjährige die schlaueste von uns dreien?

Weil sie nicht jahrzehntelangen alten Mist mit sich herumschleppte!

Wir bestellten Pfannkuchen und Milchshakes, und Ash erzählte mir von der Schule und von einem Jungen, der ihr gefiel.

»Jungen sind Schweine, das weißt du, oder? Halt dich von ihnen fern.«

Nachdenklich schlürfte sie ihren Milchshake. »Du musst das nicht machen. Ehrlich.«

»Ich will aber. Ich will deine Freunde kennenlernen und zu deinen Schulaufführungen gehen. Und das ist keine Bitte.«

»Okay.«

Als wir bis obenhin voll mit Pfannkuchen waren, zahlte ich, und wir brachen auf. Doch kurz vor der Tür blieb Ash an der Kühlauslage stehen.

»Willst du noch ein Stück Kuchen?«, erkundigte ich mich.

Sie griff in ihren kleinen Brustbeutel. »Nein, ich will eins für Mom kaufen.«

»Lass mich das machen. Was mag sie?«

Sie zog die Augenbrauen hoch. »Du weißt doch, was sie mag.«

»Ein Stück Schokoladenkuchen und eins mit Erdnussbutter, zum Mitnehmen«, bestellte ich bei der Frau hinter der Theke.

Den ganzen Heimweg über redeten Ash und ich über Musik. Ich war nicht überrascht, dass sie einen großartigen Geschmack hatte und sich in allen Sparten gut auskannte. Wir beschlossen, zusammen zu einem Konzert von Radiohead zu gehen, wenn sie das nächste Mal in New York spielten. Ich fragte mich, wie oft Grace ihrer Tochter wohl über die Jahre Radiohead oder Jeff Buckley vorgespielt hatte. Ich hatte beides seit dem College nicht mehr hören können.

An ihrem Haus angekommen, folgte ich Ash bis zur Haustür. Meine Tochter schwang sie weit auf, drehte sich um und gab mir einen Kuss auf die Wange. »Danke fürs Abendessen, Vater.« Dann ließ sie mich mit dem Kuchen in der Hand an der geöffneten Tür stehen, lief ins Haus und rief: »Mom! Da steht so ein Typ an der Tür mit Kuchen für dich!«

Ich schluckte schwer und stand wie erstarrt im Türrahmen.

Hinterhältiges kleines Biest.

Aufarbeitung

GRACE Jedes Mal, wenn ich Matt ansah, rang ich mit zwei unterschiedlichen Gefühlen: dem Schock darüber, wie gut er aussah – schlank, muskulös, ausdrucksstark und mit dem Alter irgendwie noch attraktiver – und völliger Fassungslosigkeit, dass er überhaupt zugegen war. Ich war überzeugt, eines Tages würde ich aufwachen und alles wieder so sein wie vorher.

In seiner Gegenwart jedoch wollte ich stark sein. Eine Woche lang hatte ich geheult und geklagt, dass die Neuigkeit einen Keil zwischen uns getrieben hatte. Ich hatte genug gelitten für uns alle, und offen gestanden hatte ich es satt, wegen all diesem Mist weiter Trübsal zu blasen. Das hatte ich schon fünfzehn Jahre lang getan. Wenn er mir die Schuld dafür geben wollte, was seine psychotische Exfrau getan hatte – bitte sehr. Ich hatte genug vom Entschuldigen.

Ich ging zu Matt an die Tür und sah, wie er mich von oben bis unten musterte. Ich hatte ein kurzes, seidenes Nachthemd an und wohl einen »Was soll's«-Blick in den Augen. Ich nahm ihm den eingewickelten Kuchen ab. »Schokolade und Erdnussbutter?«, fragte ich trocken. Er nickte. »Danke.«

»Gern geschehen.«

»Tja … es ist spät.«

Er sah mich unsicher an und blickte dann auf seine Pantoffeln. »Äh … also gut, dann geh ich mal nach Hause.«

»Okie dokie.«

Er wandte sich ab, und ich griff an die Tür, um sie hinter ihm zu schließen. Da drehte er sich plötzlich wieder um, legte die Hände auf meine Hüften und küsste mich seitlich auf den Hals. Ich seufzte.

»Nacht, Gracie«, flüsterte er, dann war er weg. Ich blieb eine Weile im Türrahmen stehen und versuchte, wieder zu Atem zu kommen. Und das jetzt, wo ich gerade angefangen hatte, mich wieder in den Griff zu kriegen …

Am nächsten Tag ging ich nach der Schule ins *Green Acres*, das seinem Namen nicht einmal annähernd gerecht wurde, da es weder grün noch weitläufig war. Es war ein heruntergekommenes Pflegeheim in der Bronx, in dem Orvins Tochter den Vater nach dem Tod seiner Frau vor ein paar Jahren untergebracht hatte. Das Haus hätte dringend renoviert werden müssen. Die Wände waren in dem grässlichen Grün aus *Der Exorzist* gestrichen, und durch die Brotfabrik nebenan stank es überall nach fauliger Hefe. *Green Acres* war wirklich schlimm. Für Bewohner, die sich noch bewegen konnten, gab es einen kleinen Hinterhof, jedoch ohne einen einzigen Grashalm. Mindestens einmal pro Woche schaffte ich Orvin von dort weg. Wir gingen in einen nahegelegenen Park und spielten Schach, und obwohl er sich nicht mehr an meinen Namen erinnern konnte, war ich ziemlich sicher, dass er wusste, wer ich war.

Wir saßen im Park und lauschten dem Wind, der durch die Bäume wehte. »Hörst du sie noch?«, fragte ich ihn.

»Was denn, Herzchen?«

»Die Musik?«

»Ja. Das tue ich. Ich höre sie immer.«

»Was, glaubst du, hat es zu bedeuten, dass ich sie nicht mehr höre?«

Er nahm mir mein zweites Pferd. »Schach. Ich weiß nicht, was es bedeutet. Vielleicht hörst du nicht gut genug hin.«

Wie kam es, dass er mich jedes Mal schlug? Ich rückte meinen König ein Feld weiter. »Doch, ich versuche zu hören.«

»Nein, du bist zu sehr damit beschäftigt, dich selbst zu bemitleiden.«

»Ich habe mich nie selbst bemitleidet.«

»Früher vielleicht nicht, aber jetzt tust du es. Schachmatt.«

Ich baute die Figuren neu auf. Wir spielten mit einem billigen Schachspiel aus Plastik, das ich zusammenfalten und in die Tasche stecken konnte. »Ich habe kein Selbstmitleid. Ich bin nur müde und irgendwie traurig.«

»Warum bist du traurig?«

Ich musterte Orvins Gesicht und hatte wieder mal den Eindruck, dass Orvin nicht nach *Green Acres* gehörte, weil er so rüstig und klar wirkte. Trotzdem vergaß er viel und fragte häufig nach, wann er im Geschäft sein müsse, das leider bereits seit über zehn Jahren geschlossen war. Heute war einer seiner guten Tage, und dennoch konnte er jederzeit wieder ins Vergessen zurücksinken.

»Wünschst du dir jemals, du müsstest nicht in *Green Acres* sein?«

»Meine liebe Grace, ich kenne da ein schönes Sprichwort.«

Ich war verblüfft. Meinen Namen hatte er schon seit … ich weiß nicht, wie lange … nicht mehr gesagt. »Okay.«

»Ich hielt mich für arm, weil ich keine Schuhe hatte, dann traf ich einen Mann ohne Füße.«

Ich lächelte verlegen. »Ich bade doch in Selbstmitleid, oder?«

»Schlimmer noch. Du bist undankbar. Du hast den Mann, den du immer wolltest, wieder in deinem Leben, du hast eine wundervolle Tochter und einen tollen Beruf.«

»Ja, aber dieser Mann will mich nicht.«

»Das wird er. Sei einfach du selbst. Finde die Musik.«

Am Abend gingen Ash und ich zu Tati zum Essen. Sie übte sich gerade in hausfraulichen Tätigkeiten, da sie einen Mann kennengelernt hatte, mit dem sie tatsächlich zusammen sein wollte. Nun war sie fest entschlossen, ihm zu imponieren. Allerdings war es nicht das erste Mal, dass Ash und ich als Versuchskaninchen herhalten mussten, und ich kann nicht behaupten, dass wir es genossen. Tati konnte nicht kochen. Punkt.

Mit einer großen Servierplatte trat sie an den Tisch. »Lammtajine und marokkanisches Couscous.«

»Ach, Tati! Ich esse kein Lamm!«

Sie sah mich beleidigt an. »Warum nicht?«

»Lämmchen sehen einfach zu süß aus!«

»Na, das hier aber nicht mehr.«

Ich schüttelte den Kopf und nahm eine kleine Portion. Ash rümpfte die Nase und teilte sich eine noch kleinere Portion ab, während Tati herumlief und einen Korkenzieher suchte.

»Kann ich auch Wein haben?«, fragte Ash.

»Nein«, erwiderten Tati und ich im Chor.

»Nur einen Schluck. Bitte! Dad hat gesagt, bei ihm darf ich ein bisschen Wein trinken, wenn er mich bei sich zu Hause zum Essen einlädt.«

»Du nennst ihn jetzt Dad?«, erkundigte sich Tati.

»Na ja, ich spreche ihn nicht direkt so an, aber was soll ich denn sonst zu ihm sagen? Matt? Es war ja nicht seine Schuld, dass er nicht mein Dad sein konnte.«

»Will er, dass du ihn Dad nennst?«, fragte ich vorsichtig nach.

»Ich glaube, ihm ist es egal. Aber er will zu allen Schulveranstaltungen kommen und meine Freunde kennenlernen.«

»Ich glaube, es würde ihm guttun, wenn du ihn so nennst. Der arme Kerl hat deine ganze Kindheit verpasst«, meinte Tati.

Mir sträubten sich die Haare. »He, was ist aus der Männerhasserin in dir geworden?«, fuhr ich sie an.

»Ich schlage ein neues Kapitel auf. Und das solltest du ebenfalls.«

»Nenn ihn ruhig Dad, wenn er das will«, sagte ich zu Ash. Dann gab ich ihr mein Weinglas. »Aber nur einen kleinen Schluck.«

Sie nippte am Glas und verzog das Gesicht. »Iihh!«

Verträumt blickte Tati zur Decke. »Ich fand's immer toll, wie er sich angezogen hat.«

Ich verdrehte die Augen.

»Haben du und mein Dad sich gut verstanden, als ihr im College wart?«, wollte Ash von Tati wissen.

»Na klar. Deine Mom und dein Dad waren unzertrennlich. Wenn ich Grace außerhalb des Unterrichts treffen wollte, musste ich deinen Dad also auch treffen. Aber wir kamen gut miteinander aus, deshalb war es damals immer sehr lustig.« Tati wandte sich an mich. »Da wir von guten alten Zeiten sprechen ... Ich finde, du solltest diese Woche nach der Schule mal kommen und mit uns proben.«

»Warum das denn?«, fragte ich zurück, den Mund voller Couscous.

»Wir suchen aushilfsweise eine Cellistin.«

»Oh, das solltest du unbedingt machen, Mom! Ich kann nach der Schule zu Dad gehen, das ist kein Problem. Er arbeitet jetzt von zu Hause aus und hatte mich sowieso schon eingeladen, nach der Schule zu ihm zu kommen – wann immer ich will.«

»Ich weiß nicht, Tati. Ich glaube nicht, dass ich noch gut genug bin.« Ich hatte außerdem Angst, Ash könnte Matt etwas zu überschwänglich vereinnahmen. Es zeigte mir, wie sehr sie Dan vermisste. »Und wie kommt es, dass du dich jetzt schon so super mit ihm verstehst? Du kennst ihn doch kaum.«

»Keine Ahnung«, sagte sie.

»Ich glaube, du tust das alles nur, um deinen Schmerz zu vergessen«, sagte ich.

»Und ich glaube, du interpretierst zu viel hinein, Mom. Ich sehe ihn an und erkenne mich selbst. Ich fühle mich einfach wohl bei ihm. Außerdem ist er sehr lieb, und er will Teil meines Lebens sein. Mach mir das bitte nicht kaputt, nur weil du eine verkorkste Beziehung zu ihm hast.«

»Ich werde mal so tun, als wärst du gerade nicht furchtbar frech und aufsässig«, sagte ich. Obwohl sie vermutlich recht hatte.

Lustlos schoben wir Lamm und Couscous weiter auf unseren Tellern hin und her. Es schmeckte so scheußlich, wie es aussah. Schließlich legte Tati ihre Gabel beiseite.

»Wollt ihr vielleicht einen Hamburger oder so etwas?«

Ash und ich nickten eifrig.

»Du solltest bei Spaghetti bleiben«, empfahl Ash. »Die konntest du gut.«

»Die waren vom Lieferservice«, verriet ich, und Tati brach in Gelächter aus.

»Oje!«, quietschte sie und wurde rot. »Na, kommt«, sagte sie dann. »Gehen wir Burger essen.«

Die restliche Woche über nahm ich nach der Schule an den Proben der New Yorker Philharmoniker teil. Ash verbrachte jeden Nachmittag bei Matt, und bevor sie am Abend ins Bett ging, erzählte sie mir alle Details ihrer Treffen. Sie verliebte sich geradezu in ihn, so wie Töchter das bei ihren Vätern tun. Wie sollte sie ihm auch nicht verfallen? Ich freute mich darüber, trotzdem tat es weh, dass Matt und ich keine gute Beziehung zueinander hatten.

Am Samstag bot Tati an, Ash ins Kino einzuladen, und ich ging allein in einem kleinen italienischen Lokal essen, wo ich mich vom Kellner zum Bestellen einer ganzen Flasche Wein überreden ließ.

»Sie können ein Glas trinken und den Rest mit nach Hause nehmen. Wir packen ihn für Sie ein«, sagte er.

Ich stimmte zu, blieb dann jedoch zwei Stunden sitzen und trank die Flasche mindestens dreiviertel leer. Ich saß unter den kleinen blinkenden Lichtern, die an der Markise befestigt waren, und beobachtete die Leute, die auf der Straße spazierten, Händchen hielten, sich an der Ecke küssten. Die Wärme des Heizstrahlers und die Musik, die mich an *Der Pate* erinnerte, machten mich schläfrig. »Ma'am?«, sagte der Kellner irgendwann und deutete auf die Flasche. »Darf ich die für Sie einpacken?«

Das war wohl mein Stichwort, zu gehen. Zeit fürs Bett für die Lady mit Schwips. »Ja, das wäre sehr nett, danke.« Es war nur noch etwa ein Glas voll übrig, aber ich nahm die Flasche trotzdem mit.

Nach dem Zahlen machte ich mich auf den Weg nach Hause, doch als ich an Matts Straße kam, bog ich dort ein.

Von der anderen Straßenseite aus konnte ich in sein Loft sehen. Dort saß er, auf seinem Sofa, und starrte geradeaus in die Nacht. Ich beobachtete ihn von unten und dachte, wie seltsam es doch war, dass jeder von uns dreien, er, ich und Ash, an diesem Abend allein war. Er trank Wein und betrachtete ab und zu nachdenklich irgendeinen Gegenstand, oder vielleicht auch gar nichts. Ich fragte mich, welche Musik er wohl hörte. Da stand er auf und trat ans Fenster. Ich drückte mich tiefer in den Schatten, damit er mich nicht sehen konnte. Vollkommen reglos stand er da und beobachtete die Straße.

Worüber dachte er wohl nach?

Schließlich murmelte ich: »Verdammt, was soll's?« Ich lief über die Straße und klingelte bei ihm an.

Er meldete sich umgehend. »Wer ist da?«

»Grace.« Ich hatte vor Aufregung Bauchkribbeln.

»Komm rauf.«

Als der Fahrstuhl aufging, stand er bereits wartend in der Tür. Ich sah auf seine nackten Füße und die schwarze Jeans, den Gürtel und das weiße T-Shirt, dann auf seinen Mund, seinen Hals, das lange, dichte Haar, das er zurückgebunden hatte. Ich erschauerte. »Hallo.« Ich hielt ihm die Papiertüte entgegen, und er nahm sie mir ab.

Er zog die Flasche aus der Tüte, lachte, dann sah er mich mit schiefem Lächeln an. »Danke, Grace. Das ist das erste Mal, dass ich eine fast leere Weinflasche geschenkt bekomme.«

Ich starrte ausdruckslos zurück. »Der ist wirklich gut. Ich habe dir ein Glas übrig gelassen.«

Matt musterte mich aufmerksam, vermutlich, um den Grad

meiner Alkoholisierung abzuschätzen. »Wo ist Ash heute Abend?«

»Mit Tati unterwegs. Oh, verdammt, ich muss nachfragen, wann sie nach Hause kommen will.«

Er zog sein Handy aus der Tasche und reichte es mir. Ich wählte Tatis Nummer. Der Film war vermutlich schon vorbei, und ich wollte nicht, dass Ash in ein leeres Haus zurückkehrte.

»Ja, bitte?« Sie klang seltsam, aber dann fiel mir ein, dass sie die Nummer nicht erkannt hatte.

»Tati, ich bin's. Wo seid ihr?«

»Wir sind Eis essen. Alles in Ordnung? Wessen Handy ist das?«

»Matts.«

Ohne ihre Antwort abzuwarten, nahm Tati das Handy beiseite und sagte laut zu Ash: »Hey, lass uns noch ein paar Filme ausleihen, einen Berg Chips holen und zu mir gehen, ja? Deine Mom ist einverstanden.«

»Okay«, hörte ich Ash sagen.

Tati senkte die Stimme zu einem Raunen. »Du hast freie Bahn. Bis morgen früh dann. Tschüs.«

Ich unterbrach die Verbindung und gab Matt das Handy zurück. »Was hat sie gesagt?«

»Alles gut. Ash bleibt die Nacht über bei Tati.«

»Ist Tati ein guter Einfluss?« Er sah mich von der Seite an.

»Wir sind keine zwanzig mehr, Matt. Sie sitzt nicht den ganzen Tag rum und raucht Joints. Sie ist eine Weltklasse-Violinistin und eine unabhängige, gebildete Frau. Was denkst du denn?«

»Ja, du hast recht«, gab er augenblicklich nach. Ich fühlte mich eine Sekunde lang schuldig, als ich erkannte, dass er nur versuchte, das zu tun, wozu er sich als Vater verpflichtet fühlte. »Also … Welchem Anlass habe ich deinen Besuch zu verdanken?«

Die Dinge liefen nicht ganz wie geplant. »Ich weiß nicht … ich wollte nur …«

»Was?« Er stellte die Flasche ab und kam auf mich zu. »Was willst du?« Ich konnte nicht erkennen, ob er charmant war oder sauer oder beides.

Als er noch näher trat, spürte ich seine Wärme und roch den Duft seiner Kardamom-Sandelholz-Waschlotion. »Hast du gerade geduscht?«

Er blinzelte. »Warum?« Er stand ganz still, und seine Körpersprache lieferte keinen Hinweis darauf, wie er mir gegenüber empfand. Ich meinte, immer noch eine leise Wut unter der Oberfläche brodeln zu spüren.

Und ich war gerade mal beschwipst genug, um ihn darauf anzusprechen.

»Auf wen bist du wütend, Matt?«

Er zögerte nicht. »Auf dich. Elizabeth. Dan … Mich selbst.«

»Warum, um alles in der Welt, solltest du wütend auf Dan sein?«

Er klang angespannt. »Ich bin eifersüchtig auf ihn.« Er sah mir in die Augen. »Er hatte alles, was ich wollte. Er hatte das, was mir gehörte.«

»Aber es war nicht seine Schuld. Ich habe es akzeptiert, und das solltest du auch.«

Er kam noch ein Stück näher und sah mir noch tiefer in die Augen. »Vielleicht. Wie viel hast du getrunken?«

»Ich bin ganz klar.«

»Soll ich dich nach Hause bringen?«

»Deshalb bin ich nicht hier.«

»Was willst du, Grace?«

Ich stellte mich auf Zehenspitzen und küsste ihn. Der Kuss fühlte sich zunächst zart und zerbrechlich an, als würden wir in eine Million Stücke zerspringen, wenn wir es zu schnell, zu fest angingen. Doch dann dauerte es nur Sekunden, bis wir uns gegenseitig die Kleider vom Leib zerrten.

Wir ließen uns nackt auf sein Bett fallen, küssten und berührten einander. Als er sich aufsetzte, schwang ich mich auf seinen Schoß und ließ ihn in mich eindringen. Er stöhnte auf und packte mich an den Hüften, während ich unweigerlich den Rücken durchbog und ihm meine Brüste entgegenreckte.

»Wie schön du bist«, flüsterte er zwischen seinen Küssen, sog an meinen Brustwarzen und umspielte sie mit der Zunge. Er ließ sich Zeit, und dennoch spürte ich sein verhaltenes Drängen, seine Beharrlichkeit. Er wusste genau, wohin er seine Hände legen musste, wo ich zarten Druck brauchte, wo ich geküsst werden wollte.

Er hatte mich schon damals für alle anderen Männer ruiniert.

Er drehte mich um, so dass ich auf allen vieren war, zog mich an den Hüften zu sich und drang wieder in mich ein. Ich hatte das Gefühl, er wollte seinen Ärger loswerden, aber aus irgendeinem Grund wollte ich es zulassen.

»Tu ich dir weh?«

»Nein. Hör nicht auf.«

Ich wollte es spüren. Ich wollte spüren, wie sich alles Negative auflöste.

Als wir kamen, schlang er die Arme um mich, und ich konnte seinen Herzschlag auf meinem Rücken spüren. Er sagte nichts, sondern hielt mich nur umschlungen, bis unsere Herzen sich allmählich beruhigten. Dann ließ er mich los, und ich fühlte mich plötzlich unsicher und stand auf, um meine Kleider zu suchen.

»Warte! Komm her«, sagte er und setzte sich auf die Bettkante. »Ich will dich ansehen.« Er zog mich zu sich. Selbst in diesem Schummerlicht war ich nervös. Mit dem Zeigefinger zog er feine Kreise über die weiche Haut an meinem Bauch. Auf meinen Hüften waren ein paar verblasste Schwangerschaftsstreifen, die er küsste. »Wie war es?«

»Was?«

»Als Ash geboren wurde?«

Ich lachte. »Du wirst doch wohl keine Geburtsbeschreibung hören wollen!«

»Ich meine, ist alles gut verlaufen?« Er fuhr mit der Hand über die Innenseite meiner Schenkel und sah mich an. Ich nickte. »Du bist eine gute Mutter, Grace.«

»Danke.« Wollen wir das nicht alle hin und wieder hören – dass wir eine gute Mutter oder Freundin oder Tochter oder Ehefrau sind?

»Warst du glücklich?« Seine Stimme zitterte. »Am Tag, als Ash geboren wurde – warst du da glücklich?«

»Es war der glücklichste Tag meines Lebens«, presste ich mühsam hervor. Ich hatte einen Kloß im Hals.

Matt begann leise zu weinen. »Ich wünschte, ich wäre da gewesen«, sagte er, und dann wurde er von heftigem, krampfartigem Schluchzen geschüttelt und drückte sein Gesicht in meinen Bauch.

Ich hielt ihn fest, streichelte seine Schultern, sein Haar. »Ich weiß. Alles wird gut«, sagte ich wieder und wieder, doch ich fürchtete, dass nichts den Schmerz zwischen uns wieder gut machen konnte. Die Narben waren zu tief.

»Ich habe das Gefühl, in einem Albtraum zu leben – als wäre ich gerade aus dem Koma erwacht, um festzustellen, dass fünfzehn Jahre meines Lebens einfach so vergangen sind. Alles ist ohne mich passiert. Ich habe alles verpasst.«

Ich hielt ihn fest und erzählte ihm von dem Tag, an dem Ash geboren wurde.

»Wir waren in Venedig, als meine Fruchtblase platzte. Sie haben mich per Wassertaxi ins Krankenhaus gebracht. Ich weiß noch, wie ich auf die Kanäle schaute und an dich dachte. Ich hoffte, dass es dir gutgeht. Für die Jahreszeit war es ungewöhnlich warm – so warm, dass man die Hitze von der Wasseroberfläche abstrahlen spürte. Wenn ich an den Tag denke, war es, als hätte die Sonne die Erde geküsst. Als hätte Gott sich offenbart.

Ich hatte Glück. Die Geburt war nicht sehr schwer. Zuerst konnte ich ihren kleinen zappelnden Körper nur ungläubig anstarren, wie er von Blut und weißem Schleim bedeckt auf mir lag. Ich konnte nicht fassen, dass du und ich sie erschaffen hatten. Als sie sich beruhigte und zu trinken begann, sagte Dan, er fände es wunderschön … er fände uns, sie und mich, wunderschön.«

»Das glaube ich sofort«, sagte Matt. Dann seufzte er und sah aus dem Fenster. Vielleicht stellte er es sich vor und fühlte sich endlich dazugehörig.

»Als wir im Krankenhaus ankamen, hatten wir noch keinen Namen für sie. Dan war nur ein Freund, deshalb traf ich alle Entscheidungen allein, auch wenn ich mich gar nicht auskannte. Aber plötzlich wusste ich genau, was zu tun war. Als ich sie sah, konnte ich an nichts anderes denken als an uns – dich und mich –, und dass sie der Beweis für das war, was wir zusammen gehabt hatten. Nach dem Tag waren all meine Erinnerungen an unsere Zeit im College nur noch glücklich, weil ich Ash hatte, die für diese Zeit stand, und sie war perfekt … Poesie in Bewegung – der Beweis eines Lebens, das hell brennt. Jeder wusste, warum ich sie Ash nannte. Tati war eine Zeitlang wütend – sie hat dich dafür gehasst, dass du nicht zu mir zurückgekommen bist –, aber sie hat es verwunden. Und Dan hat es verstanden.

Die ersten Monate lang war Ash ein unruhiges Baby, und wir waren ja noch viel auf Reisen. Es war nicht leicht. Ich war eine junge, frischgebackene Mutter, die versuchte, mit allem klarzukommen. Irgendwann kehrten wir nach New York zurück, und Dan bestand darauf, dass wir zu ihm in sein Haus zogen, also taten wir das. Es war ein guter Schritt, weil es Ash Stabilität und Halt gab, und sie hatte zwei Erwachsene, die sich um sie kümmerten.«

Matt gab ein seltsames Geräusch von sich, als würde der letzte Satz ihn quälen, doch ich fuhr fort.

»Ash war von Anfang an eine strahlende Persönlichkeit. Sie war ein wildes Kleinkind, mit wirrem blondem Haar und großen, braunen Augen – deinen Augen. Sie konnte früh laufen und sprechen und selbständig essen.«

»Na klar.«

Ich lachte. »Ja, sie ist dein Kind, also fiel ihr alles leicht. Aber schon bald entwickelte sie ihre ganz eigene Persönlichkeit, und ich dachte immer weniger daran, was ihr Name bedeuten sollte, sondern sah mehr und mehr ihre Individualität. Sie hat eine schöne Seele und ist ganz anders als du oder ich.«

»Das weiß ich. Ich wusste es in dem Moment, als ich sie

das erste Mal sah«, flüsterte er. »Hat ihr Dans Tod schwer zugesetzt?«

»Sie war stark, aber ich wusste, dass es schwer für sie war. Er war ein guter, geduldiger Vater und liebte sie über alles. Ich war dankbar, dass wir ein bisschen Zeit hatten, uns darauf vorzubereiten. Wir machten Urlaub und blieben einen Monat lang in einem Haus am Strand auf Cape Cod. Dort ist er gestorben, beim Rauschen der Wellen, ich und Ash an seiner Seite. Die letzten Tage verbrachte er in einem Sessel, von dem aus er uns am Strand spielen sehen konnte. Abends machten wir ein Lagerfeuer, und Ash las uns im Feuerschein Geschichten vor. Dan wirkte glücklich, auch wenn er wusste, dass ihm nicht mehr viel Zeit blieb.« Ich begann zu weinen.

Matt kam zum Bett und nahm mich in die Arme. »Erzähl weiter.«

»An einem Dienstag ist er gestorben, einem ganz gewöhnlichen Dienstag. Morgens war er ganz wach und klar. Wir hatten sein Krankenbett auf die hintere Veranda gestellt, so dass er aufs Meer sehen konnte. Ein Pfleger aus dem Hospiz war da. Wir wickelten uns in Decken ein und beobachteten die Wellen, als Dan dann irgendwann seinen letzten Atemzug tat. Ash weinte ein paar Minuten, das war's. Es war vorbei. Ich habe sie danach nie mehr deswegen weinen sehen.«

»Und du?«

»Na ja, du kennst mich doch. Ich bin eine alte Heulsuse.«

»Das warst du früher nicht.«

»Ich weiß«, sagte sie leise.

Matt strich mir das Haar aus dem Gesicht und wischte mir die Tränen von den Wangen. »Warum habt ihr nicht noch mehr Kinder bekommen?«

»Wir hatten darüber nachgedacht, aber dann wurde Dan krank, und es erschien einfach nicht sinnvoll. Ash wäre eine wunderbare große Schwester geworden.«

»Ja, das glaube ich auch«, bestätigte er schläfrig.

Irgendwann in den frühen Morgenstunden schliefen wir ein. Gegen elf erhielt ich eine Nachricht von Tati, dass sie und Ash jetzt Mittagessen gingen, danach würde sie sie nach Hause bringen. Ich stahl mich leise aus dem Bett und sah zu, dass ich zu Hause war, bevor Ash eintraf.

Danach rief mehrere Tage lang keiner von uns den anderen an oder schrieb eine Nachricht.

Komm zurück

GRACE   In der nächsten Woche gewöhnte Ash sich an, Pläne mit ihrem Dad zu schmieden, ohne mich darüber zu informieren. Wenn ich sie deswegen rügte, sagte sie: »Von Eltern wird erwartet, das sie miteinander kommunizieren. Auch von unverheirateten.«

Meine Ash! Wie immer die Erwachsene!

Ich wusste, Matt und ich konnten so nicht weitermachen, uneinig und zerrissen. Wir hatten Besseres verdient, aber ich war nicht sicher, ob wir dazu schon bereit waren.

Schließlich, eines Nachmittags, kam Matt vorbei, um Ash abzuholen. Ich öffnete die Tür und bat ihn ins Haus. Er blieb in der Küchentür stehen und sah mir zu, wie ich das Geschirr einräumte.

»Wie geht es dir?«, erkundigte er sich, ein wenig förmlich, aber trotzdem freundlich.

»Gut. Ich habe nach der Schule eine Weile regelmäßig mit den Philharmonikern geübt. Tatsächlich könnte ich eine vorübergehend freie Stelle als Cellistin bekommen, aber dann müsste ich im Sommer für zwei Wochen weg. Ich bin nicht sicher, ob ich Ash so lange allein lassen will.«

»Aber das ist doch großartig, Grace! Ich könnte Ash zu mir nehmen; und vielleicht könnten wir in der Zeit mal nach Kalifornien fahren.«

Von oben rief Ash: »Ich brauch noch fünf Minuten, Dad!«

»Okay«, rief er zurück.

»Wohin geht ihr?«, fragte ich, ohne aufzusehen.

»Erst in die Met, dann Abendessen.«

Ich sah zur Uhr – es war viertel nach fünf. »Das schafft ihr jetzt aber nicht mehr rechtzeitig, bevor sie zumacht.«

»Freitags haben sie bis neun geöffnet.«

»O ja, stimmt.« Plötzlich fiel mir auf, dass dies das normalste Gespräch war, das wir je geführt hatten: zwei Menschen, die die Details ihres Alltags kommunizierten.

Ash kam in die Küche – im bauchfreien Trägerhemd. Mir fielen fast die Augen aus dem Kopf. »Entschuldige mal, hast du vielleicht auch einen Pullover, den du überziehen kannst?«

Ash verdrehte die Augen.

»Verdreh nicht die Augen, junge Dame! Deine Mom hat dich gerade was gefragt«, sagte Matt scharf.

Wow! Solch eine Rückendeckung hatte ich schon lange nicht mehr erlebt.

»Ich weiß, Dad, aber …«

»Nichts aber. Geh nach oben und hol dir einen Pulli.«

Schnaubend verließ Ash das Zimmer. Matt und ich starrten uns ein paar Sekunden lang an, dann kam er auf mich zu. »Du siehst anders aus. Glücklicher.«

Mir war es bisher nicht aufgefallen, aber ich glaube, er hatte recht. »Ja, vielleicht.«

»Du kannst auch gerne mitkommen, wenn du möchtest.«

»Nein, schon gut. Ich muss ein paar Arbeiten korrigieren.«

Er sah mich eine Weile aufmerksam an, dann zuckte er mit den Schultern. »Okay, bis später dann.« Er lehnte sich vor und küsste mich auf die Wange, als hätte er das schon Tausende Male vorher getan.

Als Ash mit neuem Oberteil nach unten kam, folgte ich den beiden noch bis zur Haustür und sah ihnen nach, wie sie zur U-Bahn gingen. Sie lachten … und es klang wie Musik. Ein Teil von mir wäre gern mitgegangen, aber ein anderer riet mir, hierzubleiben. So gern ich Matt auch sah und so gern ich die Nacht in seiner Wohnung verbracht hatte, so sehr hatten mich die unzähligen Ablehnungen durch all die Jahre und seine erste Reaktion auf Ash aber auch verletzt. Es war schwer zu begreifen, dass er jetzt tatsächlich präsent war – so, wie ich es mir immer gewünscht hatte.

Es war nicht so, dass ich an seiner Liebe zu mir zweifelte, aber es machte mir angst, dass er diesen Sicherheitsabstand einhielt. Ich musste mich schützen.

Wir fingen an, die Wochenenden aufzuteilen. Ash besuchte Matt entweder am Freitag oder am Samstag, und an den Sonntagen wechselten wir einander ab.

Die New Yorker Philharmoniker boten mir die befristete Cellistenstelle offiziell an, und so verbrachte ich die Zeit ohne Ash mit Üben und Vorbereiten der zweiwöchigen Konzertreise ins Ausland.

Ash schloss ihr erstes Highschooljahr mit phantastischen Noten ab und erhielt eine Auszeichnung für umfassend gute Leistungen. Bei der Zeremonie waren wir beide, Matt und ich, anwesend, und er strahlte die ganze Zeit – ganz der stolze Vater, der er war! Als wir die Aula verließen, nahm er mich lange in den Arm und flüsterte: »Das hast du super hingekriegt mit Ash. Ich danke dir. Ich bin so stolz auf meine beiden Frauen.«

Bei seinen Worten wurde mir ganz warm ums Herz. Ich wusste nicht, ob mir überhaupt schon mal irgendjemand gesagt hatte, dass er stolz auf mich war, und es gab niemanden auf der Welt, von dem ich es lieber gehört hätte als von ihm.

Die Sommerferien kamen, und ich wusste, Ash würde sich langweilen, also meldete ich sie für einen Foto-Workshop an. Sobald Matt das mitbekam, schrieb er sich ebenfalls ein. Ich wusste, er hätte den Kurs selbst leiten können, aber er wollte einfach Zeit mit seiner Tochter verbringen. Als die anderen mitbekamen, wer er war, so erzählte Ash, erlangte er selbst beim Kursleiter den Status eines Rockstars. Und sie sagte, er probiere nebenbei einen mehr künstlerischen Stil aus als bei seinen Dokumentationsfotos, die ihn berühmt gemacht hatten.

Es war eigenartig, wie Matt und ich uns in dieser Zeit jeweils weiterentwickelten. Es war, als würden wir das Leben da wieder aufnehmen, wo wir es damals verlassen hatten, und jeder von uns widmete sich mit neuer Energie den alten Leidenschaften. Ich hatte zum Teil das Gefühl, jetzt endlich das Leben zu leben, das mir eigentlich bestimmt gewesen war. Das einzige Problem bestand darin, dass Matt und ich es nicht wirklich gemeinsam taten. Wir gingen auf parallelen Wegen.

Eines Abends wirkte Ash traurig.

»Was ist los, mein Schatz?«, wollte ich wissen.

»Nichts«, sagte sie tonlos.

»Komm, sprich mit mir.« Ich setzte mich neben sie aufs Bett.

»Dad hat gesagt, dass ihm von *National Geographic* ein Job in Singapur angeboten wurde. Er soll im Herbst da hingehen.«

Ich riss vor Schreck die Augen auf. »Was? Wann hat er dir das gesagt?« Ich konnte mir nicht vorstellen, dass Matt jetzt weggehen wollte, wo er und Ash sich so nahe gekommen waren.

Sie begann zu weinen. »Schon vor langer Zeit. Eigentlich schon ganz am Anfang, aber jetzt macht mich die Vorstellung furchtbar traurig.«

»Was? Ich kann nicht … Wann ist das …« Ich wusste nicht, wie ich darauf reagieren sollte. »Ich werde mit ihm reden.«

Sie wischte sich die Tränen ab und stand auf. »Ich hab ja so die Schnauze voll von euch, wie ihr umeinander herum tanzt, als wärt ihr noch in der Highschool. Da haben ja sogar meine Freunde reifere Beziehungen als ihr!«

»Das reicht!«, erwiderte ich scharf.

Sie stampfte mit dem Fuß auf. »Nein, mir reicht es jetzt! Ihr zwei braucht mal einen kräftigen Schubs!«

»Ash, es ist nicht an dir, das zu entscheiden.«

»Na ja, wenn du dich nur überwinden könntest, würde Dad vielleicht nicht weggehen.«

Sie lief durch den Flur ins Badezimmer und schlug die Tür hinter sich zu.

»Ash, komm zurück!«

Ich schlug gegen die Badezimmertür, doch sie öffnete nicht. Nach ein paar Minuten gab ich auf und ging in mein Zimmer. Ich war wütend. Aufgebracht. Verwirrt. Wollte er wirklich gehen? Wie zum Teufel konnte er uns das antun? Konnte er mir das antun?

Irgendwann hörte ich Ash aus dem Badezimmer kommen und in ihr Zimmer gehen. Als ich eine Stunde später nach ihr sah, war sie eingeschlafen.

Ich rief Tati an und bat sie, herzukommen.

»Es ist zehn Uhr«, meinte sie vorwurfsvoll.

»Ich muss zu Matt, und ich weiß nicht, wie lange es dauern wird.«

»Kannst du ihn nicht einfach anrufen?«

»Nein, denn ich muss ihm eine verpassen.«

»Ach, du meine Güte. Was ist denn passiert?«

»Ash meinte, er würde eine Stelle in Singapur annehmen. Wir haben gerade deswegen gestritten, und ich weiß nicht, was zum Henker ich tun soll. Bitte, komm einfach her, ja?«

»Verstanden. Bin in zwanzig Minuten da.«

Als Tati da war, stürmte ich die paar Blocks zu Matts Haus. Ich kochte vor Wut. Ich drückte mehrmals auf den Klingel-knopf.

»Ja?«, ertönte Matts Stimme aus der Sprechanlage.

»Die Mutter deiner Tochter. Lass mich rein.«

Ich hörte ihn lachen. »Na, dann komm rauf.«

Oben am Loft öffnete er mir die Tür und lächelte. »Gracie.«

»Hör mir auf mit Gracie, du Mistkerl.« Ich schob mich an ihm vorbei, warf meine Handtasche auf den Boden und ver-schränkte die Arme. Er sah eingeschüchtert aus. »Was soll dieser Scheiß? Was stimmt nicht mit dir?«

Matt lehnte sich gegen die Wand, vielleicht, um so weit wie möglich von mir entfernt zu sein. »Wovon redest du?«

»Unsere arme Tochter war heute Abend völlig aufgelöst, weil du ihr gesagt hast, dass du nach Singapur gehst. Stimmt das etwa? Denn wenn das …«

»Grace … stopp! Hör mich an.« Er sah aus, als würde er scharf nachdenken. »Ich habe mal erwähnt, dass ich dieses Job-angebot habe, aber das ist lange her. Da kannten wir uns noch gar nicht richtig.«

»Und?«

»Ich habe meinem Boss gesagt, dass ich nicht annehmen kann.«

Ich kniff die Augen zusammen. »Wann?«

»Nach der Nacht, in der du hier warst. Aber ich wäre sowieso nicht gegangen; ich hatte das nur noch nicht geklärt. Ich hatte um einen Job im Ausland gebeten, bevor ich wieder Kontakt zu dir aufgenommen und Ash kennengelernt habe.« Er sprach ernst und aufrichtig. »Es tut mir sehr leid, wenn ihr das nachhaltig Kummer bereitet hat.«

»So sind Kinder eben.«

Er kam auf mich zu, griff nach meinen Händen und hielt sie zwischen uns fest. »Ich lerne noch, Grace.«

Ich blickte zu Boden und schüttelte den Kopf. »Ich weiß. Es tut mir leid. Ich habe überreagiert. Aber sie war so fertig und traurig. Ich konnte nicht mit ansehen, wie sie dasselbe durchmacht, was ich durchgemacht habe …«

Matt hatte einen gequälten Ausdruck in den Augen. »Ich werde euch beide nie mehr allein lassen. Das musst du mir glauben, Gracie. Du musst.«

Ich sah ihn prüfend an. »Überzeuge mich.«

Er fuhr mit dem Daumen über meine Unterlippe. »Das werde ich. Und wenn es, verdammt nochmal, ewig dauern wird!« Dann küsste er mich, und ich ihn. Wir ließen die Vergangenheit hinter uns und eilten in Richtung Zukunft.

Unsere Zeit

GRACE   Matt, Ash und ich aßen die nächsten Tage immer gemeinsam zu Abend. Endlich fing alles an, sich richtig anzufühlen.

Am Freitag sah ich Matt nach der Schule am Eingangstor stehen und auf mich warten. Ash hatte mir am Morgen gesagt, ich solle mich schick anziehen, und ich konnte erkennen, dass Matt dieselbe Anweisung erhalten hatte. Ich wusste nicht, was sie vorhatte, doch ich beschloss, es locker auf mich zukommen zu lassen.

»Was machst du denn hier?«

Er lächelte, dann gab er mir einen Kuss auf die Wange. »Schön, dich zu sehen, Gracie. Ich glaube, unsere Tochter hat etwas für uns geplant.«

»Davon gehe ich auch aus.« Er trug eine Stoffhose und ein Button-Down-Hemd, dazu glänzend schwarze Converse. So sah Matt aus, wenn er sich feinmachte.

»Gut siehst du aus«, sagte ich.

Er musterte mein Blumenkleid und die Sandaletten. »Du aber auch. Sehr hübsch sogar.«

Ich lächelte. »Was denkst du, was das hier soll?«

»Keine Ahnung.« Er hielt mir den Arm hin. »Starten wir?«

»Woher weißt du, wo es hingeht?«

»Ash meinte, ich soll dich abholen und in die Aula bringen.«
Ich nickte. »Dann mal los.«

In der Aula erwarteten uns Ash, Tati und mein Schüler-
orchester, erweitert um ein paar mir mittlerweile vertraute
Philharmoniker. Mit Ausnahme von Ash saßen alle mit ihren
Instrumenten auf Orchesterstühlen, als wollten sie gleich loslegen und etwas spielen.

Fröhlich kam Ash angehüpft. »Ich dachte, wir könnten heute
etwas Schönes unternehmen. Gemeinsam.«

Ich winkte allen zu. »Hast du das hier allein auf die Beine
gestellt?«

»Ich hatte Hilfe.«

Tati trat zu uns. Ich spürte, dass ich vor Rührung einen Kloß
im Hals bekam. »Seid ihr bereit? Eure Tochter hat sich sehr viel
Mühe gegeben, um diesen Tag für euch zu planen. Also setzt
euch.«

Wir setzten uns auf die zwei Stühle, die extra für uns vor
unserem Privatorchester aufgestellt waren. Tati übernahm den
Part der Dirigentin, was ich sehr unterhaltsam fand. Als die
Musik einsetzte, fasste Matt meine Hand. Ich erkannte das Lied
mit der ersten Note: *Hallelujah*. Matt drückte meine Hand und
hielt sie den ganzen Song lang fest.

Am Ende sprang ich begeistert auf, klatschte wie verrückt
und rief »Bravo! Bravo!« Matt pfiff und klatschte, dann kam Ash
wieder angelaufen.

»War das nicht toll?«

»O Ash! Danke, mein Schatz! Das war eine ganz wunderbare
Idee!«

»Wartet, das war noch nicht alles; das war erst der Anfang.«
Sie gab uns einen braunen Umschlag, den ich öffnete und ein
etwa zwanzig mal dreißig großes Schwarzweißfoto von Matt
und mir herauszog. Darauf saßen wir im Aufenthaltsraum unseres Wohnheims auf der Couch. Tati hatte es aufgenommen,
und die Erinnerung daran war plötzlich ganz frisch. »Lies die
Rückseite«, bat Ash.

Matt stand hinter mir, während ich es umdrehte. Wir lasen
den Text laut vor:

Hallelujah! Ihr sitzt hier heute Hand in Hand!
Doch nun auf zu dem Ort, an dem alles begann!

Tati stellte sich neben Ash. »Gebt uns zehn Minuten Vorsprung«, bat sie.

Matt lachte. »Okay. Dann bis gleich.«

Wir verabschiedeten uns von den Musikern und dankten
ihnen für die wunderbare Darbietung. Als Ash und Tati im
Taxi davonfuhren, nahm Matt erneut meine Hand. »Sollen wir
zu Fuß gehen?«

»Gern.«

Es war ein warmer, sonniger Tag. Die Stadt strahlte eine ei-
gentümliche Gelassenheit aus. Während wir durch die Straßen
wanderten, schwang Matt unsere Hände vor und zurück.

Als wir zum Wohnheim kamen, fühlte es sich surreal und auf
schöne Art nostalgisch an. Das Gebäude sah anders aus als damals, aber das Gefühl war dasselbe. Tati und Ash standen oben
im Treppenhaus. »Kommt rauf!«, rief Tati.

Im dritten Stock spähten wir in mein altes Zimmer. Es war
leer, abgesehen von meinem Cello, das an einem Stuhl neben

dem Fenster lehnte. Ich sah Ash an, und sie lächelte. »Spiel für Dad, Mom.« Sie gab Matt eine alte Kamera, die ich noch aus unserer Studienzeit kannte. »Ein Film ist schon eingelegt. Es ist alles bereit.«

Matt lächelte. »Danke, Ash.«

»Okay, ihr zwei! Auf der Fensterbank liegt noch ein Umschlag für euch«, verkündete Tati.

»Wie seid ihr hier bloß reingekommen?«, wollte ich wissen.

»Wir haben dem Wohnheim-Tutor eure Geschichte erzählt, und er hat uns den Schlüssel gegeben. In diesem Zimmer wohnt den Sommer über gerade niemand«, meinte Ash und lachte.

»Wie viel Zeit haben wir?«, erkundigte sich Matt.

»Wir erwarten euch in einer Stunde am nächsten Treffpunkt.« Sie stellte sich auf Zehenspitzen und gab ihrem Dad einen Kuss auf die Wange. Dann sah sie zu mir. »Viel Spaß!«

Matt schloss die Tür hinter ihnen, und schon hörte ich das Klicken der Kamera, als er mich von hinten fotografierte. Ich setzte mich zu meinem Cello. »Irgendwelche besonderen Wünsche?«

Er nahm den Fotoapparat vom Auge. »*Fake Plastic Trees?*«

»Du erinnerst dich noch?«

»Wie könnte ich das je vergessen?« Er musterte mich eindringlich. In seinem Blick lagen Wärme und Sehnsucht, aber auch ein wenig Reue, und ich wusste, die würde niemals ganz verschwinden. Ich empfand ebenso, besonders in diesem Raum.

Ich spielte den relativ komplizierten Song und wechselte dabei immer wieder von Vibrato zu Stakkato. Matt hörte auf zu fotografieren und beobachtete mich fasziniert. Als das Lied vorbei war, sah ich in sein lächelndes Gesicht. »Du fotografierst ja gar nicht mehr.«

»Manche Sachen sind hier oben besser aufgehoben.« Er tippte sich an die Schläfe.

»Stimmt«, flüsterte ich.

Zwei Schritte, und er war bei mir. Noch während ich aufstand, umfasste er mein Gesicht mit beiden Händen und küsste mich voller Leidenschaft. Dann entfernte er sich kurz, stellte die Kamera auf die Fensterbank und drückte den Knopf. Offenbar hatte er vorher den Selbstauslöser aktiviert, denn der Countdown piepste, und während Matt mich erneut küsste, sprang der Verschluss auf und hielt den Moment fest.

Matt fuhr mit den Händen unter mein Kleid, und ehe ich mich versah, schob er mir den Slip von den Hüften. »Zieh den aus«, raunte er.

»Aber hier ist kein Bett.«

»Das hat uns früher auch nicht abgehalten.«

Ich zog meinen Slip ganz aus und schob ihn mit dem Fuß beiseite. Als ich wieder aufsah, hatte Matt bereits seinen Gürtel geöffnet. Er hob mich hoch, so dass ich meine Beine um seine Hüften schlingen konnte, und setzte sich mit mir auf den Stuhl. Ohne seinen Kuss zu unterbrechen, drang er in mich ein.

»Ich liebe dich, Gracie.« Seine Stimme an meinem Ohr klang so sanft, dass ich beinahe augenblicklich vor Lust verging. Wir bewegten uns langsam und innig, und ich wünschte, es würde niemals aufhören. Danach hielten wir einander noch lange fest umschlungen.

Im Kuvert auf der Fensterbank war wiederum ein Bild: ein altes Farbfoto von Matt und mir in unseren Schlafanzügen, vor unscharfem Verkehrsgewühl. »Wie cool! Das habe ich noch nie gesehen.«

»Den Abzug habe ich auch erst machen lassen, nachdem wir

uns gerade wiedergefunden hatten. Dreh mal um und lass uns den Hinweis lesen.«

Auf der Seventh nach Osten, einen Block weit,
und dann drei nach Süden geht ihr zu zweit,
dort hält euch ein Ort eine Überraschung bereit.

Wir verließen das Wohnheim mit breitem Grinsen auf unseren Gesichtern. »Oje, ich hoffe, Ash denkt nicht, dass wir …«, begann ich.

»Mal ehrlich, Grace: Sie hat so was doch geradezu provoziert.«

»Aber doch nicht *das*.«

»Na ja, wir müssen ihr ja auch nicht alles sagen.«

Auf etwa der Hälfte der Strecke blieb ich stehen. »Ab jetzt vollkommene Offenheit?«

»Für immer.«

Ich blickte zu Boden. »Fast hätte ich eine Abtreibung gehabt.«

Er hob mein Kinn und sah mir in die Augen. »Was hat dich davon abgehalten?«

»Ich konnte es einfach nicht.« Ich spürte heiße Tränen aufsteigen.

»Bitte nicht weinen. Das ist so ein schöner Tag … So glücklich bin ich schon lange nicht mehr gewesen.« Er gab mir einen Kuss.

»Ich weiß. Ich bin nur gerade so froh, dass ich die richtige Entscheidung getroffen habe.«

»Ich auch«, erwiderte er leise und hielt mich auf der Straße fest im Arm.

Ein Stück weiter sahen wir Ash und Tati, die vor einem Gebäude auf uns warteten. »Kommt rein, das hier ist super cool!«, rief Ash.

Wir betraten das Haus und erkannten schnell, dass es sich um eine Galerie handelte, in deren Mitte ein Mann im Anzug stand. Tati stellte ihn als den Besitzer vor. »Er hat eingewilligt, das Ash die Fotos hier aufhängt, und dann gefielen sie ihm so sehr, dass er sie für die nächsten zwei Monate gern ausstellen würde.«

Verblüfft sah ich mich um. Da hingen lauter Fotos, die Matt von mir gemacht hatte, vergrößert und professionell gerahmt. Das erste war ein Farbfoto von mir, wie ich in meinem alten Wohnheimzimmer Cello spiele – wiederum ein Bild, das ich nie zuvor gesehen hatte. Die Bildunterschrift lautete »Grace in Farbe«. Ich begann zu weinen – dicke, glückliche Tränen.

»Die sehen wunderbar aus! Mein Gott, Ash ...« Matt war so tief bewegt, dass er kaum sprechen konnte. Wir nahmen unsere Tochter zwischen uns in die Arme, spazierten langsam durch die Galerie und betrachteten all die Erinnerungen. Ich staunte erneut über Matts Talent und beobachtete bewegt seine Reaktion auf die Bilder. Es war nicht zu übersehen, wie viel ihm jedes einzelne Foto bedeutete. Nicht lange, und wir alle einschließlich Tati hatten Tränen in den Augen.

Nachdem wir die Bilder gebührend gewürdigt hatten, standen wir wieder an der Tür. »Eine Station habe ich noch für euch«, sagte Ash. »Aber ich muss als Erste hin, also gebt mir ein paar Minuten Vorsprung.«

»Kein Hinweis?«

»Nein, das ist eine Überraschung«, entgegnete Ash.

Wir umarmten uns alle, dann rief Tati für Ash ein Taxi.

»Und jetzt bitte keine Tränen mehr, okay?«, bat sie uns beim Einsteigen.

»Okay!«, sagte Matt.

Als Ash weg war, stemmte Tati die Hände in die Hüften und sah uns streng an. »Jetzt hört mal gut zu. Eure Tochter hat das alles hier seit langer Zeit geplant. Ich habe ihr gesagt, dass ich es für keine so gute Idee halte, und sie hat versprochen, dass, wenn es nicht so läuft, wie sie es sich vorstellt, es ihr nicht das Herz brechen wird.«

»Worum geht es, Tati?«, wollte ich wissen.

»Ich habe versprechen müssen, dass ich nichts verrate.« Sie wandte sich an Matt. »Ich weiß ja nicht, was mit eurer komischen kleinen Familie passieren wird, aber an dich habe ich eine ganz persönliche Botschaft. Du weißt doch sicher noch, wie gut ich mit dem Bogen umgehen kann, oder?« Er nickte schmunzelnd. »Den, mein Freund, werde ich dir ganz höchstpersönlich ganz tief in den Allerwertesten schieben, wenn du auch nur eines meiner Mädchen in irgendeiner Weise verletzt.«

Matt nahm sie fest in die Arme und drückte sie. »Das würde ich niemals im Leben tun. Es sind auch meine Mädchen«, sagte er leise.

Tati deutete auf das Taxi hinter sich. »Der Fahrer weiß, wo er euch hinbringen soll. Na los, findet eure Tochter.«

Ich glaube nicht, dass einer von uns geahnt hatte, dass die Fahrt zum Rathaus ging, aber dort sollten wir am Ende aussteigen. »Woher wusste sie das?«, fragte Matt.

»Von mir nicht. Tati muss es ihr erzählt haben. Sieh mal, da ist sie.«

Ash saß auf der Treppe und wartete auf uns. »Kluges Mädchen«, sagte Matt.

»Unsere kluge Tochter.«

»Also, Gracie … Bist du in der Stimmung, etwas ganz Verrücktes zu tun?«

»Immer. Aber bevor wir aussteigen, muss ich wissen, ob es für sie ist oder für uns. Ich mache auf jeden Fall mit – aber ich muss es wissen.«

Er nahm meine Hand. »Graceland Marie Starr-Shore-Porter oder wie auch immer du heißt: Ohne dich hatte ich kein wirkliches Leben. Es war nur eine Abfolge von Tagen, die von Bedauern, Schuldgefühl und Reue zusammengehalten wurden. Doch dann habe ich dich wiedergefunden. Dies ist die richtige Zeit, das verspreche ich; dies ist *unsere* Zeit. Du bist die Liebe meines Lebens. Verdammt, ich liebe dich, Grace! Ich habe dich geliebt, als ich nicht bei dir war, und davor, und jetzt immer noch. Willst du mich heiraten?«

»Verdammt: ja«, flüsterte ich. Ich nahm sein Gesicht zwischen meine Hände und küsste ihn. »Komm, lass uns gehen und für unsere Tochter eine richtig tolle Show hinlegen.«

Matt zog mich aus dem Taxi, und wir bauten uns Hand in Hand vor Ash auf. »Was soll das denn hier, Kleine?«

Sie stand auf und breitete die Arme aus. »Na, kommt schon, ihr zwei! Ihr wisst genau, dass ich einen besseren Trauzeugen abgebe als Gary Busey!«

Matt sah mich an und legte den Kopf schief. »Sie riecht aber nicht nach Salami.« Er zog die Augenbrauen hoch.

»›Sie riecht aber nicht nach Salami‹ wird wohl als schrägster Heiratsantrag aller Zeiten in die Geschichte eingehen«, kommentierte ich.

»Graceland, willst du etwa sagen, ich bin schräg?«

»Ja, und genau das ist es, was ich an dir liebe.«

Ash kam die Treppe herunter und stellte sich neben uns. Sie strahlte.

»Moment, ich sollte das richtig machen«, sagte Matt. Er kniete sich hin und nahm meine Hand.

»Grace, ich liebe dich, und du liebst mich. Willst du mich diesmal für immer heiraten?«

»Ja, Matt. Für immer.«

Vierter Satz
(Adagio, molto amoroso)

WENN DEIN LEBEN RICHTIG BRENNT …

ASH Meine Eltern wurden vom Friedensrichter getraut, mit mir als Trauzeugin. In meinen fünfzehn Jahren hatte ich meine Mom nie so lebendig, glücklich und verliebt erlebt wie an jenem Tag. Ich mag mir gar nicht vorstellen, was passiert wäre, wenn sie sich damals in der U-Bahn nicht gesehen hätten. Hätten sie ihre einsamen Leben dann fortgeführt wie zwei Hälften eines Herzens, die sich nicht verbinden können? Wer weiß? Ich kann nur sagen, dass ich froh und glücklich bin, dass sie sich wiedergefunden haben.

Im Sommer fuhren wir zusammen mit den New Yorker Philharmonikern nach Europa und dann zu dritt nach Kalifornien. Es war wie eine große kombinierte Hochzeits-Familien-Urlaubsreise. Nach unserer Rückkehr zog Dad bei uns ein. Meine Eltern waren verliebt wie die Teenager und haben sich andauernd geküsst. Sobald ich die Augen verdrehte, lachte Dad, und Mom beteuerte, sie hätten es sich redlich verdient und würden nur die verlorene Zeit wieder aufholen. Ich machte mir immer einen Spaß daraus, sie strafend anzusehen. Tatsächlich war es cool zu wissen, dass meine Eltern sich so sehr liebten.

Dad behielt sein Loft, und wir gestalteten es in ein Büro-

Atelier um. Wir nannten es den Louvre. Mom kam dort oft vorbei, wenn sie nicht unterrichten musste, sah uns beim Arbeiten zu, spielte Musik oder brachte für uns alle Essen mit.

Ein Jahr nach der Hochzeit wurde ich zur großen Schwester. Endlich gab es noch jemanden, der das »Elend« mit mir gemeinsam ertragen würde. Nein, mal ehrlich: Ich liebe meinen kleinen Bruder Leo abgöttisch.

Ich weiß, dass Mom und Dad Fehler gemacht haben, aber irgendwie bin ich auch froh darüber. Wer weiß, was passiert wäre, wenn alles perfekt gelaufen wäre? Ich kann zwei wunderbare, liebevoll Menschen als meine Väter bezeichnen, und ich durfte miterleben, wie meine eigenen Eltern sich ineinander verlieben. Wie viele Menschen können so etwas schon von sich behaupten?

Danksagung

An meine Leserinnen und Leser: Danke, dass Sie an die Magie geglaubt und Matt und Grace in Ihr Herz gelassen haben.

An meine Familie und Freunde, die mich unterstützen, ermutigen und mir das Gefühl geben, dass das, was ich tue, von Bedeutung ist: Danke!

Hey, Ya-Yas! Danke, dass ihr so stolze, treue Freundinnen seid!

Ein großer Platz in meinem Herzen ist reserviert für besondere Lehrer und Professoren, die mich inspirierten. Bei der Arbeit an diesem Buch dachte ich an meine vielen Stunden in den Dunkelkammern von Highschool und College zurück und wie sehr ich mich bemühte, mit einem einzigen Bild eine Geschichte zu erzählen. Jetzt kann ich dafür Tausende von Wörtern benutzen. Ich bin mir immer noch nicht sicher, was einfacher ist; ich weiß nur, dass ich beide Kunstformen sehr liebe und allen Menschen dankbar bin, die mir die Augen dafür öffneten.

An meine Mitbewohner, die so geduldig gewartet haben: Eure Begeisterung hat mich all diese Monate durchhalten lassen.

Melissa, danke für die tollen Musikaufnahmen und dass du mir in New York zur Seite gestanden hast.

Danke, Angie, für deine nie endende Unterstützung und Begeisterung.

Heather, du kennst deinen Anteil und seine Bedeutung. Du hast wahrhaftig eine Gabe.

An alle Schriftstellerfreunde da draußen, die mir jederzeit Resonanz und Sicherheit bieten: Ich bin euch unendlich dankbar.

An Christina, meine Agentin: Danke, dass du mich immer wieder zum Kern meiner Arbeit zurückführst. Es hilft mir, meine Inspiration wiederzufinden, wenn ich gerade von anderen Aspekten meines Berufs abgelenkt bin.

Jhanteigh: Ich habe das Gefühl, dies ist unser gemeinsames Baby. Du hast so viel zu Matts und Graces' Lebensreise beigetragen. Ich danke dir aus tiefstem Herzen, dass du an diese Geschichte geglaubt hast und dass ich sie aufschreiben durfte.

Anthony: Sieh nur all unsere »Nachweise«! Wie glücklich, wie gesegnet ich bin, dich in meinem Leben zu haben!

Und schließlich an Sam und Tony: meine Poesie. Ich kann kaum erwarten, euch aufwachsen zu sehen und euch immer besser kennenzulernen.